华东师范大学中国创意写作研究院——编

华东师大创意
写作作品选
2021

信与花记

上海人民出版社

本书编委会

序

经常听文学界的朋友说，北有未名湖，南有丽娃河。丽娃河畔走出过很多我们熟悉的作家，离开华东师范大学后，他们散布在世界各地，笔耕不辍，风格各异，但提及他们的轶事，仿佛总少不了提及上海和华东师范大学，故事讲了很多遍，华东师范大学中文系、丽娃河似乎成了文学的一种乡愁。20 世纪 80 年代的华东师范大学，承接新时期文学开启的先声，钱谷融先生的"文学是人学"言犹在耳，徐中玉先生鼓励中文系的学生进行文学创作，有一段时间，文学作品可以代替毕业论文。沪上的重要作家、学者、批评家、翻译家经常出没于华师大，那时的学子们成为作家，是再自然不过的事情，赵丽宏、王小鹰、孙颙、宋琳、格非、李洱、毛尖等为代表的"华东师大作家群"，成为延续至今的中国当代文学的重要力量，新世纪以来又涌现出许佳、苏德、蔺瑶、刘玏、葛圣洁、于是、小饭等一批青年作家。他们的作品和故事，是华东师范大学的"作家"传统。

新世纪以来，国内高校陆续创办创意写作专业，教授文学写作与文学欣赏。2018 年，华东师范大学中文系增设广播电视（媒体与创意写作）艺术硕士学位（MFA），同年 10 月，在学校有关领导的大力支持与江南春系友担任董事长的"分众传媒"的慷慨资助下，华东师范大学成立中国创意写作研究院。2019 年 9 月，华东师范大学创意写作专业迎来第一届学生，共 25 人，他们是华东师范大学创意写作专业的"黄埔一期"。研究院邀请李洱、徐则臣、石一枫担任年度驻校作家，邀请一批海内外著名作家、学者、编辑，来课堂上研读作品，传授写作经验和心得，开设写作工坊。同时专业开设有"虚构文类研读与习作""非虚构文类研读与习作""虚构写作工坊""非虚构写作工坊""策划文学类写作工坊""当代文学与文化""世界文学名著选读""古代小说文体研究"等课程。华东师范大学创意写作专业实行校内校外"双导师"制，中文系多位来自中国现当代文学、古典文学、文艺学、比较文学与世界文学教研室的学者担任校内导师，多位海内外文学艺术领域的作家、编辑、编剧、导演担任校外导师。

迄今为止，中国创意写作研究院已举办了三十多场"名家创作谈"，即"北山讲堂"系列讲座，邀请了一批海内外知名作家、编剧、期刊编辑前来授课。文学活动方面，2019 年 6 月举办"网络时代的文学——未来网络文学家"颁奖大会，班宇、唐四方、薛雍乐、徐平、栗鹿、魏思孝、哥舒意、吟光被评为年度新人，他们在传统文学领域与网络上都取得了出色的成绩；举办"中融"戏剧节，邀请海内外戏剧专家进校开设讲座、工作坊；举行"无常以应物为功　有常以执道为本——李洱《应物兄》研讨会"等活动。

这一届同学余凯、刘从文、陈斯捷、成昊勋、王宇阔、赵玉清等同学展露出文学才华，作品先后在各大文学期刊《上海文学》《青春》《萌芽》《当代小说》等杂志报刊上发表，在"全国新概念作文大赛"、"青年学子品读文学经典大赛"、"金熊猫"网络文学奖、"野草文学奖"等斩获奖项。经过学习和实践，他们交出了第一份集体作业，小说集《信与花记》。作品是写作者的时钟，此时的作品是他们的思考和认知，也有出发的地方的天空与云朵，而未来即来，祝愿他们未来有更好的作品，汇入华东师范大学的文学河流。

孙甘露　文贵良

2021 年 7 月

目录

白日羽化

黄 冠

"夜幕降临时，我期盼有人到来，是个男人，为什么不是我的父亲。他会站在门前，或通向森林的小径上，穿着平常的那件白衬衣，破旧褴褛，沾着泥和血。他不会为了留住什么而启齿，但知道，我也不会。"

——马克·特里维埃《失落的天堂》

偶然，我在父亲床头与柜子的夹缝间找到了半张母亲诗歌的残卷。上面有一些看不懂的文字，空白处单独写了两个汉字，"癗""绽"，用铅笔草草作了注解，那大约是一首写到天空的诗，因为母亲在右侧画上了黄色的弯月。我在家中四处搜寻，渴望捕获她的吉光片羽。有一次找到了一个叫"万良"的名字，猜测可能是母亲的笔名，因为它像是落款一样被签在稿纸的末端，而父亲却说母亲姓蒲，与一种花名相近，寓意无法停止的生长。她在我四岁的秋天离我们远去。我从照片中温习过无数次她的面目，又尽力记下父亲每次对她的提及。对于我来说，她像一片树叶，被夹在那些难以解读的诗句里。此外的她，遥不可及。

父亲回忆起母亲离开的前一天夜里，一只遗失了多时的袜子出现在他的大衣口袋里。黑暗中，他听见树形衣架倒地的声响。那个衣架是他纯手工制作，做工并不精细，底部左侧有块明显的斑状凸起。因此他并没在意，呼吸声在梳妆镜捕捉到月亮前沉重下去。第二天早晨五点一刻，他恍惚间感到有人正在院子里追捕家禽，一切都很寻常。当他睡眼惺忪地推开大门，见到了一只沙鸥的尸体。

直到今天，整个事件在我们的脑海中仍留有大段的空白。我们只知道母亲离开时带走了几乎所有痕迹，她从来都是一个不同寻常的女人。父亲记得他睡下时母亲正同我讲笑话，但对接下来的事情，毫无印象，仿佛从没有真正接近过那个为他生育过的女人，或是由于距离太近，只能记看到她皮肤上的细小纹理，像盲人摸象，不见整体。父亲将沙鸥的尸体拾起来提进屋里，过了一会儿又捡出去，埋在了前院的叫做"流浪蚕收容所"的桑树下，这个名字是母亲起的。他特意挖了一个很深的洞，担心过路的兽类闻到气味。那只沙鸥的左翅受过严重的伤，也许在几天，或几小时前曾被某种锋利的东西裁断。它躲过了一次巨大的危险，忍着剧痛飞过来，也许它只是想在这个院子歇歇脚，因为失去了再次忍受的勇气而死。整件事都像是一场幻觉，很长时间里父亲都想将那个洞扒开看看，只为了确定真的是一只鸟类被葬在这里。真的有如此简单的了结吗，他喃喃自语。

我曾经问父亲讨要过母亲的笔记本，或任何能让我接收到她片面的物件。父亲无所谓地冲我点点头，说，反正我也没扔过，你自己找去吧。接着他拉开床头柜，里头散乱着几种常见病的药盒和样式各异的几粒纽扣，很难辨别归属。

对于她离开的理由，父亲总是语焉不详，像是母亲无端出走，只是去办件来不及告知的急事，如此说来，被留下的父亲应该算是苦主。然而因为他从未表现出悲戚，我更加笃定他们之间不只产生了我，也产生了难以弥合的裂缝。她就连一个字都没有留下吗，我问。或许是父亲出于嫉妒藏起了那封母亲写给我的信，我想，如果我毫无记忆的——母亲离开前的短暂停留——不是他编造出来的安慰。父亲摇头，随后拍拍我的肩，凭借男人间无声的交流，我选择了暂时相信他。我说，那她是否有想过要带我走？我知道这个问题除了母亲谁都无法回答，但仍冲着无人之境叩问，像是某种癔症。后来，我甚至希望能通过催眠找到她最后给我的留言，或许那点绰约的笑声里藏着真相的密钥。

找到残卷的那天晚上，我躺在父亲身边，他很快入睡。母亲的半首诗被我压在枕头底下，我想象着她休息的姿势反复翻身。房间通向阳台的门半开着，月光沿着空当流进来，我将脸贴在浅蓝色的枕套上。合着眼，听到背后父亲的呼吸声，我感觉自己正倚靠着母亲的额头，那种令人安定的熟悉轻易将人包裹。就在那天，母亲第一次进到我的梦里。

她在桑树下支起了架缝纫机，将一片叶子织进深棕色的绢布里。走线速度均匀，针脚提起落下，细密的声音如一张网，汁液顺着网纹漫开，越远处越浅，到最后几不可见。

她是从树林的那端来到这里，很快遗忘了自己身世。在面向树林时，她有过几次忽然发怔，垂目时神情恍惚，愈发沉默不语。密林在这片土地上存留许久，自几代人以前的梦中已开始若隐若现，它经历了数场灾祸，干旱、大火、蝗灾，如今安然无恙，依旧葱郁。母亲的额角广而方如蝶，头发鬓黑，光可以鉴，常引人窥伺。她不属于这里，那段漫长跋涉的岁月穿过了树梢，也穿过她。某段时间里，她仅依靠树上的浆果和寻找到的鸟类巢穴维持生命。无数拔地而起的巨树占满了全部的天空，当她终于从荫蔽处现身，重获影子时，已经精疲力竭。她在歇脚时被父亲撞见，两人草草地结合之后，在林子边的这间小屋里搭起一把摇篮。

此刻，母亲沿着记忆中返乡的路再次步入树林，几场雨过后的植物疯长，白色的菇群四下分散。树林时刻在死去，每条泥路都是陌路。她攀着树枝悬挂，先是用双手，然后倒转过来，静止，外衣向下绽开将她罩住，她让树结成自己，状若拂尘。

那是与母亲最为亲密的一棵树，因为是父亲自万里之外背来了它。她用家乡话换它"木棉"，音调圆润，语气温和。实际上它也确是木棉，但因为母亲，它于千千万万木棉之中独立。赐名缔结了母亲与它的关系。

我在树下仰头望她，与她四目相接。

你这样很危险，下来给我一个拥抱吧，我说。她看我的目光不甚分明，如同看着二分之一个陌生人，伴随风飘摇不定。现在轮到你了，她说。

我将手掌贴在树干上，触摸到令人安定的温度，如同母亲的手回握住我。随后我拒绝道，可你从没教过我该如何攀爬。

我要走了，你们有一季的时间忘记我，或者来找我。

她将外衣留了下来，上面仅有一片绿色的叶子。

清晨，我走入天刚露白的院子，看到竖井旁的父亲正将沾满草木碎屑手套脱下来，扔在地上。你这么早起来，想好以后的路该怎么走了吗，父亲问我。

我嚼着一捧水，声音有些含糊不清。我昨天晚上梦到她了，我想把她找回来。

顺便洗把脸吧，今天降温，父亲说，这就是你想干的事？

我可能会去学画画，我说，也许有人会需要一个相得益彰的插画师。

父亲发愣似的点了点头，看不出对我的回答是否满意。那就随你吧，他说。大多数我们相处的时间他都是如此，对于距离他三米之外的事缺乏探索欲，包括我的梦和母亲的离去，同时，他细致地收拾所有，煞有介事地为桑树的病斑失眠。我得到过于宽泛的自由，像个备受关怀的租客。十三岁时我抽到了第一口烟，有人从家里偷来。由于吸得很慢，被我全数咽了下去，简单又无所阻拦却最终导致我兴趣了。

我在十六岁开始自学绘画，抛弃掉系统训练，一年之后面对石膏几何体，仍旧束手无策。但如果考题是一块树皮，我会完成的比谁都好。从树叶开始，接着是蚁穴和荒草，再到一棵完整的树，在并不知道写生意味着什么的时候，我在森林中险些迷失的次数，已经高达三次。

我给青少年杂志投稿，那本杂志曾风靡一时，专属于那个年纪，稚嫩且不切实际的幻想流行。我的画被缩印在最后一页的右下角，纸杯蛋糕的大小，只能模糊看出代表叶子的色块，树上的女人变成了一条白线，像是纸的折痕。那是我画中唯一一个女人，她的影子伴随着我所有的想象和创造。有些时候她会隐匿在某道光线的背后，或变成某片灌木上多出来的阴影，被我投射进所有的画里。如果说这是一种病态的执着，那么，正是这种执着，伴随我度过很长一段不安的时期。那时候我想，我永远不会抛弃它，抑或迁怒笔下的她。到最后一所学校的考试成绩出来那天，我一共画过她一千零八种形态。

我没有通过任何一所学校的考试，或许艺术本就不适合我，我对父亲说。他点点头，接下来你做什么？

我还没想好，也许会去做别的，也许再试试。

父亲沉默了几秒后继续除草，说，随你吧。

那些日子我陷入困境，想到所有人都在离去，而我终将独自困守。窗外风卷云驰，我的眼角发胀，被我揉得通红一片。先是狂风，后是大雨，最后是冰雹，砸在桑树新生的嫩叶上，噼啪作响。雷声在耳边炸开，阳台的门又没关紧，门框上，红绳系着的牛角梳有节奏的扣着窗户。那是一种远方的习俗，有求天神庇佑顺遂之意。我合上了门，在父亲的床边坐下，头脑昏沉。

我再度迷失在森林的深处，所有的标记连起来变成一个闭环。天色很阴，看起来即将要下雨，危机四伏。脚边有一把断了斧柄的斧子，被我拾起当作聊胜于无的武器。四周布满微小的声音，忽近忽远，像直升机正列队盘旋。四下张望后我明白过来，那只是许多昆虫在同时振翅。紧接着，我听到脚步声渐渐地走近。有鸟类从树上扑腾而起，从碎枝里散发出的余温渗入脚底，我估算我与捕猎者之间的距离，然后我看到了母亲，终于松了口气。可她将我视作无物。踩过貌似枯草的紫背万年青，母亲神迹般走出了一条接近笔直的路。我亦步亦趋地跟着她前行，在迈过一条溪流后轻声唤她母亲，她依旧置若罔闻。终于，我找到了归途，在交界点停下脚步。下一刻我将需要作出选择，是继续跟她走，走向她的藏身之处，还是右转出森林回去。忽然，我冲着她喊了一声"万良"，她如顿悟般转身，面上似乎带着微笑。

做决定本就是很难的事情，别急，你还有时间考虑，她说，但你终于找到了我的名字，这些是给你的奖励。

我手中多了几朵盛开的忍冬花，新鲜的金瓣，凑近时能闻到火柴刚点燃时的气味。抬眼，母亲已不见踪影。

我醒来，意识到自己躺在床上睡着了。窗外的雨声小了很多，像是在经历短暂的停歇。

后来，我有去学习过表演，享受躲在一个又一个面具的背后胡言乱语，有时候会被指责风格过于夸张，未得要领。好几个月里我被成名的欲望折磨，形容憔悴。面对镜子刮胡子时看到自己愁苦的脸，像一个苦寻终日却完不成任务的杀手。最后在考场中落败，考题是模仿你最熟悉的动物，我选择了表演一只化蛹的蚕，在将近五分钟的时间里一动不动。只有一个考官表示了欣赏，称我的眼神中有仍未熄灭的渴求。

终于入学，走的是普通高考，在离家不远的省会，学习了一门专业课程——植物抗病原理，着实讽刺，落入实用主义。父亲送我到车站，临行时叮嘱我要收好身份证，那是出门在外最重要的东西，因为它能帮助你，或欺骗你。如果找到心意相通的人，这是你唯一的底牌，父亲说，祝你学业有成，一路顺风。说完他就驱车离开了，送客处规定高峰期至多停留五分钟。

关于那天发生的事，是真实还是又一场梦境？我的理性与执着的天性纠缠了那么久，仍旧对任何看似有胜利希望的游戏兴致勃勃，逻辑、辩证都无法用来解释。周围嘈杂一片，我们只听到了彼此的呼吸。

那是一次沙盘模拟对抗，原本只允许商科学生参加，却因为报名者寥寥，破格赋予了我参赛资格，大多数时间我们的队伍都处于下风，绞尽脑汁如何扭亏为盈，最终却被评为三等奖，我作为代表发言，说此次比赛让人收获颇丰，原来与时俱进才能使公司源远流长。这时候我听到观众席传来扑哧声。当晚，那位会心一笑的观众在路上拦下我，与我确定了恋爱关系。

女友来自南边的小镇，很爱讲话，声音轻柔有力如弹棉花。我称许，这也不失为你的传统工艺。我们会在夜晚沿着松林边的小道散步，穿过整个学校只为了测试正常步速需要花费的时间；报名参加与专业毫不相干的社团，为此她购入了一整套击剑服，实际上半年只穿了两次；以及，撑着伞接吻。大多数时间是她在说话，给我讲她被群山环抱的家乡，那里夜空璀璨，青山如黛，雨天会有腾起的雾罩在一整片湖上，一不留神人就会迷失其间，再无法上岸。所以你懂了吗？越迷人的越危险，说完她就笑了。她笑起来的时候脸颊会变得鼓鼓的，手感很好，我们如获灵犀般的相爱，于我而言，与她实在很会笑这一点密不可分。更何况，她不会对森林心生恐惧。

我们变成图书馆的常客，在一年之中借阅了超过一百部书籍，从儿童绘本到科学杂志一应俱全，用《作为意志与表象的世界》作过小憩的枕头。有时候我会按捺不住的给她讲起有关于母亲的梦，讲那片我从未走出过的森林，她总是不厌其烦地听，诉说变成某种属于我的出口。几个月后我问她，放假是否想随我回家一趟，就当作旅行。那时我已经发觉，对于我提出的任何要求，女友都表现出毫无疑义的顺从，仿佛将命脉交由我掌握。

父亲从未明确告知过我他的病，人却无可奈何的懒散下来，任由野草疯长，前院如今看起来犹如荒地，缺少了定期的除草和施肥，连桑树都呈现衰败之势。我和女友一起整理了前院，她捉住一只造型独特的蟋蟀放在手掌心，个头很小，振动翅膀时发出的声音清脆，如戛玉敲冰。伴随着它的声响，我和女友在桑树下跳自编的舞步。很多年以后我独自在京都旅行，路过一小片水田，走进名叫"铃虫寺"的庙宇，看到了玻璃柜里数万只相同品类的虫子。讲法时虫声靡靡，令人无法静心，我想这里的日本僧人还不懂得什么叫大音希声。父亲对前来拜访的女友态度朦胧，不冷漠也谈不上热切，似乎在表明一种熟悉的态度——一贯如此的——那就随你吧，一如曾见我四处受创。在送女友离开后，我问父亲，你希望我回来吗？你想去哪里都可以，他回答，并先我一步走开。在类风湿的折磨下他的身形变得略微佝偻，我忽然觉得刚才的问话很是残忍，仿佛是出于试探，试探他是否能够承受再度被遗弃。

是女友率先一步提出的分手，面临就业，她无法为我留下。请你也不要跟随我，私奔是我负担不了的代价，她说。我能想象到她握着手机的样子，或许还不至于哭吧，因为这听起来像是漫长牢狱后的行刑，一种变相的解脱，可还是有轻微的哽咽声传来。已经是凌晨一点半，我蹲在宿舍二三层的楼梯间里，上半身裹着羽绒服，下面只穿了一条短裤。等我拽着冰凉的扶手站起来时，剧烈的腿麻袭来，如芥末呛鼻，我开始生理性地流泪。回到寝室时，室友们早已睡下，白日里大家沦陷在未有着落的焦虑之中，唯有睡梦中可片刻脱身。各人奔忙之时，如此轻微的别离似乎不值一提，我遂轻声上床。

自那晚之后，我睡得越来越多，梦越延越长，与现实的边界却残忍分明。母亲来访的频率增多，我却总是在背后默默地望着她，长久的语塞，几次话在嘴边又沉默以对，像一个不忍惊扰他人问路的旅客。因为我终于明白，缺乏意义的问答难以给出线索。

　　母亲躺在秋日的草地上，我来到她身旁卧倒，以新生儿的姿势，这次是她先开口说话，像是不忍般试图给我解脱。你的努力我早已看在眼里，足够多了，她说，我从没告诉过你，树林的另一头是悬崖。

　　天空中传来一个女生的画外音，像是某种神谕，声音听起来与女友——前女友的极为相像。先是轻笑了一阵，接着她说，这实在荒唐至极，其实你早应该停下。

　　我说，你想我就此打住吗？我还没去过沙漠和海洋，还不够拼尽全力。

　　母亲搂住我，我们终于显得亲密无间。她的手贴着我的额头，如月光穿过梳齿漏进来，她化作一件棕色绢衣，上面铺满枯叶。我卧倒着，与大地融为一体，如同一块墓碑。我接着剖白，可是母亲，你知道吗，就是因为你总是这样的伤心，我才能够拼命走到今天。那么多孤独寡助的日子里，是你常来探望我。那天我记起了你曾在院子里跳舞的样子。尽管你从不教我，可你仍旧让我学会了如何效仿和体悟世界。当我只想心无旁骛地跳舞时，我的舞伴是你。

　　其实你早应该停下，画外音又响起。

悲情工人

向楚涵

一

深冬的一个午夜，寒风刺骨，潘李国骑着电动车前往下一个目的地，这是他今晚要送的最后一单外卖。按时送达后，习惯性地从黄色骑手服里掏出本子，他把"正"字的最后一横填上。今天跑了五十五单，比昨天少十单，少五十块。

回家途中，他又经过那片熟悉的大海，今天他停了下来。

"啊，你回来啊。"他对着大海怒吼。

回应他的只有阵阵浪声。

"你怎么不和我一起同甘共苦了？"

"说好在一起一辈子的。"

"你怎么走了？"

潘李国也不知道是从什么时候开始日子变得这么难熬。老二出生之后？小宝开始有衰老症状时？她离开这个家的时候，或者说是他愿意放手的时候？更或许是自己变了。这一年，他记不清自己做了什么，他只记得一件事：养家糊口。

潘李国现在的作息十分规律，记忆中似乎从未有过这样的情况。他的正职是轮胎厂技术工，工厂分早午晚三个排班（早上八点到下午四点，下午四点到零点，零点到早上八点）。妻子走后的这一年，他每周上班四十个小时，睡觉三十五个小时，陪孩子二十一个小时，送外卖五十六个小时。潘李国最珍惜的是每周剩余的十六小时，他把这些时间浪费在洗澡上，逗小宝上，发呆上。和妻子之前说的一样，他就是喜欢岁月静好的生活。

一年前，潘李国只需要在自己热爱的领域工作四十个小时，剩下的一百二十八个小时用来享受生活。他会陪女儿还有小宝玩，有了老二之后会照顾老二，他还会读书看报，打篮球，有时也会放纵自己看看球赛，小酌几杯。他躺在大床上的时候，小宝就会跟着他爬上床，妻子也会依偎在他的身边。而现在，他连做这种梦的资格都没有，每天给自己奖励两个小时的沉沦时光，这两个小时中还得包括上下班浪费的一个多小时。只有这么做，他才会记住生活所施加的压力，他才会紧绷那根轻松了四十多年的弦。

周三，周三晚上他们会一起打扫房间，给小宝洗澡，插花。然后又是周三，他不需要担心他们有没有足够的存款，她会精打细算，他靠着她生活了二十多年，她是个会过日子的女人。直到某个周三，她走了。

潘李国不知道自己的生活为什么会开始改变，或许是命中注定，更或许是当他拥有了一切美好之后，上天想让他尝尝苦难的滋味。他觉得自己最近对金钱的追求几乎到了一种极致，自己像会疯掉。他并不想过这样的生活，他知道过分的执念会让他丢失生活的本真，但他对此无能为力。

走下台阶，弯下腰用手去触碰那冰冷的海水，他感觉自己有了触觉，似乎自己能感受到一丝生活的气息。突然想起了什么，他拿出那本写满"正"字的本子，里面夹了一张照片，背后有一串数字，对潘李国来说这张照片早已化成自己对妻子的想念，妻子走后，背面的数字像流水一样流失。他明明记得妻子说过数字是密码也是钱数，足够他们生活一年，他没变，里面的数值却越变越小，直到开启副业，数值才开始停住。

逃避的够久了，该回家了，他提醒自己。

刚站在家门口，他就听到小宝咯吱咯吱挠门的声音。不出意外，他刚把门打开小宝就扑了上来，久别重逢一样围着他转。小宝很久都没得到他的宠爱，这是它想要获得爱的唯一方式。客厅亮着一盏灯，是为他留的，和妻子在的时候完全不一样，有妻子在，他不需要早出晚归。

女儿已经睡着了，妈也陪着儿子睡了，客厅的花也凋谢了。

"这么晚才回来？"

"妈。我把你吵醒了？"

"没，上厕所。"他妈打了个哈欠，用手指了指厕所。

"对了，下个星期三是你闺女的生日别忘了。今天我接她放学，她有说想吃星啥克的蛋糕。"

"啥，星克？"

"好像是一个咖啡店。"

"好，我记下了。钱还够吗？下个月生活费我放抽屉里了。"

"够的够的，你自己多留点钱备用。"

说完话，潘李国径直走回房间，小宝也跟着他一起去房间。他要做的第一件事是在本子上记录，他写道：减两千给妈生活费，剩余三百八十五块七，明天工资要进账，留着交房租。他并没有合上本子，把笔转到空白处继续写写画画，四十五单乘五块等于二百二十五，乘七天等于一千五百七十五，加工资五千四百零五等于六千九百八。没等他算完，小宝先熬不动了，它主动蜷缩到他的脚边，潘李国冰冷的脚突然一颤自觉地把脚伸进了它的怀里，小宝反而被冻醒了，一脸享受的样子，仿佛自己得到了宠幸。他能感受到小宝肋骨的起伏，即便小宝年纪大了，但他仍能感受到它存在的那股力量。

二

今天是女儿的生日，她一大早就穿上了新衣服，一件有蕾丝花边的羽绒服，这件衣服是妻子买的，但女儿并不知情。潘李国永远不会忘记那天，妻子出门前答应女儿会给她带蛋糕回来，之后就再无音信。她的事他都是听陌生人说，交警说她是为了救一个孩子而被大巴车撞下了海；警察说她遗留下的只有这件衣服；派出所说要节哀顺变。潘李国不相信大巴车会背离自己的运行轨道，他知道妻子是会游泳的，但他不明白小孩为什么要在马路上乱跑。直到他看见警察提供的视频录像，才心灰意冷放弃挣扎。

"爸，你今天是带我去星克吗？"潘李国想不起是从哪天开始女儿不再称呼自己为爸爸。

"对，爸爸今天带你去市里最大的星克，叫星克烘焙工坊。"作为工人的女儿，她应当了解工厂，了解工人。一个星期前，他问女儿的班主任，终于了解这个叫星克的地方，了解了女儿的需求，她想去吃同学们都安利过的蛋糕，"安利"这个词他也是第一次听说，他也才明白安利就是喜欢。

还没进门女儿就开始惊叹这座别致的建筑，进门后和自己所预料的一样，女儿被咖啡工厂吸引，所有的机器都在转动，不时发出隆隆的声音，潘李国对这种声音十分熟悉，他喜欢听这样的声音。刻有中国篆书印章的大木桶矗立在聚光灯下，咖啡豆时不时落入铜制储存罐里。"爸，这真好看，你工作的工厂也是这样吗？"

"爸爸的工厂比这个大多了，比这个还壮观。我们现在是不是穿着羽绒服？在爸爸的工厂都要脱掉，里面像蒸桑拿一样暖和。"

"爸，我没蒸过桑拿。"

"就像老家的澡堂子。"

"哇，那太爽了，你看，豆子自己在动。"

"你在这儿看豆子，爸爸给你买蛋糕过来，别到处乱跑。"

潘李国离女儿越来越远，但他的余光一直停留在女儿身上，他强烈地感受到自己心脏越跳越快。他不能带女儿一起过来，会在她面前丢脸。像现在，他害怕自己只能像木头一样立在旁边，只有眼珠在转动，他不愿意把自己窘迫的一面展现在女儿面前。

"您好先生，想要那款可以直接告诉我。"

"我女儿今天八岁的生日，我，也，我也不知道。"

"先生，请问你们几个人用餐？"

"两个。不，一个，主要是我女儿。"

"我推荐这款独角兽蛋糕，很适合女孩子。现在注册成为会员还可以获得一杯手工咖啡。"

"你说的这个多少钱？"潘李国支支吾吾地问。

"先生，三十九元。"

"这么小的蛋糕要三十九？"他惊讶地看着那个被聚光灯包围的独角兽。

"先生，我们店蛋糕都是纯手工制作，当天售卖。您如果不是我们家的会员可以扫码注册一下，新会员会赠送优惠券。"潘李国把手机拿了出来，按照服务员的指引操作完成，服务员最后告诉他可以打八折，只需要支付三十一块二。他拿出本子，里面平整地夹着现金，他递过去三十一元现金，告诉店员还有两毛从手机里扣。

潘李国终于拿上蛋糕回到女儿身边，女儿异常兴奋，她向他普及蛋糕知识。她说这款蛋糕是她同学都没吃过的口味，而且是这个月刚出的新款，她还夸了他有品位。女儿今天满八岁，八年来，他只有当下才开始了解女儿的内心想法，和自己小时候太不一样，他小时候和小玩伴翻山越岭，溜冰，像猴子一样爬树，去工厂里看机器运作，只对动的事物感兴趣，对其他事情一无所知。

女儿选了个靠窗户的位置坐下，他坐在女儿的对面。左边可以透过窗外看风景，外面是丁字形的马路，一辆小车停了下来正在和一辆自行车对话。他突然想起自己刚开始送外卖的时候，车技不好，路况不熟，一天送十八个小时也只能送三十单，差不多有一半的订单还误了时间，他也对话，内容是向对方赔礼道歉，求对方给个五星好评。

有一天送外卖，也是像这样的丁字路口，只有潘李国一人需要前进左转，他面前的车络绎不绝，他不敢走，只好谨慎地停下等待。他的前方、左方、后方不断来车，正想着怎么突破重围，面前右方的车开始转弯，快速向他冲来。我一直不动应该就没事，潘李国抱着这样的信念一动不动。他看着轮胎转向，对着他，五米、三米、一米，他下意识向右挪了挪，车子也向右打了方向盘。没等他反应过来，车从他左边开过，他们仅相隔零点五米。车窗摇下，"你找死啊？"这四个字深刻地印在了他的脑子里。来不及对话，一群行人开始过马路，他也赶紧踩下油门跟随大众的步伐踏上原定的道路。

他们的右边可以看咖啡在机器工厂里转动，女儿盯着咖啡豆目不转睛，手不停的在运动，蛋糕被她三下五除二就吃完了。今天来的很值，他手机里装满了女儿的照片，临走前，他俩被邀请在咖啡工厂前拍一张拍立得合影留念，照片里的潘李国笑得合不拢嘴，这张照片现在还贴在他的床头。很久之后他问女儿，会不会因为爸爸现在不是工人而让她觉得丢脸。女儿的回答让他倍感欣慰，她说她也很喜欢工厂，但我们现在不偷不抢，靠自己劳动赚钱是应该自豪的事。

夜幕开始降临，街边音乐响起，城市忽然明了。女儿走着走着突然停在一家花店前，潘李国从没买过花，但他知道买花不能买三支，周三是他和女儿无法忽视的日子。即使花店老板打折买二送一，他还是连说三个"不，不，不"进行回绝。女儿喜欢满天星，妈喜欢百合，这两束花女儿说她要负责，她把客厅的枯萎的花都换掉，努力保持着这个家的生机活力。

当天晚上，女儿问了他很多有关工厂的问题，原本能借此机会与女儿拉进关系，但他一直心不在焉总想着晚上的新闻，报道说某工程轮胎有限责任公司因压力容器爆炸，造成七人死亡，四人轻伤。根据初步核查，事故原因为该公司硫化车间硫化罐超压所致。时代发展快速，工厂开始启动半自动化生产，轮胎工厂爆炸事故已经很久没发生过，这应该是四年后的第一次全国性事件。潘李国在想是不是自己上了年纪，所以怕死，他不敢想象要是自己死了这个家要怎么办，自己不是怕死，而是不敢死。"后天上班提醒工厂进行检查"这一条标注在了他的本子里。

女儿提到的问题都由他妈代替回答，他爸就是正宗的工人出身，女儿不由的发出原来我和我爸命运相似的感叹。这句话让潘李国从爆炸事件中抽离出来，现在换他来教育女儿，他告诉女儿要好好读书，以后找自己喜欢的工作，喜欢工厂的话一定要当管理者，爸爸文化不高，只能靠卖苦力赚钱。

他躺在床上，掏出本子自言自语，每天晚上算一算账已成为他的习惯。剩余一百二十五块六毛，这里有九十八，这里有十五，还剩十二块六呢？八毛，给了花店两毛，还有十二块去哪儿？他快速搜索着脑海中的记忆，没什么用，记不清。他不断地暗示自己不要着急，哦，十二块给女儿了，花店老板找的零钱。下个月能有四千，房租三千已经交了，奶粉钱一千，给妈生活费两千，只剩一千，要多跑几单。假设一天能有六十单，一个月就是一千八百单，每单五块，能有九千，假设运气不好，一天五十单，能有七千五。

三

"哐铛"，潘李国的大脑不断有金星闪回，他被撞倒，翻车，外卖洒一地，吃瓜群众围拢上来。他脑袋嗡嗡的，一瘸一拐走近车子，他关心保温盒里的外卖，幸好只接了三单，赔钱不多。没等交警来，司机像没事人一样丢下名片就走了。和今天一样让他内心绝望的时刻并不多，其中一次就是在妻子的追悼会上，所有的一切都交由他妈操办，他真心佩服这位工人的女人。整个追悼会，他机械地点头行礼，耳朵里只容得下女儿哼摇篮曲的声音，女儿牵着小宝坐在他旁边，小宝出奇地安静，这个小肉团乖巧地蹭在女儿的脚边，一人一狗守着一方寸土。

医生告诉他，最近半个月不能干重活，不能骑车，骨裂会很麻烦，轻微骨折，打完石膏要静养。潘李国耐心听完医生的嘱托，但他更关心能不能走医保？能不能申请上工伤赔付？整整一个星期，他都魂不守舍，外卖平台不肯承认劳动关系，拒绝走工伤，交警建议他和肇事司机和解，双方协商理赔，但司机只肯支付他一千块，两人一直僵持不下。他计算过，少送一周外卖就少三百单，少赚一千五百块，这次受伤医保要三千多块，这个月没给妈生活费，离发工资还有半个月，只剩一百多块这个家要怎么熬过去。

"嘟嘟嘟"这是班车到的声音，他赶紧穿上长款羽绒服往外走。他一大早就做好了准备。要是自己能被班车撞，就能算作工伤了吧，班车开到家门口前会减速，如果当下冲出去，应该不会残疾，最多骨裂。潘李国想按照既定想法在班车即将到站之前冲出去，事到临头，他怂了。如果自己撞上去了，主要责任应该在司机上了，他俩认识十多年了，万一赔不了工伤，反而成为个人矛盾，这件事好像行不通。

"潘师傅，今天出门晚啊?"司机开着玩笑对他说。

"腿受伤了。"他撩开羽绒服给司机看自己的小腿。

"身体是革命的本钱，我们是用身体赚钱的人。"

他更不能再撞班车上，本是同根生，相煎何太急。没等司机说完话，他塞给他一包烟，司机笑眯眯地收下。

潘李国走进工厂，他故意把某颗螺丝拧的松了一些，当轮胎向他滚来的时候，他笑了，就在预定好的轮胎准备冲出安全线之前，轮胎被别人挡住了。

"潘师傅，对不起。"

"啊，没事没事。"

"我一定好好检查。"

他不甘心，带着伤腿爬上了机器，要准备实施自己的第三套计划。今天是检修的日子，爬上高处假装摔伤，正好可以伪装成工伤。

"潘师傅，你怎么上去了？你腿脚不好快下来。"

"今天轮到我检修零件。"他在高处大声疾呼。

"潘师傅，我来。"小李手脚并用很快爬上机器，他抢过潘李国手里的检修器具，对着底下人招手。潘李国见到这种场景开始心虚，他没办法假装摔下去，这么多眼睛盯着自己，他双膝跪在斜坡楼梯上，手紧紧握着把手，手心开始冒汗，不小心一滑。

"啊——"

伴随一声尖叫，他猛然惊醒，拿起手机，屏幕显示七点五十。

潘李国的内心无法平静下来，他在这个厂干了快十三年，是他迄今为止干得最久的一份工作，这么多年工资只涨了两千。当年他和妻子就是在工厂里相遇，相知，相爱。

她穿着一双小白皮鞋，一条小红裙，用小红绳扎着麻花辫。早上八点，潘李国刚刚下晚班，刚从矿里爬出来，破天荒去工厂食堂吃饭。别人告诉他，她是新来的，烧得一手好菜。都说抓住一个人，要先抓住他的胃，他的胃被她抓住了，他也被她抓住了。

除了他妈，他没吃过这么好吃的饭菜，自此他下了晚班都会去找她。他有时不知道要说些什么，就拿着碗望着她傻笑，她真是像百灵鸟般闯进他的生活。潘李国第一次被爱击中，他后来说这就是传说中的一见钟情，所以他一个从传统家庭里长大的男人，才会同意陪她去南方闯荡。

她觉得这一切都很不切实际，他觉得这没有关系。她是跟着爷爷奶奶长大的，他开始瞒着家里约会，说不上是谁追的谁，但最后她终于忍不住，问他愿不愿意跟她去南方。如果愿意的话，周三早上十点，火车站见。在他看来这就是私奔，他偷跑出来迟到了十分钟，她在等着他，她一点也不担心，她足够的信任他。之后他们一起生活，一起闯荡，她觉得他会拥有更好的工作，他不知道为什么她的思想会如此前卫。

她曾经毫不掩饰地说自己就是喜欢他的脸，他不在乎，他喜欢这个女人把他们的生活过得有滋有味，他们开始在城市扎根。有了老大之后，潘李国才向她坦白，出来前自己和家里大吵了一架，放弃了工厂的工作，留下他妈一个人在老家，他妈扬言要和他断绝了母子关系。她是一位贤惠的妻子，他都不知道她使用了什么魔法，突然有一天他妈住进他们的家，她原谅他们，替他们照顾女儿。

四

带伤工作这两天，潘李国明显感觉自己身体的承受力越来越差。以前他花一分半钟就能装好轮胎，还可以贴花，现在需要两分十五秒；以前检查一个轮胎一只手足够，现在需要另一只手助力翻动；以前他能坚持在车间连续呆五个小时，现在整个车间弥漫的化工胶味变得刺鼻，到第三个小时，他已开始觉得空气越发浑浊，所有的异味混杂在一起，侵蚀着他的五脏六腑，只想逃离。

"小潘，一起吃饭吧？"

"主管，我最近不太舒服。"他知道主管最近要找他聊劳动合同。

"不差一顿饭，聊聊天，叙叙旧。"

他们互相推搡着，姜还是老的辣，他招架不住他。

"小潘，来工厂有十多年了吧？"

"十二年零一个月十天。"

"一共签了两份合同？"

"一个三年，一个十年。"

"吃吃吃，我们边吃边聊。"主管不停地往他盘子里夹菜，桌上点的不是山珍海味，而是正宗的家乡菜。酸菜炖粉条、小鸡炖蘑菇、麻酱焖子、传统锅包肉、小锅乱炖、地三鲜、大拉皮、拔丝地瓜。道道都是经典，潘李国清楚地知道吃人家嘴软，拿人家手短。

"主管，吃不完了。"

"一会儿都打包回去。"主管真的把没吃完的菜都打包了让他带了回去，这一桌子菜够潘李国家吃上三四天，这些都是他妈爱吃的。

"小潘，不要和钱过不去，一个月固定有五千算好的了，和你说掏心窝的话，我来工厂这么久，也就比你多个两千，还要操心一厂的事。"

"主管，我肯定会做满剩下的一年。"

"小潘，你没懂我的意思。做满之后继续留下，我知道你对工厂的感情。我和你一样，我今年六十多了，我还在坚持。"

"主管我们俩哪能比？"

"我退休后，这个位置也是需要人的。"

这场宴局他觉得自己没输，潘李国知道工厂给的条件对自己不公平，但工厂也做出的最大让步，同意他带伤工作，只要需保证工作质量。

周末这两天，潘李国没按既定的行程去送外卖，他待在家里照顾孩子顺便养伤。受伤事件终于在这周全结束了，他已经和肇事司机商量好，肇事司机会赔偿给他所有的医药费，下周之前就会把钱打进他的卡里。平台也会替他理赔给商户，在外卖平台方面的记录里，他一直是五星好评外卖员。

女儿在旁边写作业，儿子拿着一支彩色蜡笔在地上画来画去，他把他抱起来，蜡笔从他手里滚走，小宝替他叼了回来，没等他伸手去接，儿子抢先一步从他腿上滑了下去拿到蜡笔。儿子的手刚好扒在石膏上，他抢起笔看了一眼潘李国，又看了一眼姐姐，然后开始在那条有石膏的腿上画好几个圈。他画完后把自己给逗笑了。女儿听到响动，也走了过来。

"你也想画？"

"可以吗？爸爸。"

他点了点头默许，他会一直记得，爸爸这个称呼今天回来过。

弟弟趴在旁边画，姐姐在弟弟的基础上补充，他们最后的成品是一辆十分简陋的小汽车，女儿说弟弟画了圆圈，她只能想到轮胎，就只能画小汽车。潘李国看着姐弟俩，他突然意识到自己和轮胎结下的不解之缘，他当过司机，搬过砖，拆过房子，甚至缝制过内衣，但这都不及他自己的轮胎天赋。他三十多岁才进轮胎厂，只培训了五天就能正式工作，后来主管告诉他才知道其他人至少要培训半个月才能上岗。他对车没有研究，但他手脚灵敏，在工厂做得越久，他越是一眼就能看出哪个轮胎有问题。

自己能拥有这份工作还是靠妻子推荐，妻子在这找了份帮厨的工作，她作为推荐人介绍他来工作，原本她只想他做满三个月，她怕轮胎厂会对他的身体有危害，只要她拿到介绍费，他就走人，没想到他在这一做就是十多年。站在工厂外围时，潘李国就闻到了让他有一丝兴奋的塑胶味，工厂四周荒无人烟，工厂里的工作环境和他印象中的也不大一样，白色的电子大门只能靠刷员工卡进出，进出非常麻烦，进厂的时间上也有严格的管制。好在工厂每天会有班车接送，他们可以在下班后逃离无人镇去闹市区，早上也可以跟着班车来上班，就这样，他们俩一起坐过十一年的班车。

思想斗争两天，他做出了妥协。

这一周他把赔偿的钱以及余下的一百多块钱都给了他妈，生活走上正轨后，他继续在本子上记"正"字，这才想起要报备车间检查的事，没想到为时已晚，隔壁二厂的车间压力容器出现了纰漏，和两个月前新闻上一模一样的原因，这场火势却来势汹汹。潘李国那天上晚班，在车间工作的他总觉得不对劲，今天的内温比平时高，他和剩下的两名工人商量好去检查情况。他们三人刚出大门，就被余波弹飞，受了伤昏迷。大家都说他们三人福大命大，若他们还待在车间，后果不堪设想。

五

潘李国在医院昏迷不醒，工厂主动承担社会责任，潘李国的当机立断获得工厂的表扬，在年会上他获得年度"优秀员工"的称号，他能得到工伤赔款，还额外获得工厂十万元现金奖励。那天是他妈替他参加的年会，她抱着老二，牵着老大，第一次站在这样的地方。老大领奖杯，她领钱，对他们仨来说都是一次新奇的体验。

好几个星期后潘李国才醒过来，他妈说家里发财了。出院后，他才了解事情的来龙去脉。他一回家，女儿就把奖杯递给他，上面写着六个字"年度最佳员工"，他妈递给他一张牌子，上面写着十万块钱。

"这是啥啊？妈。"

"十万元呀，公司说要你亲自去领。"

他看着这块牌子，决定现在就去工厂领钱，昏迷的这几个星期要不是妻子的存款，要不是他妈勤俭持家，家里早就揭不开锅。去工厂后，他先找了主管，主管说他要请示上层领导，让他回去等通知病养好了再来工作。他总觉得怪怪的，他今天一走进工厂，大家就埋头干活，他一走，大家就叽叽喳喳讨论起来。他知道有一个地方是八卦的好去处，带着一包烟就行。

他把烟扔给司机。

"潘师傅，这烟我不能抽。"

"我们认识十一年了，你知道人言可畏。"

"我就透露一点点，骗工伤赔偿，有证据。"

"那我十万奖金能拿到吗？"

"这我真不知道。"

下了车，他心里很不好受，一天之内要经历春夏秋冬。他宁愿大家开口指责，开口骂他，那他还有解释的余地。他感到绝望和无力，自己的情感遭受亵渎和侮辱。走之前，他去找主管把笔记本要了回来，"正"字都在，写着要安排检查的那一页纸被他撕下来贴在车间大门上。这是他唯一能想到的报复方式。

第二天，潘李国向工厂正式提出辞职，违约金以奖金的形式相抵消。

那天辞职后，他没有回家，带着几瓶酒去了那片熟悉的海，他开始大口喝酒，拼命呼吸海风夹杂的湿气。有一种力量在推动着他，他像中了邪一样傻笑，奔跑，拥抱，回应他的有海风、浪声和软沙。

彩虹陀螺

傅王楠

1

隔壁三阿姨家的地下室并未空置多久，便在这个夏天迎来了新女工。

纺织机发出吱吱呀呀规律的噪音，几近屋外的蝉鸣。我把刚摘的野荷别在裤腰上，探头探脑地透过三阿姨家的门缝向里看。一个瘦高个子的年轻女人正和三阿姨攀谈，隔着门缝，她的面容看不真切，只能听见江北方言的细碎音节。她的脚边是两个大方蛇皮袋，毛扎扎的，没啥看头，身后倒是跟着个小男孩，正攥着女人的裤管，探出头四处环顾。

我还没来得及端详这两位不速之客，便听到阿婆在自家院子里荡气回肠地叫唤："泽泽——"我晓得午后的冒险到此为止，耷拉着脑袋跑回家。

推开院门，迎面撞上阿婆，她手里的蒲扇掉到地上，和阿婆的老骨头一样发出清脆的声响。阿婆弯腰捡起蒲扇，瞧见我腰间别着的荷花，屈指敲上我的脑门，"小祖宗，又去北塘野了？能不能安生点？"我装傻充愣，"没去，隔壁新来那小子给我的。"阿婆伸手掐我的嘴，"鬼头鬼脑，赶紧回去练字，你妈该回来了。"

哪怕是百般不愿，也只能被阿婆的蒲扇推着往前。葡萄架上爬满了新藤，弯弯曲曲，垂下的绿荫恰好遮住废弃的太阳能水缸，阳光折射，绿叶波光粼粼。几行田垄密密种着各色蔬菜，墙角有个红砖搭的矮屋，养着我从集市上套来的白兔子。我挣脱阿婆的禁锢，把有些蔫巴的荷花放进兔子窝。这院子是我阿婆的天地，我只能屈居第二。

屋里的风扇有些锈迹，潮热的风也断断续续，身体像是沾满了洗洁精的海绵，怎么擦都是潮嗒嗒的。滋儿哇滋儿哇的蝉鸣荡开了毛笔，我抬头问一旁纳鞋底的阿婆。"隔壁那小子什么来头？"

阿婆把针抿在嘴里，空出一只手戳向我的脑门，"是个江北媳妇，听说男人不要她了，一个人带着孩子来打工。作孽哦——"我一拍大腿，"巧了，这不是和我一样吗！"阿婆的双眼立马吊起来，像连环画里的猛虎，鞋底拍向我的腰，直把我掀下凉席，"不许瞎说！赶紧练字！"

我坐了回去。书桌前的窗户正对着外面的大马路，虽被爬山虎遮去了大半光景，但蒸腾的暑气、卖冰棒的铜锣声和香樟树化不开的浓绿齐齐从缝隙里钻进来，把我的心往外勾。突然有个男孩闯进了爬山虎的缝隙，影影绰绰，好像皮影戏中的主角。在那个小小的窗格内，被交错缠绕的枝蔓围住，无声地上演着自己的戏剧。

我看他先是两手交叠，然后发力，就那么一瞬，从他手里飞出去了个木墩子。当那玩意儿有减速的意思时，他便挥鞭抽两下，机械式的动作，他却玩得格外起劲。我探出身越过书桌，脸几乎贴在窗上，彩色的玻璃纸被晒得发烫。男孩脚下的陀螺越转越快，他抽得也更加起劲我仿佛能听到鞭子抽裂空气的飒飒声响。

阿婆见我实在待不住，挥挥手让我出去玩，"少到街上瞎混，不然你妈回来，打折你的腿。"我的应允声被风抽成了几缕丝，也不晓得阿婆听清了没有。

我三两步跑到屋外，皮影戏的主角许是累了，坐在树荫下休息，手里摆弄着那个陀螺，这时候我才看清楚它的样貌，确实就是个削成了圆锥形的木墩子，棕褐色的，四周看得见木头的纹理，平面上用不同颜色的水彩笔画了七个规整的圆圈，像两道彩虹拼在了一起。鞭子放在他的脚边，是一根缠着细麻绳的竹棍。

他似乎意识到有人靠近，抬头木然地朝我看。我脸皮一向很厚，冲着他直走过去，"你是新搬来的？叫什么名？"

"小凉，"他开口有些支支吾吾，"你叫什么？"

日头确实很晒，我也在树荫里寻个空地坐下来，两眼盯着他的陀螺不放。"李清泽。欸，小凉，借我玩玩你的陀螺行吗？"

他犹豫了一下，把陀螺和鞭子递给了我，然后像我盯着他一样，盯着我不放，不同的是他格外安静，一言不发。

我模仿着动画片里主人公的动作，把陀螺从腰间扔了出去，但它只在地上蹦了几下，任凭我怎么用鞭子抽，都转不起来。我试了又试，始终不得法，不是陀螺跟我作对，就是鞭子不听使唤。太阳毒辣得很，躁动的蝉鸣激起我满头的汗，小凉默不作声的旁观让我感到丢了面子，愈加失了兴致，索性把陀螺还了回去，"没意思！什么破东西。"

小凉仿佛忘了自己才是陀螺的主人，见我把东西还回去，倒是比我还要紧张，七手八脚地把陀螺收起来，五官扎堆，像是要哭了似的，"不，不是的，很好玩……我……"我以为他要教我，但我的自尊已经不容许一个江北小孩教我玩陀螺了，转身就往家里跑。

等我再次从那个窗格往下看时，小凉也不见了。日头渐渐偏西，我怕挨揍，规规矩矩坐下来临了两行字。可是那抓人眼球的彩虹在我脑海里挥之不去，手中的笔杆像鞭子把手一样光滑，悬腕挥笔的时候好像在不断抽打着陀螺，我开始后悔起来，一边写一边骂："个小江北佬！"

2

没过几天，我又见着他了，不是我主动寻去的，是他妈妈带着他上了我家。

她踏着傍晚的云霞进来，我第一次见到这样的江北女人，和三阿姨以往招来的女工都不一样。我妈接过她手里的苹果，清透的红色映在白色塑料袋上。那个女人一边笑一边把躲躲闪闪的小凉推到众人面前，"这个是阿姨，这个是外婆，这个要喊姐姐，记住了吗？"小凉点点头，讷讷地吐出几个音节。他妈妈则跟他形成了鲜明的对比，好像是背着孩子吃过糖渍番茄，嘴甜得不得了。夸我妈妈时髦，夸我阿婆能干，还蹲下来摸我的头，"这边的小丫头就是聪明"……她那细窄的腰像新买的弹簧，上上下下来回多次，一点都不吃力。

阿婆亲热地挽过她坐下，"今天不干活？那在我家吃饭吧。"我妈也在一边附和。

那个女人直蹿起来，条凳发出咯噔一声巨响："别忙别忙，我们坐坐就走了。"

我妈又旋身回来，瞪了我一眼，"带小凉弟弟去你房间玩，多大的人了，一点都不懂事。"如果没有外人在，我妈瞪起眼就意味着我要挨揍了，她喜欢拿鸡毛掸子当"武器"，如果我犯了小错，就用带毛的那一边抽，疼是次要的，关键是痒，一旦我笑出眼泪，这事儿就过去了。如果是大毛病——诸如跟着街上的大孩子偷摸去池塘钓鱼摸虾或是不好好写作业，她就会用没毛的那一边揍，只有我嚎到干咳才会停手。而且我还总结出个规律，绝不能问她"我到底是不是亲生的"这类话，不然她下手更重。她这么一瞪，我便浑身一激灵，上了高中我才知道，这是巴普洛夫家的狗才有的反应。我后悔极了，如果我小时候就把这个知识告诉她，她还能舍得让我像一条狗？但这时候我没法用科学知识对抗棍棒教育，只能灰溜溜地带着小凉去我房间避避风头。

我是个顶大方的人，就算那天小凉让我丢了面子，我也心甘情愿地把房间里的玩具搜罗出来跟他一起玩。其实我也没什么稀罕物，只有一盒 42 色的水彩笔、一个钓鱼小玩具、几盒橡皮泥和一个八音盒，虽然数量不多，但应付这个小江北佬绝对绰绰有余了。

事实证明我的自信是对的。他的眉毛舒张开一些，扯了扯嘴，憋出几个字，"我能摸摸吗？"

我"哼"了一声，"随便玩，不过我有个条件……"

他的眉毛又灵活地缩了回去，"啊……？"

"你得和我一起玩那个陀螺！"

小凉像是松了一口气，"行，下次你去我那玩。"

我还以为他生来结巴，原来也是会说连贯话的。"说话不许结巴，街上的二愣子说话就结巴，最烦人了！"

我说这话纯粹是小孩子脾气，但小凉居然连连点头。那时候我当然不知道，结巴不结巴不是人自己能决定的，我也没有权力要求别人衬我的心意，我一直想忘记我对小凉说的这句话，但越是想忘记，就越是记得清晰。

窗外的云霞趁我们玩耍的工夫，一声不吭地散了个干净。小凉妈带着意犹未尽的小凉告别回去，阿婆笑眯眯地说："就隔了堵墙，有空再来玩啊。"小凉冲我挥挥手，我抬起头问我妈，"我以后能去找他玩吗？保证不去街上。"我妈破天荒地摸了摸我的头。

从那天开始，我便多了个固定行程，每天写完作业，练完狗爬字后，就跑到三阿姨家的地下室找小凉玩。

地下室摆了三台织布机，小凉妈妈在机器间来回穿梭，干瘦的手里拿一把小剪子，专门修理坯布上的线头。一看到我来，她便停下手里的活，变戏法式地从兜里掏出一颗糖，剥去糖纸放进我嘴里，往往来不及道谢，这糖就已钻进肚皮了。我嗜甜的模样往往逗得她咯咯笑，倚在织布机边上，弹簧似的拱来拱去。"小凉在屋里，你去吧，阿姨干活了。"得了应允，我便三步并两步跑进那个小屋。

我去的时候，小凉大概率在写暑假作业，小概率在看《西游记》。五平方米见方的屋子，大半位置被钢板床和矮柜占去，柜子上是三阿姨家淘汰的老旧电视机，勉强还能看几个台。折叠桌和塑料椅堆叠在墙角，只有吃饭或写作业的时候才会拿出来。这个屋子人来人往，墙面已经乌七八糟，还有各种奇怪的气味，不开灯还好，一开灯便是满目污迹。我嫌那里脏，除非电视机里恰好在播《西游记》，否则我们都是在明堂里玩。

我的那些玩具里，小凉最喜欢那套水彩笔，42支胖胖的笔按照由浅到深的顺序整齐排列，透明的外壳包裹着五颜六色的海绵，足够描绘那个年纪能接触到的所有风景。我拿水彩笔的使用权换来了他教我玩陀螺的机会，避免了低声下气请求的尴尬。

小凉依然不善言辞，只会一遍遍地示范，用行动教我如何缠麻绳、飞陀螺、抽鞭子。勤能补拙在任何领域都是有效的，在玩乐这方面也是如此，虽然使力的技巧还有待提高，但我终于能够让那个彩虹陀螺缓慢而持续地转起来了。我玩陀螺的时候，小凉就在一边用水彩笔画画，在手腕上画手表，在手背上画鸭子，那鸭子既不是黄的也不是白的，而是七彩的，我第一次见的时候笑得乐不可支，"你傻不傻，哪有七彩的鸭子，可真够贪心的。"小凉坐在明堂里的柴火堆上，乐呵呵地傻笑，从不反驳。

3

小凉妈妈是个顶能干的女人，她和三阿姨打了商量，一天做两天的活，空出一天来翻新那个五平方米的小屋子。这样不用出钱出力的好事，三阿姨自然是同意的。那几天，明堂里堆满了搬出来的杂物，钢板床挪动不便，阿婆就把我家的两张躺椅借给了小凉妈妈，让他们在明堂里睡，虽然简陋了些，但睡前用凉井水一擦，躺上去冰冰凉凉，胜过空调，再加上穿堂风飒飒，抬头就是璀璨星子，我都有几分羡慕。

长滚筒一上一下，乌糟糟的墙就一点点着上了雪白色。干活空下来的时候，小凉妈妈经常带着小凉拜访邻居。三阿姨家的东边是我家，西边是理发店和茶叶店，再往西几十米就是菜市场了。理发店的谷阿姨、茶叶店的于叔叔、菜市场卖冰棍的米老头都是三阿姨的牌搭子，实在三缺一的时候也会喊上我妈顶一阵。除了讷言外，小凉已经没有刚来的那会儿与人生疏了，见到众邻居也轻声细语地喊。我同他之间更是形成了一种微妙的默契，下午三点左右就一齐从屋里出来，玩陀螺、画画、看电视、逗兔子、上街闹腾，风雨无阻。

随着我玩陀螺的技巧日益精进，我同小凉的关系也渐渐亲密起来，阿婆常常讥讽我："又带着小跟班上哪作孽，一个乖孩子都给你带坏了！"我总是不服气地反驳，"是他要跟着我的，不信你问他！"阿婆只会摇头，对着小凉说，"少跟泽泽出去野，听阿婆的话。"小凉和我的战线牢不可破，阿婆的话自然是左耳进右耳出。

除了 42 色水彩笔外，最近我们又添了新东西。是三阿姨给小凉妈妈准备的粉笔，用来在坯布外做标记。小凉妈妈偷偷塞了几根给我们两个小孩，崭新的粉笔摸上去还有点扎人，我们俩小心翼翼地捧在手里，生怕它们咔嚓一下就断了。我们先是在明堂里的水泥地上画，但白天的地面烫得让人受不了，蹲久了又累。我转念一想，回头对小凉说道："这儿画没劲，不如到你家新刷的墙上画点好玩的。"小凉吓了一跳，极力反对，"不行不行，我妈得生气了。"我扯起小凉的袖子，"墙上正缺点装饰，咱画好看点，你妈高兴还来不及。"小凉犹豫再三，还是应了我的怂恿。

我们偷摸转移阵地，打开电视机假装在看《西游记》，然后从口袋里翻出珍藏的彩色粉笔，精挑细选，最终决定在床头边的墙上创作。我用蓝色粉笔画了一条蜿蜒曲折的河，与钢板床的栏杆相接，又在里面添了几颗星星，对小凉说，"这样你和你妈妈就会做个好梦啦。"小凉的画作则精细许多，红黄蓝三原色全用上了，铺了一朵又一朵向日葵，还贪心地画了好几个太阳。我问他是不是想当后羿，他问我后羿是谁，我嗤笑，"小江北佬真的是小江北佬！"

小凉妈妈干完活过来，看我们俩鬼画符地正起劲，笑出了声，"尽捣蛋，别画了啊，带你们去洗手。"我和小凉对视片刻，晓得这话没有生气的意味，就笑嘻嘻地奔逃出门，换个地方继续涂鸦。

七月底，我妈要出差一礼拜，临走前提着我的耳朵不放，一字一顿地告诫："不许上街跟大孩子瞎混，也不许去游野泳，听见没？我回来要是晓得你出去鬼混，你再躲也没用。"我哎哟喂乱喊，连连点头，但心里暗呼解放。

她前脚出门，我后脚就带着小凉上了街。暑气正重，只有卖棒冰、豆腐花的老头们推着自行车在树荫下守株待兔。我们两个香饽饽一出现在视野里，老头们一齐摇铃铛，但我们只对棒冰感兴趣，径直走到米老头的自行车前，扒拉那盖着棉被的泡沫箱，挑拣最便宜但最甜的冰棍。妈妈给我留了几个硬币当零花钱，我阔气地掏出五角买了一根碎冰冰，用力折成两半，破裂的口子冒出氤氲白气，半融化的冰粘在唇上。我递了一半大的给小凉，塑料壳上附着一层滑溜溜的水，我往身上一擦就随它去了。

今天不太凑巧，街上没有大孩子带着玩老鹰抓小鸡。我们就一边舔冰棍，一边在菜场里慢慢荡。菜场里用水泥砌成半人高的台子，中间空出三人宽的过道，小孩最喜欢在这些台子上"攀岩走壁"，我们也不例外。把棒冰嗡在嘴里，双手撑起身体，往上一跃，就利落地滚到了台子上。

空气里弥漫着粘腻的生肉味，水泥台上残留着烂兮兮的菜帮子，我一脚踢飞一个，招呼小凉也一起来。小凉还沉浸在舔舐冰棒的滋味里，冲我摇了摇头。走累了，我们便找了个干净些的台子坐下来，那是我第一次问及小凉的父亲。

"欸，小江北佬，你爸爸呢？"

小凉讷讷地开口："我没有爸爸了。"

"我阿婆说你爸爸不要你们了？是真的吗？"

"是我和我妈妈不要他，他喝了酒就要打人。"

我突然意识到这是他不愿提及的往事，急忙亡羊补牢："没事，我也没爸爸，有什么大不了的。"

"那你爸爸去哪儿了呢？"小凉问。

"他是开卡车的，晓得卡车长什么样吗？有这么大，这么高！他跑运输的时候被狐狸精勾跑啦。"我把吸空的塑料壳往身后一抛，看着小凉懵懵懂懂的神情，眼里突然有点潮意。

4

夏天的雷阵雨总是来得猝不及防，我把水彩笔护在胸口，冒着雨冲进地下室，塑料凉鞋发出吧唧吧唧的声响，在空旷的地下室里格外明显。织布机难得地停工了，我四处寻不见阿姨，索性直接往他们的屋子去，"小凉！小凉！"没有人应，屋门也锁上了，倒是那个彩虹陀螺，放在了屋外的竹篓里。楼上三阿姨洗牌的声音和雨声一样，哗啦啦、哗啦啦，我顺着楼梯往三阿姨家冲，想问问他们去哪了。

三阿姨家的门敞开着，我站在最后一级台阶上往里看，牌桌上还是那几个熟面孔。三阿姨码好牌，丢出一张东风，冲着另外三个人说："江北女人也不老实，冒这么大雨还出去会男人。"

谷阿姨碰了牌，"真的假的。她在这没亲没故的，哪能碰得上男人？介绍人不是说她刚没了男人吗，怎么这么快就傍上了新的？"

于叔叔用手拍了拍谷阿姨的手肘，"那可不好说，没瞧见她刚来的时候，就把我们几家都走动了一遍？空下来还要刷刷墙，真把这儿当自己家了呗。说不定，嘿，早就有人候着啦。"

牌桌上顿时一阵笑起来，我最熟也最亲热的米老头，迎着于叔叔的话头说："个小江北佬也不是好东西，前两天去我那买冰棍，自己不掏钱，就盯着李清泽，小小年纪就吃白食，也不晓得家里是怎么教的，没爹养没爹教，作孽哦……"

碎发遮住了眼睛，嘈杂的人声压过了身后的瓢泼大雨，一如几年前的同一个暴雨天，只不过那天还没有米老头。那时候爸妈刚离婚，我跟着我妈搬回阿婆家。夏至暴雨，我听阿婆的话，套着雨鞋踢踢踏踏地去给三阿姨送馄饨。玻璃门里，三阿姨眉飞色舞地打着麻将，不知道说着什么，笑容满面。我盯着台阶上的芦荟盆栽看，看它芯子里的一汪雨水慢慢溢出，直到碗里的馄饨皮变得坚硬。

"自摸！"我听到谷阿姨的笑声。水彩笔不知道什么时候撒了一地。我突然有些怯懦，连笔也不捡便跑回了家。

阵雨裹着轰鸣，没个停息，天地间晦暝莫测，狂风像是寻仇似的，目力所及之处，再没有直着身子的香樟树。我扒着彩绘玻璃窗，等着那个皮影小人再次出现。

直到傍晚，暴雨才逐渐安静下来，留一些淅淅沥沥的雨丝，我也终于看到了小凉妈妈往常打的那把天堂鸟伞。我打开窗户，冲他们喊："小凉小凉！阿姨阿姨！"小凉和他妈妈抬起头往我这看，隔着雨帘，我只能看见他们牵着手。小凉妈妈问："泽泽，怎么了呀？"小凉冲我挥挥手："我今天去见校长啦，妈妈说我下学期可以跟你一起上课！我中午把陀螺放屋外面了，怕你没得玩，你玩了吗？"

我想到第一次见面，他在树荫下玩陀螺，突然哽咽起来："玩啦，我有玩的！谢谢你!"小凉妈妈喊我赶紧把窗关上,小心淋了雨感冒。我悬着的心终于放了下来,"小凉,我明天找你啊!"他点点头,蹦跳着往地下室走。

阿婆听见这边的动静,打开我房门进来,"泽泽,乖,不要跟小凉走太近,晓得伐?"

阿婆叹了口气,"人心隔肚皮,你还小,听阿婆的话啊,阿婆不会诓你。"

我背过身子,把头埋进枕头,"小凉妈妈给我糖吃,小凉给我陀螺玩,他们是好的。我和小凉都没爸爸,我们是一样的。"

阿婆突然提高了嗓门,"胡说,不一样!你是我和妈妈的心肝。"

我不想再跟阿婆争论人心隔肚皮,就算是再亲的人,心和心也是隔着肚皮的。

我把练字的那套东西拿出来,"我练字了,阿婆你去忙吧。"

阿婆叹着气,步履蹒跚地往外走,我晓得不该生阿婆的气,阿婆是我的亲阿婆,但我又不够格冲着那些外人生气。我只能挤出墨,用毛笔蘸了,临摹"仁义礼智信。"

5

阴晴无常,第二天又出了太阳,我趁着阿婆午休,偷偷溜出家门找小凉。

小凉妈妈仍旧在织布机之间穿梭,小剪子上下飞舞。我喊阿姨,她招招手,把两颗糖放在我手心,"嘘,别给小凉看见,他牙不好,不能吃。"她比来的时候圆润了一些,因为地下室透光性差,她的皮肤也比整日在外奔波的人白一点。我突然被小凉感染了讷言的毛病,只应了两声以示回应。"小凉在房里看动画片呢,今天电视机难得没毛病,你也去看吧。"

我朝小屋子走去,小凉坐在钢板床上,目不转睛地盯着电视。屏幕里是《陀螺战士》，刺啦刺啦的电流声差点盖住主角的台词，我走过去把天线移开一点，又用力一拍，屏幕上的雪花骤然消去。"今天玩什么？"小凉兴冲冲地问。我被动画片勾起了陀螺瘾，又想趁着妈妈管不着的好时机去荷塘玩水。"你会游泳么？"我问。小凉不好意思地笑，"我只会狗刨。"

我压低了声音问他，"去荷塘玩水吗？水可碧了，有这么大的粉色莲花，摘一朵回来给你妈，她肯定高兴。你要是不敢下河，在岸边上洗脚打水漂也成。"

小凉有点犹豫："要不，要不还是在家玩陀螺吧？"

我急了，"真胆小，我妈就这几天不在家，现在不去，后头就没机会了！"

小凉被我说得有些心动，正巧动画片也开始放片尾曲。"那，我带着陀螺，我在边上玩好不好？"

"好嘞！"

我们趁小凉妈妈换料的时候，悄悄摸出门。一股又一股热浪在我们眼前翻涌，我们沿着稻田一路向北，翠绿的晚稻排成笔直的一列，水渠汩汩地往地里引水，田埂上的杂草也变得湿漉漉的。

我心心念念荷花，一个人冲在前面，小凉却拖拖拉拉，一手拿着陀螺，一手挥着鞭子，漫不经心地抽打着空气，发出飒飒的声音，在空旷的田里显得格外悠长。我本来已经跑出了稻田，但小凉走得极慢，我只能蹲下身来等。水渠里有几只田鸡，花色不一，在浅浅的水涡里卖力地划动四肢。我冲他喊："我们下回来钓田鸡！再让我阿婆买点小鸭仔，我们的兔子就有伴儿啦！"他也冲我喊："好——"我等得不耐烦，站起来拍拍屁股，手握成喇叭放在嘴的两侧，拖长了调子，"小——凉——你——快——点——"他终于迈开短腿跑起来。

又走了十几分钟，终于到了北边的荷塘，今年绿藻不多，阳光下的荷塘波光粼粼。荷花大概是野生的，荷塘应该也不算深，因为小孩子们拔荷叶，摘莲花，挖莲藕的时候，大人们意外地会睁一只眼闭一只眼。

我像鱼见了水，脱掉凉鞋就往塘里钻。粉尖顶儿的荷花开得正盛，从高低错落的荷叶间钻出来，我先摘了一朵半开的扔给岸上的小凉，又折了一片荷叶顶在自己的脑门上，然后踩着池底的淤泥一点点往前摸，起伏的碧水在四边漾开，花瓣和荷叶在我脸上扫过，昨天的憋闷一下子散了个干净。

小凉不敢下水，就在岸边上找个平坦的地带玩陀螺。小凉手下的陀螺，往往转得又快又稳，彩虹连成一道道圈，让人眼花缭乱。

我从水里钻出来，正瞧见竖万，那是小凉妈妈介绍人的儿子。竖万妈妈和小凉妈妈是老乡，十年前来这边水泥厂打工，结识了现在的丈夫。竖万比我大三岁，但个头几乎是我的两倍了，仗着自己胳膊壮大腿粗，常常欺负街上的孩子，我先前不知道他的劣性，同他一起玩过老鹰抓小鸡，他当"老母鸡"的时候尽喜欢用肚子去撞瘦弱的"小老鹰"，竹竿身材的孩子都被他顶过屁股蹲，还有个小孩儿被顶得崴了脚。那次我就同他干了一架，当然没打过，被揍得身上青一块紫一块，因为是偷摸溜出门玩的，我也不敢跟我妈告状，极其憋屈。

竖万大摇大摆地走过来，上衣遮不住往外溢的肥肉，嘴里舔着奶油冰糕，看见路上的小凉在玩陀螺，一把拉住他，"哟，这不是小凉吗？玩陀螺呢？"没有了鞭子的外在力道，吱溜溜转的陀螺慢慢停了下来，小凉有点束手无策，竖万从地上捡起那个陀螺。"还是彩虹的呢，送给我呗，反正你也不差这一个。"小凉的五官又皱到了一起，踮起脚想把陀螺抢回来，无奈身高过于悬殊。小凉讷讷开口，"这……这是我爸爸给做的……还我吧，我真的就这一个。"

竖万舔完最后一口，把冰糕杆丢进荷塘，"反正你爸对你也不好，留着干嘛，我帮你解决了。"作势就要抢小凉手里的鞭子。

我对小凉比画了个向后退的手势，然后悄悄凫水过去，猛地钻出水面，舀起一掌又一掌的水往竖万身上泼。竖万吓了一跳，像蛤蟆似的连连往后蹦。等他回过神来往水面看的时候，我已经潜到了水下。竖万把脸上的水撸干净，一把揪住小凉的衣服领，"是你干的？"小凉吓得闭上了眼，"不是不是不是，是是是是水鬼吧！"只见竖万后背一凛，"别骗人了，这条路我最熟，怎么可能有水鬼！"小凉不敢再说话，任凭竖万怎么威胁，只是哆哆嗦嗦不张口。

竖万没被吓跑，又准备抢小凉手里的鞭子。我故技重施，但这次被他发现了。竖万啐了一口唾沫，"又是你啊李清泽，你俩还真是巧，一个爹揍人，一个爹偷人，还能凑一块。"

小凉突然发劲，狠命咬上竖万的手。竖万吃痛，松开了小凉的衣领，"你还敢咬我？"反手把拿着的彩虹陀螺丢进荷塘。一条彩色的弧线从我眼前划过，咚的一声，就没了踪迹。我赶忙潜下水去摸，但层层叠叠的荷叶成了前行的巨大阻碍，分明记得它落在右前方，但怎么都寻不见。

小凉大哭起来，拽着竖万的衣摆，"你赔我的陀螺！你赔我的陀螺啊！"

竖万轻轻一推，小凉就跌倒在地上。"我赔？你先赔我医药费吧！疯狗，我还怕得狂犬病呢！"两人在岸上推搡，小凉的哭声和竖万的骂声交叠在一起，

我放弃了寻陀螺的念头，我只想教训竖万。

我飞速爬上岸，趁他不备，使出全身的力气，把竖万推下了荷塘。他肥硕的身子就像那个陀螺，跌跌撞撞地滚了下去，和小物什掉进荷塘的沉闷声不同，竖万掉进去的巨大声响，惊动了附近的狗群。

我身上的水在烈日中逐渐蒸腾，沾满污泥的脚踩在发烫的路面上，留下一个个污渍。身后的小凉被我的举动吓了一跳，惊叫着要去找人救竖万。我拉住他，"别管他，这荷塘浅得很，让他好好吃点教训。"

我看着竖万的嘴里涌进去一大片带着绿藻的浊水，一面欣赏他在水里上下扑腾

的丑陋姿态，一面大声嘲笑，"有本事上来再揍人啊？别装腔作势，这荷塘浅得很，你站起来就能够到底！"

6

我们久违的享受到了胜利的滋味。但并未得意多久，天刚擦黑，竖万的妈妈就带着他来讨说法了。

明堂里人声鼎沸，竖万像条泥鳅一样赖在地上，肥硕的大腿上星星点点，分布着红药水的痕迹，她妈妈双手插着腰喋喋不休。以三阿姨为首的左邻右舍们把这对母子围在中间，生怕我像之前一样发疯冲上去。

三阿姨有些多虑了，我和小凉被阿婆护在身后，只能听到熙熙攘攘的吵骂。

小凉妈妈的腰又像弹簧一样，上上下下，不过今天这弹簧好像有一点生锈。"对不起、对不起，小孩子玩闹没有分寸，您不要往心里去了。医药费都我来付，您先让孩子起来吧，地上脏。"

她对面的敌人却像空中低掠而过的蝙蝠，露出尖牙，带着哭腔又阴恻恻地说，"医药费能解决什么问题，小孩子都吓出病来了呀，你看看他的眼神，我家小孩万一有个三长两短，她拿什么来抵。"

"竖万妈妈，两个小孩子还小，不懂事，往后不让他们出门了，您看行不行？"

"我现在可不敢相信你的保证了，介绍你过来，是看你刚没了丈夫不容易。再仔细想想呀，可别是给你克死了。"

小凉已经连啜泣都忘记了，双眼无神，我似乎又身处荷塘，不晓得是应该浮上岸还是潜入底。周遭的议论淹没了我。"原来是克死丈夫的。""没爹教育真不行啊。""白眼狼，给介绍工作了还要欺负人孩子。""真晦气，赶紧搬走吧。"……

我抬头看明堂外的天空，夜色渐渐浓起来，交叉的电线中间，有几颗星子闪着冰冷的光。三阿姨开口道："庙小容不下大佛，你们明天找别的地方吧。"

后来我时常回想那天晚上的场景，在错乱的记忆碎片中，我只记得小凉妈妈和小凉离开了。但我总是忘记很多细节，也总有一些记忆变得模糊和紊乱。譬如竖万他妈妈后来说了些什么，小凉妈妈和小凉去了哪里，我妈回来后是怎么教训我的。

我还记得，三阿姨说完这话，我便提着抓知了的网一路狂奔，踏着夜色又去了那个荷塘，田埂上的蚊群扑面而来，连睁眼都费力。我先是在岸上用知了网打捞，但毫无收获，我只能慢慢下水，一点点摸索。黑暗，只有无边的黑暗。我咬着牙强迫自己行动，在水面上深吸一口气，然后潜下去反复寻找。池底的淤泥柔软得很，偶尔有一些硬物划过我的手心，我不敢用力，只能凭手感轻轻拿出水面。终于，我找到了那个陀螺。沾满水珠的陀螺就像打了一层蜡，月光下的彩虹有种异样的光彩。

我带着陀螺回去找小凉。但屋子已经空了，竹篓里的荷花落了一地腐烂的花瓣。

丑　桃

赵玉清

一

我现在叫王五浩，名字是酒店给我取的。没办法，叫王浩的太多了，按照职位的高低和来到这里工作的时间长短，我排到了第五，就成了五浩。也许再过几个月就会有六浩、七浩进来。

我所在的这家酒店是一个三星级的酒店，上海有无数这样的酒店，自然也有无数像我一样来到这里打工的外乡人。我们像灰尘一样涌进来，缩在这狭小的亭子间里，三四平方米大小，一张桌子占据了半面江山，一张椅子又占据了另外半面，从桌子下到椅子下堆满了快递，这些快递盒子时常和脚争夺地盘。我才明白为什么面试填表的时候要求报上身高体重，太高太胖的又怎么能够塞进去呢？还好我长得过得去。

我们这些蹲守亭子间的都是临时工，我说我们像灰尘可不是瞎说的，每天杆起杆落进进出出的车辆那么多，不下雨的时候总会带起一些灰尘飘进亭子间落在我们身上，我们又在人最多的时候去挤地铁，挤来挤去，你蹭蹭我，我蹭蹭你，大家可不就是灰尘么。

张莫言就不是灰尘，她是珍珠。从第一天上岗我就注意到了这位大堂经理，穿着一件深红色西装式酒店制服，镂空的衣领处露出星星点点的肉，像一粒粒珍珠围在脖子上面。嘴角张开四十五度，眉眼弯弯含笑，做出张开手臂的动作，被摆放在酒店大堂门口。从我所在的亭子间望去，正好能斜斜地看见这张人像海报的侧影。

人家都说珍珠从哪个角度看，看到的都不一样，张莫言也是这样的，斜着看，看到的是她小巧的耳垂上戴着樱桃耳饰，饱满多汁。正着看，看到的是黝黑不见底的瞳仁。若是拂开那层职业微笑的面纱，说不准就会被这深不见底的瞳仁给吸进去。海报还好，毕竟是平面的，要是真人站到我面前我是没胆和她对视。

"张经理，有你的快递！"说完我就迅速地低下头，听着高跟鞋嗒嗒声愈来愈近，直到停在亭子间窗前。

"您等一下，快递有点多我得找找。"我半蹲在地上，亭子间的木板壁是一条条用钉子拼贴起来的，制作工人绝对是偷工减料了，每条木板之间有一指宽的缝隙。她今天穿了一身白色连衣裙，下尾开叉，隐隐露出穿着肉色丝袜的腿。

"找到了吗？"她身子向窗口倾了倾，我一惊急忙收回目光将手中的快递盒子递了过去。张莫言接过盒子，刚转身没走几步路又折了回来，她脸上毫无波澜把盒子塞回亭子间说："这不是我的快递。"

快递盒子上写着"张丽花收"。

我急忙弯下腰又重新找，结结巴巴地说："不……不好意思，眼花了，最近老是收到这个叫张丽花的快递，都存了四件了，但一直没人来领，张经理，咱们酒店有叫张丽花的吗？是不是搞错了。"

张莫言接过快递，转过身才丢下一句："不清楚。"

李志强说他来跟我换班的时候就看见我一脸痴傻地盯着张经理的背影看，他喊了我好几声我都没听见，最后只能踹了我一脚。

李志强指了指酒店门口的人形海报说："你小子还真是癞蛤蟆想吃天鹅肉，张经理可是正经上海人，高学历，据说父母还是公务员，要不怎么能这么有远见起一个和诺贝尔文学奖得主相同的名字呢？你个山沟里来的就别打人家城里人主意了。"

我怎么敢呢？连和人家对视一眼的勇气都没有，我说这是身为一粒灰尘的本能。李志强又开始说我神神道道了。这点我是同意的，自从来到上海，我是变得有些神神道道了。没办法，谁让大家彼此都不说话呢？上班的时候摄像头管着不让聚众闲聊，查到了一次扣五十块，我被扣过几次五十便开始自言自语了。我想摄像头管的是两个人在说话，我一个人说话，它管得着吗？

李志强踢了踢脚边的快递，捡起贴着"张丽花收"的快递递给我，说按老规矩。我点点头，接过盒子弯腰出了亭子间。我们这里的老规矩，一开始我不知道，李志强看在同住的分上才跟我说，像这种超过两周还没人签收的快递就是无主快递，酒店南来北往客人这么多，没有人会去查这些快递，我们一个班的保安可以私下里瓜分，就像是拆盲盒一样。上次李志强就拆到了一件女人的胸衣，现在还挂在他的床头，他说摸不着真的摸摸衣服也能过把瘾。

他问我有没有女人，我说我订婚了，来上海打两年工挣够彩礼就回去结婚。李志强问彩礼多少钱，我说现在要十万以上了，还不包括车子、房子和三金。说完这些他沉默了，他说他们那边比这还高，又骂了句粗口，嘴里嚷嚷着老子这辈子是要打光棍之类的话。说着他便把烟蒂按在地上，狠狠地搓灭。

李志强值夜班，另外一个估计在某个网吧里打吃鸡，住所就我一人，隔着窗户就能看到对面一条不知名的小河沟。白天看过去河沟里的水都是泥黄色，散发着下水道的味道，每次台风暴雨过后，河沟里就漂浮着矿泉水瓶子、方便面盒子、食品包装袋……一两个月才能看见有人过来清理一次。

两件来自 H 省 S 市白塔镇温家沟的快递，我多瞅了两眼这个熟悉的地名，这还是老乡。温家沟我熟悉，李志强老说我是山沟里的，比起来温家沟才是正儿八经的山沟，黑油马路到现在也没有通到他们村子。寄件人的姓名叫崔家根，收件人的姓名叫张丽花。我比画着卷尺刀在这二人的名字上来回徘徊了两次才轻轻划开盒子。

　　一阵熟悉的味道传来，烟熏的腊肉干香味混合着山沟树木特有的清香。我一闻便知道这是用桃木熏烤出来的腊肉干，一般都是过年时做，或是谁家办喜事便会做很多，再用红纸包裹了送人。腊肉干下面是山沟里特有的野山桃，个大水分足酸甜可口。桃子大概有十来个，有两个已经蔫巴了。在桃子中间放着一封牛皮纸信封，信封上没有用胶水封死，也没有任何字，纸上写着：

　　　　小丽，我们刚结婚你就来上海打工，我们的婚纱照你还没看过吧？我随箱寄了一张给你。我娘这段时间一直催促我给你打电话，可能你换了手机号忘记和我说，那个手机号是空号，咱村小六子之前跟我说在这个地址看见过你，也不知道他提供的地址准不准，前几次给你寄的快递不知道你有没有收到？我娘年纪大了，想要在还能动弹时抱上孙子，我想了想叫你回来在这山沟里生活谁也养不活，我去上海找你吧，如果你看到信的话给我回一个电话。

　　　　　　　　　　　　　　　　　　　　　　　　　　　　　　家根

　　照片上是穿着婚纱和西装的两个年轻人，照片中的背景是他们那特有的黄土地高山坡，旁边放着垒成墙的棒子，棒子墙前一只黄狗的上半身还出现在画框里。新郎穿着西装打着领带，样貌朴实，个头一般。新娘肤白貌美，嘴角弯弯含着笑意。

　　这是张经理吗？

二

地铁二号线转八号线到和顺新村再坐半个小时公交才能到天山水榭花园小区。我看了高德地图的时间记录，从酒店到张莫言住的地方要坐两个小时的车程。

小区绿化很一般，只有一块草坪和一排树，说是天山水榭，其实只有一条河沟。河沟漂浮着饮料瓶、塑料袋、落叶……一群长脚蚊子在水塘上方聚成一团，从那里散发出一阵阵腥臭味。也许这条河沟和我住处的那条河沟是相通着的，它们一样都是泥黄色，连气味都相似，这里漂浮的塑料袋没准儿再过几个小时就会飘到那边。

地址上张莫言是住在六楼，这处小区也只有六楼，一般现在楼房建造时超过六楼就要设电梯，一些开发商为了节省，像这种年代久远的小区是不会再动工建电梯。楼梯口树下坐了一圈乘凉的老太太，拿着蒲苇扇咕咕哝哝的在说话。说实话，我在上海待了快半年了也没听懂上海话。

"大妈，这哪个是二单元呢？"我指着两个楼梯口。其中一个老太太停下来上下打量了一下我，用口音极重的普通话问小伙子来找人？我点点头，老太太又问："侬是北方来的哦？"

我有些纳闷，难道脸上写着北方两个字？老太太一脸猜对了的样子说："南方人说普通话才不会这么标准，南方北方一听就听出来了，那边是二单元。"她指了指左边那个楼梯口。

"谁呀？"

我敲了五六分钟的门才隐隐从里面传出鼻音浓重的声音，对面门上贴着大红福字及对联，而张莫言这处却是光秃秃的。

"怎么是你呢？你是怎么找到这里的？"

我还是没胆量直视她，便低着头挠挠耳朵指了指手里的塑料袋说："我是问的李志强，我看你好几天没有去上班，她们说你病了我就想来看看，这个是我老家的桃子，酸甜可口，想给你尝尝。"

张莫言礼貌地道了声谢便跑去厨房开了个西瓜。

家是普通家居两室一厅的格局，只是过于凌乱，衣服团作一团扔在沙发上，茶几上还有昨天吃饭落下来的米粒，窗台上落了一层灰，一盆绿萝显然是很久没有浇过水，叶子都枯黄了，电视开着，正放着《欢乐颂》。

张莫言端来一盘西瓜后，便坐在沙发上，一时无话。不过我想，她要是看了照片和信或许会有话跟我说，我摸了摸屁兜里的那封信和照片，刚摸到一个边角便对上张莫言审视的目光，一下子做贼心虚地又缩了回去。这要是她的信，偷拆了人家的快递还看了信该怎么交代？这要不是她的信，她上班的时候向人事部门反映一下我们就会被开除。好像这封信不管是不是她的，只要我拿出来，我就要倒霉了。

可能是坐得比较近，张莫言身上的香水味甚至都盖过了西瓜的香甜，一阵一阵钻入鼻腔，我微微吸了吸鼻子，克制住想要打喷嚏的冲动。看到袋子里的桃子站起来说："我给你洗几个桃子吧，你别看它样子丑，但味道比超市里卖的水蜜桃不知道好吃了多少，你有吃过这个吗？"

张莫言睫毛微微一颤笑道："我怎么可能吃过呢？我一般都去超市买水果。"我将洗干净的桃子递了过去，黑红黑红的桃子，个头不小，但形状却很奇怪，总之论样貌的确是没有让人想要吃的欲望。张莫言接过桃子用力掰开一半放在嘴里，嘴角处略微有些桃汁，桃肉上沾了些许口红。

我同样也将桃子掰开了一半，指了指说："我们那边都这么吃桃子。山里面穷，孩子多，一个小孩都不能吃一个完整的桃子，都是这样给掰开吃。"张莫言拿着桃子的手微微一僵，随后笑道说："前两天还在网上看见新闻说有人吃水蜜桃被蜈蚣给咬了，桃核里面藏着蜈蚣，看得有心理阴影了，所以才掰开。"

虽说是入秋了，上海的天气还是有三十度，屋里没开空调，坐不到十分钟，就觉得后背已经湿透了，湿哒哒的衣服紧紧贴着皮肤，汗液刺激毛孔，一阵一阵的刺痒便传入神经。一时间无话，好在电视开着，也不至于陷入彻底安静的尴尬中。

"对啊，这就是我的房子，关关、小蚯蚓她们和小曲住在一起，这里我自己一个人住。"

"我记得小曲家里好像还挺有钱的，怎么会和人合租呢？"

"你怎么对小曲这么了解呢？"

"没有，我就是有一次在商业酒会上看见她了，听说是自己经营一家公司，做得还挺不错的。"

"厉害啊王柏川，几年不见都这么成功了，还开上宝马了。"

"你认识张丽花吗？"

"什么？"张莫言把目光从电视机屏幕上移到我身上。我说："没什么，我要走了。"

三

窗子不甚干净，星星点点的苍蝇屎遍布上面，窗外是和夜色融为一体的河沟，我的影子投射在玻璃窗上，看起来仿佛我沉入了河沟，随着泥黄色的水起起伏伏。

跟我同住的李志强，还有一个叫小 k 的家伙，李志强晚上喜欢撸串喝两杯，或是到哪个按摩店去放松放松，小 k 倒没这方面的嗜好，就是喜欢打游戏玩吃鸡，不过十一点他们是不会回来的。

这倒是给我提供了便利，我可以拿出照片肆无忌惮地看，不用担心他们谁闯进来。每日看这张照片，似乎成了我睡前的必修课。我对比了一下两张照片，一张是我偷拍的张莫言的人形海报，一张是那件来自温家沟快递里的照片。眼睛一样、鼻子一样、嘴巴一样、甚至连眼角下的那颗泪痣所在的位置都是分毫不差，可又好像不一样。一张穿着大方干练，眼眸就像是窗外那条河沟一样，能够吞没一切，另一张眼里含着甜蜜的笑意，又有几分羞涩和惆怅。

羞涩这个词用在张经理身上合适吗？用在张丽花身上倒是合适的。如果这时候有人问我更喜欢哪一张照片，我想我的回答是更喜欢这张张丽花的照片，因为她让我觉得熟悉。

在我的村子里，有许多和她一样的女孩子，只不过没她漂亮而已。她们在这里一出生就被画上了小于等于号，村里的"男女平等""生男生女一样好"的标题停留在墙上二十多年，慢慢地斑驳成"男平等""生男好"。村里大多数女孩子上到中学毕业就要外出打工，够了岁数，家里安排相亲，敲男方一笔彩礼，把养大的闺女"卖掉"，再给儿子娶媳妇。

张丽花是这许许多多山村女孩子当中的一个，是我从小就能接触到，将来可能也要被"敲"一笔彩礼共组家庭的女孩子。而张莫言，我自嘲地做了个俗套的比喻，珍珠和灰尘有在一起的可能吗？

李志强说怎么不可能？他晃了晃手上的两张照片，说："哥们儿你不义气。"我踢开了散乱在地上的大小箱子问："照片和信是你拿的？"

李志强没说话，算是默认，他把张莫言人形海报图那张剪开，抠出一个脑袋覆盖在张丽花的照片上，得意洋洋地说："看，这不就有可能了吗？"我夺过他手上的照片，骂了句脏话。

李志强出乎意料的没生气，也没踹我，只是神神秘秘地说了句这是机会。

李志强拍了拍我说："王五浩，你就算在这里混十年也混不成一个王浩，凑不够彩礼，娶不上媳妇，为啥？脑袋太轴了。"他掏出一部新手机，成功加上了张莫言的微信好友，发了一个表情包，大概五六分钟微信新消息提示声音响起，张莫言回了两个字：你是？他把那张张丽花的照片发了过去，打字：这照片把你给拍丑了。

我一直盯着李志强手机的对话框，对话框一会儿沉寂一会儿显示对方正在输入，但始终没有消息发过来，我甚至都能够想到手机那头张莫言看到这张照片时的表情，紧张、惊愕、愤怒、担忧、害怕……这些让李志强莫名的开心，他说："看吧，心里没鬼早把我拉黑了。"

半个小时以后，才弹出一条消息：你是谁，想做什么？

李志强晃了晃手机，我一把夺过那部手机，点了"恢复出厂设置"，我说："别犯浑。"

四

采禾是我未婚妻，我们年初经过相亲才认识，算起来我和她一共见了三次面，相亲一次，出去吃饭算一次，然后就是定亲宴上一次。我和她的婚事是符合我们那里"三次定终身"的潮流的。外地人可能会问，你们这样没有感情基础就结婚会不会太草率？我说，所以我们那边离婚率连年创得新高。

采禾没念到初三就外出打工了，在江苏某电子厂上了六年的班，今年过年家人才把她叫回家，说是时候到了，她弟弟结婚等着用彩礼。我们那重男轻女的风气并没有随着时代发展智能手机的普及而有所改善，尤其是只有一个男孩的家庭，采禾家就是这样。

采禾和我并不常联系，她除了知道我叫王浩之外，对我的一切都是模模糊糊，甚至第一次微信聊天的时候采禾让我发一张我的自拍照过去，说是前几次见面没戴眼镜，没看清楚我的长相，等我发过去照片之后许久她都没和我联系。这次手机屏幕上猛地弹出采禾的来电显示让我有些意外。

没等我打过去她便又打了过来，她说，王浩，我弟弟出了车祸住院了，肇事司机跑了。电话那头背景十分混乱，不时传来微弱的救护车鸣笛的声音，显然她是在医院的走廊里或是大厅给我打的这一电话。她像是哭过，鼻音很重。

严重吗？

折了一条腿，需要筹钱动手术，要不然就废了。

要多少？

电话那边的采禾突然沉默了下来，手机里传来的救护车鸣笛声愈发的刺耳，我把手机从耳朵边移出一寸远才舒服些。她说，能把彩礼提前给我吗？

挂了采禾的电话我随后又给父母打了个电话，提到了这件事，如果他们觉得我该把钱给她，那就想办法去借，凑够八万块钱，或者他们觉得我再换一个未婚妻也无妨，我想我还没有对采禾的感情深到非她不娶的地步。

通了电话，母亲说张媒婆前两天来家里唠家常，提起前街老聂家的强子最近刚相了一个邻村的对象，女方提出了车子房子和十二万的彩礼，老聂家被逼无奈卖了老宅才勉强凑够了一个城里的首付，可那十二万的彩礼还没有着落。

她说采禾是个好姑娘。她的确是个好姑娘，没狮子大开口的瞎要，房子和车子也没提，彩礼就要了八万，八万块钱现在能在我们那娶个媳妇吗？也许两年前还可以。

银行卡上的余额加上父母的积蓄算下来还差两万多块钱，我向李志强开口借钱的时候，他没说话，只是把那张早已被我揉坏的照片又拿了出来，他说他没那么多钱，但这个人一定有。

第二天，上班从不迟到的张莫言破天荒的晚到了十五分钟，厚厚的粉底也没有遮盖住她一夜没睡的痕迹。

"张经理，有你快递，张经理……"直到我喊第三遍的时候她才后知后觉的反应过来，朝着亭子间走来。

今天上午是我当值，李志强没上班。昨天晚上我们便在出租屋密谋好，等我下午下班后悄悄跟着张莫言，等她把钱放到东升宾馆 441 号房间后，李志强再去把钱取出来，他说从头到尾我都不用在张莫言跟前露脸，她不会知道的，确保万无一失。

张莫言拿了快递似乎没有要走的意思，她用审视的目光看着我，我垂下头躲避那摄人的目光轻声问："张经理还有事吗？"

她摇摇头，说了句桃子挺好吃便离开了。

五点刚过，张莫言就急匆匆地从酒店门口出来。

马路上又闷又热，天空被乌云压得很低，低到让地面上的人感觉到了呼吸困难。似乎有一场大雨要来临，沥青马路热气蒸发，混合着汽车尾气的味道，冲击着人的鼻腔。我不敢跟得太近，怕她发现，时走时止，偶尔摩擦一下淌汗的前额。张莫言穿着高跟鞋走得很快，她似乎没有要坐车过去的打算，一路从街区穿过。

李志强约定的东升宾馆在一条极为狭窄的弄堂里面，这是外地人来上海打工的聚集地，和广州塘厦那边差不多，人口极为复杂，我第一次来这条弄堂的时候，李志强夸张地指着前面那户按摩店门口，说前段时间那边发生了大案，一个广东打工仔捅了一个小姐，那血就顺着台阶凹痕流了下来，流到臭水沟里去，整条弄堂的排水沟都被染成了暗红或浅红色。那边开麻将馆的，外表看跟普通麻将馆差不多，里面是个地下赌场，多少外地人血汗钱都搭里面了，还有去借高利贷的，还不起钱，打个半死丢在前面臭水沟里。我问他是不是也来这里赌？怎么会对这里这么熟。他随手从裸露在墙上乱搭的分不清是电线还是晾衣绳上面扯下一条女人的内衣用力嗅了嗅，说不是，他来这就是图个乐呵，有钱就进屋，没钱就在外面也能过把瘾。

东升宾馆在这条弄堂的最里面，一面被雨吹得早就褪了色的旗子歪着靠在墙上，门口倚着一个穿着低领超短裙的女人，像是粉墨登场的戏子一样，看不出本来样子。张莫言的目光在她身上微微停顿了一下便抬脚进去了。

我靠在不远处的电线杆后面，旁边就是臭水沟渠，大群的苍蝇蚊子在上面团成一团嗡嗡地叫着，乌云压在弄堂的上空，整个弄堂就像是盖了盖的棺材一样，漆黑一片。突然一道白色的闪电从上空闪过，弄堂亮了一两秒又暗了下去。

我头顶上的窗户里突然冒出一个人头，用上海话大喊着，然后把晾在外面的衣服一件件收进去，她应该是在说要下雨了，赶紧收衣服。

不过一两分钟，雨便下了起来，打在窗户上哗哗作响，伴随着急促的闪电，弄堂里时暗时亮，一下子乱了起来，大家抱着脑袋低头狂奔。

离我最近的避雨点就是东升宾馆，我刚跑到门口的时候那个倚在门上的女人便朝我伸了手，靠近了才看清她那被白粉填充的一道道皱纹，像是冰裂纹瓷器一样蜿蜒爬在涂抹精致的脸上。

"睡觉不了？"

我本能地靠后两步，赶紧摆摆手。原本是想在大厅等着李志强过来，想想又怕万一张莫言出来撞到就不好了，就让柜台后的小妹开了间房，我说开在刚刚进去的那个女人的隔壁，门口的那个女人听见后喉咙里发出了"哦呦……"似的声音，用我看她的神情看着我。

宾馆的隔音效果极差，我坐在房间里听隔壁张莫言高跟鞋嗒嗒的声音听得一清二楚，她的手机不停地响动，在第三次响铃的时候她终于接听了。

"干啥？"

"我都说了让你不要理他，崔家根闹就让他闹去吧。"

我点了一支烟，打开临街的窗子，假装在听雨。

"让我回去？娘！你知不知道我有现在的一切有多难，弟弟结婚不是靠我的吗？

我爹去年的手术费也是我出的，你们每个月一千两千的要，要完就去贴补弟弟一家，没钱了就找我哭穷，我要是现在回去了，你们以后找谁要去？"

"别人说闲话！嘴长在别人身上，耳朵长在你身上。"

"你们只知道伸手要钱，有想过我的难处吗？当年我一个人来上海人生地不熟的，你们打电话除了要钱还是要钱，我在这边半工半读凭本事上了学，你们有给我缴过一次学费吗？最后想着弟弟要结婚了把我骗回家去嫁人你们好得到彩礼钱，让我好不容易考上的学校连个毕业证都没有拿到。"

"我翻旧账？我是不会离开的，离婚的事情我已经说得很清楚了。"

……

张莫言挂掉电话的时候，我窗前台子上已经放了三根烟蒂，雨水顺着窗棂唰唰往下流，风一吹，溅到脸上，顺着脸颊一滴一滴又落到地面上。

离约定的时间已经过了十五分钟，我打算给李志强发条消息，说张莫言还在屋里没有离开，让他晚点过来。还没按下发送键，便瞥见了李志强撑着一把黑色旧雨伞进了东升宾馆。我急忙套上 T 恤出门。在电梯口处碰见身上滴水的李志强从电梯里走出来。

他看到我有些诧异，问我怎么还在这儿？我把他拉到楼梯间，压低声音跟他说张莫言还在屋子里面，外面雨太大她一时半会儿走不了。李志强的喉咙咕噜了两下，他推开我说："两个人目标太大，你先走，等得手后我再把钱给你。"

"真要拿？"我问他。

楼梯间很黑又很闷热，只有中间按了一个玻璃窗，因为下雨，玻璃窗关上了，雨水打在窗户上，叮叮当当的，和我们彼此的心跳声一样响。

李志强拍拍我肩膀说："你未婚妻不是还等着那笔钱吗？"我一时喉咙发紧，那些话到嘴边转了个弯又吞了回去。

我把房卡递了过去，说："你可以在隔壁等着她离开后再进去。"李志强接过房卡点点头便出了楼梯间。

他什么时候变得这么好心了？我凝视着李志强留在楼梯间的泥污水渍脚印，呆立了半分钟便顺着楼梯走了下去，一节一节走，越走越黑越发闷热，便又换乘电梯。

大厅柜台后的小姑娘此刻不知道去了哪里，只有进来时候倚在门口的那个女人，可能是因为雨下得太大，她怕溅到身上水，便换到了门里面，继续保持和刚才一样的姿势。

她斜着眼有些上下打量了一番我说："这么快就完事了？小伙子可以呦！这里房费可是不退的，不住白不住。"我抬头扫了她一眼，又低下头去，余光瞥见靠在墙边犹自淌水的那把黑旧雨伞，便拿了起来，说："这把伞是我同事的，我先用下，他一会儿要是下来找的话跟他说下我拿走了。"夏天的雨来得急去得也快，等李志强出来了，这雨肯定也就不下了。

女人似笑非笑地哼了一声，说："你放心拿走吧，他可是这里常客了，才不像你，他在这开了房间不到第二天早上太阳升起是不会走的。"

我一怔，转身便朝着电梯口跑去按了向上键，不巧的是这趟电梯刚刚上去，又跑到旁边楼梯间一层一层往上爬。

五

楼层并不高，但我爬得很吃力，一楼的楼梯间没有窗户，天阴，刚一进去黑暗便充斥了眼球。我有轻微夜盲，在这种没有光线的环境下我和盲人没什么区别，都是靠手来摸索，然后试探性地往上爬，总有一种一脚踩空就会掉到黑暗深渊的感觉。

爬到刚刚待过的五楼才有了点光。我待过的那间屋子里门开着，还保持着我离开时的姿势。从隔壁房间传来男人的喘息声，衣物的摩擦声，还有女人尖细的怒骂声，这些声音时高时低。

我清楚地听见自己心跳的声音，额头上的汗汇集到某一处，然后一滴一滴地从脸上流下来，就像刚刚雨打湿在脸上一样。

"咚咚咚！"我用自己都没有料想到的力气敲门。门内的声音瞬间被敲门声消解掉，我只能听见自己鼻孔里冒出的喘息声，和心脏剧烈跳动的声音，和雨声的频率很相似。

大概一两分钟后门把手扭动了，李志强的脑袋从门后面伸了出来："怎么是你？"惊讶、害怕两种神情从他眼睛中来回交换，可能是刚刚太过着急，他都没有注意到自己汗衫的衣领是朝后的。

我没说话，只是盯着他，除了衣服是反穿的，他耳朵到脖子上还有一道抓痕，隐隐有血渗出，顺着门缝往里看，只能看到半截拖在地上的被子。李志强上前一步轻掩住房门，说："不是让你先回去，你难道还信不过我？"

"咔嚓！"一声惊雷在楼顶上方炸裂开，震得窗户都颤抖了起来。

我猛地上前一步推开李志强，他对我没防备，轻易地就被我推了个趔趄，撞开了半掩的房门。

"我操你大爷！王浩！"李志强站稳后一脚踹向我，嘴里嚷嚷道。

我一把拽住他衣领，吼道："你不是说只拿钱吗？那你现在是在做什么！"

"我这不是……顺便……"李志强嘴里嗫嚅道，慢慢泄了气，后面的话又咽了回去。他转了转眼球，拉开我的手说："算了，我先走，反正照片是你拿的，钱也是你要的。"我松开了手，他嘴里骂骂咧咧摔门而去。

房间的红色窗帘被拉了起来，严严密密的遮住窗户，即使开着空调，屋里面也有一股闷湿的味道。张莫言就坐在靠里的床沿上，盯着着我，她的衣服倒还算整齐，只是头发有些凌乱。她冷笑一声说："你早就知道了对吧？你给我送那些丑桃就是为了暗示我，敲诈、勒索还不够？还要陪睡？"

惊雷过后，雨似乎有了变小的趋势，我往窗户那个方向望去，假装能够隔着窗帘看清雨势，用余光扫过张莫言。我说："雨变小了，一会儿就不下了，你该走了。"

"照片呢？"张莫言猛地从床上起身走到我跟前，我后退两步，垂下头，从衣兜里掏出照片和信说："这件快递往酒店里寄了三次，这是第四次，里面有些腊肉我吃了，桃子前天给你送过来了，照片之前被我撕碎又被李志强黏合。"

张莫言夺过照片和信，只是扫了一眼照片便连带着信重新撕个粉碎，扔到卫生间马桶里，按水冲了下去。纸片随着水的漩涡而打转，最终不甘心的入了下水道。

等等！我叫住了打算开门的她，把桌子上扔下的用牛皮信封装好的三沓钱递了过去说："这个还你。"

她扭过身，用半是疑惑半是怨恨的目光打量我，问为什么。

这是我第一次和她正经对视，从她的瞳孔中能清晰看到我的身影，我才发现原来她的瞳孔是褐色的，海报上那黝黑深不见底的瞳孔很有可能是带了美瞳的效果。她脸上有些脱妆，右边脸颊露出原本肌肤，和左边脸颊相比一深一浅，一边有些痘印一边却十分光滑细腻，我不得不感叹女人的化妆技术，化了妆就是张莫言，卸了妆就是张丽花。

我说："我们算是老乡吧，没准儿小时候还见过呢。"张莫言显然不相信我这套老乡的说辞，连我自己都觉得虚伪。我拉开窗帘，推开窗户，一层层雨丝如雾一般笼罩着弄堂，橘黄夜灯下，显得格外迷离朦胧，给这城市的夜色平添了几分温柔，不知怎的，我这样看着张莫言，也觉得她变得柔弱近人了。

我说："这里隔音效果不好，你下午的电话我听得七七八八。"

张莫言没有我想象中的慌乱，反而很沉静，她坐到沙发上，点了根烟，用力的吸了一口，吐出烟雾，她说："我只是想要活得不一样。"

烟雾丝丝袅袅的上升，飘到了窗外，和雨丝融为了一体。我不是没见过女人吸烟，一直觉得女人就应该有女人的样子，吸烟是男人干的事，女人吸就是不好看。可张莫言吸烟却很好看，吸烟对她来说好像是如同抹口红再正常不过了。张莫言吸烟不像别人猛吸一下然后喷出烟雾，而是将烟夹在食指和中指之间来回晃动，把烟灰抖动掉再放入唇边吸一吸缓缓吐出烟雾。

"你已经做到了。"我说："村里其他女人，像我的未婚妻，她们都是中学辍学后在外面打工几年贴补家用，到了年纪就结婚，所得的彩礼钱给兄弟娶媳妇。"我指了指窗外一些又重新聚集的人群，说："你看这些人，这是我，我未婚妻，这不是你。"

六

那天之后，原本平静无聊的生活突然有了裂纹，虽然不大，但却细细密密的，如果有外力来敲击，不需使多大的力气也能敲个粉碎。

李志强表面上还是跟我兄弟长兄弟短的，但我知道，我这两次被领导责骂以及被扣工资和他脱不了干系。他现在跟另外一伙人走得近，每天交了班就跑到员工宿舍去，这里只有五年以上的老员工才分了宿舍，像我们还没有资格。

不知道从什么时候起员工当中流传出了关于张莫言的闲话，有说她是……

换班的时候我问李志强，问这些话是不是从他嘴里传出来的，李志强冷笑一声，说："真的假不了，假的真不了，说这些话的人这么多，你有本事挨个儿去问问。"

张莫言像是压根不知道这些流言一样，每天还是早早就来打卡上班，晚上总要留在这里加会儿班，偶尔有什么突发情况或是有什么难缠的客人前台的员工总是请她来帮忙处理。酒店门口的人形海报早就撤下了，换成了某个十八线小网红，她现在调到了行政部门任主管，按理来说大厅这些事情根本不用她去处理。

这些流言蜚语似乎有愈演愈烈的趋势，听说高层还专门把她叫去谈话，就在我以为她可能会有什么麻烦的时候，麻烦真的来了，只不过对象不是她，而是李志强。

早上我和李志强交班的时候，一辆警车突然停在酒店门口，以前也有警车来，多是来例行检查，查看住宿信息之类的。只不过这次没有奔着前台，而是直接奔着我们保安室亭子间来，什么话都没有说，便把李志强带走了。

紧接着第二日人事主管便把我们这些保安召集起来开会，挨个询问我们有没有偷拿客人快递的情况，有的话赶紧坦白，算是自首。大家面面相觑，才知道原来李志强前段时间趁着双十一快递业务量大的时候，偷拿了些客人的快递，本来酒店人来人往偶尔丢失一两件也是正常，但李志强拿的却是客人一部价值六千多块的手机的快递。

李志强最后的处罚结果我并不清楚，事情发生第三日，我们这群工作不满一年的保安便全部被辞退了，我到人事部门办理离职的时候刚好碰见了张莫言，她问我有什么打算，我说回老家。来上海近一年，并没有赚到什么钱，这里生活负担又重，还不如回老家找个能长期干的活。

我在值班室收拾东西的时候，一个扛着大包编织袋，挂着布背包手里还提着塑料袋的年轻男人在酒店停车场入口来回晃悠了十多分钟，我觉得有些眼熟，便仔细地看了几眼，他的塑料袋里放着几条腊肉，用麻绳捆着。

男人瞧见了我，便朝着亭子间走来，说他是来找人的。我猛然想起来，男人继续说他是来找他老婆张丽花的，听说就在这家酒店工作。我摆摆手说："这家酒店里没有一个人是叫张丽花的，你可能记错名字了，和这家酒店名字相似的在上海有好几家。"

男人有些不甘心，说："你再好好想想，她老家是北方的，你看，这是她的照片。"照片上张莫言，或许叫她张丽花更为合适。她穿着一身鹅黄色连衣裙，胸前绑着两个大麻花辫子，站在油菜花地里，抿着嘴微微笑着。

我摇了摇头道："没见过，上海有好几家同名的连锁酒店，你再去别的地方问问，只是这里不能久待，一会儿有客人来会直接把车开到门口，你站这里挡住路了。"我把和这家酒店差不多的名字告诉这个男人便打发他离开。等公交车的时候给张莫言发了一条微信说：你丈夫今天早上找到酒店了，我告诉他这里没有叫张丽花的人。

中午时张莫言回复了一个"谢谢"的表情包。

掸去烟灰

王宇阔

刘庆没有想到，面对在病床上一声不吭的梁勇，哭得最伤心竟然是刘晓婧。刘庆这才意识到，这个姑娘心里也许是憋着好多委屈。他上前拍拍刘晓婧的肩膀，刘晓婧并没有回头看他，她把手里攥了很久的纸球狠狠地抛了出去，刘庆又递给她两张纸巾，他觉得眼前这个十八岁的叛逆的姑娘突然陌生了起来。

自刘晓婧升初中起，梁勇在她生命中的痕迹就越来越深。梁勇平时在学校的时候，刘晓婧会突然跑到他的办公室，要么是翘课被老师处罚，要么就是在电话里和刘庆刚吵完架，更甚者就是和男生一起打群架，那种青春叛逆在刘晓婧身体里极度膨胀，她像一团火，所到之处，皆为灰烬，只有在梁勇面前，她才肯冷静下来，梁勇是唯一一位可以让她放尊重的长辈。

起初，梁勇仍然把她当作十几年前那个调皮的小女孩，直到某一天，刘晓婧用一种前所未有的语调对梁勇说了句"我好像喜欢上你了"，梁勇才意识到她已经长大了。自打那次以后，刘晓婧每次去找梁勇都是带着精致的妆容，手里会提着两杯喝的，偶尔会也会换成一份甜点带着两个勺子，在梁勇面前，刘晓婧一改之前的叛逆形象，而是尽力表现出一种淑女的气质。这样的变化让梁勇很不适应，面对刘晓婧的暧昧，他也只能尽力表现出一种长辈该有的平静。梁勇一边在心里觉得这个孩子实在不像话，又一边觉得她有些可怜，刘晓婧的确很值得同情。

梁勇出事那天，刘晓婧来找过他。那天下午，梁勇正盯着电脑，为一项日期即将截止的课题申报而发愁，刘晓婧上身着了一件低胸紧身的黑色露肩装，下面搭了一件未过膝的浅白色短裙，涂了口红，带着香水，踩着一双细跟的高跟凉鞋，出现在他的办公室，梁勇一抬头，就看到她那纤细的脖颈与雪白的锁骨，以及一道充满青春气味的弧线。他未曾想到眼前的这个少女，会突然成为令他心跳加速的起搏器，他猜不透这个姑娘在想些什么，但是他意识到自己在刘晓婧面前已然乱了分寸。那天下午梁勇的状态一改往常，平时在刘晓婧面前外向的他，变得沉默寡言。他一直在听这个姑娘唠叨，从她说到她的闺蜜背叛她开始，谈到了对她有点好感的那个男孩子和另一个人好上了，又说到自己十几年真的白活了，什么也不懂。当梁勇听到她说她曾经和那个男孩子企图在夜间的操场上接吻的时候，他的眼睛不由自主地看到了刘晓婧的胸部，突如其来的视觉冲击力让梁勇自己也吓了一跳，于是他的眼神迅速逃离，却移到了刘晓婧光秃秃的小腿上，梁勇更加吃惊，自己竟然如此不受控制，那白腻的肤色似乎触碰到了梁勇身体的什么东西。梁勇终于觉得尴尬了，他不再让眼神四处躲避，而是抬头看着正在讲话的刘晓婧。不知道过了多久，刘晓婧就突然问了这么一句："我的高跟鞋好看嘛？"梁勇听了，身体像触了电一样，却故作镇定，低下头看着她那对细跟凉鞋包裹的脚，笑笑，点点头，说道："好看好看……"接着，梁勇听到了她嘻嘻的笑声，送到他嘴里的是一块慕斯蛋糕，这个勺子可是刘晓婧用过的，梁勇的勺子还被他自己紧紧捏在手里。他笑笑，眼睛又回到了电脑屏幕的课题申报表上。过了许久才想出一句话来缓解自己的情绪："你真的不打算上了？"这句话一说出口，他就觉得自己问得多么愚蠢，刘晓婧用两只眼睛惊异地看了看梁勇，然后点点头："嗯，不上了，反正以后我花刘庆的钱，他总觉得自己赚的花不完。"

梁勇觉得那天下午过得极其漫长。傍晚，他一个人回到家，在一套八十平方米的房子里，他继续打开电脑，点开了国家课题申报表，他看着屏幕上那些如同蚂蚁聚集而成的符号队列，极其烦躁，又想到白天的刘晓婧，心头万般不是滋味，他觉得自己做了一件天大的错事，但是自己又很委屈。梁勇点了一支烟，尽力吐出了一口气，喃喃道，这个孩子也受委屈了。

梁勇和刘晓婧确实有缘分。刘晓婧出生的时候，她爹刘庆远在美国谈业务，还在北京读博的梁勇匆匆赶到杭州，他刚到医院的时候，就被手忙脚乱的护士误认成了孩子他爹，当时两边的亲家都在场，梁勇只是个外人，场面一度尴尬。没想到刘庆听到这个消息后，就在电话里扑哧笑了，说勇哥啊勇哥，以后你就做她干爹吧，有个大博士当干爹，我闺女指定能考上北大！

然而，事实上刘晓婧连高中都没有读下来。

梁勇博士毕业后，从北京来到了杭州的一所高校做老师，常常去刘庆家聚会，每次王静都会烧一桌子菜。梁勇和刘庆哥俩无话不谈，在刘庆家四百多平方米的别墅里，他俩相互骂过祖宗十八代。不知道有多少次，刘庆对梁勇说，你该找个老婆结婚了吧，好歹一个教授，也该过过像人的日子。此时梁勇会回应，我结了婚，你就不怕我惦记王静了，我就不让你踏实！

刘庆用粗口直接怼梁勇一句，然后笑着说，静静早成了我老婆啦！你这孙子酸着吧！

刘晓婧从小就野，跟他爸对着干。一想也对，刘庆在她出生的时候都在美国忙生意，他对女儿还能有多上心呢？王静自然也管不住刘晓婧。刘晓婧不知道从哪来的一股子跟她爸较劲的气儿，指着刘庆鼻子说，我要死要活都不用你管！刘庆为了缓和他们的父女关系，在刘晓婧十六岁生日的那天，请了她最喜欢的男歌星办了场生日 party，可这女儿并不领情，当天晚上就和一个男同学私奔了，一宿没回来，气得王静直哭，刘庆就在旁边无奈地喊叫："这不知好歹的丫头片子！"

难得在家的刘庆凶她时，她从来不会哭出来，只会跟刘庆大声地吵架，吵完架，一扭脸就跑出家门。这个时候，刘晓婧就会来找梁勇。在梁勇那里，她会哭出来，仿佛找到了一个宣泄口。文学博士兼具心理学硕士出身的梁勇，有能力安抚住这个女孩儿，而他的这种能力，也恰恰就是刘晓婧最需要、最缺失的爱，这几年来，看似坚强的刘晓婧，把自己柔软的一面展示给梁勇。因叛逆而伤痕累累的刘晓婧仿佛是找到了避风港，她认为梁勇是天下最懂她的人，她曾对梁勇说了句"你要是我爸就好了"。刘晓婧什么都会跟梁勇讲，从她的初恋到失恋，从她的心理变化到身体发育，梁勇总觉得怪怪的，有点对不住这个孩子和她爸妈，但是，他也不知道怎么帮这个看似叛逆的女孩子彻底解决问题。直到有一天，刘晓婧冲进他的办公室，眼里满含愤怒和委屈地告诉梁勇："刘庆出轨了！我亲眼看见一个女人上了他的车。"

梁勇当晚怒气冲冲打电话给刘庆："你出来，我们谈谈。"

刘庆在电话里说："不行不行，今晚我要和澳洲老板谈个三百万的项目，有啥改天吧。"

梁勇沉默片刻，一字一字地继续说："你出来，我们必须谈谈。"

刘庆也沉默片刻，他知道当梁勇严肃的时候，就一定有很重要的事情。他和梁勇从小穿一条裤子长大，一起走到今天，三十几年的交情，比任何项目都重要，刘庆说，好，我交给其他人去办吧。那天晚上，他们在外面喝了三箱啤酒，直到马路上车辆渐稀。

梁勇说："你最终还是一副资本家的德行！"

刘庆很多年没有流过眼泪了，掩面说："我是资本家！没有你一个大学教授来得高尚！我是做错了！可你真正理解过我吗？这么多年，我就舒服了？"

"王静知道你外面有人吗？"

"不知道。"

"不知道？"

"我是说我不知道她知不知道。"

梁勇狠狠操起一个空啤酒瓶，往地上砸碎了。"我这是跟你喝的最后一次酒。"这是梁勇第二次对刘庆说的绝交辞……

唉——梁勇长叹一声关了电脑，掐灭了手中的烟，他想走出去透透气。外面是盛夏，蝉鸣聒噪，夏夜的颜色和夏夜的空气，被梁勇一口吸进去，却卡在肺部，他总觉得有一口气，吐不出来。他在抬头看天空的时候，时间毫不留情地流逝过去，他企图在宁静的流逝中寻找自己的存在，却转了向。街上有个七八岁的小男孩向他跑来，他的父母在后面紧跟着，小男孩跑得太快，撞到了梁勇的腰部，他的母亲就在后面喊——"你慢着点，快给叔叔道歉。"梁勇并没有听到小男孩的道歉，他愣住了，他看到那孩子面容上残存着天真的惊讶。小男孩的父亲也向他微笑示歉，梁勇随即低头看了看这个孩子手里的泡泡枪，又抬头向他的父亲挤出一个微笑。当他笑完，他感受到一种前所未有的冰冷侵袭了他的全身，梁勇没有忍住，打了一个寒颤，他继续向前走去，离那一家三口的说笑声越来越远。他走向远处，此时这个城市对他而言没有交通信号灯，这个城市如同世界一样大，他在广袤的黑暗里感受着自己的心跳。

如果梁勇当初毕业来杭州时还能和王静在一起，他们的孩子现在也会和那个小男孩一般大。可是人生并非梁勇当初所设想的那样：一个有志于从事学术研究的青年，攻下博士学位，到一所高校从事科研，然后让相守多年的女朋友真正变成自己的妻子，从容地携手走过一生。如果真的是这样，那梁勇的一生注定不会像现在这样孤独。但这种天真而平淡的想法也如同泡沫一般，就像刘庆当年嘲笑他那样——

"北京要开奥运会了！你也该买个小灵通用用啦！别这么冥顽不化，你跑那么远去读书，发不了财的！这个时代已经变了，以后，是互联网的天下，比干房地产还挣钱！"

那时候，梁勇觉得他说得有道理，但读书读下去也不会至于穷死啊，这时候，刘庆又会打断他的想法："你不想搞文学的嘛，张爱玲有句话说得好，出名要趁早，人生拼的是速度，读书读这么些年，你的王静都老了啊！"

当时一提到王静，梁勇总觉得他们之间的爱情好像是简·奥斯丁式的，"她若爱我，自然愿意多等我几年，若是她有合适的人，等不了我，我也不怪她。"

那时，梁勇自认为自己说出了一句多么高尚的话，他感动了自己，也欺骗了自己。一年过后，那个"合适的人"就是刘庆。

梁勇和刘庆是从小玩到大的兄弟，梁勇第一次对他说出"我再也不跟你喝酒了"的绝交辞，就是因为这件事。

当梁勇再次面对王静时，两个人都很平静。

"几个月前你和我分手，是因为你喜欢上刘庆了啊。"

"没有！你不要这么想我，我和你分手以后，我也很难过。毕竟我们在一起多年了。"

"你和我分手，是因为我在北京，平时照顾不到你吗？"

"唉……我妈说，如果我等你的话，就要等到三十岁了。女孩子太老了，不好……我爸也说，我跟你差得太多……我只是一个中专毕业，已经在工作了，而你……"

"而我还是个穷酸的学生对吗？"

"梁勇，你别这么说。你的圈子里，会有更适合你的。我周围的人，包括我爸妈，都劝我跟你分开，对不起……你在北京读书，我在杭州工作，我们不现实！"

"……"

"那段时间我很难受，我很郁闷，感觉自己患了绝症。"

梁勇依然表现得平静，他觉得周围的空气凝固了，心脏却鼓鼓地涨个不停，这让他体力不支。"那为什么偏偏是刘庆？我们一起玩到大的朋友？"

"他刚刚开始创业，也是一个人打拼着……你知道，我爸跟他爸关系不错，我当时心情也郁闷着，于是他们觉得合适……我们就订婚了……"

"确实啊，你们更合适……"梁勇艰难地以绅士风度吐出这几个字。

"其实，我当时心里想的是，我既然没能和最喜欢的人在一起，和谁在一起都无所谓了，只要合适就行，我都会做一个好妻子。"

这句真心话确实感动了梁勇。后来刘庆找梁勇和好，差点给梁勇跪下。梁勇觉得也没必要再计较什么了，感情是你情我愿的事情，何况是婚姻！于是他告诉刘庆，我是金岳霖，你是梁思成，她是林徽因，你们幸福就好了。刘庆听得一头雾水，他不认识什么金岳霖，只知道林徽因是个美女。当时听得刘庆心里既感动又愧疚，对梁勇说："你未来一定是个大师！是个出色的学者。"接着，他又摇摇头说，我自己没有文化，从卖电话卡做起，后来遇到高人指点，改了路子，和几个哥们成立了这家小公司，混口饭吃饿不死就行了。

多年以后，刘庆他们的这家互联网公司成功上市。而刘庆成为最大的股东，自认为没有文化的刘庆，如今也能操着一口不太流利的本土英语穿梭世界，他的企业，有专业的管理者，他手底下的技术员工，不少都是国内名校的硕博士，他在这个行业上赚的钱，都是因为那时的一个判断——"以后是互联网的天下"。有的时候，刘庆身处在自己四百平方米的豪宅中，望着远处钱塘江，自己也会莫名其妙发出一声感叹："嗨！这世界怎么就让我赚钱了呢？"

梁勇把心里诸多关于人生、关于爱情的疑惑和苦闷，化成一种让自己感到自己很高尚很无私的道德力量，他想，王静确实受了很多苦，自己若不能陪在她身边，干什么还死缠烂打呢……刘庆也是个很靠谱的兄弟，那就祝福他们吧。临走之前，他告诉刘庆："王静是个好姑娘，你一定要对她好，以后有钱了更要对她好。"尽管当时刘庆点点头，但是梁勇很快意识到自己的这句嘱咐很多余。梁勇乘上了那趟回北京的Z9列车，晚上他躺在车厢里，自己把自己感动得稀里哗啦。

梁勇读博一那年，父亲骗他称自己重病，他便请假回了趟老家，结果父亲仅仅是个小发烧而已。梁勇是独生子，他那时才真正意识到，多年在外求学的自己对于家人来说也是煎熬的，更何况是王静呢？可能王静的离开也能换取自己的一份求学的安心吧。于是他拨了一个电话给王静，躺在医院的王静说孩子可能这两天就要出生了。梁勇第二天就搭车来到了几十里外的那家医院，他气喘吁吁地刚摸索到医院产房外，孩子就被护士抱出来了，梁勇也被错认成从美国加急赶回来的孩子他爸。

梁勇抱了抱孩子后，看了一眼王静就走了，出医院门口的时候，他摇摇头，怼了一句："这当的什么爹？"然而，他的心情却产生了一种自失恋之后前所未有的愉悦。这种感觉太难得了，他觉得周围一切都是和谐的，仿佛觉得这个世界是需要他存在的，当刘庆在电话里说让梁勇做孩子干爹的时候，他觉得自己的善良像是得到了回报，他一下子被温暖了，他甚至觉得，这是一份至高无上的兄弟情深，自己和王静的有情关系也有种超越男女世俗之情的价值。

这种愉悦而舒适的心情，的确是上天对梁勇的眷顾。当梁勇再次回到北京时，一件他从来没有想到过的事情发生了——全国人民与SARS病毒展开了大规模较量，梁勇在回京的列车上被传染了，不得不参加这场战斗。在抵达北京之后三个月的隔离期里，梁勇独自一人与SARS病毒博弈，最终生存了下来。梁勇当初抵抗绝望的信念，就是来自他对那个新生婴儿的拥抱，以及刘庆在电话里给予他的片刻温暖，足以让他在千丝万缕的世俗情绪中感受到人性的力量。

当梁勇从刘晓婧那里得知刘庆出轨的消息，他是很痛苦的，他所坚信多年的感情坍塌了，如果此时再来一场病毒，梁勇一定会无力抵抗。那天晚上他亲口质问刘庆，刘庆却也委屈起来："你以为王静她爱过我吗？"进而反问梁勇，"你结过婚么？"

梁勇的确没有结过婚……

"你听着！我不知道她知不知道我在外面有没有女人……但我知道，她外面有人！王静在外面有男人啊！"

"我不信！"梁勇吼道，他想到王静曾对他说过要做一个好妻子，虽然丈夫不是他自己。

"我有照片啊！"刘庆大声嚷嚷着说。

梁勇摇摇头……狠狠操起一个空啤酒瓶，往地上砸碎了。"我这是跟你喝的最后一次酒。"

杭州城万家灯火，只有梁勇的房子是黑的。梁勇一个人继续走，又重新点起一支烟，他看着自己掸在半空的烟灰随风飘荡，起起伏伏，郁结在他胃部的那口气逐渐随漂浮的烟灰化散开去，梁勇觉得舒服了很多，便爱上这个游戏，先在空中掸去烟灰，再漫长地向他们告别，仿佛是知音，只有它们才能带给梁勇一种抵抗孤独的力量。他向前走着，脑海中一直挥不去刚刚闪过的那一家三口的画面，他在心里承认自己并非一个绅士，已经开始了嫉妒，但梁勇嫉妒的方式是怀疑，刚刚那对夫妻如此和谐的画面是真的吗？那个女士真的爱她的丈夫吗？她的丈夫真的是一位忠诚的绅士，就像刚刚对自己回以那个充满谦虚的微笑。那个小男孩的人生路还有很长很长啊，他未来经历的苦难也不会比自己少吧？也许，那个小男孩的存在，才是那对夫妻看起来如此和谐、他们的家庭婚姻如此美满的原因吧？刘晓婧在场的时候，王静和刘庆看上去也是一样的和谐，如此贤惠持家的妻子，如此有能力赚钱的丈夫……这种和谐的画面容易骗过很多人，包括自己在内。梁勇一边盯着烟灰一边思考着，想着自己和他们聚会的时候，想着自己与刘庆畅饮骂街的时候，想着他们三个一起在大学读书的时光，刘庆和王静这段看似完美的婚姻竟然骗了自己十几年，可他们为什么要在自己这里演戏呢？

"人生如戏嘛——"梁勇突然想到刘晓婧这个丫头的口头禅，他突然觉得这个丫头比自己聪明，比自己聪明多了，她是活得最真实的，她的叛逆恰恰证明着她自己是唯一没有被生活欺骗的人！她爸、她妈可能自己都在欺骗着自己，并且成功了，因为一个骗子要先骗过自己，才能骗过别人！

可王静也是骗自己的吗？梁勇回想着，二十年前自己还和王静在一起的时候，王静像只小兔子一样依偎在他怀里，他说："你跟个兔子一样。"王静就在他耳边小声地讲："以后给你生一窝兔子。"梁勇当时心跳得快，却故作平静："现在生？"王静脸蛋一红："那可不行，没兔子窝怎么生啊……"

想到这里，梁勇心里突然一阵绞痛，如果二十年以前他能体会到这种绞痛的感觉，他会为王静放弃任何外出深造的机会，只要守在她身边，为她把兔子窝建好……这种感觉，也曾在梁勇的梦境里出现，他看到一把冰冷的刀子直插在自己心口，鲜血顺着刀刃流了下来，就是这种痛苦，让梁勇无法跟别的女人演戏。

想到这里，梁勇突然苦笑着摇摇头。他否定了自己刚刚的想法，觉得自己太幼稚了，怎么可以用"欺骗""人生如戏"这种既矫情又空而无当的理论来解释这个复杂的人生呢？

像上次一样，梁勇并没有真正和刘庆绝交。这并不是因为那晚他确实在刘庆的手机里看到了王静出轨的证据，只是梁勇觉得，好像在自己过往的生命里，比重占得最大的就是刘庆一家三口，除此之外，是学术论文和各种项目申报书，如果没了刘庆，梁勇只会更加孤独……

那晚，刘庆在沉默很久以后突然来了一句感叹："唉，我和王静也就还有几十年的活头，等我们老了就都折腾不动了。现在，就凑合着瞎过……"

这句感叹令梁勇觉得更加孤独，他本来打算继续喝下去，被同样醉醺醺的刘庆止住了："行了，都三箱了！我不活命，你还得活命呐！"

这时，梁勇脑海中又浮现了自己白天在办公室和刘晓婧的画面，他头脑里勾勒出一个少女亭亭玉立的曲线，既羞愧又觉得刺激，这种刺激又带有一点报复欲。随后，梁勇喃喃道或许自己真的该找个老婆了，活了四十年，竟然从来没有吃到过一顿女人专门为自己做的饭。在感情上，他是个失败者，在学术上，他一直碰壁碰到今天。一大把年纪的梁勇，在高校混了十几年，职称竟然还只是个讲师而已。想到这里，梁勇抬头看着夜空，一阵低血糖似的眩晕，他觉得自己的人生彻底失败了。

当年在北京读书的时候，梁勇有股子不服输的劲儿头。他总想着既然爱情丢了，那就一定得在学术上干出点成就出来。他抱着这股子劲儿头，杠过了SARS病毒，出来后就把自己憋在书斋里，整天抱着康德黑格尔苦读，有的时候他能在这些哲学家的著作里找到自己的一点价值。但这种价值如同泡沫，是一个百无一用的书生在面对这个社会巨大转型期，为自己的无能为力以及消极避世所寻到的一个高尚借口。他的第一篇论文被学术期刊拒稿时，他曾谦虚地向编辑请教修改意见，并将这些意见奉为圭臬，直到他勤勤恳恳做出下一个研究成果，但是依然被拒稿了。起初他觉得挫折是正常的，只是怀疑自己的学术能力不到家，还需兢兢业业地深埋于书斋努力才行。可直到他的论文被退了十次、二十次，他在怀疑自己的同时，也怀疑起学术审查机制的公正性来。当某天，突然有家国内知名的核心期刊跟他联系他的文章可以发表，但是需要他自己支付高达两万元的版面费时，他迫不及待地坐实了这个怀疑——国内学术的环境果然乌烟瘴气。

梁勇的那篇论文最终没有发表出来，但是梁勇觉得自己打了一个胜仗：他的怀疑果然没有错！学术圈就是太黑了！发表学术论文竟然要靠金钱！梁勇自打那以后，理所当然地成为一个眼里容不得沙子的知识青年，他为自己定下一个发论文的"三不要"准则：付版面费的刊物不发；需要导师去找关系的刊物不发；经常发学术垃圾的水刊也不发。他一边享受着这种不与世俗同流合污的快感，一边理所当然地承担着这种不识时务的后果。梁勇在北京读书期间，并没有什么朋友，他那副对学术公正苛求的样子让许多人敬而远之，也包括他的导师。因此他并没有顺利毕业，而是多用了两年的时间为他的这种不识时务买单，但是梁勇觉得值。

每次梁勇觉得气愤难耐的时候，都和刘庆约酒，他们一喝酒就骂街的习惯就是打那时开始的。北京奥运会以后，刘庆的互联网公司越做越大，经常去国外谈业务，但只要是梁勇找他，他一定会安排出档期，陪梁勇大醉一场。他们也会谈到王静，但更多的是骂街，梁勇骂学术圈，刘庆骂生意场。刘庆是和梁勇一起长大的兄弟，他是唯一可以包容梁勇性格的人，梁勇需要刘庆这个兄弟，他生命里不能没有刘庆，否则他撑不到今天，也许在他 24 岁那年就会被 SARS 病毒夺去生命。

仰望天空而眩晕的梁勇长叹一声，不知不觉他就着夜色已经吸完了一包烟。他想，其实刘庆不仅能包容自己，他也能包容这个世界上的其他人，比如王静，比如刘晓婧，不然他也不会成为这样的人生赢家。包容，是一种很好品质。梁勇摇摇头，又叹了口气，喃喃地自言自语："我也已经够包容了！"

梁勇从北京毕业后来到杭州，在一个公办的二本高校工作。但他的性格未曾改变，反而在程度上加重了，他是那种可以在教职工大会上怼得领导七窍生烟而无地自容的人，只要他看不惯，一定会毫不留情地骂出来，因此他在单位里多了一个"流氓讲师"的绰号，领导早就想把他拿掉，奈何也抓不到他什么把柄，但是在评职称这件事上梁勇一直在吃哑巴亏。住在那套不足八十平方米房子里的梁勇，至今还差着十年的贷款未还。刘庆曾经提出要帮助他，结果他急了，说你别管，否则以后酒没得喝。刘庆是个聪明人，他认为自己管不了的事情，也不会插手，但梁勇烦闷的时候，他总是第一个出来陪他喝酒聊天。

梁勇就是一个这样的男人，却深深地吸引着比他年轻二十多岁的刘晓婧。刘晓婧打小就叛逆，她翘课、早恋、打架，甚至是辍学，都让作为一个父亲的刘庆抬不起头来，他也无能为力，只能和王静不约而同地苟且地维系着这个家庭，刘庆深知自己不是一个合格的父亲，这么些年，陪在女儿身边的次数屈指可数，刘晓婧有次和刘庆吵完架后，甩给他一句话："梁勇在你心目中的地位，也远胜于我这个亲女儿吧！"刘庆听后，果然愣在那里，一句话也说不出。

正值青春叛逆期的刘晓婧，渐渐和梁勇相处的时间越来越多。就像梁勇感觉刘庆是天下唯一能包容自己的兄弟一样，刘晓婧也认为梁勇是这天下唯一能够包容自己任性的男人。毕竟，她从没有体验过在自己父亲面前任性撒娇的滋味。

此刻一想到刘晓婧，梁勇内心还是温暖的。白天在办公室那个妖媚的少女，让梁勇意识到，自己是需要一份爱的，这才是当下能够拯救他的东西。晚风吹过树叶簌簌作响，梁勇感觉到自己面颊微凉，才知道湿润的地方是泪痕，他很多年不曾流过泪了。他望着地下的烟头，突然觉得自己得换种活法了，他似乎恨透了先前的自己，他觉得自己不能再一意孤行了。远处的霓虹灯交替变换着颜色，在这个城市里，他像一只搁浅的鲸鱼，拼命挣扎着，而此刻他看到了旁边的水洼，这个水洼对他而言，就像一整片海。梁勇开心地笑了，他想写一首诗，他觉得很久都没有这么开心过了，他觉得人生一下子通透了，不再像以前那么狼狈。他开心，他快乐，他甚至想到，如果就在此时——这个令人沉醉的夜晚——让他去死，他都会乐意的，因为他现在觉得自己是有尊严的，人应该在最后还能有一丝尊严的时候尽快离开！

而那天晚上，梁勇果然安静躺在了马路中央，身上没有一丝血迹。梁勇被送到医院后，被医生鉴定为突发性脑出血，一直处在昏迷之中。第二天刘庆一家就赶到了医院，医生问，他的家人呢？刘庆说，他没有成家。医生又问，他的父母呢？刘庆回答，前年就双双病逝了。医生接着问，你是他什么人？刘庆说，我是和他从小玩到大的兄弟，他的一切医药费我来负责。医生感慨，年纪轻轻的，怎么就突然脑出血了呢？医生说梁勇有可能下半辈子无法苏醒了。

刘庆望着昏迷的梁勇，竟不知道以一种什么样的反应来回应病床上的梁勇。而在他迷茫发呆之际，身后的刘晓婧却突然冲了上去，一把抱住床上的梁勇，伤心地哭了起来。刘庆没有想到的是，面对在病床上一声不吭的梁勇，哭得最伤心竟然是刘晓婧。刘庆才意识到，这个姑娘心里憋着好多委屈，他上前拍拍刘晓婧的肩膀，刘晓婧并没有回头看他，而是把手里攥了很久的纸球抛了出去，刘庆又递给她两张手纸，他觉得眼前这个十八岁的姑娘有点陌生，原来她是会这样大声哭出来的。

随后他听到刘晓婧喊出一句令他莫名其妙的话："梁勇，你醒来，我就跟你在一起！"

刘庆听了傻在那里，杵了许久以后，才回过神来。他看看身后默默流泪的王静，大脑一片空白。竟突然指着梁勇骂了起来："你个孙子！活着的时候惦记我老婆，还想睡我女儿，不让我轻省，半死不活还折腾我！你以为我这辈子就容易吗？"

海上葬礼

林艺阳

一

从福州到屿头需要两个小时车程加半小时水路，这是到松下码头的最后半小时路程，大巴车上聊天的声音倦了下来，只剩隔壁座上送葬的队伍还在有一搭没一搭地接话茬。

林雅抱着女儿的手臂太久没动，这会儿手腕到肘关节内侧的肌肉有点发酸。女儿刚被哄睡着没多久，还不大安稳，她也就忍着没换姿势。秋冬的时节天气变凉，但是日头还是白得晃眼，林雅没找到车窗帘，就侧着身子帮女儿挡了挡。

隔壁座是下乡送殡的人，拿这家人的闲话讲了一路，她们用的是林雅很久没听到的方言，那种重音都在最后一个字的腔调，像在骂人。这会儿两个人正聊到人怎么死的。

"他哥棺材送山上的时候他也要跟，到半路人一栽，也没了。本来一场丧，这一下变两场。"

女儿被吵醒，林雅"喔噢"地摇了摇，转头看向邻座说话的人。

"送医院来不及，医生说心肌梗死就三分钟，晚了没得救。"

"谁让他哥出山的时候他抢着跪大位，伊介个都说是他压不住，没福气。"

那两位的舌头还是嚼个不停，机关枪一样叫人听得头疼，林雅本是不大晕车的，当初从福州坐长途去绕山路的时候，同车人一下车就大吐，她能面不改色再搭一趟滑索。可就这会儿，她突然间觉得自己有些晕，怀里女儿闹腾起来，抓着脸放声大哭，她没有心力招架。林雅试图让自己好受一些，她把头靠在座椅靠垫上，眼睛往窗外远了看，可胸口那一阵一阵从胃里翻上来的恶心的感觉还是没有减掉一点。车窗紧闷，空气里隐约混着一股脚臭和口水酸臭的气味，让她总是压不住地想吐。

进岛前的几天，肖军问过要不要他也跟来，林雅没为难他。小岛上蚊虫多，热水不方便，木板床也硬，林雅知道肖军住不惯。这么多年来，他也就最开始见爸妈的时候来过一次，最后连两人结婚的酒宴都是找邻近的县城办。他妈说地方太小，外地亲戚住不方便。

肖军家条件比林雅好上太多，他父母都是公职人员，前些年刚在市区里买了两套房，是那种典型的中产阶级家庭，那一家子人，举手投足里都要带着点知识分子的讲究跟做派。

两家人见面那天，母亲翻箱倒柜把自个儿扮得珠光宝气，父亲看不过眼，于是在她结婚的当晚，父亲关上房门把母亲又暴打了一顿。家暴不是肖军这样出生能够理解的事情，林雅见过父亲将母亲打得窜逃，打得劝架的人手上出血的场面。这就像一种毒，让整个家不知道从哪里就开始烂掉。林雅偶尔能从阿哥的身上，从自己的身上，嗅到这种腐烂的味道。那晚林雅找了个由头把肖军支去酒店睡，自己则背着墙抹了一整晚的眼泪。她反反复复想的都是，如果投胎可以选。

这个想法这么多年来一直缠在她心口，有时候想起来有时候压下去，每次想起来的时候，都会缠得她心里几天几夜地慌。如今不得已回乡，她这念头又一寸一寸咬了上来，从接到叫她回来的电话后开始，就压得她一连几天喘不过气。

邻座那两个老乡像是讲到什么不得了的地方，改成了气音，当然，自以为压低了的声音还是叫坐在一旁的林雅听了个清楚。

"听说这次不收礼钱。一个人收一块作意思。"

"你讲废话，听人说他孙有头面，官大得很，哪里需要抠这点礼钱。"

"他哪还有孙？他就一个孙子，前几年吃白粉跳楼早没了，剩下那个是孙女，你说有头面的那个是他孙女婿，也是光生女儿不生儿子的，有本事又怎么样，可惜了好头好面臭股腔。"

女儿的哭声突然开始凄厉，林雅一没注意去哄，孩子就越哭越凶，越凶越收不住。她的胸口正恶心，这一下更是被孩子哭得心烦，连带着头都开始痛了起来。

隔壁座的人终于被这边的动静吸引，一时间停下话头看了过来。

"多大了？"其中一个六十岁样貌的老妪一面问，一面把手伸着想把孩子接过。林雅犹豫，最后还是挨不住对方直勾勾的目光和孩子尖利的哭闹声，将孩子递了出去，"岁半了。"

老妪没觉自己冒犯，看向孩子的眉眼弯成一道，将孩子抱在手里颠了颠，又问，"男孩女孩？"奇怪她颠着的动作不见多顺眼，但不多时孩子就是慢慢歇了哭声。

"男孩。"林雅回答。

旁边一个更年轻的凑近来问，"姑娘哪人？"

"下斗门人。"

"咱们同乡里，是谁家的？"那凑近来的人很是亲热地道，"老了记性不好，乡里孩子我很多都不认得。"

"没，主要还是因为我没常回。"林雅正难受，不是很想分神说话，可出于礼貌她还是客气地答着。

"孩子他爸呢？做什么的？"

"公务员，比较忙，不是什么大官。"

"唔——"老妪把孩子又颠了颠，"你们该常回来看看，就是没事，你阿爸阿妈也都是想的。"

林雅顿了顿，伸手将孩子接回来，只是笑，没再搭话。

车里静了下来，座位底下正好是发动机引擎，工作的噪音在耳蜗里放大。道路近处的树在后退，路更远的地方，从飞掠而过的房屋空隙间，隐约可以看到天际下灰蒙的海面，还有码头上拥挤脏乱的人群。记忆中充溢鼻腔的那股海岛特有的腥咸突然涌来，林雅终于忍不住，抓过一个塑料袋把隔夜的饭菜呕了出来。

二

六年前，林雅她哥死了。那年她在接到妈打来的那通电话前，就已经有不好的预感。因为从来不联系的小姨突然没头没脑地来电问一句，细妹，你妈有没有给你打电话？林雅回答完没有后就觉得事情不对劲，再追问时，小姨已经含糊地挂了电话。

那时林雅还在外省备考，整整一年没有回家，小姨突然的来电打乱了原本的安排，她心里莫名其妙地乱了一整天。

母亲的电话到傍晚才打进来，她在电话那头不说话，就只是哭，林雅被不祥的预感折磨得快要发疯的时候，她终于听到母亲哽咽出口的噩耗，细妹，你阿哥，没了。这话劈头盖脸，让她像从高处失足跌落一般吓得软了手脚，好半晌才消化了事实失声痛哭起来。

这之后的很长一段时间，林雅听每一通电话铃都心有余悸。

第二天她就收拾了东西从外省赶回岛上。

码头边被海风侵蚀的礁石地貌和粗粝的沙土叫太阳烤得发亮，林雅重新踏上这个生养她多年的海岛，一眼便望见了远处等在渡口接送的人群里黝黑干瘦的父亲。父亲肩膀别着一块破麻，头发硬而脏乱，那样子看不出哭没哭过，因为林雅印象里只剩下他身上那件白得扎眼的丧服。

去灵堂的道上，隐约能听见从家方向传来一阵悲过一阵的哀乐。情况都已经在电话里交代过，阿哥是从三楼栽下来，跌在钢筋堆里没的。父女两人一路无话，林雅低着头跟在父亲脚后，两人都显得过于拘束。

林雅来之前想了很多，但没有经历过生死，就是想多少遍都不像真的，她甚至产生过某些阴毒的念头，虽然就那么一刹那，也足以让人不齿。直到她眼睁睁地看到灵堂里屋停着阿哥被白床单遮盖的尸体，就那么一刻，死的所有含义突然都有了实质。在那里，母亲蓬头垢面佝偻着身子伏在床头，发灰杂乱的头发上一大片白麻触目惊心。她听着母亲哀哀哭哑了的声音，那压了一路的眼泪霎时夺眶而出。

房门外是赶做棺木的工头，锯得木屑漫天遍地飞，还有几个守在外面的乡邻们，抹着眼睛让她劝一劝母亲，他们说，母亲已经几十个小时没有进食，一得空就趴阿哥跟前哭。

"人都哭瘫了。"

"还呕了好几次。"

"让你娘节哀，你阿哥是去天堂了。"

那天招呼吊丧客人的当口，阿公凑近来颤了声音问她，"阿囡，今年过节还是不回来？"林雅盯住阿公因为白内障而显得浑浊的眼仁，没有搭话，那头父亲在路旁喊她去做礼，她忙转开脸去扶母亲。一家人在路口跪拜来人，她低头跪下身伏在路边，哭着等那些脚踏着一地噼啪作响的鞭炮声从她面前踩过。

"莫要出去了，你爹妈就剩个你。"乡里人三言两语地叮嘱安慰，林雅谢了他们的意，下午便躲上二楼。哥的女儿正睡在阁楼床沿，林雅软了心肠，站过去想抱抱侄女，一年没有回家，林雅和这个孩子是第一次打照面。

嫂子跑了的时候，这孩子还没有个把月大，爹不疼妈不要，全是靠了母亲拉扯，因为是阿哥的娃，比不得旁人，所以母亲累得格外甘愿。孩子周岁的时候，母亲给她锁了件银镯子带去算命瞎子那里摸脸，瞎子说这娃虎相，女儿身男儿心，日后旺夫益子。这话堪堪遂了母亲的意，把自己所有的疼爱都给了出去。林雅本来伸出去的手最后还是在半路收了回来，垂回身边。楼下连夜锯棺木的声音刺啦刺啦地动静很大，床上这孩子却睡得安稳。

办丧宴的时候，母亲还在灵堂那里不肯出来，林雅盛了一碗面给母亲送过去，母亲哭得脱形的脸颊边赫然是臃肿的淤青。端着的那碗面被林雅重重磕在桌案，她转身出门撞上院子里跟人客点烟的父亲，没忍住低声骂了句，"作孽没娘狗。"

这话虽然小声，但多少还是落到一些人的耳朵里，包括父亲。父亲刮了林雅一嘴巴子，"谁教你这么跟老子说话?!"林雅瞪着眼，"你再敢动一下手试试。"又是两巴掌扇在脸上，客人忙把父亲拉开，连声劝"孩子不懂事，这日子不兴这样。"父亲摔了把椅子头也不回地跨出门去，到当晚守灵都再没回来。

下斗门老林家传成了乡里的笑话。儿子没了，老子打女儿，女儿骂老子。林雅收拾这些天被父亲砸烂的桌椅碗筷时，反复想的只有一个问题，为什么她要摊上这种爹妈。

跟父亲冲突那天的晚上，夜深人静，空空荡荡的灵堂里只剩下母亲阴冷的说话声唐突冲撞，林雅提醒了几句，没用，到最后只能由着她颠来倒去细数着每一家人的表现。幽幽的烛火照见了母亲的咬牙切齿，那沙哑的声音比什么都瘆人，"细妹你眼睛睁睁亮，看这回谁做得歹，像舅公那家没礼数的，就记下，等给他家送葬的时候——"

林雅终于是听不下去，一把撂了冥器骂道，"阿哥就在旁边躺着，你说的这叫什么话?! 做什么心肝要毒成这样?"

这话把母亲气得抖个不停，咳嗽一声接着一声，后来林雅才知道母亲支气管炎那时已经检查出来一年多，她弯着腰，咳了半天才缓过劲，"那你怎么不自己照照自己，你去看乡里哪个把自己爹娘当孙子骂，"母亲沙哑的嗓音像淬了毒，"你爸再怎么做不够，都轮不到你做女儿的来指手画脚。自家爹娘都看不起，你就不想想我为什么会偏你阿哥?"

"我这些年都当是白养了你，你也有脸回来。"

林雅心尖绞痛，她只当灭了最后的一点怜悯和念想，悲从中来，"妈，你怎么没被阿爸打死。"

三

船靠岸上岛，海风吹得岛上荒草萋萋。到家的这两天，阿公的棺木已经连夜赶好，出殡下葬这日，母亲还在叫魂，父亲已经抡起锤子将长铁钉一根一根钉进棺材。

林雅抱着女儿走在送葬的队伍的前头，鞭炮在道路两旁炸响，女儿胆子细，受到惊吓哭个不停。林雅想哄，却被母亲拦了下来，"哭一哭，让孩子也哭几声。"

转头才发现，阿哥的孩子宝妹已经挂了一脸的涕泪，一路跟跄地跟在母亲身后，把棺材板抓了又抓。母亲赞许地拍拍宝妹的头，然后咿咿呀呀地又继续嚎起来，"哎呀我的阿爸阿，我活活跳跳的阿爸一转眼就没了阿……"那声音凄厉惨绝。当林雅意识到自己因为这声音不知不觉也淌了一脸的泪时，心里说不出是什么滋味。

林雅怕孩子哭坏，最后还是把女儿哄住。母亲从口袋找出几颗糖递了过来，"这么些年也不知道多来几回，楼上那张床你阿公一直给你留着。"

"我知道。"她低了头，接过在手里剥了一颗送到女儿嘴边。宝妹见了糖，伸过手要来抢，被母亲拍了一巴掌。林雅忙道"不打紧。"说着就把糖递出去，母亲却揽过宝妹，解释道，"你甭给，我平日里不惯她吃糖。"宝妹被母亲一手带大，对母亲就显得格外亲厚，此时她就着母亲收紧的手臂巴在母亲腿上使劲往上吊。林雅见状没再坚持，她搂了女儿紧几步跟上队伍，转头就将糖丢进了地里。

送葬队伍中，之前车上遇到的两位老乡也和林雅碰上面，双方倒也都没表现出太明显的尴尬，她们跟在丧葬队里，哭丧的声音一个比一个悲恸。人都说你阿公好，林雅听到邻里人边抹眼睛边对她说，伊没了，乡邻里说的都是可惜，真真可惜。人都念你阿公的好。

葬了阿公回来，母亲在屋里头替宝妹添衣，就像当年替她和阿哥添衣，女儿也被母亲带着看顾，林雅得空往家里打了通电话，电话没有人接，她挂断电话接着又往肖军手机打去。

"到家了？"

"没，外面吃饭，就那个领导，之前跟你说过。"电话那头传来酒家嘈杂劝酒的背景音，听着估摸是十几人的饭局，"什么事？"

"没什么事，你忙吧。少喝些早点回去，晚些我再打给你。"

这趟进岛，女儿的尿包和奶粉没有带够量，阿公出殡以后，林雅打算隔天就回福州。晚间的时候，宝妹和女儿在床边上玩，林雅难得跟母亲坐在一起聊着闲话，正商量到这事，母亲埋怨，"娃怎么没让亲家母帮着带一带？你一个人来回跑，哪里方便。"

林雅答不上来。

床上宝妹和女儿一阵儿相好一阵儿闹，在宝妹扯着女儿手里的一只佩奇时，林雅劝女儿道，"阿囡，宝妹姐姐想要你就给她。"

母亲也止了话头，伸过手将佩奇送到宝妹手里，女儿顿时大哭起来，"我的——我先拿的——"

林雅无奈，"不能这样，这个在家里的时候怎么不见你这么想要？"

女儿听不进去，觉得委屈，哭得越发收不住，"我的——是我的——"

宝妹抱着佩奇爬到母亲怀里，母亲看着女儿道，"这孩子，太会哭事。"

林雅低了头，拍着女儿的背，屋子里哭声渐渐歇了下去，孩子像是累了。她对女儿道，"去，让外婆抱一会儿。"

"等一等，我先把宝妹哄困觉。"

抬眼看去，宝妹抱着佩奇在母亲怀里一下一下地点着脑袋，正是一副将将要睡过去的样子。

这晚林雅睡得不踏实，她脑子里做了很多莫名其妙的梦，一会儿是回到自己三室一厅的房子，大冬天里房间打足了冷气，一会儿是乘船出海送葬，船上叠着两口棺材被浪打翻。半夜睡意迷离中，有人轻手轻脚地上来帮把她被角掖了掖，漏风一侧的床单被严严实实地塞到她身下，寒意不再透进来，身体在被窝里捂了个大暖。多少年没有人掖过被角？林雅没有睁眼，却霎时间酸了鼻头。

父亲是第二天的凌晨才从山上下来，林雅推开房门就见倒在台阶上的一团黑影，那根被一身粗制丧衣裹着的脊背，在初冬寒风中冻得打颤。房门前昏暗的灯泡在父亲松弛臃肿的脸上打出阴影，照得额头眼窝的沟壑越发深重。林雅越看越觉得眼生，竟戚戚然发现原来父亲老了近一轮。

母亲也下地往门口来，天凉，她最近肺病又犯，夜里也会时不时咳上一声。站在风口，她先是咳了一阵才缓过劲来问道，"是你阿爸么？"

"嗯，又喝多了。"

母亲上灶台准备醒酒的消夜，林雅则弯腰把人扶进屋摆上了床榻。凌晨村子里的鸡已经开始打鸣，街道偶尔响起出海的人从窗下经过的动静。远处朦胧的天光越来越亮，林雅帮父亲盖了被褥，转身没离开多远，就听见背后的人呜呜地哭出了声来。

她听着身后压抑的哭腔，突然想起大哥跳楼的那年，阿公拉她问过节还回不回来的情景，一时间又滚了几道泪。

<h1 style="text-align:center">四</h1>

林雅要回福州的那天早上，母亲往行李里添了几斤螃蟹活虾还有一桶的花生油。

"妈你甭拿，我带着娃，拎不回去。"林雅手里抱着女儿，看母亲左右忙活，拼命地劝。

"怎么拎不回去？你阿爸帮你送到船上，到了那边就有肖军接你。"母亲张罗着把行李挂上扁担，大冷天的额头上蒸出一片热气，还抵不住喉咙的痒意咳了几嗓子。

林雅想了想，从包里掏出两千块钞票，塞到母亲手里，"这是肖军的意思——"

"说的什么话。"母亲一把推开林雅的钱，"你少跟我来这个。"

"妈你要是不收，这些东西我也不会拿。"

两人在院子里推搡，最后母亲骂了句，"你是不是非得拿我当外人？！"

林雅被这一句讲红了眼睛，忙把女儿抱高挡了挡，不再坚持，"知道了。"

"东西都带齐了没有？"父亲披了件棉衣从屋里走出来，背起摆在地上的扁担。

"妈我走了。"林雅招呼一声，便跟在父亲身后出了门。

乡里去往码头的路，多少年了都还是那个样子，林雅回想起，阿哥没了的那次，是阿公陪自己走过的这条路。那时距离请假的期限还有两天，她却已经开始收拾回学校的衣物，那些天阿公情绪一直不大稳定，本来好一段时间不用吃的药又被翻了出来。去码头的路上，阿公远远地追了上来，脚下一深一浅，看得她心惊。雨后泥泞的黄土道，阿公执意陪着她走了好长一段。"阿囡，你爹妈不肯说，所以你不晓得，"她记得快到码头的时候，阿公喘着气劝她，一字一句讲得认真，"你每回走，他们都要哭一场。"她当时抓着行李袋没吭声。

"阿囡，阿公老了，见一面少一面，下回再回来，阿公也不晓得见不见得着你。"

船启碇，她打断阿公的话道，"阿公不要胡讲，您肯定长命百岁。"随即转身逃也似的登了船。

还是同样的条路，干硬的黄土被人踩得结实，从路上走过，脚底板偶尔会踩一路牛粪，或者扎上几颗苍耳。父亲挑着扁担走在前头，本来挺高的肩膀如今顺着扁担向前伏，显得有些佝偻。

林雅抱着女儿走到了码头，父亲卸下担子，帮忙把一袋一袋的东西递上船。他们两人谁都没有开口说话，等到行李搬完，所有动作都停下时，父女两人也没有什么话能讲。

父亲站了有一会儿，最后走之前还是交代，"有空就回来。总该常看看你哥还有你阿公。"林雅听得胸口发胀，喉咙里含糊地应了声"知道了。"而后又是一段空白。正当林雅想提气说一句"阿爸，你和妈一定多保重"，轮船引擎却突然发动，震天巨响里她歇了说话的念头，只见父亲在一水之隔的岸上招了招手，不等船开就背过身去。

船离岸渐远，林雅看着岸上送行的人缩成黑点，四周白花花的水和白茫茫的天，整座岛像一座浮在海面的坟墓，隐在苍茫里。

居 中

毛楚仪

差一步就要指向三点，秒针又跟跟跄跄退回来。老挂钟似乎怎么也迈不过这道坎了。

乙兰大饿。肉丸、煎饺、馄饨、酸辣粉、刀削面、猪肚汤、炖鸽子，最好一样来一份。打开冰箱，却只有咸鱼、山楂和冰淇淋。最后，她从种种标红打叉的食物里翻出一块蛋糕，皱了皱眉头，紧缩的感觉从肚皮蹿上喉咙，赶紧捏住鼻子，埋头苦吃。手里的蛋糕状似蜂巢，凝神看，有小蜂飞出，一只，两只，铺天盖地，盘旋轰鸣……乙兰从马扎上仰倒，秦邱的鼾声戛然而止。

拍拍自己大汗淋漓的脑门，旁边的人下意识靠过来要拢住，却被她不动声色往旁边一挪，躲开了。意外中标这种事，一次就好。乙兰轻手轻脚穿衣服，秦邱一抬眼，嘟囔道，才三点，不睡了么？

印花遮光帘在经年的风吹日晒下早已千疮百孔，几点光从斑驳的水墨山川中漏出。乙兰端起尿盆，说，天都亮了。被挂钟的声音扰得心烦，昨晚睡觉前，她干脆将电池取了。

眼下这套房子还是菲菲刚出生时买的，虽说三室两厅，其实每间屋子连放张一米五的床都嫌逼仄，站上两个人就得胳膊蹭肩膀，转不开身。卧室不带卫生间也是个大问题。图的是离爸妈近。爸走后，干脆把妈接来住。二十年过去，所有部件都有老旧松动的迹象，马路上一辆三轮车经过，窗户玻璃都要跟着兴奋地震个天响。乙兰生了菲菲之后神经衰弱严重，好多年和秦邱分床睡，妈一来，眉头一皱，一句"不妥"，让自己的儿子厚着脸皮和肚皮又上了儿媳妇的床。就有了去年肚子里那个小人。

"怕什么，比你年纪还大挺着个肚子的多了去了，我们单位就好几个呢。"秦邱当然是高兴的，"老当益壮！"他引用同事打趣的话。

"再说，你看着也才三十出头嘛，妹妹。"这倒是不假，乙兰挽着秦邱散步，屡屡被误认作父女。本来就差了小十岁，秦邱的头发在四十来岁就随大流掉个精光，岁月鸿沟豁然扯开。秦邱是不介意在年轻漂亮的妻子身旁冒充慈眉善目的父亲的，在外头肉麻兮兮地称她"司令"，私底下却不安好心地学爹爹姆妈唤她"妹妹"。她就是所有人的妹妹呀，除了前面两个姐姐，连小三岁的弟弟都叫她妹妹。久而久之，她习惯了这个称谓中那种与年龄无关的疼爱。

十八岁，她在印刷店当打字员，对自己的美丽一无所知，把旁人"好像山口百惠呀"这样的称赞当作取笑。后来在挂历上看到那位日本女演员，简直像在照镜子！秦邱第一次走进这家印刷店印资料，就被那张婴儿肥还未褪去的健康又稚气的脸庞深深吸引了，连她笨手笨脚印坏了好几页都不介意。秦老师又来了。秦老师总是来。秦老师一来就跑到乙兰的工位呢！乙兰迟钝，自己什么都察觉不到，爹爹姆妈听闻风声已经气冲冲赶来堵在门口了。不要脸的老男人！

当然，其实也还不算那么老。好像恰恰是父母的阻拦才催生了乙兰的情窦初开，不工作的时候，乙兰就去秦邱教书的学校看他打篮球。汗湿的球衣扔过来，她拿回家洗。她想要照顾他。

秦邱白天吹口哨将她从店里唤出来，晚上推着单车送她回家，老是往路灯照不见的地方拱。乙兰推脱说还没结婚呢。

嫁不嫁，给句准话！秦邱看上去气急败坏。

乙兰又惊又怕。下了课就往篮球场跑的秦邱，怎么看都不像是急着走入家庭生活的人啊。只好摆明未满二十岁的事实。她还没有想过，是秦邱的爸妈催得紧呢。

十九岁又两个月的时候，乙兰改了出生年月。秦邱从外地进修回来一天都不能等似的拖着一箱李子一箱梨放在乙兰家门口，拳头捏得死死的。爹爹姆妈一言不发，乙兰只是低着头掉眼泪。秦邱拳头一松，说那好吧，这婚不结了。乙兰没咬住下嘴唇，哭出声来。

这个时候，已经有菲菲了。

结婚后，秦邱托人帮她安排了学校图书室管理员的工作。阅读课学生来借还书，居然也会叫她一声"老师"。其实多数时候，她只需要清点书目，擦灰，上架。空下来，就从杂志架上拿本《读者》，每每被感动得鼻头发酸。后来图书室配了电脑，她就租碟片来看，《蓝色生死恋》《大长今》，再到两百多集的《人鱼小姐》，越看越投入。殷雅俐瑛被欺负的时候，她在这边气得直拍桌子，怎么忍得下去！电视剧里过了好几辈子，转头看看，日脚还是一步一挪。

没等秦邱，乙兰拎上包就出门了。反正也不是下个台阶都战战兢兢的时候了。一口气走到学校，放下包，开窗，烧水，扫地，出了一层薄汗，坐下来，无事可做。还没到孩子们涌进来的时间。拿起手机，居然还在给她推送家居装潢案例小视频，大数据也不问问清楚，她现在降职为监工了，该给她推"如何跟施工队过招"和"瓷砖套路知多少"。

秦邱在那段时间不抽烟，不喝酒，牌局都推掉好多场。抱怨离菜场住得太近早上太吵，二话不说就买了一套电梯房，连装潢决定大权也交给她。乙兰第一次被委以重任，兴奋之余根本不知从何下手。秦邱笑着说，没关系啊，你就看看，想要皮沙发还是布沙发，什么颜色的墙漆，什么式样的灯，其他不用管。

那段时间，正好在放《太阳的后裔》，电视剧里姜医生的家好干净，好整洁，该有的统统有，没有的根本就不必出现。不像现在住的房子，角落里塞满来历不明又毫无用处的物件。妈年纪越大就越小气，像有囤积癖，什么都舍不得扔，那把年纪比菲菲还大都快生锈的古董电风扇现在还在客厅轰隆隆转！乙兰觉得十公升眼泪真是没白流，现学现卖——原木沙发配灰绿沙发垫，颜色素雅的抱枕，全白的墙面，北欧风的装饰画，百叶窗，铁艺灯具……她学到一个词语：岛台式厨房。尽管饭还是她做，厨房宽敞些也好。

她应该是太兴奋了。胎心微弱。然后是停止。医生说，原因不明。她应该是逛了太多家具店，看了太多样板房，或者吸了太多甲醛和苯。小腹才微微有点样子，就不作数了。

走廊传来口哨声，《倩女幽魂》的调子，到了门口，就变成了乙兰的名字。

秦邱好些年不打篮球，肚子凸出来，唯独保留着吹口哨这个年轻时的习惯。

太刻意了，以至于乙兰不愿意回应，好像他来哄了她就一定得受着似的，哪有这么便宜！倒也不是要大吵大闹，具体想怎么办，自己也说不清楚。她希望日子的正面照常过下去，但反面已经长满了倒刺，她就是无法当作什么事情都没发生，顺着台阶下去。

又响起秦邱的声音：乙兰。

秦邱对她早上置气没有等他一起出门的事不置一词，把一个面包在值班台上，说，下午一起去看看灯。

他明明是知道自己为什么生气的。

出了小月子有一段时间，乙兰才缓过劲来，新的家却改换了梦中模样。门框又变成老老实实的板栗颜色，新添了酒柜当玄关，装的也不是红酒而是白酒，雕花镶边的褐色皮沙发在客厅中央正襟危坐，本该挂一副装饰画的背景墙上赫然是放大重洗裱好的结婚照。记得拍的那天一米七不到的秦邱踩在一块木墩上，脚却藏在蓬松的婚纱后面，看上去比她高了不少。

秦邱在宽得容得下两个人的沙发上盘起腿，很是惬意，招招手让乙兰也过去坐。

"怎么是这个？"乙兰咳嗽两声，装作是被甲醛或者苯之类的味道呛到，问，"画呢？"

"哦，帮你退掉了。"永远是这么不容反驳，"life 印成 lift，挂出来要给人笑话的。"

应该是说了两个英文单词吧，那又怎样呢，不需要听懂，知道他不喜欢就可以了。

"灯也不怎么样。改天我们再挑。"说的是她自己挑的那盏，铁艺装饰的吊灯。至此，算是被全盘否定了。

乙兰在心里暗暗给自己打气，发出的声音还是喑哑："我觉得很好啊，灯。"

太主观了，没有说服力。也不是要说服，只是再不开口就要哭出来了。

果然，"我知道你觉得好看，但好看是次要的。居家的首要看实用，其次是舒适，最后才是美观。"

首先，其次，最后。秦老师的职业病有时候让乙兰觉得挺像那么回事儿，有时候真是讨厌啊，那些掷地有声的事实和道理。她看秦邱备课，备课本上写：第一，权利和义务具有一致性；第二，权利和义务相互依存、不可分离；第三，第四，条分缕析。

再说，黑色的灯像什么样子？乌云压顶。这就是他的道理。

生菲菲的时候也是，乙兰不是没有争取过，你可以叫秦邱，我的女儿为什么不能叫秦乙呢？

"秦乙？你想让我的女儿永远屈居第二吗？"

不过现在也不太重要了。菲菲在外企工作，家书落款龙飞凤舞一个"Fay"，单方面宣布不要再做"父亲的女儿"。家里这位父亲便只剩乙兰一个女儿。原先两个人分担的说教如今落到她一个人头上，只好在电话里诉苦："你爸这个人真是，十八楼比十三楼便宜两万块诶，不愿意省，说是不要……"

"不要住十八层地狱！"菲菲立马猜到，"妈，你告诉他十八层地狱是说从一层到十八层全是地狱哦，看他还能说什么……对了，13也不是什么吉利数字嘛，我们老板最讨厌了……"

菲菲已经远离了这个地方，当然可以当笑料来看，乙兰却不行。权利和义务。那些弯弯绕绕的道理，像吃完杨梅忘记吐的一个核，她念不转，然后紧张兮兮地思忖是否是自己做错了什么。但做错了什么呢？不过是依照自己的心意买了一幅画一盏灯而已。她越委屈，就越羞耻，因为委屈和羞耻都各有各的道理，也同时毫无道理。

秦邱默不作声走到阳台推开窗。菲菲小时候他们也是这样做的，要哭要闹，就放在一边，不管她，自己就好了。乙兰眼泪就掉不下来了。

灯饰店销售员穿着印花衬衫，苍蝇似的围着乙兰打转，啰里吧嗦的，推荐的偏偏全是造型老气颜色花哨的款式，滔滔不绝令人讨厌。有什么用！你不要对着我说啊，最后拍板的人，看清楚了，是我旁边这位！"司令"这个称谓却很有迷惑性，销售把遥控器直接交给她，让她自己试试看。

信号有些紊乱，有时她明明想开的是那盏香槟金镂空雕花的，偏偏旁边一盏纯白灯罩栗色木框的亮了。又按了几下，电流铮铮改道，头顶仿佛雷鸣电闪。乙兰头疼不已，干脆看也不看，烦躁地乱撳。旁边的七彩球形灯闪烁起来，这不是舞厅才会有的东西吗？慌忙之中好像又碰到一个什么按键，所有的灯都黑了。

乙兰下意识转身看秦邱，不小心似的打翻了招待客人的茶水。

销售忙说，不要紧，不要紧的。乙兰却尴尬难堪，过意不去。无论如何，不该在外面失态。秦邱揽住她的肩膀，将她稳住，若无其事地指给她看一盏吊扇二合一的灯。怎么会有这么难看的灯啊，像她烫头用的蒸汽罩。千万不要是这盏，其他的什么都行。

秦邱说，虽然有点意思，总觉得看上去很容易掉下来，不好。

乙兰松了口气。至少算是达成共识。

日子怎么会因为一盏灯就过不下去呢？秦邱是对的，自己有时过于偏激，那些断断续续的自哀自怜和说来就来的眼泪很难说不是从连续剧中原模原样学来的。实在是应该更坚强更豁达一些！有一次鞋底沾水在客厅滑了一跤，事后居然对秦邱永无止境的奚落与嘲讽耿耿于怀，"说了多少次不要穿这种拖鞋！""为什么不知道用手挡一挡呢？""我刚刚没有说过地上有水要当心吗？"……急匆匆地赶着做饭不是因为你提早下班吗，看到地上有水你为什么又不顺手擦掉呢，乙兰在这些地方感到寒心，却忘了当时是秦邱一个箭步冲过来将自己扶起，而后又拿冷毛巾在头上敷了好久，像安慰小孩子一样硬是哄着自己喝一口凉开水压惊。秦邱就是那一杯凉开水呀。

最后灯还是没有在那家店买，"有如泰山压顶"，秦邱这么说，家里层高太低，吊灯伸手就能够到。还是老牌灯饰店买了一对毫无设计可言的传统吸顶灯，餐厅客厅一圆一方，相映成趣。谁过日子是紧盯着头顶的灯呢，照明罢了。

秦邱忙，安装的时候是乙兰去监工。施工工人量好屋子正中央的位置，准备上电钻，乙兰却请他等等，往墙比了几十厘米。对方不解，乙兰解释道，我们家到时候餐桌要靠墙放的，灯么，还是要正正好打在饭菜上，才好。

暑假一到，秦邱大呼解放，日日清早挎上钓竿鱼饵骑摩托车跑到郊外，太阳落山才回，拎一桶撼死了还弹动的黄鸭叫。一个礼拜过去，胳膊和肩膀晒出两个颜色，肚皮竟然瘪了些，这是个好现象，因此对他身上混合着汗臭的烟酒气，乙兰也懒得念叨了。

他们对之前的种种绝口不提。不对，是根本就什么都没有发生过。放在电视剧里，这点事连一集都不到。秦邱隔三岔五去新房子里充当人体甲醛检测仪，尔后兴奋不已地回来通报味道又淡啦，马上可以住进去啦，好像他才是一直以来强烈要求并特别期待住进新家的那一个。相比之下乙兰反而没那么上心了，住哪里都没有什么分别。不过是老鼠蟑螂而已，嫁给秦邱之前，不也在乡下姆妈家打了十几年巴掌大的蜘蛛吗？是秦邱把她惯坏了，还老是"妹妹""妹妹"地叫她。

但搬家那天在电梯里抱着新电饭锅看读数跳转到十三层时，乙兰仍然小小地雀跃了一下。

新生活呀！

厨房仍然是规规矩矩的半包围结构。秦邱认为岛台式厨房华而不实，不符合中国人的烹饪习惯。好像他真知道烹饪是怎么回事儿似的。不过，说不定再过几年秦邱退休后真的会兑现下厨的承诺呢？目前为止，她只吃过一次秦邱做的菜，美其名曰"饭扫光"——腐乳炒鸡蛋而已，尝起来居然也不差。"再难一点的菜我就做不来了哟！"乙兰怀疑这是借口，是事先声张的偷懒，做饭完全是凭靠经验的活计，她出嫁之前也没有下过厨房呀。倒并不是不喜欢，嫌累，单单是觉得，哪怕有人帮着洗碗也好。妈八十岁后便最多端端碗铺铺筷子什么的，不能再让她干别的了。

好像亘古就存在的老挂钟正式退休，秦邱不知从哪里淘来一座古董摆钟配他的豪华沙发，甚至不用换电池，只要拧紧发条，它就能永远走下去。待它转到皇历的吉时，乙兰就去开门，迎火。火是旧房子里点着了接过来的，意味着以后的日子也红红火火。乙兰和端着火盆进来的秦邱打着趣儿互道恭喜，然后生火做第一顿饭。饭菜摆了满桌，灯光洒了满桌，一寸也不偏，一寸也不少。

六一不说快乐

宋子奇

　　一年的节日很多，很多的节日都与我无关，植树节不植树，劳动节不劳动，六一儿童节不快乐。

　　五月的最后一天，我握着手机眼睛死死咬住 23：59 不放，焦灼地等待着六月一日的到来。在漫长又难挨的一分钟里，汨汨热气从我的手心里蹿出，温热粘腻。我用渗着薄汗的大拇指一遍又一遍地刷新购物页面，终于在零点勾选上了十分钟前刚看中的一双 VANS 帆布鞋。

　　早在两年前我就已发现电商利用了国人爱过节的心理将各种节日步步沦为购物狂欢日，我自诩早已看破购物网站节日促销的小把戏，可两年间我依旧被裹挟在狂欢的浪潮里，无处可逃，病态地享受着零点抢购时稍纵即逝的热血沸腾。无论是两年前还是两年后，我都戒不掉爱凑热闹。

　　为了抢到那双临在购物狂欢开幕前才慌忙挑好的帆布鞋，我摩拳擦掌跃跃欲试，但死守零点的努力最终却因一封卡在零点发来的 Email 付诸东流。我完全可以想象自己沉寂多年、形同虚设的电子邮箱收到的是一封怎样的 Email，它无非就是一封来自邮箱推送的电子广告或是封群发的无聊邮件，总之是一封垃圾邮件。可就是这样一个"不速之客"让我在分秒必争的零点抢购前失了神，败了阵。这突如其来的意外虽然打乱了我的购物计划，但不能不承认的是它成功地让我躲开了多年来避无可避的购物圈套。我想我应该理智地感谢这封电子购物广告，它大水冲了龙王庙让我在明晃晃的购物陷阱前幸免于难，但这种非自主的选择非但没让我感到庆幸反而更加懊恼与烦闷，我知道这是我藏在皮下的反骨在作祟。

一件一句话就能概括的事情让我钻了牛角尖，越想越气，我迫切地想要为心头恣意生长的愤懑寻个发泄口，思来想去，揪出意外背后的罪魁祸首并向它、他或她发送一封问候信的念头渐渐变得清晰。

一个熟悉的 ID 账号出现在我的邮箱界面，我一时无法准确说出一个数字，一个我与这 ID 具体失联的年头数，再次看到它让我像是团越理越糟的毛线球，我不知该做何反应，我只知道它让我显得愚蠢。当我因一封 Email 气急败坏时，这封未读的 Email 就在我的邮箱里嘲笑着我的自作聪明。我点开了这封待拆的 Email，正文只有四个字，六一快乐，短小精悍的节日祝福让我判断不出它是否是一封毫无意义的群发邮件，也让我无法揣测 ID 主人的用意。令我在零点抢购惨遭滑铁卢的幕后真凶找到了，但愤然却像破了洞的气球，我突然找不到回赠她问候信的理由也失去了回信的勇气。我想假装从未收到过这封 Email，但那只是装模作样，在"雁过留痕"的互联网世界我无法将它毁尸灭迹，我深谙逃避可耻却有用的道理，只能暂时将它搁置一旁不理睬。

我放过了那封 Email，可它的发件人却不放过我，时隔多年后她又在我的脑海里奔跑，一会儿西一会儿东，让人摸不着头脑。尘封在我记忆中的 ID 名称是away，它的拥有者有一双滴溜溜圆得像紫葡萄的眼睛。她曾用那双黝黑发亮的眼睛望着我，无比至诚地告诉了我一个秘密，她说，我的背包夹层里放着本装满压岁钱的存折，我无时无刻不在准备着离开，随时随地可以离开。那时我对她的话深信不疑，她于我而言是一个勇敢如启明星般的存在。

十五六岁我也时常想要逃离家庭逃离学校，但这样的想法始终像个一时兴起的念头，虽然这念头在我厌学、反抗父母时让我孤勇的像只自舐伤口的小狼，无比有血性，但惨白的现实却是，这只是一种精神胜利法，只是为了给我不堪一击的幼稚虚张声势。我总幻想自己是被强行装进罐头的八爪鱼，触角蜷缩，无处伸展，没有选择的权利，只能将罐头塞满。时至今日，我仍记得自己当初生了病也无法逃离学校，而她却可以以睡过头为由漫不经心地完成一次我向往已久的出逃。她的漫不经心、拥有选择的权利化成了一根针悬置在我心头，不时刺痛我。那之后，我总是状若无意地提起这件事，一面诉说对她的艳羡一面向她倾倒苦水，三番五次后她的耐心终于被我的斤斤计较消磨殆尽，她不留情面、一针见血地戳中了我的痛脚，她说，你就像个自怨自艾的苦行僧。"自怨自艾的苦行僧"，她说话总是这样的直截了当与我小心委婉不同。我当时竭力否认的名号在以后很多时候都会突然出现，在我想要逃掉提不起兴趣的课程却老老实实坐在教室的时候，在我工作时想要反驳上司却点头哈腰的时候，在我想要驯服社会却反被社会整治得服服帖帖的时候。

这是一次令人不虞的摩擦，但这并不足以让我们决裂。女孩子天生有一种自然的群体意识，她们三五成群，有各自的小圈子。我和她的两人团体形成得自然而然，说不清楚缘由，或许是因为我们常做同桌，或许是因为我们同搭 21 路公交车，抑或是看对方不讨厌。总之，不知道从何时起我们变得形影不离，我们会在草稿纸上进行严密的计算以求即使在不同的公交车站牌上车也可以搭乘同一辆公车上学，搭乘同一辆公交总是比成功演算一道数学题更让我们有成就感；我们会在下午放学后坐在站牌不远处的银行台阶上数驶过的 21 路公交车，直到第七辆公交车驶来我们才着急忙慌的背上书包涌向站牌，偶遇运钞车时，我们还会紧张得一动不动，神经兮兮的与包裹得严丝合缝、持着枪的警卫进行一番激烈的眼神交战。两个人凑在一起，时间就在我们身后紧追不舍，最无聊的事情也变得有趣。

21 路公交车成了我们的会移动的树洞，承载着我与她说不尽的闲言碎语，我们在最"中二"的年纪在公车里叽叽喳喳个不停，自认为所出之语句句石破天惊，不在乎闲侃被人听了去，也不介意惊人之语沦为成年人啼笑皆非的笑料。那时我们几乎对成年人毫无敬畏之心，成年人在我们看来是一群被异化的怪叔叔和怪阿姨，记性差到一长大就转头忘记了自己也曾是个孩子，成了为难孩子的存在。而今我糟糕地发现自己也成了"中二"时最讨厌的成年人的一员，成了一个被盖上统一社会出品烙印的怪阿姨，我万分怀念曾将成年人划入敌营的"中二"的自己，目中无人的自信也与我玩了个游戏，我再也不曾拥有它，它永远地藏在了我最"中二"的年纪。

我们曾讲过的毫无营养的废话塞满了一个又一个的箩筐，可惜那么多的话都被时间风化，最后消失得无影无踪，只余下河童的故事印证着废话的存在。我与河童初遇在一个太阳落山的傍晚，盛夏的晚风，干燥温热，熏得人人头皮发汗。我照常同她结伴回家，路上我们大声而快活地议论着邻班男孩被班主任逮到厕所强行洗掉一次性染发的窘迫，就在我们笑成一团时她接了一通电话，接连"嗯"了几声后就草草挂断，她敷衍的态度让我猜到了来电者的身份及意图。我能感觉那通电话带走了她的好兴致，眼见我们之间也将陷入沉寂，我没话找话，是阿姨又不能回家做饭了吧，她低低的"嗯"了一声当作回应，我看她不愿多说就拉着她的胳膊一边晃一边说道，别不开心你不知道我有多羡慕你，我妈只会拍黄瓜，天天让你吃拍黄瓜，你肯定顿顿盼着到外头下馆子……一说起我妈的厨艺我就像决了堤的洪水失去了控制，直到她不耐烦地甩开我的手，我才意识自己的多话是如此的不合时宜。我们默契的开始了木头人游戏，不许说话不许笑，其间我频频转头悄咪咪地瞄她的脸，她的面无表情抑制了我开口说话的冲动，我只能亦步亦趋地与她保持舒适的距离。直到坐上 21 路她才结束了对我的惩罚，她看向我问，你知道河童么，我无知地摇头。尔后她就不再看我，自顾自地说，河童是日本的一种小妖怪，他们鸟嘴人身，背缚龟壳，体型与小孩子相似，虽长得奇怪却也会说话有属于人类听不懂的专属于河童的语言。他们像人一样有性别之分，分雌河童和雄河童，同人一样属于社会性动物，过群居生活。河童的世界从表面看与人类世界无二，可具体的社会制度规则却迥然不同，在河童的世界里有着极不寻常的生育制度，未出生待产的胎儿河童可以自行决定生死，在临产前河童父母会询问小河童是否愿意来到这世间，只有小河童给出肯定答案，雌河童才能顺利分娩，倘若小河童不愿出生，雌河童就会注射一针药剂，接着鼓胀的肚子就会瘪平如初。故事讲完了，她合上了嘴，用一双会说话的眼睛示意我，轮到你了，昏暗的车厢让我疏忽了她藏匿在黑眼睛背后的认真，不明就里的我没有给出令她满意的回复，我自以为揪住了她的小尾巴得意扬扬地说，这种神话传说明摆着就是人瞎编乱造的，既然人类听不懂河童的语言又怎么了解河童世界的制度，她一反常态没有同我争辩，只是第二天我没有在 21 路公车上遇到她。

她的名字于我而言不是一个难言的禁忌，只是时光凶残如白蚁，它以记忆为食，将我的记忆吞食得七零八碎，即使是曾经总挂在嘴边的名字也不能幸免。记不清她的名字让我感觉自己像个叛徒，背叛了她，也背叛了友谊，为了减轻莫须有的负罪感我努力地回想她的脸，回想有关她的一切，但这些努力都不足以唤醒我对她名字的记忆。努力后的无力与挫败让我坦然结束了时光与我的博弈，我打开通信软件，手指在一众不熟悉的头像与名字间滑动，终于找到了那个被白蚁吞食的名字——魏瑾。

魏瑾除了隔天早上没有与我搭乘同一辆公车外，并无任何异常，她同我解释说闹铃无端出了故障，让她错过了公车，想到她早读确实因为迟到 15 分钟而被整日板着脸的田老师整整念叨了 3 分钟，我不疑有他，接受了她的说辞。那天我们和以往的每一天都一样，一样手挽手结伴上厕所，一样在课间操结束后漫步操场，直到上课铃声响起才匆忙踏着铃声回教室，一样放学后冲到校门口在被围得里三层外三层的小吃摊前排队买肉夹馍。可那一天又与以往的每一天都不一样，那天我们在街上遇到了小偷。

七月的天闷热不堪，下午五六点钟太阳也依旧活力四射照得整条街通透明亮，路边枝繁叶茂的梧桐树投下大朵大朵的阴影，藏匿在树叶背后的知了歇斯底里地吼叫着，势必要盖过整条街发出的声音。街道上是夏日独有的空旷，除了三三两两凑成一团的学生外就只剩下零星几个路人。我和魏瑾两个人挤在梧桐树的阴影里一边啃着肉夹馍一边有一搭没一搭地闲聊，可树荫也难抵夏日的暑气，我的食欲变得委顿，夏天让肉夹馍失去了它原有的魅力。

我低着头小鸡啄米似地吃着肉夹馍，时不时抬眼左右张望，忽然瞥见了个戴着黑口罩的男人，我用胳膊肘捅了下一旁的魏瑾，下巴朝着那人的方向轻扬，说了句，有病，魏瑾抬头瞅了一眼后无声地对我翻个白眼。魏瑾不同我说话，我只能百无聊赖地盯着整条街上唯一与夏天格格不入的口罩男。其实没什么看头，但是闷头走路的每一个人都没有看头，我迫切地希望他能变出点儿花样来丰富这个无滋无味的夏日黄昏。或许是我强烈的期待促使皮格马利翁效应生了效，口罩男的行为在我眼中变得怪异，他加快了步伐缩短了与走在他前方肩上挎着手提包的中年女人的距离。这一发现让我提起了精神，我拍了拍魏瑾的胳膊兴冲冲地说，你快看那人鬼鬼祟祟的。魏瑾似乎习惯了我的一惊一乍，象征性地抬头看了一眼，回了句，想多了吧。听了她的话我仍不死心，紧盯着口罩男不放，直到他与中年女人间只剩下一臂的距离，我才心惊肉跳地狂戳魏瑾小声说道，小偷。这次魏瑾终于愿意分些注意力给口罩男，她不说话观察着口罩男的举动。我心慌地问，我们该怎么办？魏瑾说，我想提醒阿姨。听了她的话我迅速环顾四周，街上没有丝毫的变化，似乎没有人注意到眼前的变故。我心如擂鼓，声音也变得有些虚弱说，会不会被报复，我听说小偷都是团体作案，枪打出头鸟，要不我们也当没看见吧。魏瑾也四下里看了看说，这街上没几个人，小偷应该没有同伴，一会儿我大喊一声来提醒阿姨，之后我们就往学校的方向跑，你可别掉链子。"小偷"，我耳边响起了魏瑾的声音，她的声音一反往常的轻柔，穿透了整条街，慌乱间我只记得拽着魏瑾拼了命地往回跑，那一刻我分不出心神关心其他，我只注意到高楼、栏杆、绿化树在急速后退，我牵着魏瑾冲进一团白得耀眼的光圈。

时间在我脚下放缓了步速，一帧一帧与我擦肩而过，不知过了多久，魏瑾停了下来，拖着她的我也被迫停了下来，那一瞬间，无数只红蚂蚁涌向我的头顶，一股热浪将我包围，当我渐渐从百米冲刺的疲惫中挣脱出来时，学校早已落在身后数十米。站在我身旁的魏瑾用手在两颊旁扇着风，我看着绯红一点一点从她脸上退去，直到恢复了往日的颜色，我迫不及待地询问，那小偷什么反应。我的话像是根导火索点燃了魏瑾的愤怒，她怒气冲冲地说，你还问我，我刚一喊完还没来得及看上一眼，你就头也不回不管不顾地扯着我往回跑，体测都没见你跑这么快。魏瑾毫不留情地揭开了我的遮羞布，我敏感地意识到让我心跳加速的冒险不过是一场胆小者的闹剧，我如此期盼生活中能发生点新鲜事儿来打破日复一日的平静，可一旦平静真正被打破，我畏惧又不安，我看清了自己的虚伪与怯弱。高呼"小偷"、勇敢如启明星的魏瑾让我卑微到尘埃，那一刻我对魏瑾告诉我的秘密坚信不疑，她会成为一个美梦携带着一张存折席卷着我的青春消失得了无踪迹。遇到小偷的那天，我们不欢而散，第二天早晨我有意错过了那趟6：25的21路公交车。

我没有向魏瑾解释我错过那班车的原因，魏瑾也没有询问我其中的缘由，我们心照不宣的对同乘一辆公交上学的事情选择了回避，只是从那时起我早晨在公交上遇见魏瑾的次数变得屈指可数。我以为我们之间除了不再一起上学外没有发生任何变化，我们习惯性地聚在一起侃东侃西、上厕所、压操场、回家……直到一场暴雨让我醍醐灌顶，我与魏瑾的日常如慢镜头般在我脑海里回放，我诧异地发现原来一切都变了样，只是我装聋作哑维持着表面的平静。

我与魏瑾窘迫地缩在一把堪堪遮下两个人的雨伞里，风夹杂着雨丝从四面八方袭来，无处躲避，我俩都狼狈不堪，衣服湿了大半，这让我们索性破罐子破摔，淌着雨水一鼓作气地走到了公交车站牌。夏天的暴雨来势汹汹，浇熄了空气中的热气，冲刷着藏在生活表面下的污垢，送来了夏日里难得的凉意。可这般凶猛的暴雨更适合窝在室内隔着层玻璃欣赏，被困在暴雨中一切都变了滋味，我无心赏雨一心只想躲进公交车。与我的焦躁不耐相比，魏瑾在暴雨中就显得怡然自得，她不时将手和脚伸出站牌不大的檐子，她让我也试试，说这样可以冲掉黏在脚上的泥沙。雨打在我的小腿上落在我的脚上，很凉，但这份凉意却难达心底。半个小时过去了，往日十分钟一辆的 21 路车仍然不见踪影，我同魏瑾不住抱怨，21 路车死哪儿去了，半天也不见车影。魏瑾一点儿没被我的烦躁感染，她反而理性的同我分析道，21 路车在塔南路要经过一个涵洞，这会儿涵洞准是积了水车子过不来。魏瑾的冷静在我看来是如此刺眼，我在心里迫切地希望她能与我一起将 21 路车视为假想敌，发泄被困在暴雨的不快。可我是这样的矛盾，明知魏瑾不会，却仍对她抱有期待。

阴悦就是这时候突然招呼魏瑾的。阴悦身披雨衣骑着辆永久电动车从站牌路过，我没有同阴悦打招呼，因为在班上我从未与阴悦说过话。但同样在暴雨中略显狼狈的阴悦却停在了我和魏瑾面前，她用胳膊先是擦了一把脸，然后微笑灿烂地对魏瑾说，今天早上没能载你上学，现在需要我载你回家吗？那微笑在暴雨里也难掩明媚。阴悦的话刺激着我，令我无法思考，而魏瑾却一派自然，我隐约听到魏瑾对阴悦说了句，不用，你先走吧，我在这里陪敏敏等公交。我原本以为魏瑾的手会从我的手里一点一点滑落，我原本以为劝说魏瑾暴雨里骑电动车危险的说法能派上用场，可一切的我以为都只是我以为，我从未感觉自己如此丑陋。我将手里的伞塞到了魏瑾手里，用自认为冷静的语气对魏瑾说，你先走吧，不用你假好心。魏瑾把她的伞又送到我的手中，当我的手触到伞的那一瞬，我想如果魏瑾是一束不惧阴暗的阳光，那么阴暗如何也无法挣脱阳光的诱惑。可这次魏瑾只是将伞放到我手里，而后坐上了阴悦的车后座，钻进了阴悦硕大的雨衣，随着阴悦一同消失在我的视野里。

我攥着魏瑾的伞，感觉一阵茫然，我不知道事情为什么会发展成这样，有那么一刹那，我想要将手里的伞扔进一辆不知会驶向何处的垃圾车，但现实却是我连将伞扔进垃圾桶的勇气都没有。当 21 路终于穿过针脚稠密的雨幕从远处晃晃悠悠地向我驶来时，它的出现已经无法引起我丝毫的情绪波动。我与一群湿漉漉的人为伴，被雨淋湿的衣服紧贴着我的皮肤，炽热夏季里的暴雨带着违和的寒意一点点钻进我的骨头。一个又一个的细节如雨后春笋在我脑海里浮现，我想起魏瑾迟到那天一同被训斥的还有阴悦，想起魏瑾在与我聊起班上的同学时曾暗叹阴悦独来独往很酷，想起魏瑾会提醒同在操场遛弯的阴悦要上课了……当事情变得清晰，我已无法再装聋作哑、自欺欺人，我竭力维护的表面平静最终还是被阴悦一手打破。我在 21 路车上小声啜泣，我第一次嗅到悲伤的味道，是一种雨水掀起的土腥味，我第一次感觉到了悲伤的重量，是浸泡在水中的湿透了的衣服的重量。

次日早晨雨过天晴，我早早来到了学校，将魏瑾的伞放在了她的座位上。那一天我下意识地躲着魏瑾，一下课我就匆忙溜出教室直到上课铃响起才回到座位，课间操结束也不再漫无目的地在操场闲逛，放学回家也特意绕道换了站牌和公交，我乐此不疲的一个人同魏瑾玩起了捉迷藏。我承认那天我有用眼角的余光偷瞄魏瑾，试图从魏瑾脸上看到困惑、懊恼、无奈等表情，意料之中，魏瑾让我失望了。我细数我们能够成为朋友的理由，是常做同桌，是同坐一辆公交，是看对方不讨厌，每一个理由都不足以成为做朋友的必要条件。从这天起魏瑾与我的两人团体就分裂了，一如它形成得突然，它的决裂也很突然。

魏瑾与阴悦间的互动变得频繁，而我很长一段时间都独来独往，我的眼睛还是不自觉地望向魏瑾和阴悦，但我已不再为了逃避魏瑾而溜出教室，多数时间我坐在自己的座位上看电子书。那段时间我迷上了小四的《幻城》，幻雪帝国里冰族皇子卡索与弟弟樱空释纷繁复杂的故事在我一指宽的 MP3 里上演，多数时间我的眼睛锁定电子屏，拇指按动着下一页，魏瑾和阴悦在奇崛的幻想世界面前失去了青春的颜色。这时班上已经没有女生打听我与魏瑾分道扬镳的原因，她们更多的是同我讨论《幻城》，与我争辩卡索与樱空释谁更有魅力……我没有再与任何一个人组成固定的小团体，或许我从未理解友谊，但我清楚女孩子之间的事情就像小孩子的脸阴晴不定，像小孩子的脾气难以捉摸。

我有时不可抑制地想要知道魏瑾是否会把河童的传说说给阴悦听，是否会将她的秘密分享给阴悦，而阴悦又会做何反应，是否像我一样对魏瑾的话深信不疑，可这一切我都无从得知。一次周末，从补习班回家的路上我遇到了魏瑾，我惊讶地发现魏瑾已经拥有了自己的电动车，我突然意识到绕远路回家已经失去了意义，但这时我已经习惯了乘坐 4 路车，习惯了坐在最顶层右侧靠窗的位置。4 路公车从魏瑾身旁驶过，我与魏瑾之间的距离一点点缩小、重合又渐行渐远。不由自主，魏瑾又占领了我的大脑，我疯狂想念在站牌附近我们凑钱买的廉价炸鸡块的味道，努力回忆在银行门口我们精心策划的抢银行的方案……我戴上耳机调大了音量，试图将思绪放逐到一个没有魏瑾存在的地方。

周一开学是个阴天，夏天的阴天最是闷热，天空被拦腰蒙上了一层灰布，低沉得让人喘不过气。没开灯的教室从远处看像是被一团黑气笼罩，同学们三个五个扎成一堆窃窃私语，偶尔发出一阵骇人的惊呼。我拍了拍前排女孩的肩膀，她一脸惊恐地回头说，吓死我了。我莫名其妙地说，不至于吧，怎么了，感觉大家今天怪怪的。她神经兮兮的要我附上耳朵听悄悄话，她的嘴在我耳边呼出温热的气而她说出的话却让我打了个寒战。她说，听说阴悦和魏瑾周末骑车去北山，出了车祸，阴悦死了。阴悦死了？这不可能，我周末还看到了魏瑾，她好好的，一点儿事也没有，这事不好瞎说的，闻言我立即反驳道。女孩神情怅怅说，这事恐怕不是空穴来风，大家都在传，没人会拿生死开玩笑。是啊，生死开不得玩笑，虽然我常常把"笑死了""恨死了""撑死了"挂在嘴边，可"死"于我而言只是个表示程度的副词，而现在有传言说阴悦死了，作为动词死了。

沮丧在教室里蔓延，我始终不敢回头看魏瑾和阴悦空着的座位，我从未如此期盼，期盼魏瑾能牵着阴悦的手出现在教室，但这一次皮格马利翁效应失效了，直到中午放学魏瑾和阴悦都没有出现。那天中午我没有回家，一步不离地守在座位上，我想如果魏瑾来上课我要第一个同她说话，同她说学校的谣言离谱得能上天入地。错乱不堪的种种念头飞速地在我脑中转动，而我感觉不到一丝饥饿感，我想到了阴悦的笑，她的微笑是暴雨也难掩的灿烂，想到阴悦同魏瑾结伴上学后就不曾再迟到，我想阴悦同我之间并不存在竞争关系，她没有抢夺我的友谊，相反我卑鄙地利用她来逃避自己放弃了魏瑾的事实。阴悦是一个比我更光明磊落的存在，或许比起我，她更适合成为魏瑾的朋友。可如果，如果阴悦真的不在了，魏瑾，魏瑾该怎么办？

那天下午，老田一语终结了流传在同学间越传越离奇的谣言，教室随之陷入深海一般的沉默，有人偷偷抹起了眼泪，而我只感觉无边的饥饿淹没了我。老田叫走了平日里能同阴悦说得上话的同学，说她们将代表全班同学去送阴悦一程。传言被证实成了真，班上所有的同学都在为阴悦叹息哭泣，而我却连带着为魏瑾流泪，我无法想象魏瑾近距离面对死亡时的模样。无论是阴悦还是魏瑾，在从未考虑过死亡的年纪，该如何应对猝不及防的死亡，我找不到答案。

周一，周二，周三，周四，周五，魏瑾都没有来学校，当魏瑾再次成为同学口中的话料时，她已经转学了。整整一周的时间，我用发简讯给魏瑾来填塞时间的空白，就连晚上睡觉惊醒也不例外，大段大段的文字一页又一页占满了屏幕，可这些迟到的道歉、关心的话语无一不石沉大海，魏瑾不曾回复，连平日里用来敷衍的"嗯"我也未能收到。魏瑾就这样消失在了我的世界里，旁人都说魏瑾离开是因为难以承受阴悦带来的痛苦，而我却始终认为阴悦让无时无刻、随时随地变成了具体的时间与地点，魏瑾勇敢如启明星，她只身携带着一个藏着存折的背包一步一步走出了我的青春。

魏瑾的 Email 像一道难题，令我束手无策，我只能粗暴的像解数学题那样代入公式，我选择一如既往地同魏瑾唱反调，缓缓打出了六个字，六一不说快乐，我快速地点击了发送，不给自己后悔的余地。

路边舞会

刘诗吟

对于不收看《新闻联播》的城市人来说，晚七点是一天中最好的玩乐时间。烦恼的事务琐屑都已处理完毕，精神头也在饭后悄悄复苏。哪怕是冬天，夜幕来得又早垂得又低，满街光亮同样能把心惹得火烧火燎。城里的乐子那么多，闹的静的动的躺的，不愁找不到合适的去处。

张慧芳也觉得自己的一天是从晚上七点开始的，白天那十几个小时从前上班是在伺候公司的领导，现在退休了就是伺候家里的祖宗。家里的祖宗结婚三十多年来没烧过一餐饭，美其名曰"君子远庖厨"，上了年纪之后口味越发刁钻，咸的辣的油盐不进，说是"要想活得久就得吃清淡"。大抵是他碰上了什么好事，终于在知天命以后察觉到人生的愉快，因而有了对长寿的向往。

而她自己除了在牌桌上大获全胜的时刻，其余并没有更多的指望。一想到明天还有位小祖宗就要回来休春节假，她不禁加快了手里洗碗的动作，潦草地冲了两把，披上件从头包到脚的黑色长羽绒服，就急忙往麻将档跑了。家里的人一多，能做自己事情的时光就变少了。都说每个人自有能大放异彩的地方，她看她的舞台就是麻将档，在那里她呼风唤雨，调兵遣将，水来土掩，兵来将挡。以前女儿还在上学的时候，她只能见缝插针地解解馋过过瘾，打个30块钱"进园子"铲了两家干，赢了百把块买只鸡回去当加餐。后来小祖宗出去上学上班，她也打得大，出手阔了，在小区门口的麻将档有自己的牌友，能攒自己的局了。

冬天的麻将档是个热闹的地方，天一冷谁也不愿意在家里孤孤单单地熬，尤其上了年纪，去哪都是图个人气，打麻将还能额外预防老年痴呆。张慧芳赶到的时候，老姐妹们已经坐成个三缺一，四条长城码得整整齐齐，就等着她来开摸了。她匆匆付了茶水钱，填进空着的西位。

今天打的是100块的"进园子"。陈姐的嘴皮子比手还闲不住，每摸一张都要咧咧一句："什么破手气，要输个精光蛋咯！"蔡丽听了就呵呵地笑，也不管这是不是老狐狸放的烟幕弹。小高把牌清清脆脆地朝桌上一定，"哟"了一声："看来风水轮流转，今天轮到我胡了！"张慧芳没发话，她这手牌不好打，只能想办法凑出个门清。

东位的小高打了张九条，后手就被陈姐一碰，陈姐又下一张七筒。张慧芳看了看手上两张七筒，并没有轻举妄动，她等着门清算十番呢。她另起打了张四条，被小高碰了，紧接着蔡丽又碰了小高的八条。

一阵螳螂捕蝉黄雀在后，该碰的都碰得差不多了，张慧芳顺利地听了个六九筒。她慢条斯理地补了张幺鸡，径直往牌桌中心放去，有余裕地聊起天来："小高，你昨天不是说有个什么迎新春的广场舞比赛？你去了没？"

"拿了第二名，"小高丢出张一万，"跳了一上午，现在腿还疼呢。"

"小高年轻，还晓得保持身材，"陈姐又是一碰，"不像我们这些老姐姐，只晓得搓麻将。"

蔡丽接了张九条："欸，张姐，你不是说你家老吴也在跳广场舞吗，姐怎么没跟着一起去？"

"我？"张慧芳嗤地一笑，抓过蔡丽的手放在自己腰上："生完吴悠就放了肉了，这身材怎么好意思到广场上丢人现眼哦！"

三人纷纷笑起来，陈姐喝了口茶，赶紧出来打圆场："慧芳又不胖！我们这年纪，谁腰上没点游泳圈。"

小高略微伏低了身子，轻声嘀咕道："陈姐你们是没看见那些领舞的，腰是腰，屁股是屁股，个个从背后看像小姑娘似的。穿的演出服也不要太夸张哦，紧紧地贴在身上，人家那曲线……"说着两手在空中比了个S，"我都不敢多看！"

"有什么不敢看的？"蔡丽学着她的样子扭了两把，"我们练练不也有的。"

张慧芳跟着调笑了几句，心思还在那张迟迟未见的六九筒上。她从前年轻时就不在意那些什么曲线，更别说现在五六十岁了。说句不恰当的，这女人腰上的肉，就像树皮底下的年轮，那都是岁月的象征，越老越有味呢。这时陈姐一个不留神，失手打了张六筒，张慧芳一点没客气地推牌放倒："我门清了啊！"

陈姐乜了她一眼，张慧芳春风得意地接过两张一百块钱："叫我跳舞也不去，我呢就打麻将赢钱最高兴。先替我们吴悠谢谢陈姨请客了。"

三双手正要把麻将牌重新洗开，小高突然从包里掏出了手机，举在大家眼前："我给你们看看比赛的视频吧，第一名跳得挺像样，年后还要代表区里去全市比赛呢。"

视频里先是一男一女在前面领舞。小高说现在的广场舞也有不少男的在跳，就跟张姐家老公一样，第一名排的就是出慢四步舞。女领舞穿的是条缀满了亮片的红色大摆鱼尾裙，上身是蕾丝拼接的针织紧身舞衣，严丝合缝得像是从皮肤里长出来的，别说陈姐张慧芳这样年纪稍大的，就是蔡丽小高也没胆量穿这种款式。女领舞的招牌动作是连转五圈之后恰好倒进舞伴的怀里，那裙角飞扬的样子叫张慧芳想起自己儿时心爱的彩纸凤凰，还有女儿小时候看过的迪士尼公主动画片。别看她现在身形跑了，样子没了，上麻将档也就不修边幅地套件中老年大码女装，但是哪个女人一辈子还不曾做过公主梦呢？

镜头倏地拉近，对准一张粉白的脸，眼尾的细纹就像邢窑出土白瓷上令人惋惜的裂痕，一下子暴露出年代的久远。

陈姐感叹了一句："身材是保养得好，可惜脸却留不住从前。"

下一秒，穿过近距离的暧昧呼吸，反打到男领舞侧面。蔡丽和小高哈哈笑起来，男人的模样有些古怪，垂下的头发紧紧贴在前额，活像年画娃娃的刘海。张慧芳却怔住了，这很像是她家老吴啊，他最在意额头上那道疤！她不止一次说过他一把年纪还搞小年轻的发型，像什么样子。

好啊，三十多年中她一直尽心尽力、如履薄冰，这一天终究是无法逃避地到来了。回过神之后，她忽然在这无限耻辱的时刻感受到一丝上天的怜悯。那挨千刀的向来嫌弃麻将档这种地方，也不爱和她一块儿出门，所以此刻旁人都认不得。世界上传输信息最快的不是什么光纤宽带无线网，而是上了年纪的女人的嘴。要是今天被看出来，她张慧芳就趁早搬家吧，别想在这地界做人了。

"小高，你把视频发到群里，回去可以慢慢看，"她自顾自地收拾起桌面来，轻柔地抚过那些凉沁沁硬邦邦的麻将牌，"咱们晚上的时间多宝贵啊，再来多打两盘。"

那天的心情虽说是不快，张慧芳的手气却出奇的好，一连赢了四五盘，还都不是小数目。她一张张铺平开来，塞进钱包的夹层，这是人情冷暖中最后一点换得开心的解药。蔡丽说张姐你这是撞了财运还是有了喜事，得请我们吃饭，可不能独吞了。张慧芳心里冷笑，面上还是不露分毫，要不是为了一张老脸，这点苦果子她倒是也想叫别人尝尝。

事情说来难看，倒也好办，她唯一能信任的最可靠的盟友即将归来。一个母亲有了孩子，而且是个长大成人的孩子，她还有什么可害怕的呢？

吴悠怎么也没想到，坐了七个小时高铁风尘仆仆地回到家里听见老妈说的第一句话，居然是要自己去跟踪老爸。她最受不了张慧芳这个疑神疑鬼的毛病。每一次劝说她妈不要只知道打麻将，否则一旦跟社会脱节了，更年期会来得更猛待得更长；张慧芳就会竖起声音质问她，是不是又在嫌弃自己没文化。

这回她妈倒是学软了，一抹鼻涕一抹泪地啜泣道："你爸在外面的妍头都要骑到我脖子上了。"回头看眼时钟，又加了句："九点还不回来，肯定是出去鬼混了。"

吴悠拗不过，只得亲自检查了那段作为出轨铁证的跳舞视频。要说没点小暧昧，那是背叛自己的眼睛，但要说还有什么更多的信息，那就是不信任光天化日之下在场其他人的眼睛。"一个侧脸哪里看得清楚。"她试图指出张慧芳最大的逻辑漏洞，"而且老妈，退一万步说，老爸去跳舞你是知道的呀，也是经过你同意的呀。"

任何时候和一个正在气头上的人讲道理都是自找苦吃。张慧芳果然更加起劲："我以为他说的跳舞就是跟在女人堆后面举举胳膊抬抬腿，哪里知道他又是去跟别人搂搂抱抱！"

"那你可以直接问他。"吴悠起身给老妈倒了杯水，"干嘛还要我玩跟踪那套，你电视剧看多了吧。"

张慧芳抿了一口水，情绪稍稍镇定下来："我怕自己控制不住吵起来，闹得太难看。"停顿了一会儿，像忽然想起什么，又加了句："万一真的是误会呢？总之别让你爸察觉了。"

鉴于这是家里发生的第一起婚姻危机，吴悠觉得，不站在老妈那边有些说不过去。她答应了这个看起来十分荒唐的请求。张慧芳卸下重担，陡然轻松起来，洗澡睡觉去了。吴悠看着她妈回到房间的背影，这个女人五十多年的岁月已经被深深地刻进一种沉默的牺牲，她忽然就明白了那些偶然发作的歇斯底里和时常发作的小家子气。

她爸是十点钟进家门的，一边哼着上世纪流行的老歌，兴致还没释放完。那时候吴悠假装坐在客厅看电视，实则为明天的跟踪做计划，心情十分复杂。她还是打了声招呼，出轨的老爸也是爸："老吴同志回来啦？十点钟挺晚了。"吴世军没舍得停下嘴里的旋律，只回了个高深莫测的微笑，落在吴悠眼里无异于一个肯定的答案，尽管回答的人还不知道这个致命的问题是什么。她回想起父母一路走过的时光，虽说不是恩爱有加，倒也相敬如宾，当然这主要体现在她爸对她妈敬而远之、她妈让她爸宾至如归。如今看来，这桩自视甚高的文艺男青年和庸俗市侩的普通女职员之间的错误姻缘，之所以能历经三十多年才现出倒塌的迹象，多半是看在她这个女儿的面子上。

第二天晚饭毕，按照惯例吴家人的行动轨迹应该是吴世军去跳广场舞，吴悠分担洗碗家务，张慧芳则去赴她的牌局。今天当然不一般，张慧芳毫不心疼地用昨天赢的钱买了鸡鸭鱼肉，烧了好几道大菜给女儿接风洗尘，开饭时间自然也晚些。吃完已经七点，吴世军匆忙出门了。他走得急，自然就没发现心怀鬼胎的两个女人已经露出马脚，比如张慧芳说她来洗碗，比如吴悠提前穿好了外套。

吴悠在她爸五分钟之后出门，和被狗仔拍到的明星一样，十分做作地装扮了帽子围巾口罩。临近过年，路上多是齐齐整整逛街采购的一家三口，吴悠家也曾有过这样的好时候。而现下，她难得早放两天假，还被用来奉命捉奸，顿觉这年过的不是滋味。吴世军走在她眼力所及的最远处，经过张慧芳的根据地，坦坦荡荡地出了小区门。吴悠以为跳舞能去多远的地方，肯定是在家附近，没想到她爸转身扫了辆哈罗单车，像高中生赶早上学那样活力满满地扬长而去，只留下一片灰黑色呢外套的衣角。

她马上反应过来，也骑上辆单车，总不能还没出师就把人跟丢了。吴世军走街串巷，拐了几道弯，还过了一座桥。吴悠突然明白她爸大费周章地跑到二里地之外去跳舞的用意，简直是一片苦心：如果在家门口跟别的女人拉拉扯扯，她妈早该知道了！要不是区里搞比赛，以张慧芳除了麻将一概不关心的粗神经，肯定还会被蒙在鼓里。

吴世军啊吴世军，她念叨，我怎么没遗传到你这股聪明劲。

她爸最终停在万达广场边上。说广场其实有些惭愧，只不过是片夹在几个商业体之间的开阔灰砖平地，但就这么一亩三分地还聚集了几拨不同舞种的队伍，足可见老年人对于健身和社交的需求有多么旺盛。等吴悠把车还好的功夫，吴世军就已经消失在来回走动的人群之中。靠路边是一支女队的主场，伴着《酒醉的蝴蝶》跳健身操，反反复复就是转圈、招手、伸腿几个动作，激烈程度略高于旁边七十岁老人打的太极拳。

她妈肯定以为跳的是这种，吴悠都觉得好笑，以视频里她爸的身手，跳这个太浪费了。广场正中间是交谊舞队。舞场里的男性总是稀缺资源，她没费什么工夫就找到了老吴同志，他在一群小老头之中确实惹眼，别人为了保暖都穿着臃肿的羽绒衣，就他敞着件呢外套，头发也梳得整齐。吴世军站在一个落单的女人旁边，如无万一这位就是她妈妈的眼中钉肉中刺了。吴悠不禁感慨，外面的阿姨真是讲究，大冷天为了跳舞好看都穿着长裙和高跟鞋，单凭这一点张慧芳都输得惨烈。

她也没想到，《坐着火车去拉萨》还能被编成探戈，地球村互联网都没能实现西藏和拉美的融合，广场舞容易就办成了。这首歌节奏不快，重在进退张弛有度。吴世军熟练地连进两个左脚常步，女伴轻巧地退后，右脚虚虚点在地上，形成一个漂亮的锁式开场；紧接着他扭动双脚，侧行一个慢步，女伴以他的手为轴转身90度，向他两脚中间直进；然后他左脚跟和右脚掌一齐碾动，女伴在脚跟落下的同时斜绕进右脚。吴悠远远看着，只觉得两位像在练习某种剪刀腿和无影脚综合而成的高级武功。舞步她不懂，只瞧得出从腰部以下都贴得很紧，膝盖相触，脚尖相碰，这些都是建立在亲密和信任之上的姿势。

一支舞里有多少转圈、牵手、拥抱这些她妈最忌惮的动作，吴悠根本数不清了，只记得舞到最后有一个结束造型：那位女伴腰背后仰到极点时借一把她爸手上的力，不露痕迹地还原成并步错位、头脸相对的姿势。她看见了吴世军脸上的笑容，不是昨晚那种高深莫测的微笑，是不曾对她和她妈露出过的、孩子一样天真的笑容。

或许张慧芳赢钱的时候也这么笑过。她突然有些恶毒地猜想。

舞池中别的组合有时一曲终了会交换舞伴，吴世军没有，他和那个女人一连跳了《九妹》《天边》《梁祝》《凤尾竹》。吴悠彻底明白了，她爸想要坐着火车去拉萨的天边给她吹凤尾竹然后像梁祝一样化蝶的九妹，显然不是她妈。她一直在麦当劳坐到广场舞散会，那时候是晚上九点。张慧芳发来信息问情况怎么样。另一边吴世军没有什么更加出格的举动，他只是和那位女伴一起走到公交车站，目送她上车，又挥了挥手。

吴悠没有回复消息，她决定先找她爸谈谈。

跳完舞，吴世军喜欢坐公交车回家，不仅因为人有点累不便骑车，而且公交车会适当地绕一些路，可以晚回去半个钟头。他正准备梳理刚才出错的地方，孙秋雨虽然没提，但是他踩到了她的脚。这时他突然看见女儿吴悠也上了车，堂而皇之地坐在他旁边，像是专门冲着他来的。

"你怎么在这儿？"吴世军自知心虚，只能先发制人，"是不是出来相亲？"

吴悠笑得不怀好意，嘴上也一点没客气："爸，老吴同志，我全都看见了，你跟人家跳舞，眉来眼去，搂搂抱抱。"

"跳舞肯定会碰到，这很正常。"他提起精神，小心应对，女儿完美地遗传了张慧芳的牙尖嘴利，"你妈也是知道的。"

"老爸你别紧张，我是在路边偶然看见的，又不是我妈派来的卧底。"吴悠继续循循善诱，"既然是普通舞伴，那你给我介绍介绍那个阿姨？叫什么名字，多大年纪？"

吴世军料想自己今天是在劫难逃，他转头望向窗外，不敢看女儿的眼睛："她叫孙秋雨，离异，比你妈小两岁，在老年大学教跳舞，以前是文工团出来的。"

"这样啊，"吴悠乘胜追击，"那你跟她认识多久了？一直搭伴吗？是因为她才来跳广场舞的吗？"

这是审讯吧，他想，女儿大了就一点面子不留给自己了。"认识半年，一直搭伴，来跳舞只是因为喜欢跳。"只是死也要死个瞑目，"你问这么多干嘛？"

吴悠突然收敛了笑，外面的灯光打在她脸上。"因为我在考虑，到底是帮你呢，"声音却融化在身后的黑暗之中，"还是帮我妈呢。"

审判的法槌已经落下。吴世军瞬间明了，张慧芳必然已经知情，故意拿女儿来试探自己。很好，这也算礼尚往来了。女儿还是太嫩，以为能做得了两个半百老人的主。他捏了捏眉心，决定把这一出演到底："你要是不告诉你妈，我就帮你推了她那边所有相亲。"

吴悠哈哈大笑起来，也没说答应不答应。汽车到站，两个人没有说话地往家走。一直走到单元门前，吴悠突然开口说，爸爸你先进去吧，我们一起回去老妈会怀疑的。吴世军正掏出门禁卡，听到女儿的话手上一顿。"所以你这是打算帮我了？"他回头看着这张融合了自己和妻子所有优缺点的脸，"谢了女儿。没关系，我们一起上去吧。"

开了门，吴世军猜得不错，张慧芳果然端坐在沙发上，就像慈禧扮成观音照相，不论姿势如何安详，神情总是阴戾。他们这对夫妻之间，到底有太多怨怼。

"回来了？"张慈禧发话，"跳得还过瘾吗？"

"嗯。"吴世军脱下大衣抽了根烟。这定是场恶战,在张慧芳面前他永远多说多错。

张慧芳突然站起来,对着他发难:"既然这么喜欢跳舞,那就去跟跳舞的人过吧!"

吴悠显然吓了一跳,手里的橘子砰地掉在地上,簌簌滚到张慧芳脚边。她赶紧捡起来,用纸巾擦了擦,塞进她妈手里,再也顾不上自己的什么计划:"妈,你说什么胡话呢!我今天去看过了,爸和那个女的就是正正经经跳舞,没别的。他每天都回家,你也是知道的呀。"

"吴悠你懂什么!"这一张嘴吴世军就知道,张慧芳终于要把陈旧的秘密和自己的委屈一股脑倒个干净。"你以为他这是第一次?你还没出生的时候,我怀着你,他刚退伍回来,就到外面舞厅跳舞,跟人家不干不净。以前就被我抓过一次,闹了一阵大的,他额头上还被我用盘子砸出一条疤,现在都有印。好了这些年,到老又犯了!"

后来吴悠出生,他们就约定,所有事情都翻篇,谁也不许再提。张慧芳猛然掀起旧账,吴世军心里也不好受。他缓缓吐出口烟,像是要把三十年憋在心里的气也一口吐完全。"你知道我只是喜欢跳舞而已。吴悠,还没有你的时候,我在文工团当兵,不是文艺兵,只是文职,积极分子。那时候流行跳国标,我在文工团也跟着跳。"

"当年我有个提拔的机会,可以去北京当士官。你妈劝说我不要去,留在这边跟她结婚。那是个不错的机会,你妈当年也是个不错的人,所以我没去。"

"退伍回来以后,我很长一段时间不能适应在家的生活。我就想出去跳舞,那时候还没有广场舞,只能去舞厅跳……"

"舞厅你晓得吧,悠悠,就跟你们现在的酒吧一样啊,什么乌七八糟的地方!"张慧芳打断了吴世军的话,"我一不让他去,他就在家跟我生闷气,一生就能生三十年啊！"

话头被抢走，吴世军也习惯了，他还是把那口气长长地吐完了，吐得干干净净。"慧芳，你也受委屈了。你想怎么样？"吴世军把烟摁灭，"过不下去就别过了，这年纪能快活一天是一天了。"

张慧芳跌坐回沙发里，两手蒙住脸，发出幼兽一样低微而可怜的呜咽："过不下去的一直是你啊，不是我……"

吴世军看着她哭，这好像是他记忆中三十年来她第一次哭，上一次还是大着肚子抓住裤腿不许他出门的时候。他本以为岁月已经将这个女人磋磨成一个无比坚固的盾牌，足以抵御世间一切伤心，当然在锤炼这块盾牌的过程中是他施加了最沉重的一击。

总之那天晚上不了了之，和吴世军张慧芳过往无数次吵架的结局一样。不过这次吴世军认真为自己打算起来，他想到了离婚，想到了跟孙秋雨私奔，只不过他已经老到了连浪漫都成为羞耻的年纪。

但至少，他可以离开张慧芳吧。

吴世军给自己选定的日子是大年初五，他心想，很快，就几天了，先过个清净年吧。不料这年春节发生了可怕的事情，遥远的地方有个贪嘴的人吃了一只蝙蝠，或者是果子狸，或者压根儿什么也没吃，总之一种厉害的病毒降临了，然后顺着高铁高速，从这片土地的主动脉流淌到毛细血管的尖端，一直流到吴家住的小区。从初二开始，小区封闭式管理，他出不去了，或者说出去也活不成了。

这一关就把吴世军在家关了两个月。广场舞被禁止了，张慧芳的麻将档也贴了封条，一家人很久没像这样六目相对，无处可逃。日子一长，难以打发的时间就越来越多，囤积的物资却越来越少，城市中的人们开始陷入恐慌，包括孙秋雨。吴世军收到过两次孙秋雨的求助微信，这个可怜的女人和自己一样，除了爱跳舞还想过什么别的事呢。

而张慧芳再一次显示出她的神通广大，她不知从哪里联络上的关系，又用什么做的交易，总之别人家资源缺乏的时候吴家还能顿顿不重样，今天是乡下亲戚送的腊肉，明天是小高家的饺子，后天是陈姐家的菜。张慧芳像一把牢靠的大伞，让这个家里还是往日的天地。

有一次，吴悠忽然和他谈起，爸，你当时要是真的走了，你和孙阿姨就是一出《霍乱时期的爱情》。

吴世军说，我没胆走，所以现在跟你妈还困在《围城》里。

不，你和我妈浪漫多了。女儿坚定地告诉他，你们是《倾城之恋》。

莽撞人

叶也琦

一

五月的天气还有些凉，陈老汉跨出门槛时打了个哆嗦。他在门外站了会儿，转头眯着眼睛往黑洞洞的门里望了一眼，那里挂着一个老旧的钟，玻璃面有些被磨花，沾着灰点，滴滴答答地走着。时间差不多了，陈老汉收了医馆的牌子，起身把它插到放着一排各色药酒的木桌后面，又走到厨房看了下清炖鸡汤的火候。黑色的粗砂锅咕嘟咕嘟冒着热气，陈老汉尝了尝咸淡，加了半勺盐，继续开小火慢炖着。然后从门后拿了把竹制的小靠背椅，在门前放下，又端来他的大搪瓷杯，坐下惬意地呷了口茶，砸吧砸吧嘴长出一口气，两团水草般杂乱的眉毛舒展开来，整个人松了劲往背后一靠，竹椅咯吱咯吱地响起来，陈老汉也咿咿呀呀地哼唱着小曲。陈老汉家对着的远处小山包上青绿的树丛间隐隐约约露出明黄色的飞檐，从半山腰到山顶有一道纯白的阶梯，像一支巨大的笔直挺挺地搭在笔枕上。

陈老汉望着山头，不知什么时候那堆脚手架已经拆了一半，从中露出半截白色雕塑，他定睛仔细瞧了瞧，想辨认出山头上矗立的白色雕像是个什么人物时，"陈大夫，您今儿收得早啊。"一道明显带着京腔的声音插进来。陈老汉听声就知道这人一定是笑着的。果不其然，一扭头就看见梁秦和陈三乐站在阶下笑着朝他点头。两人都穿着红色的大褂，看起来是新做的，肩膀和手肘的位置还有折痕。没上台，宽大的袖子松松地垂着没有挽起来，盖住大半截手指。三乐手上还提着一个哑铃形状的黑色琴包，是一把三弦。

陈老汉看见他俩的打扮倒是新奇："哟，今天什么喜事啊，都穿上了？""晚上一周年我们说新节目，有空您就来捧捧场？"虽是在南方，梁秦还保留着北方说话的习惯，张口闭口都是"您"。他长得白净，一张圆脸，说话时总习惯先微笑，看着就很讨喜。不上台时鼻梁上架着一副金丝框眼镜，只要不开口就是一副温文尔雅的模样。平常为人也周到，不像是惯会插科打诨的逗哏，斯文得倒像个旧社会的教书先生。陈三乐比梁秦略高，也敦实得多，生来就长了一副捧哏好欺负的样子，笑起来眼睛眯成一条缝，憨憨的，但若仔细瞧却透着一丝精明。两人单看不觉得，但只要站在一起，就有一种莫名的合适，让人感叹没有比他们更相配默契的相声搭档了。

"那晚上一定是要去的，给你们捧场子去。"陈老汉也爱凑热闹，满口应下，说话间看见自己孙子陈义垂着头，贴着街沿一侧的房子大步流星走过来，走到面前突然加快脚步，近乎小跑起来，哧溜从陈老汉背后溜进门里了。陈老汉坐在椅子上转身抓了个空，对着里面骂了一句："嘿，你这狗崽子，越来越莫得礼貌了，看到人招呼都不晓得打！""没事没事，"梁秦笑着打圆场："这么大正是不爱和大人说话的时候，就连我们这靠着嘴皮子吃饭的，下了台也不爱说话，一说话人嫌我们嘴贫。""管不住咯，"陈老汉叹一口气，边笑边摇头，说："那我不耽误你们了，晚上一定去，一定去。"

巷里的人家陆续开始做饭，伴随着菜入锅的"呲啦——"的一声和铁铲撞击锅底叮零哐啷的声音传来阵阵饭菜香，陈老汉也提着椅子进了门，冷不丁被药柜前突然站起来的黑黢黢人影吓了一跳。借着对街窗户反射入门的一点夕阳微光，陈老汉看清是陈义，松了一口气，又立马气不打一处来："黑洞洞的也不开灯，蹲到这里干啥子哦。"边说边伸手开灯。陈义被突然亮起的白炽灯晃了眼睛，皱着眉闭了闭眼睛，嘴里小声地吐出三个字："找点药。"转身走到另一边的药柜蹲下仔细看起药斗上的斗签。

陈义父母早已离婚，随父亲住在城里上学，陈老汉心疼孙子，每周末都叫他回来到自己这里住。陈老汉看着身量飞长的孙子，自己一天天伛偻下去，心里突然生出了点凄凉。十二三岁的孩子增加了点叛逆的心理，也像被抽去了说话的力气，好像说话要费多大劲似的，原来嗓门高得像喇叭，总爱跟在药房里问东问西，现在要么非必须干脆不说话，要么说的时候就像嘴里的话烫嘴一样，还没等人听清一溜烟就没了。那短短的三个字更是直接从陈老汉耳边飞快掠过一点没停下，但陈老汉看着陈义的动作大概明白他要干什么，于是俯下身要去摸陈义的额头，"你哪不舒服？给我看看。药我给你抓，等你找到，天都要亮了。""不是，"陈义对这份亲昵有些别扭，偏头躲开了陈老汉的手，"刚我走到李叔那儿过，看他嗓子不好，想给拿他点药去。"这次陈老汉听清了，"哦，他那个老毛病了，起来。"陈老汉直起身体走到东面的药柜前，从最下面和中间的几个药斗中抓了几味药，一边抓一边数落："连个治喉咙的药都记不到位置了，去那头翻，那头都是动不得的。去，给我把纸拿过来。"陈老汉把药均匀分成几份，倒在牛皮纸上包好，递给陈义："老方法，先泡一个小时，煎两遍，再把两遍的熬成一碗，一天三次。"说完想了想又让陈义把药拿回来，"吃了饭再去，吃饭的点了，莫去别个屋头。"

二

陈义到李家茶馆门口时，看见李祺祥正安安静静地坐在那里，低头看着石阶上的花纹，不知道在想些什么。这几年不整天出去疯跑，白了许多，也没以前敦实，穿着一件白色单衣甚至显得有些单薄，仿佛整个人要落进衣服里了，低头抿着嘴，两颊微微鼓起，浓密的睫毛安静地垂下来，看着倒一点也不痴傻，反而多了几分斯文沉静。陈义在门口踌躇了会儿，没有惊动他，从另一头跳上石阶溜着门边进去了。

南县盛产茶叶，家家户户都有喝茶的习惯，街头巷口、公园广场最不缺的就是各种大大小小的茶馆，天气好的时候，店主就把一张张靠椅摆到树荫下，供人喝茶、闲聊、打牌，大一点的茶楼还能点菜，有闲工夫的老人，常常点上一壶茶，几个老朋友一坐就是一天。李祺祥家的茶馆从民国起就开在这了，那时这里还只是一条泥路。时局艰难，李祺祥的曾祖父就用几根竹竿撑上一块土布，在路边搭了个茶水摊，卖茶水给赶路的人。后来李家也在这盖了小小的两层楼，楼上住人，楼下就作为铺面专门开茶馆。李祺祥的父亲心思灵活，在外边看了别人的茶艺表演，回来就去青城山拜师学了一手倒茶的好功夫。一把长嘴铜茶壶在他手上耍得出神入化，腾挪翻转间滚烫细长的一道水柱便直直冲进了木桌另一头的茶碗里，一滴不洒。因他这套手上功夫，附近的人都愿意来他店里喝茶，甚至有人专门从县城另一头专门跑来就为了欣赏一番这茶艺。

李祺祥从小就跟着父亲学手艺，在这门技艺上有难得的天赋，青出于蓝，不到十岁便把一招天外飞仙使得干净利落，抬腿，提壶，过肩，展翅，收尾定格如大鹏展翅，滚烫的茶水从茶壶嘴倾泻而出，烟雾腾升，惹得客人纷纷叫好。小孩子虽要得一手好手艺，却淘得让人头疼，不在店里帮忙的时候出去就呼朋唤友满街乱窜，不是这天出去打了东街的孩子，就是那天砸了吴家的窗户，附近的几家女人私下说起他都啧啧摇头，看着一家人都温温和和斯斯文文的，怎么养出了这么个一身匪气的孩子。李祺祥不招大人待见，巷子里的孩子却都爱找他看他耍个一招半式，况且只要其他街道上的孩子来抢地盘找事，因李祺祥学了点功夫在身上，有他打头阵每每打架都能凯旋，巷子里的孩子基本没有不服他的。

可就这么个皮实的孩子，冬天带着几个小孩去河边玩，南县冬天河水虽不结冰，但也是刺骨钻心的凉，不知怎的就同陈义一起掉进水里。两个孩子被救上来后回家就发起了高烧。陈老汉守着孙子一天一夜才算退了热，反倒李祺祥从小没个头疼脑热的，这次却高烧不退，仿佛要一次性把从小没生过的病一道生了，到后来都开始迷迷糊糊说胡话，抱去县医院也不管用，最后虽然烧退了，脑子也烧坏了，成了哑巴，整天痴痴傻傻的在茶馆门口坐着。

有多事的婆娘私下跟李祺祥的妈说，不定是陈老汉心疼自己孙子，有意报复，在药上做了点手脚，怎么自家孙子好得那么快，反而一向皮实的李祺祥倒是病得这样重。李家夫妇都是厚道的人，听了只摇摇头，说陈大夫不是这样的人，没有半点因这些流言多心，反倒是因为自家儿子成日淘气这次害得陈义也落水愧疚不已，不时上门看看陈义的情况。陈老汉起初确实因着陈义掉进河里心里憋着气，对陈家夫妇也没什么好脸色，听见这些风言风语更是气得摔了杯子，但后来见李家孩子一直不好，又心中不忍，因此陈义每次给他家拿药，陈老汉也从来没要过钱。

今天茶馆里人不多，只在角落坐了两三个人。陈义喊了声李叔，里面走出一个瘦高挺拔的男人，身上穿着件中式开襟的黑色单衣，腰杆笔直如一棵矗立于危崖的苍柏。看见陈义笑着一把拉过他坐下，转身拿来抹布把留着水渍的桌子擦干，又去后面给陈义提沏茶的沸水。陈义在这份热情下反而显得有些手足无措，坐了会儿就开始拿着手指头沿着木桌边缘斑驳的纹路随意画着，另一只手随意搭在腿上捏着药包，发出咔嚓咔嚓细碎的声音。坐在门口的李祺祥被这声音吸引，转过来寻找声音的来源，看见了陈义便直勾勾地盯着，然后像是突然认出了他一样，一下子笑起来。陈义被笑声吓了一跳，抬头正对上李祺祥的眼睛。李祺祥脑子烧坏以后，整个人一下子静下来，眼睛平静又透亮，像是一汪没有半点杂质的湖水。陈义看着李祺祥瞳仁里的自己，只觉跌入了这汪湖水中，冰凉窒息的水一层层漫上来没过脖子，口，鼻。将要漫到眼睛时，陈义看见一双手伸了过来，是李祺祥的手，在他面前挥了挥，似乎不满他对自己的忽视。陈义身子一抖回过神来，慌乱地别过眼站起身，把药包往桌上一放，朝里面喊："李叔不用忙了，我先回去写作业了。"又摸了摸两边鼓鼓囊囊的裤兜，从里面翻出几颗从市里买的巧克力塞到李祺祥手里，匆匆忙忙地跑出去了。

三

陈义走到家门口，门上挂了把锁，陈老汉去听相声去了。他摸了摸裤兜，想了会儿还是朝茶楼走去。陈义走进茶楼的时候，台上正到演到精彩的时候。台下笑声不息，这是一个三面观的单层戏台子，飞檐翘角，雕梁画栋，台基有半人多高，三面围着几何纹的红漆栏杆，后面有两扇屏门，挂着大红刺绣的帘子，顶上绣字，一"出将"，一"入相"。戏台对面是一座三面包围的木质两层小楼，是喝茶看节目的地方。若天气好，戏台前也摆上桌椅，如遇上下雨天便把桌椅搬进一楼走廊，走廊修得宽敞，照样不耽误看节目。二楼靠近戏台的一侧是包厢，无论是喝茶还是看节目都清净。这原是当地一座公馆后园的戏台子，早些年早已破败得不成样子。赵家大儿子赵斌下海做生意赚了些钱，又一贯喜欢这些老东西，便把这个戏台子连着楼买下来，修葺了一番开了茶楼。赶巧又遇见在北京得罪了人的梁秦和陈三乐想找个落脚的地方，便干脆请了他们来说相声，每天下午晚上各一场，共三个节目。起初，这相声有没有人听三人心里都打鼓，干脆决定听相声不收费，试试水。每周末把下一周的节目贴在茶馆门口，愿意坐下来听的，就买点瓜子点心，沏一壶茶，茶楼赚点茶水点心钱，闲来好奇站在门边走廊里听一耳朵的，老板也不赶人，乐呵呵当人捧场。久而久之，白听的总是不好意思老是白听，也愿意花点钱买点瓜子什么的边吃边听。梁秦和三乐说学逗唱功夫也是扎实，贯口柳活三弦快板信手拈来，不仅传统段子如数家珍，也常演些自己写的新活儿，倒在异乡把这传统曲艺说活了，不到一年，茶楼的招牌就打出去了，到了周末更是座无虚席。

听的人多了，自然也杂了，搭茬、起哄是经常的事，无伤大雅的他们顺水推舟出个丑博大家一笑，过分点的刨了活，插科打诨也都能应付过去，再不济好言好语跟茶客把规矩说明白了，慢慢茶客新鲜劲过了也就不瞎起哄了。但总难保些眼红的或者街上游手好闲专爱挑事的二流子冷不丁的要故意出他们的丑。有一回，街上的赖娃子就在下面带头起哄，瞅着梁秦没带琴偏要听梁秦弹三弦，拿着把瓜子，倚在廊柱上，斜眼觑着台上，吐了一口瓜子皮，非要听曲："说相声的不就是逗乐的吗，今天弹个曲大家高兴高兴就不得行了？大家说是不是，想不想听！""想！"台下茶客兴得有热闹看，哄笑起来七嘴八舌叫着"来一个"。梁新有点挂不住，还是好声好气劝道："您来我们好好讲我们逗您乐，大家伙高兴，咱们互相尊重，您非要这样不依不饶的就是欺负人了。"嘈杂里，不知道是哪个好事的，摘了朵花往台上抛，"今天不来一个，就戴花扮个'柳银环'！"下面哄堂大笑，跟着瓜子，花生一把把往台上扔。梁秦登时脸上充血，刚要开口，陈三乐朝他使了个眼色，对着台下突然笑开了来，眼睛眯成一条缝，像个和蔼的弥勒佛，上前几步，把地上的瓜子花生踩得咔嚓作响，"今天在座的都是我哥俩的衣食父母，您非要看，那今儿我们返场就来一个耍猴。"说着撩起长衫下摆两头围在腰上打了个结，一跃而起往后连续五个空翻，像个风火轮直翻到"入相"的下场门前，略稳一稳身子又翻回来，在台前停住，朝着下面喊，"今儿各位往台上扔多少我翻多少，翻到高兴为止！"又咚咚咚几个来回，真有一直翻下去的架势，落在戏台上咚咚声如战鼓震耳。梁秦拦不住，暗自在一旁着急，几个来回，陈三乐体力不支，左手没撑住，整个人直直砸在台上。台下被架势震得安静下来，梁秦还没来得及扶起陈三乐，他就自己撑着摇摇晃晃站了起来，朝台下一拱手："对不住了，跟头没翻好，咱还能耍刀！"说着便要下场去拿刀，赖娃子讨了个没趣，看着他这不要命的架势们也有点怵了，嘿嘿笑了一声，没皮没脸地抬手鼓了掌，叫道："好！"台下跟着一迭连声叫好，赵斌和梁秦又忙上去拉住了陈三乐，嘻嘻哈哈圆了个场，这事才算作罢。至此之后，陈三乐的狠劲也传了出去了，再没人来讨没趣，才算彻底在南县站稳了脚跟。

陈义看了看水牌上的节目单，今天说的是《口吐莲花》。梁秦一身红色长衫，两个袖口挽上去半边，露出一截白色的里衬，手拿一把扇子站在桌子外，向前跨出一步，朝台下说道："我啊，现在练那个'口吐莲花'。"说完抬高头晃了晃，一副得意的神色。

"哟，这新奇，什么叫口吐莲花？"陈三乐问道。

"就是你拿一杯水，我咕咚咕咚喝了。"

陈三乐打断他："喝水啊，我也会！"

"你急什么，我喝完以后一运气，一张嘴，'噗'，吐出这么大一个水晶球来。"梁秦说着双手交叠比了个球的样子："那水晶球啊最外面一层破开，里面就是晶莹剔透的一朵水莲花！"梁秦说到这顿了顿，瞥了眼台下的反应，又不疾不徐接下去："这水莲花，就绕着咱们这个台子啊，绕场三周，最后……"梁秦边说边拿起醒木往桌上一拍，另一只手往天空一指，"啪！在这正中间停住喽。水莲花慢慢慢慢打开，那莲蓬上啊，还站着一个小人儿！然后这水莲花又慢慢慢慢合上去，再散落下来，落在地上，还是这摊水……"

茶馆里挤满了人，陈义一边留神台上，一面绕开走廊上坐着站着的人低着头急匆匆地往里走，正碰见坐在走廊前的陈老汉。陈老汉看见陈义有些意外："哟，太阳打西边出来了，你不是说打死都不来听的吗？""我要解手，没带钥匙，进不去屋头。"陈义看了眼台上露出有些着急的神色，两脚不停来回踮着，陈老汉看着好笑，"你个闷墩儿，又不是只有屋头有厕所，你先去后头解了嘛，等会儿过来拿钥匙。"陈义瞄着台上，听见陈老汉的话应了句好埋头就往后面跑。

台上正演到"敲锣请神喷莲花"。

"就这路财迷呀，你就得这么对付他。"梁秦朝台下做出一副偷笑的样子，又朝着后台喊："找着水没有，这得顾着时辰请神诶！"

"来了来了。"陈三乐端着杯茶水小跑上来。

"怎么这个色啊？"

"凉茶，顺道润润嗓子。"

"那这莲花喷出来就你这模样了，黄不刺裂的，就这样了，现在就要开始了。我要正式请神了！锣准备好啊。"梁秦摆好架势，嘴里念念有词，"一请天地动，二请鬼神惊……"

过了会儿快到结尾了，还不见陈义回来，陈老汉有些奇怪，转头找了几次，正巧被刚从厕所回来的王兴德看见，"找陈义呢，他刚找厕所找到后台去了，幸亏我看见，不然还在后头绕不出来，诶，回来了。"说着陈义就低着个头从密密麻麻的人群中一点点挤回来。"嘿这个娃儿，还把自己走丢了。"陈老汉笑着埋怨了一句，继续转头听相声了。

"天也不早！人也不少！抬头观看！众神来到！"梁新高声喊着口诀，一句一顿，陈三乐就拿着扇子敲自己的脑袋"当锣"，嘴里配着锣音"噔噔"。

"众神来到！"梁秦喊完，拿起桌上刚拿上来的水咕噜咕噜灌了一大口含在嘴里，一边做手势让陈三乐加快速度。陈三乐手里不停，嘴上也不停："噔噔噔噔——"最后一停，前腿弓步，后腿绷直，双手抱拳，眼睛一瞪，高喊："师父！您倒是喷啊！"

梁秦腮帮子一鼓一缩，笑着朝台下说道："我都咽了！"

"去你的吧！"

陈义目不转睛地盯着戏台，严肃的神色不像是来听相声倒是像受训，直到台上捧哏说出这句惯常的结束语时，才仿佛回了魂，轻吐出一口气，看了看四周，抬手拍拍从陈老汉那里要来钥匙径直出了茶楼。

四

南县多雨，初夏尤是。才晴了昨一天，今天清晨天没亮就又淅淅沥沥下起了雨，这时就可以看出巷子里的石板路铺得很是不用心，走几步就是一个水池，没积大水的地方也坑坑洼洼，不留神踩到松动的石板，能溅满一裤子泥水。陈老汉家的门框像浸满了水，黄黑发亮，仿佛一拧就能滴滴答答往下滴水。

陈义迷迷糊糊被叩门声吵醒，听见找陈老汉去开了门，断断续续传来交谈的声音，两人进了门，声音逐渐变大，陈义立刻听出是赵斌的声音。赵斌当过几年兵，说话总是粗声粗气，带着点沙哑，让人听着都恨不得替他咳嗽几声清清嗓子。陈义正准备蒙上被子睡个回笼觉，听见外面含糊不清地传来"茶楼""东子"几个词，一下子清醒过来，抓起床头衣服套上，鄙夷地"哐"了一声。赵斌的茶楼开起来，虽说和李家茶馆并不近，但的确分走了许多客人，陈义因这事一直看不惯赵斌，认定他是个乘人之危的小人。听见他来，陈义下床轻手轻脚下床把门打开一条缝，正把耳朵贴过去，交谈又声往待客的堂屋里去了，渐渐听不见了。陈义撇撇嘴，干脆起床去厨房找点东西吃。

这边赵斌进了堂屋，也没同陈老汉客套，坐下就开门见山地问道："陈叔，下周东子来吗？"东子是陈老汉的儿子，在市里财政局上班。南县去年在山上挖出一个墓，请了文物局的人来看，还是个宋代大官的墓，市里当即决定由此依托本地茶文化，把这一片改建为茶特色文化镇。申请的店铺扶持资金如今批下来了，县里的人心思也活络了，赵斌已经不是第一个找陈老汉打听消息的人了。

陈老汉端起搪瓷茶缸吹了吹上面漂浮的几点茶叶，氤氲的雾气使得他面目有些模糊，他摇了摇头，说："我哪儿晓得啥子嘛，你们要问直接上市里去。""直接找东子影响不好，我晓得。"赵斌瞥见陈老汉的脸色也没在意，嘿嘿笑了两声继续说："你老人家误会咯，我今天来不是为自己的茶楼，我是为李家。"陈老汉有些惊讶，放下茶杯，示意赵斌讲下去。"要说评店铺，领导肯定看不上李家的茶馆，但我又不缺那笔钱，东子好多年没在这儿咯，也不了解情况，就想麻烦陈叔说一声，看能不能让东子把钱拨给李家。"

"难哦，"陈老汉听完摇了摇头，"李家娃儿现在这个样子，他爸也干不到几年了，先不说上头肯不肯扶持，就我看李家人是有气性的，绝对不肯你让给他。"

"这……"赵斌听完也沉默了，有些为难地搓着手。又听见陈老汉说："这样，我给东子打个电话，先问问情况，后头我们再讨论。"想着也没有其他办法，赵斌点了点头起身告辞。

陈老汉把人送出门，正碰上陈义从厨房出来。

"他来做啥子？"

"没啥子，小娃儿家家的莫管。"陈老汉插上门栓，一边往里走一边开口："锅里热着汤喝了没得？"

"没。吃了包子。"

陈老汉进厨房把锅里温着的鸡汤盛出来，招呼陈义过来再吃点。自己端了杯茶在墙边放着的矮凳上坐了，皱着眉头对着门外几株歪歪扭扭的海棠出了会儿神，陈义抬头瞥了他一眼，欲言又止，看着陈老汉的神色，又低下头沉默地一口口喝着汤。

陈义吃完收拾了桌上的碗筷，走出门几步后，又转回来，看着陈老汉半天，像是下了很大决心地说道："爷爷，赵斌说的事你不能答应他，他是钻钱眼里去了。"

"啊？"陈老汉想着事突然被人打断，听见陈义的话有些摸不着头脑，"打胡乱说。"

"我哪儿有乱说，他不就是不想李家拿那笔扶持款嘛。"

"这都哪儿跟哪儿哦，"陈老汉觉得有些好笑，"你……"

说话间又有人在外面敲门，陈老汉放下茶杯，应道："来咯来咯！"又小声说道："怪了，下雨天哪来这么多人。"起身开门，走了几步，又回头吩咐陈义："我等会儿跟你说，你先去做作业。"陈义还是一副气鼓鼓的样子，在后面喊了句："你就是不想帮李叔，反正你不帮李叔我帮！"

陈老汉打开门，梁秦和陈三乐站在台阶上，面色凝重，就是以前茶馆闹事的时候也没在这两位脸上见过这种表情，陈老汉忙把人邀进来问："这是哪儿不好吗？"两人点点头跟着陈老汉进了诊室，陈三乐才开口："昨晚喉咙就不舒服，今早起来就说不了话了，连舌头都麻痹了转不利索，还吐了几次，您快给看看怎么回事。"

陈老汉让梁秦坐下张嘴，仔仔细细瞧了瞧，陈老汉又拿起压舌板看了看咽部，心里犯嘀咕，面上却不显，说："这是吃错了生半夏吧，是有毒的。""毒！"陈三乐慌了。倒是梁秦仍是不温不火的泰然样子，拍了拍陈三乐让他稍安毋躁。陈老汉也说道："放心，这个毒不厉害，半夏也是当药材用的，我开点药几天就好了。"说着拿起笔开方子，说："这半夏本来就是有毒的，要小心炮制了才能入药，能治伤寒寒热、湿痰喘急，你们是不是熬凉茶啥的放错了哦。""怪不得，这几天上火，后台每天都给我们熬了凉茶的，回去我去问问莫再吃坏人了。"陈三乐了然地点点头，又不放心地问道："那会不会有什么后遗症，您也知道咱就靠这吃饭，要是有点什么……"陈老汉笑起来："没得事，按时一天三次喝药，我保管几天后舌头比以前还灵活。"梁秦也跟着笑起来，起身给陈老汉抓药让路。陈老汉低头拨弄秤杆上的秤砣，说道："你们干这行的吃的喝的就得小心点……"抬头发现梁秦正对着面前的药柜发呆，陈老汉像是想起了什么，心里一沉，一点笑僵在了嘴角，很快又回过神来，把药倒在牛皮纸上，手指翻飞，熟练得包好药递给陈三乐："好了。"说着又按住了陈三乐要掏钱的手，"平常也没少白听你们节目，这点药也不值多少，不用了不用了。"陈三乐执意要给，两人推拉了几番，还是梁秦伸手过来，打了个手势让陈三乐把钱揣回去才算作罢。

陈老汉送走两人，靠在屋檐下的柱子闭眼养了会儿神，抬脚往陈义住的房间走去，站在门口又停了半天才推门进去，开口问道："你爸来电话了说下周回来，你咋没跟我说？"

"啊？"陈义瞥见陈老汉进门的脸色，心中发紧，愣了一下，有些吞吞吐吐："哦，我，我忘了。"

"下周他们来是评拿扶持款的事，你爸跟你提过没得？"

又听见他问，陈义手心发汗，别过脸低头看着作业本，嘴上还是回答："没，哪可能跟我小娃儿提这些事情。爷爷，我要写作业了。"陈义一直没听见陈老汉出去的声音，僵直了脊背坐着，头皮发痒，他感觉到陈老汉的目光直射在自己背上，手里拿着笔却一个字也写不下去。陈老汉盯着陈义的背影半晌，恨恨蹦出半句："你啊！"终是没说什么，长叹一声，留了句你自己待着哪里都不准去，拿了东西出门去了。

当天晚上，陈老汉不知怎么就突然病倒了，邻居们帮着连夜送去了县医院。陈老汉歇息了半个月，病好后也没再回来继续开医馆。半个月后，李家成了政府重点扶持的特色茶馆。这条街上的人至今谈起那天李祺祥的表现都啧啧称奇。那天市里来人时，李祺祥还是坐在门口，有些不懂事的茶客逗他："傻子，加点水。"等李祺祥转过身伸手去够茶壶，茶客悄悄从桌旁伸出一只脚要绊他。别说这小子看着傻傻愣愣的，却没被绊倒，茶壶在手里颠了颠，倒像是突然记起什么，右手顺势挽了个花，顿了顿，看了眼手上的茶壶，突然像剑客出剑一般使出一招追星赶月，把茶壶舞得像一条上下翻飞的黄龙，好不热闹。正巧市里来考察的领导也过来凑了个热闹，看了之后不住赞叹，没多久文件下来就把扶持资金给了李家。

陈义回来替陈老汉收拾东西，遇见聚在门口闲聊的几个人，看见他亲亲热热地朝他打个招呼："陈义，回来拿东西啊，你爷爷身体好点了吗？""嗯，好多了。"陈义点点头越过他们拿钥匙开门。住对门赵孃看见陈义进门了，跟身边的人感慨："这陈老汉开了一辈子的医馆，突然说不开就不开了。""你还不晓得啊，"另一家的婆婆神秘兮兮地悄声说道："陈大夫上次给茶楼送熬凉茶的草药都抓错药了，喝了药差点人家小伙子就说不出话了，好吓人哦。昨天还有人说起前些年李家娃儿的事情……"

"莫这么说，后来人家不是说是自己去山上采的药草喝坏了吗？前几天还去医院看了陈大夫的。"

"哎呀，反正我是信陈大夫的，人家也治病救人一辈子了，我孙儿小时候都是在他那看的，福报积够了，人老了也该歇到起了。"

"说起人两个娃儿也造孽得很，相声说得好好的，上头搞啥子景区发扬本地文化，说相声是北方的，不合适，硬要叫换成唱戏的……"

陈义听着门外七嘴八舌的闲话，没有作声，默默等人走了才拿了东西出门，走到半路又折回来，朝另一条巷子走去。

今天是最后一场，来的人比上次一周年的时候还多，三场返场完了梁秦和陈三乐站在台上感谢台下的茶客："谢谢在座各位衣食父母这些日子的捧场，三寸舌四方台，咱这辈子吃的就是这碗饭，也要对得起这一行，就算以后没有这四方台，站街上，只要有人听，我们就接着说……"

陈义站在门边，台上两人中气十足的声音连门外也能听得清清楚楚，结尾是一段《八扇屏》："只见张飞豹头环眼，面如韧铁，黑中透亮，亮中透黑，颌下扎里扎煞一副黑钢髯，犹如钢针，恰似铁线……"两人贯口流利，如珠落玉盘，一气呵成。"姓张名飞字翼德，万古流芳莽撞人！"梁秦、陈三乐颇有气势地吐出最后一句，朝台下郑重一鞠躬。陈义听得有些恍惚，最后一句在胸腔里一震，回了神，泪流满面。

明月照常升起

陈柳晨

打开房灯的一瞬间，林伊梦顿时感到如释重负。

下一秒，她立刻摘下了口罩，近 30 小时的佩戴，让她觉得自己马上就要窒息过去。脸上也似乎被闷出了痱子，又疼又痒。她脱掉了身上的雨衣，摘掉了手上的防护手套，冲进卫生间用消毒洗手液洗了一遍又一遍，然后对着镜子仔细看了下自己的脸——脸上除了被 N95 口罩压出的印痕，还有几颗红疹子。她用毛巾擦干手，走到房里，从包里掏出手机，给在广州 1300 公里以外等候消息的家人发去了今天的第六条报平安的微信。

"爸妈，我到隔离酒店了。"聊天页面显示，现在已是晚上 10 点 35 分。除去时差，距离飞机离开英国希思罗机场，正好过去了 17 个小时。

一、逐梦绿茵

2 月的最后一天，从北大西洋刮来的西风，吹向了欧洲大陆以西的大不列颠岛，在北大西洋暖流的催化下，带来了一场夹杂着冰雹的大风。

这样的大风阴雨天气，在温带海洋性气候特征显著的英格兰十分常见。林伊梦去年秋天刚来这里时，十分不适应，不过现在也养成了出门裹上风衣的习惯，但更多时候，她还是会尽量避免在这种天气出门。

然而今天，她看着天窗外的风云巨变，在房间里踱来踱去，十分纠结到底要不要出门。今天晚上，英格兰女足联赛杯的决赛将在诺丁汉市举行，比赛双方是闻名已久的阿森纳女足和切尔西女足。对于痴迷足球多年的林伊梦而言，错过这次比赛，她必将深深遗憾。

去年夏天，在临近毕业的时候，她接受了国内"高校足球圈"公众号的采访。这位在球场上奔跑了四年的校女足队成员，参加过多次全省乃至全国的女足比赛，又担任了校足协会长、校队经理，多次随队出征报道赛事。而本专业是新闻传播的她，又有着长期在报社做体育记者的实习经历。正如"高校足球圈"所写的那样，林伊梦确实可以称得上是"校园足球女神"。

关于足球，她有太多的自豪与骄傲，单单是电脑中备份的无数份战报和硬盘里的几百 G 影像资料，就足以勾起她无限的回忆与感动。

"你知道吗？足球竞技不仅是充满激情的搏斗，也是弥漫着浪漫的艺术。"每当有人问起她为什么喜欢足球，她总会和人聊起许许多多她在球场上体会到的无与伦比的感受。力量、汗水、团结、信任，以及全力以赴时爆发的激情。绿茵场上的奔跑，其实也如芭蕾舞舞台上的白天鹅一样，有着过分高贵的优美。

正是出于对足球的热爱，林伊梦在去年秋天来到了体育专业全球第一的英国拉夫堡大学，攻读体育管理专业。选择留学英国，她还有另一个私心，她想在一年多的留学生涯里，打卡 2019—2020 赛季的所有英超球场，尽自己所能地感受英格兰足球文化。

这就像是一场信仰的朝圣，她在经历了大学四年的一步一叩首后，终于如愿以偿，来到圣地。真正的信仰者，必不畏艰难，更不会因地理上终点的抵达，而懈怠心理上的执着。来到拉夫堡后，她看球赛，考裁判证，加入女足队，参加女裁判发展大会……凡是能争取的机会，她一个都没落下。

在纠结许久之后，林伊梦还是背起包，抓起伞，冲出门去，赶赴今晚在诺丁汉森林队主场举办的英格兰女足联赛杯的决赛。

这是她来英国后第十五次在现场观赛，也是她第一次观看职业女足联赛。相较于男足比赛，这次观赛的观众多了许多像她一样的女性，还有许多孩童。她想起自己在国内打车去体育馆看球赛时，经常有谢了顶的出租车司机对她发牢骚："你去看足球比赛？嗨……中国足球有什么好看的！"

而英国，作为现代足球的起源地，这个国家喜欢看足球的人多如牛毛，看一场比赛，就如看一场电影、喝一杯咖啡一样习以为常。这一天，尽管天气诡异，但她所在的那一面观众席还是坐得满满当当。统计显示，那天观众席上的上座人数是 6743 人，不过在现场，林伊梦却感到，气氛的热烈程度不亚于一两万人的赛事观感。

当比赛进行到 80 多分钟，阿森纳女足通过行云流水的配合追平比分，赢得了现场观众们激动的呐喊、热烈的掌声。球场上的阿森纳全队气势高昂，希望抓住最后时刻逆风翻盘。切尔西也不甘示弱，死死稳住局势。两相纠缠之下，裁判一吹哨，90 分钟比赛结束。比赛进入补时阶段，就在万众期待点球大战之时，补时阶段第一分钟，切尔西女足就率先进球并结束了比赛。

"远征的蓝魔球迷挥舞着蓝色狮子旗连成一片，切尔西女足在特伦特河畔凛冽的夜风中享受着新王加冕的狂喜。"几天后，林伊梦依旧难掩激情，在新开的个人公众号里写下了第一篇英国观赛日记。

不过，她没想到，这场比赛，竟是自己在英国看的最后一场现场比赛。

二、禁闭前夕

英国时间 3 月 8 日下午，英超 2019—2020 赛季第 29 轮的倒数第 3 场比赛，在伦敦斯坦福桥球场举行，主场作战的切尔西 4:0 大胜埃弗顿。

按照林伊梦的计划，她本该继续打卡，前往距离拉夫堡 90 分钟火车车程的伦敦观赛。然而，就在前一天，学校给所有学生群发了一封邮件，告知本校学生中已出现了第一位新冠病毒感染者。这让她意识到了危机的临近，不敢再远行涉险。

3 月 13 日周五，在拉夫堡大学出现第一例新冠病毒感染者的第 6 天，学校再次给学生群发邮件。这一次，邮件的内容是宣布从 3 月 16 日周一起，学校将全面停止课堂授课，改为网络授课。

同一天，英超官方宣布正式停赛。英超埃弗顿、沃特福德、伯恩茅斯俱乐部都发表声明，球队出现了疑似患者。一切，来得十分突然，但并不让人吃惊，林伊梦甚至倍感庆幸学校和英超的及时止损。

就在前一天，英国首相鲍里斯在新闻发布会上公布了英国的防疫政策：政府将不再检测轻症患者，重点也不是防止群众被感染，而是尽量减缓疫情达到顶峰的时间，以防止医疗崩溃。英国首席科学官帕特里克·瓦兰斯则在接受采访时提出，要让大约 60% 的英国人感染新冠病毒，以获得"群体免疫力"。这就意味着，拥有 6649 万人口的英国准备在这场抗疫战争中冒险牺牲 3989.4 万本国民众的健康。

从一月份疫情在国内爆发以来，林伊梦每天都在关注国内疫情的动态，看着感染人数从几十上升到几百，后来成千又破万，最后到三月份初的相对稳定。而在这个漫长的过程中，无数的医护人员冲进前线支援，无数政府工作人员和志愿者夜以继日地坚守防控一线，有人牺牲，有人累垮，她深深感受到这场疫情的残酷无情，但也明白，如果防控得当，群众提高保护意识，城市加强防控管理，疫情蔓延的速度和爆发的程度会大大降低。

但是，为什么中国用巨大代价争取来的防控时间差，却被英国儿戏般轻视？林伊梦感到非常震惊。她猜想，群体免疫这种任何人听了都会觉得不靠谱的政策，背后可能有着更深的考量。这个考量，也许就是为了让佛系的英国民众引起恐慌，继而加强防控。之所以有这样的猜测，源于她最后一次去课堂上课的经历。

那是学校公布有本校学生感染新冠病毒后的第三天。那天，林伊梦在经过一番纠结之后，还是戴上了口罩出门去上课了。这是一节比较难的会计课，她很担心自己会落下进度，所以丝毫不敢马虎。

前一天，据英国广播公司（BBC）报道，英国累计新冠肺炎确诊人数已达280例，死亡人数升至3人。然而，在英格兰东米德兰兹区域莱斯特郡查恩伍德区的拉夫堡镇，一切似乎依旧平静得没有皱褶。尽管学校官方公布了已有本校学生感染新冠病毒，但是在官方邮件里，学校也尽力避重就轻："该学生并不住在本校宿舍""教学活动正常进行"。而校内的学生，除了像林伊梦这样的中国留学生，几乎没有人把新冠病毒当作一回事。如果真要说有什么影响，可能就是学生们找到了一个可以光明正大旷课蹦迪的理由。

那天，在踏出小屋前，林伊梦戴上了月初从中国超市买来的医用口罩。从公寓到学校的10分钟路程，她已经走了小半年了，但是今天，她却倍感异常。一路上，不断有人用异样的眼光打量她。这个戴了白色口罩的中国女孩，曾经和所有外国留学生一样，默默无闻地在这个小镇求学，今天，却成了引人注目的异类。

好在，林伊梦之前看过新闻报道，对此已经有了一定的心理准备，她立刻加快了脚步，冲向教室。

正如预料的那样，原本70多人的教室，当天只来了20几个学生，有50几个学生缺课。而整个教室包括老师在内，却只有一两个人戴了口罩。她本想坚持，但同学们偶尔瞟来的怪异眼神，还是让她选择了妥协，摘下了口罩。

应该不会有大问题的，她不断自我安慰道。可她万万没想到风险已经到来。课间休息时，她听到几个欧洲学生大声讨论上周末在欧洲旅行的事情。一瞬间，她感到了天旋地转。

那一天，意大利累计确诊 9220 人，死亡 463 人；西班牙累计确诊 1648 人，死亡 35 人；法国累计确诊 1606 人，死亡 30 人；德国累计确诊 1224 人，死亡 2 人；瑞士累计确诊 476 人，死亡 3 人……

上完课后，林伊梦一刻也没有多停留，就逃离了学校。

太可怕了！

她只想赶紧远离人群，躲回自己的公寓。但她没想到，这么一躲，她就躲了近三个月。

三、明月窗下

林伊梦的公寓在离学校 10 分钟路程的地方，在英国留学的中国学生很多都像她一样住在离学校不远的校外公寓。

这样的选择，一方面是因为学校提供的校内公寓数量十分有限，另一方面也是因为校内公寓的设施并不好，多人寝室、厨卧不分离、设施老旧，而价格也并不美丽。为此，她在接受拉夫堡大学的 offer 后，花了很长时间寻找合适的校外公寓。

对于这间悉心挑选的小房间，她很满意。屋子虽然只有 13 平方米，但有独立的卫生间、暖气、空调、冰箱、电磁炉，还有床、桌、椅，更重要的是，她的房间事实上是一间公寓顶层的独立阁楼，不存在同屋室友共用客厅的困扰。

房间还有一个特点，也让她刚入住时十分惊喜。当初在网上订下房子时，林伊梦很担心这间阁楼小屋的光线问题，毕竟小屋没有正常的大窗户，只有一个小天窗。可是，在她住进小屋后的一个夜晚，她竟然看到一轮明月悄悄爬上了她的窗户。

那一瞬间，她第一次真切地感受到儿时便能吟诵的那句"举头望明月，低头思故乡"的情深义重。她一个人静静地躺在床上，默默看着月亮从窗子的东边升出，而后从西边悄悄溜去。之后每一个睡前能见到月亮的夜晚，她都倍感温暖。而这个异国他乡的小屋，随着时间的游移，也逐渐变得亲切。她常觉得，不论白天在周遭遇到了什么，只要一回到明月窗下的小屋，她就会回到熟悉的故乡。

她给明月窗拍了许多照片，有一张在 2 月拍到的巨大圆月，被她传到了自己的公众号里。那天，她把公众号的名字改成了——"明月窗"。在刚刚开启自我隔离的日子里，明月窗下的小屋，就是她的安全保护区，给了她足够的安全感。

为了减少外出，林伊梦选择戴上口罩去附近的超市采购了足够生活两周的食物和卫生用品，以及能够买到的消毒用品。回到家，她把买到的牛奶、鸡蛋、牛排、土豆、黄瓜、扁豆、虾仁、面条、番茄、香蕉、坚果、橙子满满当当地塞进了冰箱。

这一番大采购，是她上个月看国内的疫情新闻得出的经验。她猜想，如果英国的疫情无法得到很好的控制的话，对于普通人而言，最先遇到的困难，可能就是物资紧缺，尤其是食物。

之后的每一天，林伊梦就窝在屋子里，每天除了看书、写论文、上网课之外，她还会认认真真地给自己做一日三餐，并在吃饭时刷刷国内的泡沫剧和综艺。她尽量让自己不去想周遭的环境，她不想在自我隔离的初期就让自己陷入心理危机。

学校也考虑到了学生的心理健康问题，林伊梦所在的体育管理专业，系主任为了避免学生们因疫情产生心理焦虑，隔三岔五就会发邮件询问近期状况，还经常组织线上的心理辅导、唱歌、交流会等活动。她的导师每周也会通过线上会议的方式，跟她交流学习和生活上的事。第二周线上会议时，他们还相约各自穿上支持的中国球队的球衣。

那天，那位上了年纪的导师穿了往届的中国学生送给他的2013年上海申花队的8号球衣，慈眉善目地对着视频镜头比了一个"耶"，并对伊梦说："听说8号在中文里比较吉利！"伊梦乐得大笑起来，然后跟导师解释为什么"8"在中文里比较吉利，她还跟导师讲了自己身上穿的浙江绿城队球衣的故事。那天的会议，他们聊了很多中国球队的事，伊梦还向导师推荐了很多家乡的景点，恨不得把西湖十景印在球衣上送给导师。

足球本身就是一项竞技运动，一直以来，林伊梦的国家意识就很强烈。一到中国队的国际比赛日，她的国家意识就会油然而生。而在3月份的英国，她的这一份国家意识，变得更加强烈。

彼时，国内的疫情趋于稳定，新增确诊人数逐日下降，而国外的疫情进入爆发阶段，情形正如一个月前的中国，然而，却没有像国内一样的有效防控举措。确诊人数一日一日地攀升，欧洲成为了中国以外第一个爆发的海外疫情地区。随之而来的，是民众对中国的敌对情绪。

那段时间里，林伊梦经常能在朋友圈里看到同校的中国留学生朋友发的遭受不公正待遇的经历，她印象最深的是一个同学发的视频。视频里，三个高大的外国青年套着连帽卫衣从路边走过，一路对着对面的中国学生竖起中指，嘴里还大声骂着有辱中国的话。而路的这边，几个中国学生愤怒地用言语反击着。

这样的场面，之前从未有过。

在拉夫堡，中国留学生们亲切地戏称这个远离都市的小镇为"拉村"。这里，没有伦敦、曼城的都市繁华，但是有小镇的宁静恬淡。走在街道上，可以看到家家户户院子里被修剪得齐整的花草，孩子们在自家院子里玩耍，大人们在难得的晴天下烧烤。而校园里，肤色各异的学生在操场上奔跑运动，在教室讨论超越地域与种族的专业知识。

现在，原本的岁月静好被完全打破。林伊梦渐渐觉得，有一种比疫情本身更可怕的东西在这个世界蔓延。

这种东西，就叫偏见。

四、孤岛流放

英国是个多雨的国家，但今年4月却异常明媚。林伊梦觉得，老天真的很爱开玩笑，难道它不知道人们现在都被关在家里吗？

阳光，每天都会有一次直射进阁楼天窗的时刻。那温暖、清新、灿烂的光束，要是照在学校的绿茵场上，该是怎样的明艳动人呀！

没有疫情的话，林伊梦现在应该出现在某个绿茵场上。作为莱斯特郡足协的一名注册裁判员，她积极参与学校和社会足球比赛的执法。同时，她也是拉夫堡大学裁判组织重点培养的一名女裁判，学校原本选派她在4月去拿哨切尔西U13的一场比赛，那是一支英格兰顶级俱乐部的梯队。这是一个难得的好机会，如果此行成功，对她的裁判生涯将会是一个很大的帮助。

足球裁判，这是她近三年开始向往的事业，要做出成绩，真的很难。可是，在性别比例严重失衡的裁判圈，这个勇敢的中国女孩，凭借自己不懈的努力和提高不断得到称赞与敬意。

3月2日，林伊梦被邀请去参加英足总全国草根女裁判交流大会。很有幸，当天她被选中拍摄了女裁判宣传片。在英国的Sky Sports新闻网站上，那篇报道当天会议的新闻标题是《鼓舞下一代女裁判》。

结束一年的留学生涯后，这辈子可能再也没有这么好的机会了吧？望着天窗外的阳光明媚，林伊梦似乎听到了梦碎的声音。

而对她的心理造成更大冲击的，是来自国内的声音。

彼时，国内新闻每天都在播报新增境外输入病例，且数量越来越多。而每天，从全球各国飞往国内的航班，大部分搭载的都是在外留学、工作的中国人。于是，一种巨大且刺耳的声音开始在网上流传——"建设国家你不在，千里送毒你最快。"

而最受攻击的，便是在海外求学的中国留学生。教育部公布的数据显示，2018年中国共计有153.39万人在国外进行相关阶段的学习和研究。到2019年，这一人数已超过160万。

从改革开放正式打开中国对外留学的大门后，无数怀抱理想的中国学生前往陌生的异国他乡求知、探索。不可否认，其中有一些学生选择了留在国外，但是，更多的学生选择了学成归国，这些勇敢且具有世界眼光的留学生给中国近年来的飞速发展做出了不可替代的巨大贡献。

网上有人嘲讽留学生"崇洋媚外"。林伊梦觉得，这种说法非常可笑。如果把是否出国留学当作评判一个人爱国的标准，那爱国的逻辑是不是变得太过可笑和幼稚？

她和身边的中国留学生讨论过这个话题，每个人都唏嘘不已。他们花了巨额学费，离乡别家出来学习，为的就是想多学知识，开阔眼界，以便日后回国更好地建设国家。现在，他们却感到自己处境尴尬。当偏见来自外国人时，他们可以坚定地骂回去，因为他们要维护自己背后这个国家的尊严；可是当偏见来自国人时，他们该怎么办？

最让林伊梦难过的是，3月26日民航局公布的关于国际航班的"五个一"政策，即一个航司一个国家一条航线一周一班。在政策公布以后，她好不容易抢到的两张机票全部被取消。航班的大量减少，让她在后来的两个月里经历了无数次的改签和无数次地被取消。

那段时间，林伊梦只好不断给朋友和家人打电话。只有跟这些亲切的人们讲话时，她才能感受到，自己还在被在乎着。可是，她和他们之间，隔着7个小时的时差。每次，在打了一通长长的国际电话后，挂断电话的一瞬间，她又会被无边无际的孤独包围。在祖国的亲人朋友熟睡时，她一次又一次地翻开自己的手机相册，一遍又一遍地回忆曾经的美好。如果不靠这样的自我麻痹，她不知道该如何让自己在深夜入睡。

她实在不清楚，何时才能走出这个牢笼。她真的很想回国。

4月25日，林伊梦收到了拉夫堡大学中国学联送来的防疫物资包，包内有4包医用口罩和2盒连花清瘟胶囊，包外贴着一张纸条，上面写着一句话："祖国永远在身边。"

这天，距离她在阁楼开启自我隔离，已经过去了整整45天。"我还被祖国惦记着……"林伊梦在收到学联同学送来的物资包时，心中五味杂陈，其中夹杂着劫后余生的后怕、委屈，还有深深的感恩。

绝望与崩溃，在临近5月的4月底，渐渐消散。

在经历了一个多月的抢购失败后，林伊梦终于成功买到了"五个一"政策内的航班，飞机起飞时间是6月5日。同一天，中国驻英国大使馆也给她递来了回国的橄榄枝。一位温柔的工作人员给她打来了电话，询问她要不要坐大使馆的包机回国。那一天，林伊梦深深明白了什么叫苦尽甘来，那是一种既想大哭又想大笑的感觉。

在和朋友的一次交谈中，林伊梦偶然得知了"五个一"政策的深意。民航局之所以实行这个政策，是为了避免机组工作人员传染乘客。每一个航班的机组成员，在飞完每一次的国际航班后，都要隔离14天。"五个一"政策，是根据各项数据统计得出的，航班可以承受的最大运载能力。而许多客机也已经被改造成运输物资的货机。

"祖国永远在身边。"林伊梦想起防疫物资包上的那句话，鼻子突然一酸。

五、告别英伦

在确认归期后，余下的日子变得不那么难熬。

林伊梦把这学期要提交的七个期末作业的截止日期写在书桌前的白瓷板上：4月30日、5月5日、5月11日、5月20日、5月22日、6月3日、6月4日。她全身心地投入到学习中，通宵达旦。体会过了三四月份的绝望与崩溃之后，其他事情都不足以再压垮她了。

新型冠状病毒，这场全人类共同面对的浩劫，降落在一个个渺小的个体上时，很多时候，会化成一粒粒细小的灰。这粒灰，不至于摧残人的生命，但却悄无声息地改变着一个人。

离开拉夫堡的最后一个星期天，林伊梦离开了她的孤岛，去陪朋友过生日。那是5月的最后一天，英国通过采取"封城"、关闭聚集场所、督促民众自我隔离、加大医疗卫生投入等举措，让疫情进入了平稳阶段。不过，拉夫堡小镇的街道上依旧空荡荡的，街上的人很少，很多店门还是紧闭着，有的挂着"closed"的牌子都褪了色。

朋友的家离伊梦的家不远，穿过一条街就到了。她们在家中一起做了一顿简单的中餐，聊了很多很多，关于疫情、关于回国、关于拉夫堡……林伊梦想起，她来拉夫堡的第一天，第一顿饭，也是这位朋友陪她吃的。

这是林伊梦第一次真切地意识到，自己真的要离开这个地方了。近两个月痛苦的孤岛生活，让她只想逃离这个牢笼。但在与朋友的交谈中，无数在这个国度度过的美好瞬间涌上心头。

如果没有疫情，这个春天，她的二十二岁人生中会添上一段丰富多彩的求学生活，她的公众号里也许会多几篇观赛日记，可能也会多几张她拍的明月窗的照片。然后，她会在夏天，找到一份合适的工作，也许是在体育报社，也许是在她喜欢的足球俱乐部。之后，在 12 月的冬天，她会和所有同学一起，拿到自己的硕士毕业证，再好好拍一套毕业照。最后，她会满怀感激地和这个地方好好告别，说一句再见。

这一年，也许是一生中的最后一段求学生活，林伊梦有过许许多多的规划和打算。但她没想到，一切会以这样的方式潦草收场。

6 月 4 日，离开英国的前一天，拉夫堡的天气表现出典型的温带海洋性特点，积雨云低沉沉地堆在天上，时不时就降下一场雨来。一个要好的朋友得知伊梦明天就要离开拉夫堡，跑来为她送行，想为她提前拍上一张毕业照。

今年冬天可能会爆发第二次疫情，下学期的毕业照大概率要取消了。林伊梦本就做好了错失最后一次毕业照的准备。可是朋友坚持，"如果就这样草草离开，你以后想起来，一定会非常遗憾的。"

于是，两个女孩回到了久违的拉夫堡大学。大风阴雨中，本就冷清的校园，格外萧索。

在红砖白窗的行政楼前，朋友为伊梦拍了一张"毕业照"。照片里的英国天空，格外"英国"，大风浓云下，林伊梦一手护着被大风吹起的长发，笑得特别开心。

就这样，在仓促凌乱中，她结束了自己的留学生活。

六、人间烟火

夜晚，窗外响起熟悉的广场舞音乐。繁华热闹的广州城区，绚丽耀眼的路灯与霓虹灯映透了夜空。

林伊梦走到窗前，看到楼下的小区广场上，一群穿着各色裙子的婆婆阿姨悠游地跳着舞。街上，一个个推着推车、开着货车的小贩摆起地摊做起了生意。雨季的广州，白天像英国一样，喜欢下雨，可是夜晚，尤其是在这样不下雨的夜晚，却洋溢着满满的人间烟火。

下飞机入关前做的核酸检测结果已经出来了，整个航班的乘客，都是阴性。危机与平安，就在弹指之间，林伊梦觉得一切都好像在做梦。她抬头仰望夜空，没有找到月亮。

她想，下弦月在下半夜才会出现，又或许，月亮被雨季的浓云遮住了。

不过没关系，明月总是在照常升起。

青橄榄

赵金燕

穿过黄塘顶角的千秋楼门，迎面一座小庙，小庙上罩一棵橄榄树。那边上许多旱厕，由石头砌成，有些顶上有砖瓦，有些却是露天，不管上面如何，其下总是装下颇多屎尿与蛆。附近住的人不多，多的是牌位。老人的笑脸挤在一个个相框里，和刻着他们姓名的木牌子一起被置于行将塌落的古宅子，只有做节时宅门大敞，子子孙孙一一上香烧金，面条鸡鸭捧上木桌，嘴里说说近况与愿望，期待鬼魂在饱食多份相同的祭品后大显其灵。这个仪式通常并不严肃与安静，更多的像一种迫不得已，并常常伴着一个疯女人的歌声。疯女人名唤斜眼，并没有什么深刻的寓意，不过因为她真的斜眼。她并不缺胳膊少腿，但她从来跪着，只能爬不能走，因而她的手里总有一根粗木棍，光滑发亮，底部磨得浑圆。黄塘的孩子都怕她，但要说缘由，除这腿与木棍以外怕还有千万种。她生就一副貂鼠似的脸，烟黄的牙齿露出来，却不是一排，只剩两颗。她的母亲偶尔给她扎两根麻花辫，显得精神些，大多数时候蓬头垢面，倚在门前唱歌。说是唱歌，不如说是哭嚎，直吓得孩子肝颤，拉紧大人的衣角。但也没人听得懂她在唱什么，这也无须在意，只消知道，斜眼今天说了哪个数字、颜色或生肖。

要说祭拜的日子，其实更像是给斜眼上供的日子。祭拜过祖先，吃食已经忌讳了，倒掉却又可惜，转过楼门回家时，斜眼的住所就恰好在那里。她独自一人居住，四四方方一个板砖砌成的小屋子，没有窗户，只用水泥草草抹了一层地板，面积刚够放一张单人小床。她常倚在橙色的铁门边，有时默不作声，有时自说自话。只有做节的日子到来时，她跟黄塘女人讲的话才多了起来。做节结束的女人塞给她不要的吃食，问她："斜眼，今天开几号？"斜眼答非所问，啃着手里别人给的苹果，说："好吃。"她们又相视一笑，塞给她几颗青枣，问："这个是不是更好吃？"斜眼用那凸出两颗前牙啃下一层皮与薄薄的果肉，说："甜。"她们再追问："这两个哪个更好吃？"斜眼便看看自己手里的苹果和青枣，说："苹果大。"一干人得了消息，便乐得不可开交，说："今天看来是买红的，赶紧回去跟我老公说。"于是她们说说笑笑地散去，斜眼便又迎来下一波人潮，堪称仙娘娘，倒比平时的小庙香火还盛一些。

黄桦最讨厌这样的时候。

她怕极了斜眼，偏偏她的阿嬷又总是喜欢在斜眼这里逗留。她不懂为什么要问苹果与青枣哪个更好吃，在她看来，青枣当然完全胜出。何况，何必去管斜眼的口味，只管拿给她，她又没有不吃的。她总是站在阿嬷身后，悄悄露出一只眼来看斜眼，看她吃水果吃得汁液四溅，吃鸭腿吃得满嘴油光，像阿嬷一样下垂的胸脯下肚子也渐渐胀大起来。

"阿嬷，斜眼和你一样大吗？"

"我是跟她阿妈差不多年纪啦。"

"可是她跟你一样有白头发了。那她也像我阿妈一样肚子里有阿弟吗？"

"乱讲。"

"我看到她肚子大大的。"黄桦跟在旁边努力挺起自己的肚子，用手比画出一个圈。

阿嬷看了她一眼，说："小孩子不懂，她那个是胖，斜眼又没有老公，没有老公怎么有孩子。"黄桦说："那她阿妈要少买点零食给她吃。"

阿嬷笑了出来，摸摸她的脸，说："憨大呆，谁像你一样整天想吃零食，斜眼的阿妈都老了，还要煮饭给她吃，哪里来那么多钱？"黄桦若有所思地点点头："阿嬷，那今天我只吃两毛钱的冰棒，不吃五毛钱的巧克力脆皮雪糕了。"

"歪嘴鸡还要吃好米，回家吃饭。"

回到家时，黄桦的阿公已经从地里回来。十月的阳光还不算温和，他穿着汗湿的藏蓝色条纹衬衫弯腰坐在后门的门槛上，从领口处露出一段黝黑的脖颈，颈肉的缝里积满了汗液，头皮照得亮亮的，浸着一头短粗的银发。听到声音，他转过头来看，笑着说："回来啦。好不好玩？有没有跟阿祖说你这次不是倒数了？"黄桦跑了过去，说："我说了，但是不知道他们听不听得到。"阿公一边挑着橄榄，一边说："当然可以啊。""可是他们就只是木牌啊。""嗨，"阿公睁大他的眼睛，说："小孩子有耳没嘴，大人说有就有。去拿石臼来。"黄桦站起身来，问："阿嬷，石臼在哪里？""门后！"阿嬷一边在厨房打卤，一边大声喊。黄桦从门后看到放在一堆锄头旁边的石臼，想要搬起来，却有点沉，于是她便将石杵先拿了出来，把石臼放倒，推着让它滚动到后门。阿公见了，笑着说："懒惰哦，以后怎么嫁人？"黄桦说："以后让他拿石臼，我再帮他捣橄榄。"阿公笑得更开了，从桶里舀出一瓢水冲洗石臼和石杵，又用菜瓜布擦拭一遍，再冲一遍，便将摘来的橄榄倒进水桶淘洗，接着抓起一把扔进石臼，说："喏，你现在就来学怎么捣。"黄桦用双手抓起石杵，轻轻地捣上几下，橄榄只在臼里打滚。"你这样捣，要等到嬷老才能吃哦？用力！"黄桦用力地捣了两下，橄榄的汁液溅到臼壁上，橄榄扁了。她更卖力地捣起来，石杵碰到石臼发出"吭吭"的声响，橄榄汁喷到红色的地砖上，落到她雪白的脚背和小腿上，又顺着肌肤的纹理蜿蜒流下。"好好好，停！核都碎了。"阿公见她玩得起劲，连忙叫停。她这才停了下来，拣起一粒，放进嘴里，微微的酸味流了出来，她又嚼了几下，嚼出了甘味。"好吃吗?"她点点头,又拣起一粒,放进阿公的嘴里,阿公一边捞出洗好的橄榄放进盆里,一边吮吸嘴里橄榄的汁液。黄桦拣起一粒送到厨房给阿嬷,阿嬷不吃,她便自己吃了,顺带着偷喝一口打卤汤。阿嬷转身看到这一幕,摇摇头说:"什么都要吃,你下次去跟斜眼一起住。"黄桦的嘴边还沾着汤汁,一听这话,立马放下汤勺,说:"我不去。"阿嬷吓唬她:"你这么爱吃,你看斜眼那里那么多吃的,你去跟她住,保证什么都有。"黄桦想了想自己住在那间小屋子里,委屈得直想掉下眼泪,拼命地摇头,说:"我不要,阿嬷。"阿嬷转过身去揭开锅盖翻炒锅里的菜,说:"你分给斜眼家,等你阿弟出生了,我们就养阿弟。"黄桦"哇"地哭了出来,气得直跺脚,只会喊"不要"。阿公听到厨房的动静,从后门过来了,问:"怎么了?"黄桦一边抽泣一边说:"阿嬷……要把我……分给……斜眼……"阿公安慰她:"你阿嬷乱讲的,我们不要理她。我们去吃橄榄。"他从橱柜里拿出一块姜和一包盐,拉着黄桦到后门去了。阿嬷快速地把锅里的菜翻炒几下,关了火把菜装进白瓷盘里,嘟囔一句:"哼,最会做好人。"

黄桦跟着阿公到了后门,一屁股坐在地板上,方才在阿嬷面前不敢放肆出声,现在终于受不住,张大嘴哭了出来。阿公也不阻止,把青橄榄放进石臼,又掰了一小块姜,开了口的盐袋抖两下,白色的盐粒落在青橄榄与黄色的姜块上,然后拿石杵先轻轻地把橄榄姜片捣碎混在一起,再用力地加上两杵,姜渍橄榄便好了。黄桦的哭声已经小了,不过仍发出哭声的余韵,"啊啊"地卖惨,阿公抬眼看看黄桦,拣起一颗混着姜丝的橄榄塞进她的嘴里,黄桦便停下叫唤,闭嘴抽噎起来。"好吃吧?"黄桦仍旧不说话,睫毛还湿湿的。"吃吧。"她抬手揉揉眼睛,终于嚼了起来。姜汁与橄榄汁混在一起,融了盐粒,酸甘之味带上一丝辣与咸,口齿生香,直通脾胃,黄桦的气自心头至喉头出来,形成一声响嗝。她终于笑弯了泪眼,说一句:"阿公,好好吃。"阿公自己也尝一个,笑话她:"爱哭鬼,不怕人笑。"黄桦把橄榄核吐到手上，扔到后门的山坡上，问："阿公，明年我们家后门会不会长出橄榄树？""可能会吧，不知道。""长出来我就可以爬到树上摘橄榄吃了。"阿公双手撑在背后，看着天，说："庙边不就有橄榄树吗？"

"我不敢去，那里有斜眼。"

"没胆，斜眼有什么好怕的？"

"她会追着小孩跑的。就是用那根木棍，这样，这样，爬过来……"黄桦学着斜眼的姿势，却更像一只恐龙，阿公点起了烟。黄桦见阿公不说话，便过来说："今天她们说买红的。"阿公点点头，烟雾从他的鼻孔钻出来，他又吸了一口，烟灰便掉在了裤子上。她觉得没意思，便坐在石臼前，一颗接一颗地吃起橄榄，把核一颗一颗地丢到山坡上，期待来年长成橄榄树，便在枝干上绑个秋千，邀请她的伙伴都到这里玩耍。

但事与愿违，尽管黄桦吃了那么多的青橄榄，她家的后门第二年却没有长出橄榄树来，倒长出了几棵木瓜树，她不知道橄榄树是不能凭空长出来的，只是觉得阿公去年摘来的橄榄不好。于是她问阿嬷："阿嬷，哪里的橄榄最好？"阿嬷戴着老花镜正在缝衣服的扣子，随口说道："庙边那棵。"黄桦犯了难："为什么那里最好？没有别的了吗？""庙边香火旺，都是有神明保佑的，你看那棵树的橄榄，都累累的。"阿嬷一只手的手指弯曲，比出一个蛋形，让黄桦错以为这是一颗橄榄的大小。黄桦赞同阿嬷说的，庙边的橄榄一定比阿公摘回来的要更好一些，并且可能是黄塘最好的橄榄树。她很想去摘下这样的橄榄来当种子，却又感到害怕。

"阿嬷，你跟我去摘橄榄好不好？"

"我没空，下午厂里又要点人了，你让你阿公带你去。"

"阿公又不在。"

"那你跟你朋友去。"黄桦是想把橄榄树当成一个惊喜的，在明年的某一个时刻，她可以把她的朋友带到后门，告诉他们这是她一个人种出来的橄榄树，这才足够威武。

她左思右想，只要选一个斜眼被关在屋里的时候，再从她门前溜过去，到了树上自然是她的天地。从黄桦家的二层楼望去，正是千秋楼门，可看见斜眼住所的一角。接下来的日子里，黄桦常常在这里观察斜眼的动静。斜眼总是在中午和傍晚的时候在门前唱歌，她的阿妈一日三顿地给她送饭。斜眼跪在门前吃得很慢，又总是吃得像鸡啄米似的，掉得到处都是，于是她的阿妈总是在饭点过后破口大骂："你这个短命的！给你吃还要整天给你收拾！我怎么还不死呦……"这个时候，斜眼偶尔会顶嘴，通常是低着头沉默。倘若她顶嘴，她的阿妈在收拾完残渣后便将她锁在屋里，任她拍门与干嚎。黄桦抓住了这个规律，日日盼着斜眼鼓起勇气顶一次嘴，可斜眼却跟她作对似的，近来格外乖顺。

一个星期后，黄桦终于等来了机会。斜眼大声嚷嚷，她的阿妈则更大声地回骂，一个声音略显低沉，一个则尖锐似针。这一场不知因什么而开始的争吵，以摔门声结束。黄桦大喜过望，连忙跑下楼。但靠近千秋楼门的时候，她还是放慢了脚步。她听到斜眼又在屋子里唱着听不懂的歌，这次带着哭腔。她心下有些好奇，但看到前方的橄榄树，便一溜烟跑了过去，直跑到了庙门口，她才放下心来。黄桦抬头看树，树叶间漏下阳光，晃得人看不清果子，眼里只有墨绿色的树叶和灰色的树枝。她从小庙边的一捆竹竿中抽出一支，想要用竹竿把橄榄打下来，但粗大的竹竿比石臼还要沉，她只好作罢，顺着树干爬了上去，去看看这棵橄榄树到底是不是阿嬷说的那样结出了鸡蛋大的果。终于爬到树上，她把自己嵌在树冠里，四处张望，发现这里的橄榄和阿公那天摘回来的并无两样。她有些沮丧地倚在一根粗枝上坐下来，随手将身旁的一串橄榄摘下，拧了一颗在身上擦擦便塞进嘴里，但味道也无不同。她有些生气了，用脚踹了一下脚下的枝干，枝干几乎纹丝不动，只有这震动使树叶极轻极轻地"沙"一下。她不甘心就这样下去，于是换了个姿势，双手环抱树枝趴着，两个脚丫荡来荡去，盯着斜眼的小屋子。斜眼已经安静下来，其实也没什么看头，但她除了看也没有什么其他事好做。铁门忽地叫了起来，她微微直起身子，看到那薄薄的铁片像慢放的波浪一样鼓动，她听出那是斜眼用粗木棍在捅。很久以后，她的阿妈才从睡梦中赶来。她手里攥着钥匙，一边走来一边往白色的短发上夹一个大红色的夹子，嘴里还有没有打完的哈欠，却也不省了咒骂："整天没事就来烦人！觉也睡不好！哪天就死了最轻松！"黄桦不知道她是想要自己快点死还是斜眼快点死，她是害怕斜眼，但想到斜眼死了，变成和自己阿祖一样的木牌，她又有些难过。阿嬷告诉过她，死是不能随便说的，总归是不好的。她往自己嘴上轻轻拍了三下，"呸"了三声，算是帮斜眼和她阿妈消了厄运。

斜眼的阿妈已经到了小屋的门口，从橙色铁门中间的长方形小格看里面，骂骂咧咧地开了锁。门一打开，斜眼便爬了出来。她一手拄着那根粗木棍，一手撑在地上，两个膝盖着地用力，往旱厕去了。她的阿妈猛地被她一推，添上一把火气，冲她喊："好好拉，别给我沾到裤子！"斜眼没有理睬，爬到第一间露天的旱厕便进去了，连门也不关，尽管这门不过是一根木棍套一个蛇皮袋。黄桦把视线从枝干的左边转到右边，从树叶的间隙里，看到斜眼正在旱厕里调整自己的姿势。她并不把双脚岔开，只把屁股朝向厕沟。她费劲地用单手拉自己的裤子，一手借粗木棍的力稍稍把自己的身体撑起来，如此往复许久，才把裤子褪到腿根。她垂着头，发梢在地上拖来拖去，但她只顾着再把裤子往下再拉一点。直到了大腿中部，她终于支撑不住，彻底松懈下来，脚边慢慢浮起一层水，湿了石板。太阳正好暖烘烘地照在旱厕顶头，斜眼白花花的屁股就在那里撅了许久。不知过了多久，斜眼动了。她捡起旱厕里不知哪来的甘蔗皮，反手放到身后，从缝里刮出些残余物，随手丢进了厕沟。她连裤子也不拉上，就穿着半截裤子，拄着木棍往回爬。她唱起了歌，不整的裤子使她爬得更加吃力，摇摆的幅度更大了起来。黄桦看着斜眼的屁股移动，想到某个夏天的下午，她推门进了阿嬷的房间，看到阿嬷正蹲着把自己的屁股放进盛满水的红色的大塑料盆里，在微漾的水波中，阿嬷的屁股泛着丰腴的黄色。阿嬷用手搓洗自己的屁股，并呵斥她关上门出去，黄桦也吃了一惊，关上门就逃到了阿公的房间里。阿公只穿一条蓝色短裤躺在那里午睡，打着很响的鼾。事后阿嬷并不再提起这件事，只是甩给她几天的冷脸色，阿公也懒得管阿嬷的心情，只剩黄桦自己消化被提起的震颤。但她消化得很快，她很快就忘了屁股这件事，只记得进阿嬷的房间要敲门。如今乍一看到斜眼的屁股，她知道了大人的屁股并不相同。虽然斜眼脸上黑不溜秋，但她的屁股比阿嬷的要好看。

斜眼爬回了自己的小屋，她的阿妈坐在门前等她。她见斜眼这副样子，面色微微一变，随即平静下来，站起身对她说："今天太阳这么好，好好洗洗吧。"斜眼点了点头。她的阿妈转身走了，不一会儿带着一叠衣裤、一个热水瓶和澡盆来了。斜眼缓缓地爬进去，她的阿妈似是想起没有冷水，又急匆匆地跑回家里提了一桶，随后把空桶放在门外，关上了铁门。

黄桦见水从铁门流出来，橄榄也吃多了，嘴里已经开始发苦，只好下了橄榄树，走进庙里。这庙仿佛一直这样老，门檐上悬着小香炉，炉中的香已全部燃尽了，门总不关，进门便是三张方正的木桌拼成的长桌，桌前围着大红桌围，上绣长寿公与文曲星。木桌再往前，便是阿嬷说的神明，飞檐式神龛前头挂一排珠帘，他朦朦胧胧地端坐在那里。黄桦跟着阿嬷来过很多次，阿嬷总是分给她三支香，让她跟着她一起拜，她嘴里念念有词，拜完神像又转身拜天公爷，结束后便将三支香插进门檐上的香炉，另三支插进神像前的香炉。她又退回来把手合成一个拳头拜了拜，从黄桦的身后将她圈住，把她双手合拢，也拜上几下。在黄桦看来，这位神明能实现很多愿望，回答许多问题。因为她的阿爸阿妈出门做生意时阿嬷也来拜拜，阿嬷说神明允了，是个出门的好时节。黄桦想跟着阿爸阿妈走，阿嬷却说神明指示不要带着小孩，怕有累赘，损了运。于是黄桦不吵不闹，跟着阿公阿嬷生活，再不济，黄塘的青橄榄总是好的。人家问她："你想阿妈不想？"她总说："不，阿妈肚子里有阿弟呢。"现在，她忽然有了很迫切的愿望，她想在家里后门的山坡上种上橄榄树。她学着阿嬷把拜垫拖到桌前，又取了桌上的杯珓，她努力回忆阿嬷是怎样问卜的，把杯珓的平面合在一起，一边拜一边问："我能不能种出橄榄树呀？"说完便把杯珓往地上一扔，两片皆合。黄桦又重复两次，两片皆仰。三笞无仰合，她知道，这是不能够的意思。这回她比摘不到蛋大的橄榄还要更伤心一些了。在绝望之中，她失魂落魄地走出了小庙，走到了千秋楼门下，她忽而停下，看到斜眼已经被清洗完毕，湿着头发靠在门边，在阳光中微微眯着眼，很像去年阿公从墙缝中掘出的一窝老鼠崽。见她在那，斜眼并不说话，只是转身爬进屋子，她从恍惚中脱身，一路小跑回了家。斜眼出来时，只看到她的背影，便把手里的一把青橄榄放进裤兜，只拿一颗在口中含着。

黄桦回到家里，便往前门的石门槛上坐。阿嬷正坐在天井边弃置的小石磨上择菜，见她回来，也没精神，便问："大中午的去哪里疯了？现在才回来，又正好吃晚饭，你的腿也是很长。"黄桦闷闷地回了一句："去摘橄榄了。"

"橄榄呢？"

"吃了。"

"唉，改不过来，等你阿爸阿妈回来，让他们来教你，我是教不动了。"

"阿嬷你骗我，庙那边的橄榄根本没有那么大。"

"谁跟你说那里橄榄大？小孩子乱讲话。"黄桦想说些什么来反驳，但她感到有什么东西涌了上来，她起身张开嘴吐在了天井里。阿嬷把腿往旁边微微地移开，手里仍旧择着菜，看了一眼天井，说："让你贪吃，这下好了。"黄桦又吐了一会儿，满嘴发酸，她皱着眉吐了几口口水，仍旧难受。阿嬷这才站了起来，到厨房舀来一瓢水让她漱口，又要她到客厅里去喝上几杯茶。黄桦照做，把温热的茶汤灌进肚子，躺在沙发上，恹恹的。阿公从后门进来，见她躺在那里，用粗糙的手掌摸摸她的额头，问："发烧啦？"黄桦摇摇头，觉得嗓子干刺地疼，说："吐了。"

"哦，吃什么了？"

"橄榄。"

"怎么会？"

"庙边的那棵树不好，我吃了都吐了，还是你摘回来的好，就是不长树啊。"黄桦说到这里，便把身子向沙发背转，阿公拍了拍她的背，说："说不定明年就长了。"

"不是的，我知道不会长了啦。"黄桦想起自己在庙里问的卜，心下愈加怅惘，胃酸窸窸窣窣地上来，她尚不清楚是胃酸还是这股情绪慹住了她，便流下了几行泪水。

此后，黄桦偏爱晃荡，整日除了吃饭在家，剩余时间便到外边玩去。她的玩伴中有一个是副食品店的儿子，名唤黄振阳，生得细皮嫩肉，因家里开店的缘故，放肆吃多了零食，体格稍大，显出一种白哈巴狗的憨态。黄桦去他家买冰棒的时候，他总是像个小老头似的靠在椅背上，把腿放到电视桌上，一边吃着雪糕一边看动画片。她把钱给他，他便慢悠悠地起身，把钱扔进铁盒里，有时找给她几毛钱，总要附上一句："嗨，雪糕才好吃呀！"黄桦因此不大喜欢他，但他却也常常在玩耍时带来几包口哨糖、干脆面或其他，顶角的孩子倒也没有讨厌他的。除了这一点稍有不如意，黄桦对于几个人聚在一起玩全然没有意见，尤其是她家对面的杜永华也来时，她便更加欢喜。黄塘说小不小，顶角这一块却不算大，一群小孩整日闲晃，冬日里也没什么野果好摘，且江里又太冷，弹珠是玩腻了，捉迷藏又嫌过时，天色渐暗，路灯亮了起来，他们在寒风中没了玩的办法。大家便坐在石板上，吃着黄振阳带来的零食，有人问："要回家了吗？"黄桦第一个不同意："不回，还早呢！""那玩什么你说呀！""我不知道。"

黄振阳把干脆面嚼得咔咔响，突然说："那我们来比勇敢吧。"

"怎么比？"

"看谁敢把鞭炮扔到斜眼家里，而且要在门口站着，站得久的人就赢，我请他吃雪糕！"

"那要是你赢了呢？"黄桦问。

"那……你们就得一整天听我的。"

"我不想去，我害怕。"黄振阳家隔壁的杨舒书已经打了退堂鼓。黄振阳"呃"了一声，摸摸鼻子，说："胆小鬼，那你就弃权了。黄桦，你敢去吗？"黄桦看了一眼杜永华，说："我当然敢啦！有什么不敢的，我上次还跟斜眼面对面地站着呢！"

"喊，吹牛，你明明怕死了。"黄振阳不信。

"不信你等着瞧！我们谁先去？"黄振阳说："剪刀石头布。"结果黄桦得偿所愿，成为第一个去的人。她在心里给自己打气，想回想起在那个午后她与斜眼四眼相对却没有跑开的缘由，但她想不起来。她在伙伴的目送下，攥紧了手里的蜘蛛炮，一步一步地往楼门走去。到楼门下，她抖着拿出一记炮来，轻轻呼了口气。她终于走到了斜眼的小屋前，橙色的铁门关着，斜眼的声音从门上的小格漏出来。她低头想擦燃手里的炮，却怎么也点不着，仔细一看才发现这炮没有硝。于是她扔了这一记，又从盒子里拿出新的，不远处看着她的伙伴比她还急："黄桦，你快点！"黄桦用气声回答："知道啦！"但她的伙伴们并听不见。她稍微靠近铁门，一脚放在斜斜的槛垫石上，准备点燃，斜眼的声音却更清晰地飘了出来。她听到斜眼在叫："乙啊哦，乙啊哦……"一声高过一声，屋内的小床咿咿歪歪地响。她听懂斜眼在叫什么，她的阿爸也这样叫阿嬷。透过小格，什么也看不清。她回头看她的伙伴，他们喊："快呀！"黄振阳对杜永华说："你看她就是不敢。"黄桦低头擦燃了手里的炮，发出了火花的亮光和硝在燃烧的声响，她从小格扔了进去，两秒后，炮响，小屋里传出"啊呦"一声痛呼。黄桦站在那里，嗅到寒风中裹挟而来的旱厕的味道，小庙的红色灯泡忽明忽灭，等了许久，斜眼都没有开门，只是笑，笑得令黄桦汗毛竖立。她定在那里，杜永华跑过来问她怎么了，她摇摇头，说："不知道。"杜永华拿过她手里的蜘蛛炮，又点了一记扔进去，炮响了，斜眼大声咒骂："又是哪个不好死的！"杜永华拉着黄桦转过楼门跑到孩子堆里，黄桦只是怔怔的。黄振阳见她去了这么久，也不得不说："看来你真不怕，明天我拿雪糕来。"黄桦扯着嘴笑了，说："好久没吃雪糕啦。"

这可以说是黄桦在黄塘吃的最后一根巧克力脆皮雪糕。

黄桦的阿爸阿妈在这一年的除夕带着已经会走路的阿弟回到了家，她的阿妈指着黄桦说："看，这是阿姊，叫阿姊。"阿弟第一次听这词，并不乐意叫，黄桦也不在意，自己在画板上涂涂画画。年夜饭桌上，黄桦的阿爸阿妈提出要把她接到城里，她记得她阿爸是这样跟阿公说的："现在生意也稳定了，接过去看着免得野了。"阿公那天喝得醉醺醺的，拉着她的手说："跟你阿爸走的时候，阿公给你摘青橄榄带上，我们桦啊，最爱吃青橄榄。"黄桦想到杜永华和玩伴，冒出了不走的念头。"阿公，我不想去。"阿公哈哈笑了，跟阿爸说："你看，养也总是要功夫的，她不想去城里啦。"她的阿妈怀里抱着已经睡着的阿弟，皱着眉说："这性子已经野了。"一直不说话的阿嬷终于开口："随人崽随人管，野不野总也没叫人拐跑，吃的总是白米饭，难不成谁还喂糠米？"黄桦的阿妈一听这话就拉下脸来，朝她阿爸扔下一句："到初四也够撑得慌了，再待下去生意可不要做了。"说完便抱着儿子上楼了，阿公略微沉吟了一下，说："走走走，都走。"黄桦四天后果然走了，带着一包青橄榄和再也没穿过的旧衣衫。

黄桦变成了黄塘的客人。跟着阿爸阿妈到城里以后，确如他们所愿，黄桦渐渐肉眼可见地变成了不野的小孩。他们每年在过年时回一趟家，一次待上那么一星期就走了，只顾得上在黄塘喝酒吃饭与睡觉，将自己投掷进黄塘又匆匆撤出来浸到城市的水缸，在这种抛掷飞跃中将黄桦催熟静置，放成枝上一颗黄中带绿的橄榄。回到家时，黄桦经常吃的是腌制过的橄榄了。阿嬷从瓦罐里倒出小半碗棕黑的橄榄，买上几条鲫鱼一起炖，有时加上猪肺，炖出的鱼汤甘甜鲜美，阿爸就着这一道菜一次能吃三碗白米饭。她也觉得这道菜不错，把汤汁淋到米饭上吃，能省去不少夹菜的麻烦。她总是帮着她的阿妈带阿弟，让阿妈有空出去跟朋友们叙旧，阿妈说她在黄塘反正也没有朋友，陪着阿弟看动画片更适意。她确实也懒得出门，也就没有反对。黄塘于黄桦，是渐渐模糊了。

倘若一直模糊下去，黄桦倒很乐意。但在她二十岁的寒假，传来了阿嬷病倒的消息。她的阿爸要她直接从学校回家照顾阿嬷，她不情不愿又无可奈何地坐上了回黄塘的车，终于在晚上十点回到了家。冬天十点的黄塘街道上已经没有人了，只有一群狗见生人来了便围着狂吠。在狗吠声中黄桦推开木门，厨房还亮着一盏黄色的灯。前门虚掩，传出阿嬷"咯喽咯喽"的咳嗽声。她在灯下站了一会儿，觉得有点饿了，掀开菜罩，看到一碗冷掉的白米饭和两盘发黑的青菜，又把菜罩盖上。

"是黄桦回来了吗？"她听见阿嬷在房间里问。

"是我，阿嬷。"她回了一句，阿嬷拉开前门咳嗽着走出来，身形虚浮地站在门前，说："怎么这么晚，赶紧洗洗睡了。"说完便进去了。黄桦上了二层，整理好自己的行李，公鸡打了第一遍鸣，她饥肠辘辘地睡着了。阿嬷叫醒她的时候，屋里还未完全亮堂起来，透过半扇未关的绿玻璃窗，她看到天雾蓝雾蓝的。她的头很沉，便多躺了一会儿。

"要人叫几遍？黄桦、黄桦……"

"好，起来了。"黄桦坐了起来，换下睡衣。"这哪是回来照顾我的，是来拖累我的……"阿嬷在楼下这样念叨。她下楼蹲在天井边刷了牙，抹了把脸，阿嬷递给她一张药方，要她去抓药回来煎。她穿着拖鞋就出门了，药店里其他药倒是都有，独独缺了一味青橄榄。"你去市场看看有没有，要是没有就到庙边那棵橄榄树看看，先摘一点对付。"药店的老板给她支招，旁边的小学徒还在打瞌睡。她点点头转身准备离开，迎面走进来一个老头，看见她寒暄一句："哦，是德顺的孙女吧。"德顺是黄桦阿公的名字，她笑着说是，随口问一句："来抓药啊?"像个真正的大人似的。然后她跨过门槛，停下低头看了看自己的白色硬塑料拖鞋，是阿嬷从门后随手拎出来的，两边已经断了一半。她还在想要不要去市场，去接受三姑六婆的盘问，演一出恭谨的戏码。身后传来药店老板的声音："这个吃下去，保证不会中奖。""好好好……"黄桦转头看了一眼老头，他笑得极其——淫邪。

　　她有点反胃，决心到庙边摘完橄榄就回家。她想起了斜眼。她已经是个大人，想来斜眼也像阿妈一样，渐渐老去。黄桦拎着药包往回走，一路走到千秋楼门，她没有停顿，路过斜眼的小屋。旱厕已经不见，修了一间白墙红瓦的公共洗手间。黄桦走至庙边，庙外的大红灯笼灯还亮着，她抬头看到树上还有一些果子，索性准备爬上去。走了几步，黄桦踩到一团软物，闻到味道，她极其不愿地低下头确认事实，确是一坨狗屎。她走到树下，扔下药包，脱了鞋，稍显生疏地爬了上去。太阳刚从江面上一点点地升起来，橙黄色的阳光照到庙的房瓦上，像在梦境里闪回。她选择了一根较为粗壮的树枝，顺着往外走，努力去够橄榄。橄榄坠坠地晃了几下，她顺势一拉，连同叶子摘了下来。一溜不过长了四颗，仍然不够，只好再找。摘完橄榄，她坐了下来，吃了一颗，稍做休息。她望着小屋那扇已经褪色的橙色铁门，望出了一股惝惶。她想起，就是在这根树干上，她看到旱厕里斜眼撅起的白花花的屁股。

　　橙色的铁门打开，从屋里走出一个老头。黄桦不认识这是谁，斜眼的声音传出来，隔得太远也听不清。她想下去看看，却见药店里碰见的那老头往小屋走来。方才出门的老头与他相遇，停下来说了几句话，拍了拍他的肩膀走了。这老头走进斜眼的小屋，铁门又轻轻地被关上了。黄桦想到他的笑，匆匆下了树，带着摘来的青橄榄和药包，在斜眼的小屋前稍停了一下，又像有什么追赶似的跑回了家。饭桌上已经放了一锅白粥和几碟酱菜，她扒了几口，听见阿嬷在房间里咳嗽。她在厨房里把枝上的橄榄择下来，用水淘洗，准备给她煎药。她洗完挑出八颗，放到棕黄色的小瓦罐里，从冰箱里拿出一块瘦肉，切了几片放进去，又放了半包药材，加了约莫三分之二的水，放到锅里加水炖。她坐到灶边，拿起已经干掉团成一团的龙眼叶，拿打火机点燃，待火烧得大了便塞进灶洞，接着在枯叶团上放几片干的小竹片，让火旺起来。她起身盖上锅盖，又添了几根大竹筒，洗完手到客厅冲了一杯绿茶，加了一味胖大海在杯里闷，加了勺蜂蜜搅拌，端到房间里给阿嬷。她敲了敲门，阿嬷不应。她轻轻叫了一声："阿嬷。""进来就好，还敲什么门。"她推门进去，看到阿嬷侧着身躺在床上，她把茶放在桌上，说："阿嬷，时间到了，要先喝茶，等橄榄炖好了我再端来给你。"阿嬷艰难地起身，就着她的手喝了两口茶。

"你怎么去了这么久？"

"我去摘橄榄，药店没了。"

"哦……"阿嬷微微喘着气。黄桦沉默了一会儿，问："阿嬷，斜眼还住在那里吗？"

"是啊，不然住哪里？她阿妈都死了。"

"哦……"黄桦的心稍稍放下来，说："那是她的亲戚在照顾她吧。"

阿嬷像是听到什么笑话，笑着说："哪有什么亲戚要管她？都是靠香火活下来的。"

"我刚才看到有人去她那里啊。"阿嬷听到黄桦的话，脸色微微变青，说："是你看错了，别人家的事情不要管，快去看看汤炖好了没。"黄桦点头出去了。

锅里的水还在哔哔啵啵地响，她掀开锅盖，一阵水蒸气冒上来，瓦罐里的药材还各自飘在水面，还要烧上一会儿，于是她又添了把柴。阿公从前门过来进了厨房，叫她："阿桦，回来了。"接着盛了碗粥，吃了两口，黄桦突然问："阿公，斜眼报的号码还准吗？"他看了她一眼，说："不知道哦，很久不买了。"黄桦接着不知道该说些什么，便随口问："那阿嬷的身体医生怎么说？"

"能吃一天是一天，今天你煮的早饭啊？"

"不是，阿嬷煮的。"

"这么稀奇，前一段时间她都下不来床，没病装病。"阿公吃完饭便去做小工了，黄桦起身又看一次药汤。瘦肉沫已经浮起来结了一层膜，清水炖成了汤汁。她小心翼翼地端到阿嬷的房间，放在桌上晾凉。阿嬷似是好不容易睡着了，在梦里舒了很长的一口气。她不忍心叫醒她，便趴在桌上等。舟车劳顿的困倦袭来，她趴着睡着了。黄桦做了一个很长的梦，梦里小时候的她跟杜永华去摘野果、灌蚯蚓，黄振阳拿着巧克力脆皮雪糕给她吃，她在冬天冻得牙齿打架。她梦到自己在橄榄树上睡觉，被风吹落的橄榄砸在她的身上、脸上，她醒了，看到斜眼在树下撅着她的屁股拉屎，她喊："乙啊哦……乙啊哦……"黄振阳把鞭炮扔进小屋，鞭炮响了，橙色铁门的小格现出一双浑浊的眼睛。她吓得不敢下树，斜眼爬走了，她才终于逃脱，一脚踩在了屎上。黄桦猛地睁开眼，看了看自己新换的拖鞋，又看看脚底，才松了一口气。她不知道自己睡了多久，药汤已经凉了。她轻轻地拍了拍阿嬷的背："阿嬷，起床吃药了。"阿嬷没有动，她又轻轻拍了拍："阿嬷，阿嬷……"阿嬷仍旧不动，硬硬地缩在那里。她大声叫了一声："阿嬷！"只有她的声音。她抖着手拿出手机，拨给阿爸。

"阿爸，阿嬷不动了。我叫她，她也不应。"阿爸停顿了一下，说："叫阿公回来，我和你阿妈马上赶回去。"黄桦挂了电话，脑子一片空白。她轻轻地掩上门，打电话给阿公，然后木木地坐在天井边的石磨上等他回来。

在阿爸和阿公的操办下，阿嬷的葬礼办得还算得体。黄桦眼睛干干的，流不出眼泪，阿弟也只是听话办事，两个孙子就这么呆呆地跪在灵堂前，像两只木偶。操办到半夜，吊唁的人都回去了，男丁也都回去休息，只留一些姑姨亲戚帮忙收拾残局。她看到照片里的阿嬷和照片前的牌位，只觉得透不过气，便拿着手电筒走出古宅，往公共洗手间去，打算洗把脸。她打开水龙头往脸上泼水，清醒了一些。站在镜子前，她看着自己脸上的水珠渐渐干了，被风吹红的脸颊浮上一层更深的红晕，干燥的嘴唇泛着白色，头发乱糟糟的不像一个二十岁的人。她没想过，头一次真切地经历死亡，会离她只有五十厘米。她从兜里掏出一包烟，抽出一根点上吸了一口，一股橙子味蹿上来，稍显甜腻，又吸了两口便在洗手台上摁灭扔进垃圾桶。她从口袋里掏出口气清新剂往嘴里喷了两下，顺带在头顶和身上转了一圈，走出了洗手间。

走到小屋前，她听见斜眼在唱歌：那张红床铺，柴来刻，桦来凑，睡到三更半夜后，他就窸窸窣窣会叫歌！会叫歌！会叫歌……斜眼愈唱愈大声，近乎喊叫。一阵风吹来，橙色的铁门撞到墙上发出声响，随后又有石子似的东西砸在门上，"咚""咚"，原本是一颗，后变成一把，"哗"！像是雨落在铁棚。黄桦呼出一口白气，升起来扒在她的镜片上，她挪到门前，拿出手电筒轻轻按亮，从小格照了进去，正照到斜眼的脸。她吓了一跳，看到斜眼用手遮住眼睛，笑着说了句："哈！哪个不穿裤子的又来了！"她往后退了几步，不知踩到什么东西滑了一下，用手电筒一照，才发现是几颗从门里滚出来的橄榄。

"黄桦！"她的阿妈站在宅门前叫她。她回过神来，应道："来了！"便匆匆回到了灵堂守灵。直至次日六七点钟，黄桦才回到家里休息。阿嬷的东西已经大多从房间里搬出来，堆在后门的山坡上，准备一起烧掉。她推开阿嬷的房间，看到阿嬷没喝的药汤倒在地上，瓦罐摔碎了，瘦肉上裹着一团蚂蚁，那八颗橄榄落在边上。她转身到厨房里去，打开冰箱，想要吃一颗青橄榄，却怎么也找不到。阿公自后门来，问："你在找什么？"她惊了一下，说："冰箱里的橄榄呢？"阿公喝了口水，答："哦，我吃掉了。"黄桦停下寻找的动作，又问一遍："全都是你吃的吗？"阿公回："是啊。"然后笑看她一眼，说："还是贪吃。"黄桦没有反驳，身后的冰箱往她脖子里灌进冷气，她打了一哆嗦，关上了冰箱门。

两天后，阿嬷出殡了。阿弟抱着阿嬷的骨灰，一行人把阿嬷送到了墓地。阿弟偷偷跟阿妈抱怨骨灰盒太重，阿妈说是骨头硬烧不掉。日头很好，把骨灰放到墓前时，风大起来，吹得隔壁坟上的草摇动，阿爸哭着喊："乙啊……"黄桦不知是风吹的还是困意闹的，终于落下了泪。后来，黄桦再没回过黄塘了，她的阿妈几次追问原因，说那里总是她的根，她告诉阿妈，是因为神明显灵，她永不能种出橄榄树的。

潜　游

黄悦雅

我出生的时候在一片水里，没有人拖着我，我就朝最深处游，快到底的时候，我的氧气用完了，感觉到自己就要死去，我不再游了，等着尸体沉入水底，接着一双手把我拉了出来，我在手心里不停地喘着气，号啕大哭。

我游了上来，我妈溺死了。姥爷说，你克你妈。我从来不说不是，我不仅害死了我妈，还害死了柳胡兰，这些我都是认的。我爸不让我这么说，但我姥爷这么说的时候，他从来不敢反驳。后来我想通了，兴许他也这么觉得，只是怕我提起柳胡兰。

我跟我爸住在老的农村干部学校里，以前这一片全是平房，钢筋水泥建的，挺结实，就是漏雨漏得厉害。后来赶上拆迁，大部分邻居都搬走了。倒也搬得不远，公家在四周建了小高层，早拆早挑，我们家可以拆两套，我爸不愿意，硬是拉着我不搬，我爷跟我舅一家就先搬走了。搬家那天，下了点雨，拆迁办的人个个穿了雨鞋，五颜六色的，堵在我家大门口，劝我爸跟我爷我舅一起搬，我爸先是不同意，后来雨越下越大。我家地势低，院里水已经漫过脚踝。我爷大喊一声，别说了，水要进屋了。我爸回过神，推开人往二楼冲。拆迁办的低头一看，赶忙拿盆舀水。我从屋里扛着澡盆出来，在水里撑船玩，舅舅家的妹妹站在门框上，抱着娃娃，咿咿呀呀地指着我叫，我问她坐不坐船，她只知道咧嘴笑，我把她抱进盆里，推着盆往门外飘，外面的水积的更深，我高兴起来，把船往远处推。妹妹回头想找我，没坐稳，船翻了。她在水里像只丑小鸭，扑腾起一阵阵小撮的浪花，我觉得很好玩，就站在水里看。舅舅从楼上下来，冲进水里抄起妹妹，她不笑了，衣服也不粉了，脸上全是泥水，嘴张得老大，把我爷从门里哭了出来，我爷第一次给了我一个巴掌，我忍住没哭，把人偶踩进泥水底，说只是想看看妹妹会不会游泳。

拆迁办的劝不动，就先去劝别家了，平房只留下了我跟我爸。其实平房舒服多了，上下两层，可以在家院里光着腚冲澡。小高层没有电梯，我爷挑得晚了，只剩下六楼，六楼就六楼吧，面积大点，还送个茅房大的小阁楼。后来我在阁楼里住过一个月，里面黑洞洞的，得自己带电灯，上面垂着一条木梯，每次我顺着梯子向里爬，都像在通往一个子宫。

柳胡兰第一次见我时，给我带了一盒卷烟糖。我爸接过手提袋，哟，还是进口的。她也不显摆，一声不吭地走到餐桌旁边，拉开抽屉，摸出包烟，屁股就靠在我平时吃饭的那个位置，双腿交叉并拢，大腿上的肉瞬间被挤成一个心形。她的鞋跟很高，皮质红得发亮，底部沾了泥土，跟那天拆迁办的人脚上一个光景。我在电视上见过那种鞋子，姥爷说那是在踩高跷，我还不知道柳胡兰是干什么的，所以在她告诉我她是售货员之前，我一直以为她是玩杂技的。我爸说，你如果要夸一个女人好看，你可以夸她白，柳胡兰就很白。彼时我还不及她大腿长，她走向我，同我视线平行的，是一道道抖动的肉色波浪。

我爸伸手把袋子递给我，我不情愿地接过手，上面确实写了我不认识的单词，是老马叔小卖部没见过的包装。我爸抽了我一个头皮，"还不叫人。"我从嗓子眼里挤了句谢谢。柳胡兰笑出了声，呛了一下，空气中的烟雾开始不规则的蔓延，我爸让她慢点抽，说土烟不及进口烟好抽，她张大嘴伸出一点舌头，咳了挺大的一声。

"是不太好抽。"说完就把烟往我爸嘴里送。他们吃完饭在阳台上喝茶，我把头顶的风扇开到最大挡，努力不去听他们讲话的内容。柳胡兰送的袋子就在手边，打开袋子，果然跟香烟长得一模一样，就是有点热化了。我学着我爸的样子把糖放到嘴里抽，甜得发腻。头皮还隐隐地疼，我心里想，一定是她让我爸打我的，然后又嗦了两口糖，把口水吐掉，呸了一声。从此，我就对柳胡兰就没什么好印象。

北方的夏天能烫掉人一层皮，我爸还没回来，算算时间，我把暑假作业拿出来，整齐摊开在椅子上，再搬来一个小凳，伏在椅子上写了几个字，开始看《虹猫蓝兔七侠传》。正放到蓝兔在洗澡，虹猫闯了进来，"虹猫，你怎么进来了呀。"我觉得这句配音很出戏，很像是后期补的，在我脑中不自觉变成了柳胡兰的声音，"你怎么进来了呀？"一定要带一点尾音，尾音还得往上翘，翘得跟柳胡兰的红指甲一样。她指甲中间捏着一根"大前门"，吐出一口气，烟尾上留下火热的纹路，嘴巴跟香烟分开的时候不能快，在烟雾之间缠绕又远离，两扇唇瓣微撅，形成一个"o"，直到递到我爸的嘴边，才恢复原形。我燥热得厉害，从凳上起来，爬到沙发脊背上，去摸空调开关。除非是柳胡兰来，不然我爸不让开空调。正好刘大来我家找我，问我去不去游泳，我问他学没学会游，他说还没，让我拿上游泳圈，我唏嘘了一下，走向平房的二层阁楼。阁楼说白了就是一个露天平台，我姥爷找泥瓦匠隔出了一间水泥小屋，供家里放点杂物，看上去没那么乱。平时我爸不怎么让我上来，说楼梯太陡了，而且没有栏杆，其实我已经能走得很稳了，他不信，就骗我，说楼上母猫生了崽，属虎的不能上去，会"闹猫"。等过段时间又说，漏雨漏得厉害，阴湿太重，小孩子跑进去，会被勾了魂。

刚走上二楼，就听刘大在下头叫了一声阿姨好，我猜是柳胡兰，翻了个白眼，果然，翘着的尾音响了起来，"我看着像阿姨吗？"我心里想，不像，你像天山童姥。楼上有很多塑料棚，留着漏雨的时候铺在屋顶，狭小的空间内全是杂物，倒真的有一窝猫仔，蜷缩在柜子底下，正好压在瘪了气的游泳圈上，我把猫仔一只一只抓出来，放到塑料大棚上，又伏在地上把游泳圈拖到眼前，这柜子实在是碍眼，就我爸当宝贝。一系列动作下来，我已经灰头土脸，想到柳胡兰还在下面，胡乱抓了把脸，慢悠悠的朝楼梯上迈。

"你们会游吗？"

"我不会，他会点儿。"

"那你们敢去？"

"就玩玩水，淹不死的。"

刚迈出一节楼梯，就听柳胡兰在楼下大笑起来，她看我下来，指了指地上的西瓜，问我们要不要先吃瓜，我舔舔干燥的舌头，说不吃，她就踩着高跟鞋把瓜放到水缸里，动作有些滑稽。我把游泳圈递给刘大，让他自己吹气，刘大接过去，没立刻动嘴，问柳胡兰要不要一起去，我把沾着灰的气嘴拔出来，塞到他嘴里。柳胡兰的电话响了，接通之后，听声音像是我爸，我鼻孔发出一声闷哼，柳胡兰看了我一眼，压低了嗓子，扭着屁股走进里屋接去了。

刘大吹气吹到一半停了，腮帮子鼓的发红，脸上的汗跟自来水一样，他摆摆手，让我继续吹。我说我昨天掉牙，往里吹气嘴兜不住风，柳胡兰挂了电话出来，一只手兜上来，下一秒，气门芯就被含在她嘴里了。其实我说谎了，牙是上个月掉的，我只是觉得脏，但一想到柳胡兰那张嘴，现在也这么脏，我心里就平衡了很多。

游泳馆的售票处很小，零时搭的棚子，上面贴了张纸，"一米五以下儿童免票。"

刘大说，你看，我们不要钱。柳胡兰拍拍他，"但需有监护人陪同。"然后她露出一副早有所料的表情，我很讨厌她脸上的小聪明。

我说：不要你陪。

她说：你爸让我看着你。

我说：反正我不跟你一起玩。

小时候我就喜欢玩水，我姥爷就拿来一个腌咸菜的大缸，从里到外洗干净，用土肥皂沿着缸壁涂一圈，放到院里晒上几天，我不晓得这缸此前腌的是大头菜还是雪里蕻，只是当我第一次坐进这缸里的时候，还是能闻到一股混合着臭肥皂的腥味，我说好难闻，姥爷说放屁，我也就在水里噗呲噗呲的边拉边尿，姥爷扬起手掌，西瓜吃多了，我说。等到县城开了游泳馆，我就不再在缸里玩水，那个水缸现在被用来冰镇西瓜，现在冰的就是柳胡兰买的那一颗。

我刚准备下水，就被一双手臂拉住了。回头看，柳胡兰穿了一件米白色的连体泳衣，藕节似的臂搭在我黝黑的肩膀上，视线有点逆光，她的脸我看不太清，只是觉得她周身被一层光晕罩着，高高在上的，像一个救世主。

"水比你人都高，去浅的那边。"

"都说了会游泳了。你烦不烦啊。"

没想到我这么抵触，她的手松了一松，轻声让我不要离开她的视野。其实我并不想凶她，只是不敢抬头看她。后来等到柳胡兰再也不会出现在我生命里之后，我才意识到，这世上没有人对我说过这样的话。

"不要离开我的视线。"

说是让我不要离开她的视线，其实是她没有离开我的视线。那时候我不懂什么道理，直到等到我上初中之后，刘大对一个女孩表白了，我问他，你连对方喜不喜欢你都不知道，不怕被拒绝？他一副情场高手的样子，不管喜欢不喜欢，人都会开始注意到喜欢自己的人。

这当然不是要证明柳胡兰喜欢我，只是我头一次觉得，心情被人控制是如此的不好受。我一心想逃离她的视线，但是整片水里就数她白得最扎眼，从水里露出头，就总能跟她四目相对，我开始往深处游。

前一阵子班级里很兴一种"东南西北"的游戏，刘大献宝的把手举到我面前，说要测我前世是什么动物。我说北五下，刘大肥圆的手指在纸张底下画着圈，嘴里念念有词，1，2，3，4，5。你上辈子是鱼。他大笑起来，看着我就好像看着一个满身是黏液的怪物。

我往水底俯冲，一瞬间好像长出了鱼鳍，双脚迅速合并起来，粘合成一扇整体，身体也开始分泌黏液。我快速的潜游到池子底部，从一双双被泡得发白的脚中间穿梭而过，找到了柳胡兰的腿。她肩膀以下都埋在水里，米白色的泳衣裙摆撑开成一个伞状，在蔚蓝色的水里忽上忽下，像供鱼群躲藏的珊瑚。我沿着她的腿旋转着往上游去，能感受到她腿上轻微的绒毛，我不经意地在绒毛上留下了我的黏液。

水里有很多杂质，漂浮的幼虫、折断的翅膀，还有各种体液形成的透明气泡，他们包围着柳胡兰，让我觉得她的身体不再那么洁白。

直到水压不停地压迫着我向上冲，一双手快速把我拉出水面，我的头破开波浪，鱼鳍受到外力，开始萎缩进化，脚蹼也随之裂开，我开始用口腔大幅度的喘气。我听到她咆哮着朝我大喊，"你吓死我了。"

关于我曾经是鱼，还跟我初始的记忆有关。我姥爷说，我妈生我的时候很难，后来实在不行还是剖腹了，我被抱出来的时候满身满脸都是羊水，滑腻腻的像条黑鱼。按照道理，应该是三岁以后才开始记事，我不一样，我最初的记忆就是在水里，刘大让我别扯了，问我，那你看到你妈了吗？问完又觉得不合适，补了一句，也说不准，毕竟你生来就会水。

沙发上放着几个手提袋，上面印着"金色商城"几个字，柳胡兰就在这个商场里上班，我爸指着其中一个，"你柳姨给你买的泳裤，她说旧的掉色。"

"你在跟柳胡兰谈恋爱吗？"

"小孩子，懂个屁。"

"我不要她当我后妈。"

"你懂个球。"

"我死都不要。"

我讨厌柳胡兰，因为柳胡兰太年轻了。门旁粮油店的老板娘在树底下摘韭菜，"你爸吃嫩草。"我正在旁边玩弹弹球，半个身子都趴在泥里，听了这话翻了个身，卷起一裤子泥点，什么是吃嫩草？张大娘笑得露出后槽牙，她的牙缝很大，门牙有一块地方皴黑的，我盯着她的牙缝看，总觉得能透过缝隙看到她的嗓子眼，那里又黑又深，像是无底洞，让我想拿一颗玻璃弹珠塞起来。

"就是给你找小妈。"

"我才不要。"

"这轮不到你要不要，你看她那个样子，是个男人都要被弄得五迷三道。"

"听说她之前就给人当小三，人都找到商场去了，你爸是不嫌骚……"

关于柳胡兰的传闻有很多，多到就连刘大都开始在我面前嚼舌根。柳胡兰所在的商场是县城里最大的一家，她在一楼珠宝店当售货员，每天穿得珠光宝气。听说有一对夫妻来买首饰，男的年纪不小，长得像一匹老马，女的尖嘴猴腮，身上能露的地儿都镶了金银，二人勾着手臂来到玻璃柜前，要买项链，本来是女的买，柳胡兰能说会道得很，就变成两个人都要买，然后就出事了。柳胡兰给男的试戴项链的时候，女的急了，抓着她的手就开始骂，女人的嘴是最不好惹的东西，吵架比的也不是谁有理，而是谁嗓门大。围观的人多了，老男人、老女人、年轻漂亮的女人，还能是什么事呢？

刘大还想继续说，被我制止了，我问他这事我爸知道吗？刘大说不清楚，但是这事谁会不知道呢？我想想也是，连刘大都能知道的事情，我爸肯定早就知道，如果我爸知道，只能说明他中了邪了。

姥爷来我家的时候给我带了个瓜，自家种的，我让他把瓜放水缸里，他想了想，觉得埋汰，问我还在不在缸里洗澡了，我说早就不了，城北路都开游泳馆了，他问我会游没，我说会了，还会潜泳，肚皮能贴到水底那种。我总觉得姥爷有事要问我，因为平常他不爱跟我闲聊，就算是闲聊也只会跟我聊我妈，然后骂骂我，最后总结一下我天生克娘。

"你爸……是不是要结婚了？"

他嘴巴张得支支吾吾，声音也很轻，我还在盘算着带他去看我游泳，有点没听清，于是把头伸到他嘴边，啥？

"我说，你爸他，要结婚了吧。"

他想跟柳胡兰结婚。

事实证明，我爸不仅中了邪，还中得不浅。我气急了，搬了个椅子坐到大门前，掐着点等他回家。没想成没等到我爸，却等到了柳胡兰。她还没来得及把工作服换了，身上的制服开衩很高，走起路来露出白花花的大腿，破天荒的没穿高跟鞋，见我坐门口，步子迈得快了点。以为我在等她，笑眯眯地问我怎么知道她会来，我讲不出话了，一肚子的火气被她伸手递来的冰汽水全浇灭了。

"你爸今天加班，让我来做饭给你吃。"

"还不饿，姥爷给我带了油果子。"

她没接我的话，也可能是没听到，只是径直往厨房走去，我想再冲她大喊一句不饿，张了张嘴，还是没发出声。

开学一段时间之后，天气开始转凉，城北路的游泳馆因是露天的，去的人也少了。我忙着上学，几乎没有再下水。关于我爸要结婚的事情，他从来没有主动跟我提过，我也害怕问他，只是柳胡兰隔三岔五的会来我家里做饭留宿。天台上晾的衣服里，开始多出了女人的内衣内裤，每次我爸让我去晒台上收衣服，我都避开她的衣服不收，也偷偷地扔过她好几条内裤。

知道柳胡兰会经常住到我家，姥爷也很少过来找我了。那一片平房只剩下我们和零星几家没有搬走，我突然感到很寂寞。每次放学回家，我都要经过一片废墟，这种感觉很像是穿越，从这片区域最繁华的地方进入到最荒芜，一路上免不了听到阿姨们扯着嗓子问我，"你小妈今天来做饭吗？"

我低着头不回答，背后挤满了各式各样的笑声。我觉得很屈辱，转而把这份屈辱归结给了柳胡兰。我爸四十多了，而柳胡兰才刚满三十，我爸胡子拉碴，而柳胡兰肤白貌美，这种不相称本身就是一种错误。

这种错误没有延续多久，我开始经常在夜里听见争吵声，我睡觉不喜欢关门，透着光，就看到我爸叼了根烟出来，走到水泥台阶上坐着，对着黑洞洞的天空吐气，我想起那盒卷烟糖，突发奇想，觉得可以试试这个姿势。隔壁屋不一会就传来哭声，我头一次听柳胡兰哭，觉得新奇又内疚，虽然搞不懂为什么会内疚，可是情绪来就来了，追究原因是没有意义的。关于这种内疚，我后来归咎于，如果我没有那么讨厌她，兴许我爸就会跟她结婚。看着我爸在楼梯上又点了根烟，我突然觉得柳胡兰有点可怜。这个想法很可怕，墙缝里有撮风顺着被子的开口，吹进了我的屁股腚里，我打了激灵。如果我真的讨厌她，为什么还会觉得她可怜呢。

我爸抽完烟起身了，我以为他要进屋，松了口气，准备蒙上被子装睡。他调了个方向，往二楼露台走，然后走进了那间小屋。柳胡兰的哭声渐渐弱了，在我进梦魇的一瞬间，哭声又起了。我觉得烦了，蹑手蹑脚地爬去二楼，杂物间里，我爸一手抽着烟，一手举着个电筒，蹲在地上，照着老柜子的抽屉。抽屉里有几样女人用的旧物件，一本影集半开着，露出一个女人的半张脸。女人不及柳胡兰好看，只眉毛和表情略有些相似，我爸侧对着我，我看不清他的脸，二楼风大，我没多逗留。躺回床上，我仰头望着头顶圆盘似的大电扇，觉得它开始自己旋转起来，两眼便开始发昏。

关于我爸为什么不跟柳胡兰结婚这件事情，我一直很好奇，我晓得我爷和我姥爷都不喜欢柳胡兰，但是我爸从来不是个听话的主，不然也不会到现在还跟我守着这点平房，但是我也不敢问，我怕我问了之后，柳胡兰就真的成了我的小妈。

直到刘大也不再喊她柳姨，而是"你小妈"的时候，我才意识到这件事情很严重。这让我很生气，我说你再这样，我就报警让警察抓你，他就不敢再说了。那个时候我觉得，不管发生了什么事，喊警察总归是管用的，彼时我也没有想到，后来有一天，我爸真的会被警察带走。

电视里在放《回家的诱惑》，我本来想调到《虹猫蓝兔七侠传》，在看到男女主角亲热的画面时，又觉得很刺激，放下了遥控器，手也习惯性地往下摸索。不一会，我听到开门声，赶忙把作业本摊开，摆在面前，然后看了看表，疑心谁会回来这么早。进来的是柳胡兰，我看是她，没由来的也紧张了一下，指了指电视，"我作业快做完了。"她哦了一声，脸色不是很好。越过我走向餐桌，打开抽屉，拿出一包烟，抽出其中一根，背对着我，熟练的点上，快要放到嘴里的时候，动作顿了一顿，然后把火星拈在了剩饭里。屋里顿时弥漫着一种咸菜烤焦的味道。我当她觉得我爸的烟不好抽，便问她吃不吃卷烟糖，她这才有点笑意，没说吃不吃，反而问我好不好吃，好吃的话还会给我带。

我应该是最后一个知道柳胡兰怀孕的。柳胡兰来我家那天，是直接从医院回来的，听说是在柜台站太久了，有些贫血，晕倒了，同事张罗着把她送到医院，结果医生一问一查，才发现是有孕了。我不知道柳胡兰有没有哀求那个同事保密，以我对她的了解，应该是没有。因为即便是叮嘱了，这件事也同样会以各个版本流传出去，好比干部学校门口那群阿姨嘴里，或许就是她勾三搭四，孩子父亲是谁也说不清楚。再就是"金色商城"那群年轻小姑娘嘴里，有可能是未婚先孕，惨遭玩弄，最后面临被抛弃。至于传到我耳朵里的，则是说柳胡兰本就是个失足妇女，结果怀孕了，想赖上我爸。我那一刻才有点明白电视剧里复杂的感情关系，或许并不是单纯的我喜欢你，或者你喜欢我，我看动画片的时候，虹猫喜欢蓝兔，蓝兔也喜欢虹猫，而当我不小心换台到成人电视剧时，好像翻越了禁忌的站台，里头形形色色的人际关系，让我害怕又好奇，我看着眼前的世界，也好像一个闯入者，只是不小心进入了电视剧情节当中。

放学回来，经过老马叔的小卖部，我发现店里也开始进一些洋玩意儿，但还是没有柳胡兰送的那款卷烟糖，我问他知不知道，他说没听过，我形容了一下，他还是摇摇头，又说这玩意会带坏小娃娃，我问老马叔，小娃娃是怎么来的。老马叔笑的憨厚起来，挠着头想了一会，说他也不清楚。正巧粮油店的张大娘来买酱油，看到我，用她粗糙的手指捏了捏我的脸，问我是不是要有小弟弟了，我厌恶的往后退一步，把手里的钱递给老马叔，急着离开，她笑得大声起来，你跟你爸说，可别真让小杂种进了你家了。我没搭理她，她摇了摇头，对着老马叔，说了句，"这孩子真可怜。"

我不知道张大娘嘴里的"可怜"有几层意思，但是"可怜"的标签一旦贴在了我的身上，就像被贴上了一道多解的数学题，一路上我低着头，把它抽丝剥茧。柳胡兰怀了孩子，我爸肯定要跟她结婚，等孩子出生之后，他们三个就是正儿八经的一家人，我爸本来就不喜欢我，到时候我就变成这个家多余的人了。我妈死了，姥爷不会要我，我爷没工资，养不起我，我想起三毛流浪记，开始把自己的未来跟三毛的生活画上等号。一切都明朗了，只要柳胡兰跟我爸结了婚，我这辈子就毁了。我头一次发现自己的条理这么的清晰，最终这道题得出了答案，他们结婚，我就等于"可怜"。

推开门，发现我爷在我家，看样子应该是知道了柳胡兰怀孕的事，正狠狠地训我爸。我一直怀疑我爸骂人功夫是随了我爷的，烂而不脏，能把一个人从天上说到地下，从脸上的器官问候到脚底板，但是除了这些烂话，只有一个核心问题，那就是孩子到底是不是我爸的，我爸不说是也不说不是，坐着台阶上一根接一根地抽着烟。我被这个阵仗吓到了，想悄摸着溜进屋，我爷把我喊住，我紧张地捏了捏胸前的绿领巾，迈着缓慢的步子走到台阶处。

"你想不想姓柳的当你妈？"

我爷记不清柳胡兰的全名，只是叫她"姓柳的"，不过就算记得请，他也还会这么叫。我一时不知道该怎么回答，柳胡兰待我其实没那么差，甚至比我爸待我还好，我也知道看护我与刘大游泳是她自己的主意，我爸才懒得管我的死活。转眼又想到我刚刚推理得出的"悲惨后果"，权衡了一下，我摇摇头。

"我不想。"

我爷大声叹了口气，一巴掌拍在院里的水缸壁上，嘴上反复重复着"造孽啊"。我爸把烟头踩在脚底，用力拈了几下。

"我结，我结还不行吗。"

说完他转身走向二楼，钻进了杂物间。留下我跟我爷面面相觑，他宽慰了我几句，言语已经不再那么激烈。我握紧拳头，扔下一句，"他们结婚我就去死。"就冲了出去。

我现在常常想起这句话，其实我对死没什么概念，小时候我问我爸，我妈呢，他说你妈死了。我知道死不是一个好词，而且很可怕，所以说出来很有分量，我总不能说，他们结婚我就不再吃饭了，这就很像玩笑话。我没什么生死观，我只知道，说出什么样的话可以威胁到对方，在效果层面来讲，"死"是一个好词。可惜那个时候，我没办法解释这些，我只能看着大人们把我讲的话当真，然后惊慌失措，并且享受这种成就感。

我站到环城河大桥上时，风很大，桥上车来车往，没有人注意到我。我站在栏杆旁，回头看到我爷跟我爸朝我跑来，样子很狼狈。我开始往栏杆上爬，我记得栏杆是我手臂的几倍粗，我黝黑的肢体附在上面，好像一只蜘蛛。跟泳池里的蔚蓝透明不同，护城河的水是青色的，仔细看还能瞥见河面飘着的几条死鱼。我想着即便我掉下去，也能游上来，就更大胆的翻过栏杆。

我爷明显吓着了，瘫坐着求我赶紧下来，我爸也在边上哀求我。我趴紧了围栏，不敢往下看，手心渐渐地开始出汗，呼吸也开始加重，但是想到我爸要跟柳胡兰结婚，表情还是一副大义凛然的样子。

人越来越多，行驶的车辆不动了，观众们从车里下来，围在我的四周，欣赏我的表演，没有一个人敢靠近我。这种感觉就好像，我是一条大鱼，一直在深水底潜游，突然有一天，被人捉到，然后他把我举起来，向所有人炫耀。我想到姥爷对我说，你克你妈，如果我可以知道我妈去了哪里，我想去找到她问问，她是不是被我克死的，死亡又是什么，留下的人是否有罪。渐渐地，围观的人中多出了一些熟悉的面孔，护城河的大桥离老干校很近，街坊邻居都陆陆续续地拥过来，想要劝我。

就在我不知道应不应该继续的时候，人群中让出了一条路，柳胡兰跑了过来，我从来没有见过一个女人脸上有这种表情，震惊、绝望，还带着十万火急的担忧。我一时间有些不知所措，腿脚有些麻，我轻微的移动了一下步伐。围观的人急了，认为柳胡兰的到来激怒了我。

是这个女人勾引的你爸，你爸不会跟她结婚的，快下来吧孩子。

她指不定是假怀孕呢，我们都不会同意她跟你爸的。

你说你做的什么傻事，哪来什么弟弟，就不是你爸的种。

……

接应的是一片成年人的附和声，这些声音里，有我认识的，也有我不认识的。

我握在栏杆上手有些犹豫，不知道这些人的承诺是否可以兑现，我望望我爸，又望望柳胡兰。所有人的目光都跟随着我的视线留在了我爸脸上，宛若万箭齐发。

"孩子不是我的。我不会跟她结婚的。你过来吧儿子。"

我被警察叔叔拉到围栏内，我爷跟我爸迅速冲上来抱住我，叔叔婶婶们围近我，我分不清是马叔握了我的手，还是张婶揉了我的头，却唯独不见柳胡兰，我探出头想要找她，想对她说，我开玩笑的，吓到了吧。

柳胡兰在以我为半径的人群以外，她翻过栏杆，笔直的跳了下去。

我爸被警察带去调查，我躺在床上，拿被子把自己包裹起来，还是抑制不住的浑身发抖。我爷用力地敲着我家大门，嘴里喊着我的名字，那一片废墟回荡着我的名字，我没答应，姥爷也赶来了，叫来开锁的，硬生生把门撬开。见了他们，我也不说话，视网膜和耳膜机械性地屏蔽掉了外界的所有声音。我爷把我带到了六楼，我顺着梯子爬到了阁楼上，里面狭小漆黑，却让我感到了一点安全感。那段日子过得极慢，入睡是最困难的事情，我的梦境和记忆，充斥着柳胡兰那张绝望的脸。我不想见任何人，包括我爸。当然，我也很少见到我爸。

一个月之后，我爸来楼上找我，他把手搭在梯子上，有一搭没一搭地晃着，然后脸朝着上方说，听说城北路的游泳馆要拆迁盖楼了，要不要去游个泳。我想了想，半天没说话，见我没反应，他晃的幅度更大，我说别摇了，然后从狭小而黑暗的阁楼里爬了出来。

我穿着柳胡兰给我买的新泳裤下了水，这一年我的个头窜的很快，浅水区已经淹没不了我。水很凉，一层层小浪花拍打着我瘦弱的锁骨，我爸看我矗立在水里一动不动，问我是不是忘记游泳了，我说我上辈子可是条鱼。

他不懂这一茬，愣了一下，撂下一句"来追我"，就一头扎进了水里。

我强迫自己把脑袋往液体里沉，一直沉到最底下，我睁开眼睛，看着眼前不同肤色的肢体，却找不到属于我爸的，就伸开双臂向前滑动。池子里的水质干净了很多，我贴着池底，漫无目的的朝深处潜游。闭上眼睛，意识开始涣散，我听到有人在远处对我说，"你不要离开我的视线。"

接着我的脖颈处开始发痒，就要裂开形成鱼鳃，皮肤的表层已经裂出了浅浅的缝隙，有血液渗透出来，我越发的痒，于是用手去挠，皮肉变得狰狞，在水里翻滚。我的氧气快用完了，慢慢的我感到呼吸困难，我不再游了，等着尸体沉入水底，接着一双手把我拉了出来。

我再也变不成鱼了。我发现了这个事实，站在水里号啕大哭。

炸粑粑的骄傲

刘从文

　　炸粑粑是这地方特有的吃食，一共四种：壳壳粑，豆粑，姜粑，白糖搅。

　　炸粑粑也是个人，她的摊子摆在县城老商场的侧门口上，临街。从她的摊位下去，是一个缓坡，通商场底楼，也通隔壁裕景大酒店的停车场，还通老防疫站宿舍楼，她家就在这儿，一栋四楼，左手那间就是。

　　早些年，县城里炸粑粑出名的另有其人，一个是菜场的老萧，另一个是二街的"歪歪"（她生下来嘴就是朝左歪的，所以大家都这么喊她）。她们都是女的，年纪在六十岁以上，说起哪家的粑味道好，论资排辈也轮不上这个"炸粑粑"。老萧和歪歪的粑粑各有所长，老萧的壳壳粑和姜粑炸得好，这两样东西很看"调浆"，也就是看面粉糊的浓稠。浓一点，炸出来就硬了，如同嚼灰；稀一点就烂了，粑粑不成样子。老萧浆调得很在行，多少面粉多少水，她掂量得透透的。面粉装在盆里，几瓢水下去，一点不多，一点不少，刚刚合适。此外老萧的"辣料"也做得好。辣料是粑粑的馅儿，拿萝卜丝，掺盐，味精，胡椒粉，辣子面，香芹，葱花，芫荽拌成。老萧做辣料，往往还舍得下本，还要再往里添些肉末。肉末是她散场到猪肉贩子摊上收来的，价钱很低。猪肉贩子也愿意把肉卖给她，因为再晚就没人要了。歪歪呢，是豆粑和白糖搅炸得好。这两种粑粑都是用糯米粉做的，掐一团面，在手里一滚，一压，扔进锅里，不久就成了。区别在于豆粑里头包了红豆，而白糖搅没有。白糖搅炸出来就是一块净的，出锅之后要放进糖钵里滚一圈，蘸糖粉。而糖粉是拿黄豆面和白砂糖和的。歪歪制的糖粉在县内无人能出其右。赶场时，她起得比鸡早，背着背篓到菜市里到处转。货比三家，收乡下来的黄豆。她的黄豆粉是自己磨的，她有一个白石磨子，在她家的后院里。她愿意这么麻烦，觉得磨出来的黄豆粉就是比机子打的香。她做的豆粑也藏着自个儿的心思，红豆掺了姜末提鲜，滋味尽出。有的人偏不喜欢吃有姜末的，但那又能怎么样呢？萝卜白菜，各有所爱。

老萧和歪歪一人在城北，一人在城南，分庭抗礼，井水不犯河水。她们也从来没想过要合并成一家，搞生意垄断。有人会问：那她们为什么不博采各长，兼收并蓄呢？小本小利的东西，能有多大指望？再说，光是磨黄豆这一件事，就已经够费时费力的了。世间的事，哪有个十全十美的。

老萧年纪大了，她比歪歪要大，近八十了，但耳聪目明，精神很好。她只是不能自己上街背米扛面了，然而掐，揉，压，捞，这一套动作做得还是很麻溜。菜场的油锅摊里，出现了一个年轻的女人，系着蓝布围裙（围裙上有面粉沾上的白点），捆着一根乌梢蛇样的麻花辫，什么时候都笑盈盈的。这是老萧的孙媳妇，她在一旁给老萧打下手——迎客，收钱，把粑装进口袋递到人手上，闲暇时老萧也让她来锅前练练手。后来老萧就死了，她是老死的，无病无痛。她炸粑粑的地方变成了甜酒摊，煮甜酒的是她的孙媳妇。不久，歪歪的摊子也没了。她没死，是县里面不让她摆了。县里要申请当"文明城市"，歪歪的摊子摆在工会大楼的侧边，油渍火燎，非常影响市容。她在心里骂，骂城管，骂县长，骂书记，嘴上还很想据理力争一下，但是想想也就算了。她的小儿子在县交通局上班，万一他们给他穿小鞋呢？

两名元老一个死，一个退。"炸粑粑"粉墨登场了。

炸粑粑姓龙，名金花，平略乡人。嫁到王家后生了一个儿子，一个女儿。她老公在县里开出租车，人诚实勤快，把家交由她来打理。因此她一直没出去找事，只在家里买菜煮饭，洗衣拖地，负责一家子的生活起居。儿子上高中，女儿上初中那年，两口子开始考虑起他们的未来了。读书要钱，娶妻要钱，陪嫁要钱。可她只有一个丈夫呀。商量之后，她在楼下的路口支起了摊子，炸起了粑粑。

龙金花开始炸粑粑的时候，县里争做文明城市的新鲜劲儿还没过。城管和商业局的人常常来劝导她，胁迫她。龙金花一点也不怕，她有什么可怕的呢？他们一大家子无人在朝，全都在野。她问来找碴儿的人："我不做事你们给我钱吗？你们替我养崽吗？"两句话就把来人给打发了。这么问，你拿她真是一点办法都没有。

龙金花的摊子弄得有模有样，一个圆筒煤炉，一口锅，两把斗具，一个夹钳，四柄圆勺。锅上有个用钢烙成的架子——专门用来盛炸好的粑粑的，刚从油里捞上来的粑粑太烫，需要晾上一会儿，搁在什么地方呢？就放在这个架上。这个钢架设计得很巧，看起来缝隙很大，但粑粑一放上去就老实了，量身定制似的，从来不往下掉。并且通风透气，粑粑多出来的油全都滴回锅里，丝毫没有浪费。此外，她还有一个置物柜，这东西应该是她自己找板子敲的，做工很粗糙，板面没有打磨，也没漆过，看起来黄黄的，毛毛的。可是这东西要多好看？只要能用就行。炸粑粑，不是开国际饭店。说是它一个柜子，但却没有柜门，两层结构，前腿短，后腿长，为的是适应她身后的缓坡。第一层，放装面浆的搪瓷盆，装辣料的塑料盆，装黄豆粉的钵子，装红豆的青花碗。第二层，有一个小箱子，箱口有一柄小锁，但是从来没关上过，这是她用来装钱的。手机，硬币，塑料袋，一些杂七杂八的东西，她也放在这一层，就在箱子边上。她要确保它们看得见，够得着。

炸粑粑跟面条、米粉这些东西一样，地方上的人把它们当成早点。但炸粑粑显然更方便。它不用你进店，不用找桌子，不用跟那些三教九流因为吃粉甩了对方一点汤渍而你争我吵。袋子一套，拿在路上就能边走边吃，省时省力。因为做的是早点，所以龙金花需要早起。她每天早上四点就起了，先洗漱，然后把头一晚泡了的红豆掺盐煮熟，接着开始调面浆，和面团，切萝卜丝，拌辣料。她来不及像歪歪那样，整一个磨子，慢慢悠悠地磨黄豆面了。她的黄豆面都是用机子打的，但是因为豆子好，所以一般人也吃不出什么差别来。东西预备齐，就五点一刻了。接着她把东西从家里往楼下搬，先是炉子、柴火、煤球、再是柜子、板凳、钵盆，最后才是她装钱的箱子。箱子里放着她前一天备好的"块块钱"，拿皮筋扎成两板——这一天找零用的。炉子起了火，锅里的油不久便开了。龙金花一屁股坐在凳子上（这凳子跟柜子一样，两条前腿也给锯了），穿上围裙，戴上袖套，开始一天的生意。

起初，龙金花的炸粑粑在县里火了一阵。她的摊在城中心，又朝街面巷，总是车来人往，客流量很大。但生意很快就冷落下来，几乎没有回头客。她很纳闷，不知道自己的粑粑究竟出了什么问题。她用的糯米粉、面粉、红豆、黄豆是跟一街"为民粮铺"订的，油是盯着六街的李老二拿了菜籽亲手榨的，萝卜是前一天买好，当天切的，白糖是超市玻璃柜里取的，样样东西都出身明确，来路清楚。她炸完的粑粑自己也尝过，味道很好，壳粑香脆豆粑糯。龙金花更郁闷了。

一天下午，龙金花在街上遇到一个曾经的熟客，她问他最近怎么不吃粑了，那人支支吾吾不肯回应。于是回家后，龙金花找到一楼开麻将馆的杨妹，问到："杨妹，你老实跟我讲，我的粑有什么问题？怎么我这生意越做越差呢。"

杨妹抿抿嘴，搓搓手，似乎有点难堪。

"你直接讲，没什么不好意思的。"龙金花说，"我们姊妹间说话，怕什么。"

"我听他们讲，有人说你用的油质量不好，是'地沟油'，所以炸出来的粑粑是黑的！"

龙金花大惊失色，她吆喝道："娘欸，我用的油是亲眼看着李老二榨出来的，每斤还比一般菜油贵三块多。况且你也晓得，我从来不用陈油，每天都拿新油，他们这么讲，我真是跳到黄河都洗不清了！"

龙金花回家以后，立马就起火倒油，炸了一个壳壳粑。捞起来一看，果然边角泛黑的，看上去不像正常颜色。她以为是李老二那个短命鬼卖给他假油了，火急火燎地冲出街，跑到六街的菜油坊门口。李老二正笑嘻嘻的在榨油机前跟人说笑呢，黑黢黢的手里还掂着一块油渣。

"李老二，我 × 你妈！"龙金花指着他鼻子骂，"老子天天跟你买油，你个短命的，卖假油给我！"

街上的人听到骂声，都凑拢来了。看热闹。

李老二百思不得其解，说："你别胡说八道，老子卖油几十年，从来没有过一滴假油。"他说完抬起手来，搓搓手上的油饼，接着说："那天你来买油，亲眼看着我放菜籽，看着我炸的，哪里会有假！说我缺斤短两或许还有点可能，说我卖假油，除非天塌下来了！"

"那老子炸出来的粑粑，怎么是黑的？"龙金花问。

"我怎么知道，老子又不是专门炸粑粑的！"

龙金花回了家。油桶里的菜油质地通透，气味醇厚，不像是假的。况且李老二的油，不止她一家在买。是她错怪李老二了。她思来想去，还是觉得是油的问题，只不过她用错了油——不该用现榨的，而是得用超市里那种桶装的。工厂加工过的油，或许要更纯净一些。

龙金花到超市里提了几大桶油回来，价位由低到高，六十八一桶的，一百二十八一桶的，一百八十八一桶的（不能再往上了，再往上她就蚀本了）。她把油倒进锅里，揉了面团扔进去一一试过，没想到炸出来的粑粑还是一个样——黑不拉几的！龙金花心里一下子没辙了。

炸粑粑的摊子没了，裕景大酒店旁边的巷口，又空空旷旷的了，一条缓坡直通而下，毫无阻拦。龙金花每天看起来都蔫蔫的，方法用尽，她怎么也想不通！

这天，她去超市里买菜，油区里的油正在搞促销，买两桶送一桶。龙金花路过时，守岗的销售员正是那天她来买油时当值的那位。销售员知道她是炸粑粑的，便笑着走过来问："龙姐，今天超市打折，赶紧买几桶油回去备用！"

"粑粑都不炸了。"龙金花说。

"怎么不炸了，那么好的地段，那么好的生意。"

龙金花把事情的来龙去脉跟她说了一遍。

销售员大笑，说："龙姐，你怎么不预先问问我？这事情太好办了，你只要买桶色拉油回去，跟菜油按一比三的比例兑好，再炸试试，保管它色香味好！"

色拉油便宜，龙金花将信将疑，但还是买了桶回去。拿回家，跟李老二的菜油一兑，接着揉面下锅，然后捞起。果不其然，颜色对了！

"来四个壳壳粑，两个豆的，一个白糖搅！"车门摇下，一个男人伸出头来喊道。

"壳壳粑没有了，要等。"

"等多久？"

"不知道！你自己看！"

龙金花的摊子前，绕了一大群人，都是等着要粑粑的。男人看这架势，油门一踩，走了。龙金花一点也不内疚，她没那个闲心，瞧瞧这会儿都忙成什么样了？况且以她现在的"地位"，也着实没有必要——她的客，这街上哪一个不是？多一个不多，少一个不少。

龙金花炸粑粑出了名了，她的摊成了县里的一个地标。"在哪儿见啊？""炸粑粑门口吧！""你走到哪里了啊？""刚路过炸粑粑，就来了！"除了街坊邻里，其余的没人知道她姓甚名谁，一提起来只说是路口炸粑粑的。龙金花也不生气，因为她本来就干这行。她炸得很卖力，因为生意好，一般人早点只卖到中午的，龙金花炸到下午四点半才收拾瓢盆回家。她儿子高三了，六月份一考完，九月就要去学校。她要能多卖几个就多卖几个，给儿子存学费。她赚得的确也不少，甚至可以说超出了县里中等水平，她凭着一把勺子一双手，就迈入本县的"富人阶级"了。这么说夸张吗？你算算吧，一个粑一块五，她一天至少卖三百个粑，成本呢？拢共也就百来块钱的事。更何况她还涨价了，她的粑现在两块钱一个。即便如此，还是得排队。

这么多年，龙金花一直在那个巷口炸粑粑。夏天，她穿一套极薄极宽的缎面碎花衣裤，肩上搭着一块浅粉湿毛巾——用来揩汗的；冬天穿着旧棉袄子，戴围裙，头上挂着女儿用剩的卡通毛绒耳罩——路口风大，冷，一坐就是大半天。她炉子边的那面灰壁，有一块地方已经黑了，都是经年累月被油渍的。龙金花笑声很大，笑起来整条街都能听见。闲下来的时候，她从柜子第二层拿出手机，打开全民K歌开唱。她是侗族，唱的是侗歌，全民K歌上有他们的工会，龙金花声音辽远，中气十足，是里头的女明星。

现在，"炸粑粑"的摊子一到中午就收了。龙金花定点定量，卖完结束。她不需要那么着急地用钱了，这么些年下来，她已经存下了不少钱。她现在很爱美，在大马路坡脚的"顶尚文化"烫了个棕色波浪卷，每天早上起来得先化个妆（为了不耽搁，她起床时间又提前了一点），穿的衣服颜色也艳丽了。她看上去很骄傲，常常摇头晃脑，弄得小区里的一些女人经常对她侧目。她们私底下骂她，说不就是赚了几个钱，儿子考了重点大学，女儿考进县一中吗，骄傲个什么！

龙金花的儿子那年考上的是电子科技大学的计算机专业。学校很好，是985、211，龙金花大办升学宴，摆席请酒，热闹了好一阵。如今他已经毕业了。毕业时有几家公司抢着要人。其中他中意的，一家在北京，一家在杭州，薪资都过万，只不过北京公司比杭州的开价每月要再多三百元。儿子回来征求龙金花的意见，龙金花不屑一顾地让儿子去杭州，因为她听说北京空气不好，压力大，不比在南方这样快活。

"哼，"声音从她鼻腔里冒出来。"三百块钱而已，你妈我半天就卖得了。"

还有一件事也是她们津津乐道的。有一次，一个从乡下进城的老妇，到巷口来买粑粑。她指着锅架，一一问过龙金花每样粑的价格，接着抱怨了句"太贵"，扭头便走了。不久老妇又转回来，让龙金花给她装一个豆粑，并且要求再放点豆粉钵里的白糖。龙金花脑袋一甩，说："磨磨叽叽，老子不想卖给你了。"

就这么个事，女人们说龙金花卖个炸粑粑都能卖出崇高感。又唱又跳，脾气还很大，好像她卖的是什么金银宝贝一样。

春风得意马蹄疾，就让她骄傲着吧。保不齐哪一天，连龙金花也收了摊子不卖了。

"疫情"时期的婚姻

熊懋琪

在 25 岁左右的年纪我们如何看待婚姻呢？越来越多的 95 后女性用"恐婚族"定义自己，婚姻对于现代的女性而言不再是一种"到什么年龄做什么事"的必需品，而是一次生活方式的重新选择。在 2020 年这个特殊的年份，一场疫情打乱了大多数人的人生规划，让不少女性不得不重新选择了生活方式。

一、800CC 的输血量

"我生孩子其实挺快的，40 分钟左右就生出来了。要不是因为胎儿过大造成宫颈撕裂，缝合伤口花了两个小时，我应该能创造一个生产奇迹。当时，医院让我老公签输血的同意书，他什么都不懂，以为是病危通知书那种，吓得瘫在椅子上。"乔小姐一边哄着孩子，一边竭力摆正手机，视频里的她穿着暗蓝短袖睡衣，头发乱蓬蓬地束在脑后，戴着一副大框眼镜："你看我家儿子是不是挺乖的，不哭不闹。"

乔小姐大学毕业两年，标准的 95 年生人，毕业时，乔小姐高高抛起学士帽："终于不用读书了！"我和乔小姐大学同寝四年，她实在不像是个乖孩子的模样，张扬活泼，头发每隔几月就要换个颜色。大学四年，乔小姐参加学生会，在街舞社里担任舞蹈老师，飞向各大城市疯狂追星。2018 年，顶着一头粉色头发的乔小姐在散伙饭桌上高举可乐罐："三十岁还要做漂亮小姑娘！"

2020 年，二十五岁的漂亮姑娘乔小姐时不时地换手抱孩子："这小子出生时有 8 斤重，一出生就是同批次新生儿里少有的巨大儿。医生说孩子个头这么大还能顺产下来的产妇特别少。现在的女孩啊，都怕疼，基本会选择剖腹产。我就不一样了，开到七指时还在啃包子。只是中间输血的时候人有点迷糊，听到加大输血量瞬间以为自己要过去了……"乔小姐谈起惊险的生产经历，仿佛在说一部刺激的动作片，眉飞色舞地停不下来。

我不得不打断她："一直以为你不喜欢小孩，不会这么早结婚。结了婚也不会这么早生孩子。"

乔小姐哄着孩子半躺在床上："这不是怀孕正好赶上疫情了嘛。我一开始也不想生，可是疫情期间做人流太危险了。然后一直拖着，拖着拖着肚子大了，证也领了，那就生下来呗。幸好小孩还算乖，不讨人嫌。"

2020 年初因为疫情，全国各地采取了限制人员出入的防疫措施。大年初一，刘先生提着两瓶好酒上门拜访，乔小姐对着刚出电梯的刘先生说："把东西放下你就回去吧。我家老人……"话还没说完，乔小姐后脑勺就被狠狠地拍了一下，奶奶拿着酒精喷雾出来："大过年的怎么说话呢？"拿起喷雾朝刘先生说："小刘啊，新年好！咱消个毒。"

晚饭时的新闻台正在播报哈尔滨各个区县进行道路封锁，取消一切拜年活动。乔小姐饺子还没吃完，刘先生就起身和老人打招呼："爷爷奶奶，明天我还要回乡下过年，就先走了。年后再过来。"

父母家住在县城，刘先生放心不下，想着连夜从市区赶回去，应该还能进县。乔小姐送刘先生等电梯："我其实有事想和你说。"电梯迟迟不到，走廊的温度让乔小姐打个冷战，她正想接着说下去，屋门打开，乔奶奶拿着手机不住地说："出事了出事了！咱们小区有确诊了！"业主群里消息不停，确诊的居住单元工作单位一切的个人信息都被公开了。刘先生没走成，出于各种原因留在了乔小姐家。

被迫同居的一个月时间里，刘先生的勤快诚恳打动了老人们，奶奶不住地说："小刘挺好的，人又老实，你年纪不小可以定下来了。"

乔小姐："我不想结婚，一个人挺好的。"一个人挺好的乔小姐，在二月底确诊——怀孕。确认怀孕后的乔小姐看看手机里的机票订单，又看看病历卡，对刘先生说："我不想要孩子。我不想待在家里。我不想结婚。我不爱你。"

刘先生说："别说气话。"

乔小姐独自一人悄悄去过医院，预约登记体温检测，白色的口罩，冰冷的走廊，零星的病人，单独开放的诊室，循环的机器音。医生说："第一次怀孕？你老公呢？现在特殊情况，做流产很危险，万一感染或者抵抗力降低……"不支持、不建议、不允许。

暖气停了，黑夜里，乔小姐望着天花板发呆，摸着微微隆起的腹部，她觉得有些冷。

胎儿五个月时乔小姐和刘先生领证了。

乔小姐结婚后决定辞职。公司要求周五下班后全体员工进行大扫除，似乎有意刁难，乔小姐被分配去擦会议室的地板。她提着一桶水，拿着抹布，学着其他同事蹲坐着擦地，却发现肚子抵住了下蹲的动作，她只能跪下身去用湿抹布一点点抠着地板缝里的灰尘。乔小姐埋头干活，突然会议室的门被打开，她抬头一看是刘先生。刘先生上气不接下气："打电话怎么不接呢？"说着就捋起袖子扶起乔小姐，拿过她手里的抹布蹲下身去擦地板："你挺着肚子，公司还让你做这事。"乔小姐原本不觉得委屈的，只是这时盯着刘先生的后脑勺，她有点想哭。

预产期前半个月，最后一次 B 超检测，胎儿预估六斤七两，医生对着 160 斤的乔小姐："你这肉全长自己身上了，要控制！"乔小姐不好意思地笑笑："我老公做饭太好吃了。"

半夜两点，乔小姐觉得不太对，推了推熟睡的刘先生，让他去拿待产包，自己穿好衣服。医院座椅上，乔小姐吃着热乎乎的包子，还没吃完乔小姐就被推去内检，医生说："这都开到七指了，咋不吭声呢？"

乔小姐："我能忍，这啥时候生啊？"生产的过程很顺利，孩子八斤重，乔小姐刚舒一口气，医生喊道："去拿三单位的血包！产妇大出血！"乔小姐眼睛一翻，人有点晕。

"最后输了 800CC 的血。800CC 是什么概念啊，跟你说你也整不明白。就这么形容吧，手术台上不是铺了好几层那个医用的垫子么，那个垫子的材质有点像卫生巾，全部湿透了。然后两个医生的褂子上全是血，医生说我当时就跟个喷泉一样，往外冒血……"乔小姐咯咯笑着形容生产时的惊心动魄，时不时冒出的东北四字短语削弱了痛楚，却依然让我皱眉问道："当时可疼死了吧。"

"都过去了。"乔小姐又调整了手机位置："等这孩子上幼儿园的时候，我就打算离开哈尔滨去外面工作。"

"你老公同意？"

"同意。当初答应结婚的条件之一就是不能限制我的自由。我不想做家庭主妇，也不想一直待在哈尔滨。他说这两年努力多赚钱，之后就跟着我出去，我到哪儿他就去哪儿。"乔小姐的胸前布料颜色渐渐变深了，我提醒："小乔，你胸口……"

乔小姐低头看了眼，拎着衣领："溢奶了。不聊了，我去换件衣服。"

乔小姐结婚了，曾经最为叛逆的乔小姐因为疫情等种种原因，阴差阳错地进入了婚姻。她熟练地抱哄着婴儿的模样让我有点陌生，有点感慨。800CC 输血量是一个婴儿的诞生，是一段人生的开启，是一章记忆的翻篇。

二、想得到更多的爱

"我以为结了婚会得到更多的爱，会得到老公无条件的爱，可是原来这世上除了父母没有无条件的爱。我们每天都在吵架，我才结婚一个月已经吵了二十几天了。"吴小姐的声音渐渐低下去，烦闷一点点蔓延开来，我问她："既然如此为什么还要结婚呢？"

"可能都是命中注定吧。"吴小姐拨弄着指甲，叹口气裹紧了玫红色的棉衣。

2019年12月21日早晨6点45分，我拨通了吴小姐的微信电话："起床了吗？今天外面雨很大，你多穿点，记得拿伞还有巧克力。最重要的是考试别紧张，加油！"电话那头的吴小姐略带兴奋的声音响起："谢谢你！"2019年秋天吴小姐辞去工作全身心备考2020年的研究生，为表明决心她将朋友圈签名改成："不撞南墙不回头"。

12月份的考试结束后，吴小姐决定休息一段时间，等到2020年2月初试成绩出来后再考虑接下来的安排——工作抑或是读书。一月底，正在准备简历的吴小姐突然接到父母的电话："囡囡，你快回来吧，村里都借挖土机挖断村道了。我让大伯去接你，赶紧回家。"因为疫情情况日益严重，出租屋里的吴小姐处在断粮边缘，这次她没有再拒绝父母的要求，吴小姐戴上最后一个口罩，简单收拾了几件衣服坐上大伯的面包车回家了。

由于疫情原因，2020年考研初试成绩公布的日期一再推迟，在家中待了两个月的吴小姐投了无数简历石沉大海，她在群里抱怨道："我现在不知道应该是继续等分数还是尽快工作，可现在工作也难找。"

"疫情搞得小公司都要破产了，怎么还会招人呢？而且也不是春招的时候，你耐心点，或许考研成绩不错，直接读书去了呢？"我安慰道。

"但这样整天待在家里也太无聊了，我姑姑已经开始给我张罗相亲了。"

"去啊，去啊！"群里顿时起哄声一片："反正待着也是无聊，不如去看看相亲对象有多奇葩。"作为95后的我们，抗拒相亲、拒绝婚姻，本能地妖魔化相亲以及相亲的男女，吴小姐将要面临的相亲，在我们看来是无聊生活的一剂调味品，增添一点茶余饭后的谈资。

相亲之后的吴小姐意料之外地有几分激动："你们绝对猜不到我的相亲对象是谁！"

"谁？"

"我们中学同学宋先生！他现在和小时候完全不一样了，长变了！"吴小姐谈起宋先生时眼睛里光芒闪烁，眉眼处都是快乐。年少时无疾而终的暗恋仿佛又悄然萌芽。与此同时，考研分数终于放榜了，吴小姐的分数是355，正好卡在了A区的国家线上。

吴小姐放弃了调剂，她说："如果我去读书了，宋先生可能会和我分手。"

沉浸在恋爱中的吴小姐，朋友圈的签名改成："宋先生的吴小姐"。

可是宋先生的吴小姐还没尝够恋爱的甜蜜，便堕入了亲密关系的酸涩中。吴小姐抠弄着手指上的倒刺："已经不是第一次发现他和女生暧昧了，每次吵架他都会怪我翻手机，而不是承认错误。"

"分手吧，为什么不分手呢？"

"因为现在所有的亲戚朋友们都知道我们在谈恋爱，如果现在分手，会有人说闲话的，说我不检点，我不想让我爸妈被人嚼舌根。"

"什么年代了，怎么还会有这种事情？"心直口快的王小姐骂道："不分手痛苦的是你，你管那么多干吗？那些人有本事当着你的面说啊，撕烂他们的嘴。"

吴小姐用手摩挲着右脸脸颊，不一会儿面皮红红地："我不是你。"热闹的聚会陷入了沉默。那晚宋先生来接吴小姐时在电话里不耐烦地催促着，烦躁透过电话传出来，吴小姐尴尬地捂住手机和我们挥手告别。

之后很长的一段时间里吴小姐脱离了我们这个姐妹群，直到阴雨绵绵的六月，吴小姐在群里通知："我十一月一号要结婚了，你们来做我的伴娘吧。"

"我婚期定在九月，结了婚的人好像不能做伴娘。"

"我十一月应该在学校，赶不回来。"

"对不起，如果你一定要和那个男人结婚，那我不会去参加。"

十一月一日，吴小姐结婚了，我们没有出席婚礼。我寄了一对杯子表示祝福，一个月后吴小姐发来消息："谢谢你的礼物，你现在有时间吗，我想找人聊聊天。"

"我以为结了婚就会解决那些矛盾，我以为结了婚他就会一心一意地向着我，我以为结了婚就会得到更多的爱。可是现在什么都没有改变，甚至变得更加糟糕。我在这个房子里像个外来者，他和他爸妈才是一家人，我只是个租客。其实，婚礼前一个礼拜我想取消婚约的。"

"婚礼前一个礼拜，按照习俗他们家请媒人吃饭，我姑姑在饭桌上提起了接亲时男方要准备洗脸洗手的彩礼钱。第二天他特地跑到我家质问我，为什么结个婚他们家要花这么多钱，左一笔又一笔。可能在他眼里，我和他结婚就是冲着他家钱去的，所有关于钱的事情他都认为是我的主意。那一刻，我真的太累了，就和他说别结婚了，算了吧。"

"那你怎么又结婚了？他道歉了吗？"

"没有。我和我妈说不想结婚了，真的不想结了。我妈说，喜帖都发出去了，酒店都定好了，亲戚朋友们都知道了，这时候不结婚不像话。然后我就硬着头皮结婚了。"吴小姐叹了口气："如果那时候没有疫情就好了，我应该就不会回家，也不会去相亲，或者分数出来后我去尝试调剂。"她打了个哈欠，擦擦眼角溢出的泪水："都是命中注定。"

"你现在不要想那么多，刚刚怀上宝宝，要保持心情愉快。"天气凉得快，窗外的叶子落了大半，今年入冬好像格外潮湿，放晴的天不一会儿就阴沉沉的。

"是的，一直见红，去看中医，医生说可能是动了胎气。"吴小姐欲言又止，停顿几秒后说："你知道吗？我去医院检查挂号，他就坐在椅子上，连挂号钱都不愿意出。他总在算我的存款，说自己没钱交车保，没钱交社保，我一直在给他转钱。就这样，他还觉得我图他家钱。他家的确有钱，那又怎样，礼金不还是按最低标准给的，我大伯家姐姐结婚男方家给彩礼都是往多了给，他家这也不愿意买那也不愿意出，就这样还觉得我图他们家钱……"

"既然如此，为什么还要结婚呢？"

"我想得到更多的爱。"吴小姐现在的朋友圈签名是："不做感情用事的小垃圾"。

三、他一直很信任我

"婚姻对我来说意味着什么啊？你这个问题是不是太官方了？"王小姐左手扯住眼尾右手拿着眼线笔表情有点狰狞，看了眼屏幕，不好意思地笑笑："化妆时表情太难看了。待会我要和老公出去看电影，《除暴》你看过没？"

"还没看过。刚刚那个问题你还没回答呢？"

"婚姻对我来说意味着多了一个家庭，多了一对父母，多了依靠。"王小姐勾完最后一笔眼线，选了个耳环戴上："当然，结婚之后也会有些矛盾，但是这些问题通过沟通都能解决掉。举个例子来说，他父母对我很好，可是和公婆住一块还是会不方便。比如说隔音问题、作息问题，所以我们和他爸妈商量之后，决定我俩搬到他们家另一栋房子里，那个房子小一点，我做家务也轻松些。不然，现在这栋房子太大了，打扫起来不方便。"王小姐显然不知道吴小姐的苦楚，吴小姐一心想要逃离和公婆同住的尴尬处境，却因为种种原因无法提出诉求。

王小姐和赵先生交往两年有余才决定结婚，婚礼原本定在 2020 年 5 月 20 日，取"爱你爱你我爱你"的好寓意，但是因为 2020 年年初的疫情，各个酒店的大型宴席迟迟无法预定，等到赵先生找到一家能在七月份承办婚宴的酒店时，王小姐提出了分手。

赵先生问："为什么？你不要闹脾气。"

"没有为什么，我不喜欢你了。"王小姐说完后看见赵先生靠在墙边红着眼眶："你不要说这种话。我已经在定酒店了，你别开这种玩笑。"

"我没开玩笑。我真的不喜欢你。你应该知道，从一开始我就不喜欢你，我同意和你在一起，是因为你妈妈对我很好，而且我们俩家算是门当户对。可是要我和你结婚，一辈子在一起，我受不了。"

"怎么会受不了呢？以前不都是好好的吗？"

"你想想从二月开始你三天两头往我这跑，公司也不去，你到底有没有上进心？"

"不是因为疫情吗？"

"对，就是因为疫情。因为疫情，我俩相处的时间太长了，我才发现和你待一块多令人讨厌。你想想我俩待在一块除了各玩各的手机还有什么交流吗？你真的很无趣。"王小姐话没有说完，因为疫情，封闭的时间里她在网络上认识了一个有趣的男生。网络会加速感情的升温，延宕理性的出现，王小姐决定和赵先生分手后奔现，她说："我想不顾一切爱一次。"琼瑶式的宣言让我笑出声："你几岁啊？做事情还是要考虑后果的。老赵决定 5 月 20 日求婚，他觉得还能挽回你。"

"是吗？可是我不会去的。我已经和他说了，我喜欢上别人了，他就是不相信。他觉得我为了分手在胡言乱语。"

5月20日，商场一楼大厅铺满粉紫的气球，身穿西装的赵先生抱着99朵玫瑰花，站在大厅中央，眼镜时不时从鼻梁上滑落，他笨拙地将眼镜推回去，擦汗的纸巾湿透了，额角处沾着几点白色纸屑，他不停地朝大门口张望着。人群渐渐聚拢，不时有人问："是求婚吗？什么时候开始？"气温在升高，饶是经验丰富的主持人也开始磕磕绊绊地说些词不达意的暖场语，赵先生站在那里，包裹着玫瑰花的牛皮纸上褶皱越来越多，他渐渐抱不住沉重的花束，王小姐始终没有出现。那晚，玫瑰花留在了商场门口的垃圾桶上。

五月的最后一天，王小姐说："你们要不要来吃海鲜？老赵送来一大箱海鲜，我一个人吃不完。"王小姐和赵先生复合了，复合的理由，王小姐说："我考虑过了，就算是爱情最后肯定也是要奔着结婚去的。老赵的经济条件真的很好，目前没有更好的选择，他们家就是最好的选择。最重要的是他一直很相信我，无论我说什么，他都相信我。"

"可是他不相信你不爱他。"

"对啊，因为他太爱我了。你不知道，我第一次看见一个男生哭成那样，我想结婚不就是找个人过日子。或许我没那么喜欢他，但是他很喜欢我那就够了。最起码以后在这段婚姻中我不会受委屈。"

"那你之前为什么又要分手？"

"我不知道，可能是作吧。你知道的，疫情的时候，我们都太无聊了，随随便便在网络上和陌生人聊天，把新鲜当作恋爱。可是谈婚论嫁是很现实的事情，很多因素还是要考虑清楚的。可能正是因为这场疫情，让我想明白婚姻的必需条件，那就是一定的经济保障，真挚的情感和双方父母的和谐共处。"

七月的时候，王小姐和赵先生订婚了。订婚照片里，穿着平底鞋的王小姐挽住赵先生的手臂微微低着头，赵先生笑得看不见眼睛。经算命先生的推演，王小姐的婚期定在了九月底，整整两个月她像只忙碌的花枝招展的蝴蝶，四处奔走，只为完成一场梦想中的婚礼。赵先生在这场声势浩大的婚礼中扮演着工具人的角色，无论王小姐提出怎样的要求，他都无条件答应。王小姐的婚礼打动了不少人，坐在亲友席上的吴小姐抹着眼泪，看了眼身旁的宋先生，他嘘寒问暖道："要不要吃八宝饭？"浑然忘记了昨天那场歇斯底里的争吵。

屏幕那头的王小姐已经穿戴整齐，她笑吟吟地打趣："小记者还有什么问题吗？"

我摇摇头。婚后的王小姐和婚前似乎没有任何区别，她依旧穿艳丽的裙子，化张扬的妆容，赶时尚的潮流，甚至与婚前相比多了些自在从容。

王小姐说："今年这个新冠疫情让我明白，有扎实的经济保障会得到更多的安全感。"王小姐已经许久没有和吴小姐联系了，她说："我和小吴是一起准备婚礼的，虽然我比她早一个月结婚。但是下聘、订酒席、找婚庆、试婚纱、挑钻戒，我们基本上是同步的。我发现，她有意无意地问我的预算后，她和宋先生就会闹别扭。我和赵，她和宋，我们两对之间是不一样的。老赵一直很信任我，他们就不知道了……"

"有可能不是这样的……"我的声音渐渐小下去，像一颗糖晶坠入粉红的果酒中，泛起的涟漪圈圈小小地失去力量向外波动。

四、你懂《婚姻法》吗

杨小姐在十一国庆这个扎堆结婚的法定节假日和曹先生订婚了。订婚后的杨小姐突然间多了些烦恼，她在朋友圈里发问："请问学法的同学在哪里？可以举个手吗？"

"好端端地怎么咨询起法律问题来了？举报公司996？"我调侃道："你十一订婚，婚期定在什么时候，明年五一吗？"

"别说了，这个婚期问题，实在让人头疼。"杨小姐订婚后曾就婚后居住的话题和曹先生好好聊过一次。曹先生目前和父母居住在一幢五层小别墅里，别墅使用面积大，家中居住人口少，曹先生说："结婚后，我们单独住一层。"可杨小姐不愿意和公婆住在一起，年轻人有自己的世界，住在一块难免会有摩擦。几次三番地商讨后，曹先生一家同意再买一套房子，但是由于疫情生意难做，疫情前投出去的钱今年收不回，曹先生商量着："要不等明年回本了，我们再全款买房。"

杨小姐翘着嘴唇不高兴，但是也无计可施，她心想，等到2021年买房装修岂不是2022年才能入住，那婚期呢？总不能拖到2022年。

两代人共同生活的问题还没得到解决，杨小姐又面临了新的烦恼。曹先生父母坚持全款买房，旨在减轻小两口的负担，但是婚姻法规定：婚前全款购房并取得房产证，房产属于一方婚前财产，不计入夫妻共同财产内。即使婚后房产证上添加女方姓名，在离婚时只要男方提供银行流水和收据等证明，根据婚姻法及物权法条例，女方将没有权利进行房产分割。

"虽然结婚也不是奔着离婚分钱去的，但是这房子上没有我的名字，婚姻中就缺少安全感。"杨小姐因为姐姐的前车之鉴，十分看重婚姻中的安全保障。杨小姐的姐姐当年离婚由于不了解新出台的婚姻法，落得个净身出户，这样惨痛的经历难免让杨小姐在迈入婚姻前不得不多计较些。

"你和曹先生商量一下，双方共同出资购房，再签一份公证协议，这不就解决问题了吗？"我可能出了个昏着，杨小姐岂会没想到这个方法，但看来她也有所顾虑："不是没想过，只是他不同意，说哪有结婚让女方出钱买房的道理。"说着杨小姐露出了甜蜜的笑容。

杨小姐和曹先生是在父母组织的相亲局上认识的，彼时双方互不来电，加了微信后也只草草聊过几句。2020 年春节杨小姐随父母回乡祭祖被疫情困在了乡下。此时的乡下只零散住着几户人家，家家户户门庭高筑，杨小姐站在自家院中能望见四方的天和墙头干枯的藤蔓，手机信号时好时坏，她在院中的花径上散步，不时地踢着一块凸起的鹅卵石。远处传来汽车的鸣笛声，杨妈妈站在厨房窗口喊着杨小姐："快去把院门打开，曹伯伯他们一家来拜年了。"杨小姐费力地推开吱呀作响的铁门，一辆黑色奔驰"嘀嘀"友好地打了招呼。饭桌上，曹伯伯心情大好："我这段时间是憋坏了，天天在家视频喝酒。幸好老杨村上管得不严，这才能在一张桌上喝酒吃饭。"

　　杨爸爸碰了下曹伯伯的酒杯："就是哇，我们不回城里也是因为出门太拘束，还不如待在乡下，没事在院里望望风，种种菜自在些。"父辈之间推杯换盏时，曹先生主动递了些话头给杨小姐。

　　这顿饭后，曹先生隔三岔五地开车去杨小姐家送些零食。某夜，杨小姐在朋友圈发了条动态：好想喝一点点的珍珠奶绿。电视屏幕里老套的剧情重复上演着，男主角："我要给你整个世界。"有情人总要历经千辛万苦方成眷属，"嘀嘀"院外响起了鸣笛声，杨小姐迎曹先生进门时，他手中提着五六杯奶茶，站在门口不太好意思地说："奶茶有点凉了。"杨小姐娇嗔地瞥了他一眼："说的好像奶茶凉了我就不让你进门一样。"

　　三月，阳光融融地洒满庭院，墙头藤蔓干枯的躯干上冒出嫩绿的尖芽，春天来了，曹先生和杨小姐在一起了。杨小姐和曹先生俩人都是温润的性格，交往后不曾有过口角，再加上双方父母的生意往来，很快二人就决定订婚。

　　后来我问杨小姐："婚姻对于你来说意味着什么？"

　　"婚姻对我来说意味着真正的成长，它让我必须独自去面对一个新的家庭，然后承担起责任，这算是另一种意义上的长大成人。"杨小姐搅动着手中的星冰乐，水珠顺着塑料杯沿滑落杯底氤氲出一个不规则的圆圈，装饰精巧的指甲拨弄着纸质吸管："从小到大我没有独立做过决定，每次有事情都是父母替我解决。或许等我结婚后，我会变得独立，勇敢去解决必须要面临的难题。"

杨小姐期待婚姻会将她蜕变成新的人，新的能够成为独当一面的成人。关于婚前个人财产、关于夫妻共同财产、关于婚姻法、关于物权法，杨小姐买了两本有关法律条文的书籍，下班后在房间里看网络课程，一条一条地弄懂那些陌生的专属名词。有天杨爸爸看见女儿桌上的法条和五颜六色的笔记本，晚间饭桌上他对杨小姐提起："爸爸一个朋友是专门打离婚官司的，明天下班后爸爸带你去见见这个叔叔。结婚这些事情你不用操心，有爸爸妈妈的，不会让你吃亏的。"

"不是怕吃亏，就是……"上涌的酸涩梗住了喉咙，杨爸爸抿了口酒："我姑娘长大了。"

冬天的时候，杨小姐和曹先生在律师事务所签订了婚前协议，出门后空中飘着雨，杨小姐裹紧了羽绒服，曹先生摘下围巾替杨小姐围着："天冷就多穿点，看你这冻的，跟小鸡崽一样。"

"你说谁小鸡崽呢？你才小鸡崽，你全家都小鸡崽！"杨小姐笑着捶打曹先生的肩膀。

"对！我全家都小鸡崽！你也是小鸡崽！"杨小姐听了后红着脸又捶了曹先生两下。

尾声

缘分，远者为缘，近者为因。婚姻中，双方结合的缘分是由很多巧合、很多阴差阳错、很多突然、一些偶然、一些必然组成的。2020 年的疫情像是数学题里的必要条件，他给了男男女女重要的缘，这个缘促成了婚姻的开始，却无法预判婚姻的结局。

婚姻起于疫情时期，年轻的女孩们出于血缘、经济、情感等多种多样的因素选择进入了婚姻阶段，期盼着婚姻能够升华人生的底蕴，然而，婚姻到底能为我们带来什么呢？换言之，婚姻是否是人生的加分项？

在经济高速发展、男女平权运动激烈的今天，婚姻在女性看来不再局限于基因的合法延续，他的吸引力逐渐削弱。因而，如今在选择婚姻上，在选择 25 岁进入婚姻殿堂上，对不少女性而言是一次勇敢的尝试。

2020 年 11 月，电影《气球》悄悄上映了，豆瓣上《气球》的相关标签是女性，评分 7.9。大家通过这部电影争论女性主义，强调女性在夫权、父权和神权下的困境。因而，在现代年轻女性的印象中，婚姻似乎成为男女之间利益争夺的斗兽场。巧合的是，婚姻与《气球》的色彩均是鲜艳的红色。红色代表喜庆，红色代表生命，红色代表欲望，红色代表权力。

婚姻于我们是什么？疫情时期的婚姻又是否像一场风险投资？勇敢的乔小姐们无法作出理性的判断，一切只能交由时间去印证。同时，2021 年 1 月出台的离婚冷静期，为婚姻这座围城又设置了一道出城的关卡，城外的乔小姐们是否会选择义无反顾地继续入城，还是等待一次意外，让不可抗拒的"命运"为他们作出选择？

逃离桃花源

周若琪

　　临走前刘子翼用木条在门前的泥地上划了一下，这些条条四个一排，每到第五个就横着斜划一道，像根长枪把四道竖杠一穿到底。刘子翼门前的泥地里有十来道这样的痕迹，那些串起的横竖里已经长出了杂草，连成一条条绿色的小栅栏。路过刘子翼家的人都不免要夸赞几句，找的话题角度让刘子翼都听不出到底有几分是真的。他曾经想过把牛老爹的牛偷偷牵来拴在自家门口，等它留下一地牛粪再看看大家是什么反应，可牛老爹从没有给过他机会。

　　丢下木条，刘子翼坐在家门口一块被太阳晒得发白的石头上等拉行李的骡车。他的行李不多，刨去笔墨纸砚和一套小许送给他的桌椅，只有几件他来时就带着的衣裳。整个房子连同家具和生活器械都是公家的，放在这里等他走后就会有人来处理。刘子翼打了个哈欠，远远望见小许那永远躲在山的阴影中、见不到太阳的房子。房门紧闭，门前没人活动，连来他家的那条路上也只有一两个习惯早起的女人。小许不会再来了，没有人会来，刘子翼来时是热热闹闹一大帮子人的，走的时候就他一个，可他此时却不觉得孤单。

　　小许的父亲是给刘家修宅院的木匠之一，干活的时候毛手毛脚。也能猜到，工头就是小许的爷爷，他哀求刘子翼的父亲把自己的儿子留作自家用的木匠，手脚是笨了点，但敲个桌子修个板凳还不成问题。他们父子最终留下来的原因还是刘子翼，因为小许的父亲虽然房子修得不好，却很会做各种没用的摆件，当时还年幼的刘子翼被那些栩栩如生的木雕小人吸引了注意，爱子心切的老刘就让许家父子都住了下来。小许的妈妈是个很为家里着想的女人，拖着一身病，硬是在把小许喂到断奶之后才撒手人寰。不过那是他们来到刘家之前的事，刘子翼并不怎么在意。

刘子翼是少爷，小许就是陪少爷玩耍的仆从，那时候他们都很年幼，还没有这种概念，但小许怯懦的性格在无意中自然而然地造就了这种等级差异。他最喜欢的娱乐就是跟着刘子翼去捞院子池塘里的鱼。除了老刘心爱的锦鲤，那个原先不过是个烂泥塘的池塘里还有一些长不大的小鱼苗，也不知道它们怎么就躲过了那些鳞片都闪着金红色光泽的大鱼之口，一直活到现在。

那时候刘子翼什么都不带，他先让小许用捆在树枝上的破布把鱼赶到砌在岸边的石砖附近，然后就撩起袖子徒手去抓，一抓一个准。这些小鱼被抓上来后都异常精神，通体泛着与锦鲤截然相反的银色光泽。刘子翼只在大太阳天抓鱼，这样抓到之后就可以跑到院子当中一块被晒得发烫的石头那，把抓来的小鱼一条一条整齐地排列起来放在石头上。刚抓来的鱼表面还覆着一层薄薄的水膜，微小的鳃尽力鼓动着，有精神的还能拍打尾部，乃至原地跳起挣扎一番，待到让灼热的阳光烧烤之后，连齿梳似的细骨都散出一股子焦煳的香味儿。可是刘子翼抓它们来烤并不为吃，等把鱼送上石头之后，他就叫小许跟他一起在附近的亭子里玩小许父亲给他做的木偶人，小许也拿一个，不过总是很旧而且遍体鳞伤。在那些鱼鼓着眼睛和鳃大口呼吸焦灼的空气时，小许的木偶人也总是被刘子翼的打败，一次次摔在地上又一次次被捡起。池塘底部沉着的泥里包裹着无数的鱼卵，总有那么几个愿意孵化成功，浮到水面上来看一看太阳——他们从来不缺用来被晒的鱼。

老刘自己没有考取什么功名，做生意倒是一把好手。朝廷对商人的政策稍微放宽的时候他没闲着，把钱都换成了硬实的地产，只要他死后刘子翼不乱搞，基本上吃一辈子都没有问题。他深知有点文化的重要性，等刘子翼稍大一些后他就送刘子翼去读书，全乡全县最好的书塾。刘子翼也争气，没有一次入学考试的时候出过岔子，就这么一直读到成年。桃花源的邀请也是那时候发过来的。

桃花源是个好地方是众所周知的事情，早前陶潜的文章在他死后成了畅销书，没有留下后人也不用交版税，让好些盗版书商大发横财。最出名的那篇《桃花源记》其实是一篇纪实作品的事实也曾在学术界引起轰动。大概是在几乎每个公共茅厕里都会备几本的时候，一名自称来自桃花源的老者忽然出现在全国最大的报馆里，声称要刊登一系列招聘启事，每年的六月从上旬末尾开始，一连刊登二十天，从书记、账房到木匠、瓦匠，每天都有不同的职业。偶尔还招愿意去桃花源修学的学生，毕业后有直接留在桃花源的机会。

老者在采访中说桃花源对陶潜的文章早有耳闻，虽然不知道他是从哪里得到的消息，却把桃花源的情况说了个八九不离十。他也在记者会中澄清那名渔人根本就没有离开桃花源，他在桃花源重操旧业，在一个初春的早上莫名其妙投河而死，桃花源的居民为他安排了后事。老者还带来了墓碑的画像，半圆的石碑上刻着渔人的名字和生卒年月，据说武陵的一个老寡妇在见到这篇报道后就昏了过去，不治而终。

老刘听说过这件事，因此对儿子收到桃花源的邀请心存芥蒂。桃花源对年轻人来说是个好地方，地广人稀，各行各业很缺人才，最重要的是，那里据说全凭实力说话。前阵子街尾张家的少爷考学失败，连个秀才都没捞着，老张听说主考官大人是川渝人，喜欢吃火锅，就给人家送了一头老黄牛，割出来的牛肚足足有好几扇。后来又不知道哪的小道消息说那牛肚里塞着一尊前臂那么长的金牛，眼珠镶的是珍珠，打开以后里面的五脏六腑都是五颜六色的宝石。这则消息是一个经常翻主考官家后门垃圾桶的乞丐传出来的，他现在还在街上讨饭，整日张着一张没有舌头的嘴朝行人呜呜地叫唤。

老刘去问刘子翼的意见，桃花源路途遥远，每年可能就新年回来一次。这孩子从小没怎么离开过家，在书塾住过两年，看他每周回来都不怎么有精神，于是最后一年又回家来住。好在也不是特别远，每天早上让车夫赶着车送过去，晚上再接回来，正好能赶上吃晚饭。刘子翼倒很爽快，说从小呆在家里也没意思，正好去桃花源开开眼界，瞧瞧陶潜的书里说的到底是不是真的。听刘子翼这么说老刘的心里反而咯噔一下，瞬间没了底。他最了解儿子，原是希望儿子觉得山高路远，主动拒绝，没想到儿子私底下又翻了不少其他人对桃花源的报道，比陶潜说的还扯，现在又拿出来说得头头是道，把他的老脑筋说得一愣一愣的，最后也干脆一伸手一跺脚，去桃花源的事情就这么定下了。

在此之前，邀请函的下面有一行小字，写着每位受邀者可携带一位同行者，通过桃花源的考核方可以留下。这对小许来说是个机会。老许连桌椅板凳都做不好，打的太师椅让试坐的仆从都摔了三回，现在专门负责给刘家开的玩偶店做原型，生意出奇地好；小许刚好相反，这小子生来就会看人的腰背，打出来的椅子既美观又舒适，能让坐相最差的人都下意识坐直，可惜他小时候被刘子翼打懵了，从此一心只想做出比自己父亲做的还要结实的木头人，决心之盛八匹马都拉不回来。刘子翼觉得要是把小许拉到桃花源去，不同的环境兴许能让他改变观念，以后专心做椅子，总比现在整天缩在屋里研究木材有用。

起初老许听从刘子翼的吩咐去找儿子，在门口磨了半天才让进门，进门后别说一盏茶，连茶叶都没倒进壶就被赶了出来。"你就是想让我走！"小许沙哑的声音仿佛挥舞着拳头在整个院子里回荡，"我哪也不去！我要做出最好的木头人进京献给皇上，以后城墙上站着的都是我的作品！"

老许跌跌撞撞地冲进刘子翼房间，舌头都打着颤说小许这孩子听不进当爹的话，求从小和他玩得最好的刘子翼去劝劝。刘子翼以前就跟自己老爹说过这老许是头蔫驴，底下长着那玩意儿也不知道是干什么吃的，被老刘狠揍了一顿还关了三天紧闭，每天就给一个馒头，白水管够。眼下人家快五十岁的人跑到自己房间里来哭哭啼啼，就差给他下跪了，刘子翼忽然觉得一股燥热冲心，脱口而出说你是他老子还是我是他老子，怪不得人家都说刘家的木匠就是老实，光知道吃和干活别的一律不管。"老实"在那时候已经成了骂人的话，老许哪受得了这个。只见这位勤勤恳恳了半辈子的老木匠怒目圆睁，脸上同炙烤的油豆腐般绽出条条一深一浅的皱纹。右手颤巍巍地抽动着抬起来，吊起一副关节松动的皮影似的僵在半空。老许没那个胆子，刘子翼再清楚不过，可他觉得就这么站着也有自己讨打之嫌，就迈出两步从老许的巴掌下面走开了——再说刘子翼说的是人家都这么说，关他什么事？老许耷拉下肩膀，一声不吭地走掉了。

于是刘子翼只能亲自出马，每天去小许房间把他拽出来，在小许耳边念叨种种桃花源的好处，报道里的说完了就自己瞎编，说得久了连他自己都信以为真，却觉得桃花源对他的吸引力已经大不如从前。小许的兴致反而一天比一天高涨，从一开始要他拽着才出门，到后来天不亮就跑来拍刘子翼的房门，肩上缠着两副大包袱，颧骨两块红彤彤的跟苹果一样，笑着问他我们什么时候出发。

吊了小许几天，外加处理一些在这边的事务，刘子翼这才告别父母上了去桃花源的驿车。临行前老刘没多说什么，除刘子翼已经带上的生活用品，又给了他不少钱，说要是不够就在那边买，不要委屈着自己。母亲屈氏又给他装了不少点心，都是刘子翼最爱吃的，还嘱咐他有事就给家里来信，父亲有事脱不开身，她这个做母亲倒是清闲。吃的也给小许带了一份，只是照刘子翼所说的，少弄一些。

出发那天是刘子翼的父母还有管家仆人来送，老许在店里闷头做新的木偶人原型，谁叫都不听。这位老木匠一人坐在临街的店里，两个带着孩子的女人在柜前闲聊，孩子们就放他们在店里头跑来跑去，在一堆虎头鞋蹭着石砖地和嗦着鼻涕的嬉闹声里，一串轻快的马蹄声与木头车轮隆隆打滚的声响一下踩在了他的心头上。老许猛地抬起头，伸长了脖子从碉堡一样的工作台里探出头去看，只看见一辆棺材似的篷车飞驰而过，像一道闪过心头的幻影。那动静一下把他震得瘫坐在椅子上。一个孩童摔了一下，细嫩的手掌猛地擦过打磨过的石砖，磨得一块肉瞬间血肉模糊。孩子哇哇大哭起来，他的母亲连忙去哄，却没注意一旁那个囚笼般的工作区里，在一堆木头的粉尘与磨得发亮的刻刀之间，老许用双手捂住了眼睛。

桃花源在附近的武陵设置了专门招待外来人员的站点。某家客栈的老板有先见之明，抢先占据了"桃源客栈"这个响亮的名字，还包下了接待要去桃花源的人们的活计。下了驿车只见这家客栈门前植两棵桃树，办理下榻的前厅中央放一只养着金鱼和莲花的大瓷缸，假装成是那条渔人走过的河。等伙计把行李卸下来的时候，小许只蹲在那大缸边，时不时舔舔嘴唇又挠挠手心。刘子翼瞥他一眼，冷不丁想起了小时候那些死于非命的鱼，喉咙便像被烤过一般地渴，他叫伙计端碗茶喝。正喝着，一个高挑的瘦女人从中庭跨进前厅，刘子翼最先注意到的是她那张脸。

这是一张相当标准的脸，不是标致，好看倒是好看。这种标准的美人刘子翼只在跟着父亲上京城游玩的时候在吃饭的地方见过，那些吃饭的地方一般都叫个什么楼，装修得跟宫殿一样，那些标准的美人取代了矮个子短腿、却跑得飞快的小伙计，为客人们端茶送水。她们每个人的身高都差不多，脸蛋眉眼都像是一个爹妈生下来的，头发也是一个发型，同样的乌黑油亮，简直像在看一堆一般大小的树叶。

刘子翼原以为那些棋子似的女人只会出现在京城的饭店里，却没想到这小小的武陵竟然也有一个。他几乎立即就想到了这是桃花源派来的人，接下来再看那女的身上穿的套裙，刘子翼不懂女人的衣服，只大概能凭稀薄的经验看出这条裙子与之前见过的那些女人穿的风格完全不同。

"你们是刚到的？名字和生辰八字报一下。"

刘子翼正发着呆，却没注意到那女人已经站在了他的面前。他侧过视线去看还蹲在大缸边的小许，那小子早不看鱼了，两只眼睛紧紧地黏在那女人身上，也不知道她有没有觉得后背发凉。他木木地按照女人的要求报了名字和生辰八字，女人又问他名是什么，他摇摇头，说我就叫刘子翼，子翼是字，也是名。

这事说起来还要怪他爹，老刘虽然读过几年书，大部分精力却放在学做生意和管理伙计上，对很多事都只知其一不知其二。他觉得又要取名又要取字麻烦，就干脆合二为一，恰好他姓刘，就用那一阵子最爱读的《桃花源记》中陶潜盛赞的"刘子骥"给儿子取名——说到这里，下一步就该把责任推到那个登记姓名的小吏身上。他利用职务之便，三番两次给人故意记错名字，大都是丢掉一个偏旁，或是把字形相似的字混淆。那些没念过书的农民无所谓，也从来不取数字以外的名字，像老刘这种有几个钱的富户就是小吏的主要目标。老刘平时挺能隐忍，能用钱解决的事情出点血也就过去了，可没想到这次他一反常态，说一个子儿都不能给这偷奸耍滑的贼人。乡亲们都夸老刘正直，可后来刘子翼明白，老爹是才反应过来刘子骥的结局，怕自己落得跟他一样的下场而在那个节骨眼借坡下驴罢了。更何况"子翼"也没什么不好，一个"骥"一个"翼"，一个跑的一个飞的，飞的肯定要更快一点——老刘是这么对刘子翼说的。

听刘子翼解释过后，那女人把涂得红红的嘴唇张成一个圈，很快点点头。刘子翼突然意识到这是哄小孩子的敷衍做派，每次小许给他拿来新做的木偶人，他就用这种方式代替语言来回答，屡试不爽，小许从本质上来说还是个小孩，但他受不了这个。

刘子翼反问她今年多少岁，那女人愣了一下，刘子翼趁这个空当赶紧离座，站在离女人几步开外的地方。谁知女人不怒反笑，说我又不会打你，你跑得离我那么远干什么。她说自己快四十了，仍然未婚，在桃花源女人的年纪不是秘密，没有什么见不得人的。

"不如说我还挺享受报出自己年龄的。"她向前走出两步，"那些人都说'不会吧，看你那么年轻'，这事特有趣。"

刘子翼对此持保留意见，他又问女人该怎么称呼。

"大家都叫我孟姑，想叫我孟姐姐也行。"孟姑哈哈笑道，两手跟个炫耀武力的男人似的又在腰上。小许立即凑上来又是点头又是哈腰，一口一个姐姐，刘子翼只差要把白眼翻到天灵盖上去——小许的娘要是今天还活着，大概也跟这孟姑差不多年纪。

安顿下来后，孟姑告诉他们还有两个人没到，在他们到之前要在这客栈里等着。食宿都是桃花源的人出资，不用他们操心。刘子翼怕小许节外生枝，干脆顺势问起孟姑今年还有没有其他去桃花源的人，没来的那两个人又是做什么的。

对前一个问题孟姑摇摇头，说今年收到邀请的就他们这几个，多给了刘子翼一个名额是想着安排给刘子翼的工作也许需要一个助手。至于另外两个，孟姑忽然露齿一笑，说是附近乡里有一对做力气活的兄弟，那附近的人都夸他们手脚勤快，活干得又快又干净，桃花源正需要这样的人才。刘子翼问具体的工作是什么，孟姑又摇头，说她只负责把大家送到桃花源，别的事她一律不管。

然后她问起刘子翼是做什么的，小许是做什么的，刘子翼说不出东西，毕竟他刚读完书就收到了邀请，还没做过什么实际性的事情。小许倒有很多东西可说，而且不用刘子翼说，他自己就开始噼里啪啦地往外倒他那堆木头屑——其实就是整天做木头人，刘子翼在心里说，小许没法在对木头的加工和处理上超越自己的父亲，就在外形上做文章。有一次他觉得三角形坚固，就想把木偶人的部件全改成三角形的，结果做出了一个全身上下都是棱角的怪物。你说它是木偶"人"好像也不对，但老祖宗也没发明出一个词来形容这个东西。小许恰好跟孟姑讲到这个东西，激动之余还拿筷子沾着汤汁在桌子上画，小许只说这个作品把自己老爸做的号称坚不可摧的木偶划伤了，他也没说是怎么划到的以及那玩意儿最后的下场——被刘子翼用老许做的木偶砸了个稀巴烂。

他们在桃源客栈住了一晚，一夜无事，第二天中午那对孟姑提过的兄弟就到了。两人是徒步来的，黝黑的脸上满是汗迹，一人背一个小包袱，看起来就是他们全部的家当。刘子翼原以为能干体力活的应该是两个很强壮的人，实际见到了才发现他们也不过就是中等身材，其中一个甚至比他还要矮小一些。

他们到了以后就跟孟姑对了名字和生辰八字，几乎没歇就催着大伙开路。孟姑说不着急，吃了午饭再走，说这话的时候只听见兄弟当中个子更高的那个腹部传出"咕"的一声，春季的布谷也未必能叫得这么悠长。

午饭就在客栈里吃，席间那对兄弟介绍说他们姓郑，个子矮的那个是哥哥，叫郑大，个子高的反而是弟弟，叫作郑二，可他们正在商量着给自己换个别的名字。他们早年就父母双亡，至于是跑了还是死了，至今也没搞明白。隔壁的先生看他们可怜，闲暇的时候就教他们认字，几年下来也掌握了基本的书写能力。"你俩做什么养活自己的？"小许边嚼肉边问，之前孟姑说他们做力气活，却没说具体是干什么的。郑家兄弟俩对视了一眼，还是郑大抓了抓后脑勺。

"在吃饭的时候说这个有点儿不太好，"他瞄了眼本来就只吃蔬菜水果、已经结束了用餐正在喝茶的孟姑，说："要不咱出发以后再说吧？"

小许还想追问，刘子翼一筷子敲在碗上发出清脆的碰撞声，他便乖乖闭上了嘴。

郑家兄弟的谨慎并非多余，因为他们是挑粪的。万幸的是他们不像小许那样喜欢把自己的职业稀里哗啦地倒出来，说过之后就沉默地看着大家，见气氛有点沉重，又忙去问孟姑桃花源要怎么进去，有什么需要注意的事情。孟姑依旧保持着笑容，她做这表情不是出于善良，而是一种职业精神的体现。像她这样被选为到外面的世界接待外来人员的大都是温柔贤淑的女性，这类人常常具备超乎常人的耐心和不论面对什么都能至少在表面上保持心平气和的宝贵精神。刘子翼看穿了她的心思，但他没有说。

进桃花源的流程与《桃花源记》里写得差不多，他们乘车到渡口，乘上一条没有人管的木船。孟姑指挥着脚夫把行李搬上船，完了脚夫管她要钱，她一笑，一边道歉说忘了，一边说明年出来的时候再来给。几个脚夫也不再追问，只管说没事，孟姑还能欠他们钱不成。可实际上孟姑就是没给过，年复一年，直到我进来的那次也是。

等脚夫们搬东西的时候，刘子翼在栈桥上站着，见有两个抱着簸箕的老妇人一直望着他们，时不时嘴里说些什么，还指指点点。刘子翼想无视她们，想着兴许是乡下人不怎么见过外人，都想看个新鲜。可惜那老妇人们的碎嘴里说的东西确实与桃花源有关，就像刘子翼小时候去听人讲《桃花源记》的书，听见刘子骥的名字时总会下意识地抖三抖。他抱着双手靠在一根立柱旁，把左脚叠在右脚上，又把右脚叠在左脚上，终于耐不住沉默，走过去打听她们在说些什么。

刘子翼希望老妇们能大叫一声拔腿就跑，这样就能打消他的不安。可老妇人们见他过来直接问，先是面露惊讶之色，接着就一把抓住他的手腕，神秘兮兮地压下嗓音对他说，小伙子，你们这是要去桃花源？刘子翼木讷地点点头，连话都忘了说。另一个老妇又慌忙摆手，说去不得，那地方就是个无底洞，年轻人进去后就出不来了。刘子翼还想追问点什么，却听见小许在喊他。

"大家都上船了，你干什么呐？"小许挥挥船上捡来的草帽，一把扣在脑袋上跳上船，这小子第一次出远门也是第一次坐船，兴奋得很。刘子翼在心里不是滋味，因为小许不仅不用敬称叫他，连名字都省去了。

大家上船之后孟姑问有没有人会划船，四条汉子面面相觑，结果还是小许自告奋勇说以前做过木桨，划起来原理应该也差不多。刘子翼抱着手，寻思着小许什么时候做过船桨。等他抓着桨柄，左摇右摆终于把船折腾出渡口的时候才想起来，有一年刘子翼把老许给他做的一条木船的桨弄断了，小许也是主动自荐，照着老许原来的样子照葫芦画瓢给他削了一个，就那一次。

小许脑子也不算笨，折腾两下之后基本掌握了诀窍。孟姑在船头告诉他往哪个方向走，就像牵着一条拴了绳子的狗。郑氏兄弟看起来也没怎么出过门，被小许摇得只剩下坐在舱里喘气的力气，郑二偶尔用他们的家乡话吼两嗓子，听口气像是骂人，但刘子翼和小许都没有听懂。

渐渐地他们看不见渡口和在附近打鱼的船了，去桃花源的河道两旁都是陡峭的山，水又是逆流，小许摇得龇牙咧嘴，手都酸了。可他就是不愿意放弃这个表现的机会，刘子翼看了一会儿决定不管他，探头去看两侧夹道的青山，心里正纳闷：如果一直都是这种山，怎么能在两岸长出桃树呢？

"快了！"孟姑踩下台阶，朝船舱里窝着的三个人喊，郑氏兄弟稍微有了点精神，扒拉着窗框起身去往外看。他们驶入一条狭窄的支流，孟姑让小许放手，那小子正好已经累的快不行了，几乎没顾得上自己之前努力划船塑造的形象，把桨柄甩掉一屁股坐在地上。刘子翼睁大了眼睛望着光秃秃的前路，只觉得精神恍惚，他闭上眼，忽然听见郑大呼喊的声音，几乎睁眼的瞬间一片花瓣的团絮迅速在眼前铺开，目力所及都是摇动的粉雾。树下的绿草异常鲜绿，绒垫子似的一直铺到渐趋阴暗的桃林深处。"这得结多少桃子啊。"小许张着嘴，哧溜一下吸了口口水问刘子翼，刘子翼想说他几句，却看见郑二也半张着嘴，对上他的视线，悻悻地低下头把想说的都咽回去了。刘子翼把头别开，听见郑大小声地斥责郑二，又是啪的一声，似乎还打了一下。

木船就在两侧桃树的注视下缓缓前行，刘子翼忽地打了个寒战，赶紧捂紧了身上的衣服。孟姑问他是不是觉得冷，"这片的溪水常年不见阳光，寒气重很正常。"她这么说着，却还敢伸手下去那刺骨的水里撩上两下。"等安顿下来就舒服了，住的地方大都盖在向阳的高地，连老人在冬天都不觉得难过呢。"

刘子翼谢过她的好意，见河水和桃林已经到了尽头，一座高耸的绝壁堵在他们面前。他这才想起来感慨那个故事里的刘子骥穷其一生都没找到的桃花源的入口，现在居然就这样呈现在他的眼前。孟姑拍拍手，叫大家带上自己的东西从崖壁上那个小小的山洞进去，郑大郑二二话不说就跳下船，刘子翼看着自己的东西，让小许来帮他拿上一点。一开始小许不肯，也不说为什么，刘子翼一生气，说那你现在就回家去，顺便把这些东西也搬回去，他还摸了摸装信的口袋，言下之意是小许是因为他才有机会来桃花源，叫他不要不识抬举。小许也不是笨蛋，闷头哼上两声，替刘子翼把他拿不下的都带上了。

连穿过山洞的过程也和那《桃花源记》一模一样，而且也不会有人比陶潜写得更好。刚一出来就有几个人在门口候着，男女老少都有，他们聚在山洞口围成一个圈，正好把刚出来的刘子翼一行人给堵住，试探的目光让刘子翼想起厨房里的阿婆拣萝卜时的样子。他还什么都没说，其中一个穿着长布衫，双手和浅色衣服上都沾着墨迹的老人走上前，问他们哪个是刘子翼，刘子翼赶忙站出来，说我就是。那老人眯着眼把他上下打量一遍，又一把抓过他的手来看，问他一天能写多少字？刘子翼有点懵，结结巴巴地问是写什么，老人两眼一瞪："写什么？写小说！没人告诉你是来干什么的？"刘子翼只能又摇头，求助似的去看小许，他却已经被一个腰带里挂着吊锤的男人带走了。

"说，能写多少，随便说嘛，我又不会把你丢出去。"老人还在不依不饶，刘子翼拗不过，想了想自己之前在书塾没事的时候在纸上瞎写的那些小故事，说最多的时候一天能写一打纸。老人喝了一声，眼睛和皱纹都笑得挤作一团，挥挥手叫刘子翼跟着他走。刘子翼又看看郑大和郑二，一群人正围着他们，光看那些人的打扮也看不出他们是做什么的，但他们都不约而同地扯着嗓子向郑氏兄弟二人倾诉，仿佛生怕他们还嘴。老人又喊了刘子翼一声，过来拉拉他的胳膊，"走嘛，那俩人不要紧，会有人给他们安排。"刘子翼就这么让老人把他拉走了，走出一段的时候他听见一声扭曲的尖叫，是从出来的洞口那边传来的。刘子翼并没听出来那是郑大和郑二里的哪个人叫的，那当口严老爹——老头介绍自己说——正在跟他解释桃花源安排给他的作为作家的工作。

"……那以后我们就想着反正都让大家识字了，干脆就连着书也一起读嘛，找点乐子也没什么。"严老爹搓着手，看起来也不是因为天冷才这么做。"你要做的就是每年写几个故事给大家看看，老套啊俗啊都没关系，别整那些外面那些人成天写的什么'之乎者也'的，看不懂。"

跟刘子翼把工作的事情交代完后，刘老爹领着他到一座门口木牌上画着座屋子的房前。还没进门刘子翼就听见里面传出小许的吼声，他赶紧加快脚步冲进去，恰好看见小许喘着粗气两手撑在人家的案上，好像有意要让自己看上去特别高大。"他这是怎么回事？"严老爹问近旁一个也上了年纪的老人，那老人面色平静，在说话前才猛地瞪起双眼呜哇呜哇地喊叫起来："了不得！他要掀案子！"

"你们来前路上说的住宅区都在向阳的地方，这算什么，给我丢到连狗都不住的阴旮旯里——"小许转过身大手一挥，看见刘子翼时动作滞了一下，咽了口口水说："我还是个木匠，木材要保持干燥你们不知道吗？"

负责接待的小姑娘看上去也就十几岁，已经被小许的样子吓坏了，她见有其他人来了稍微安心了一点，便拍拍胸口继续解释道："可房子都是木制的，今年因为曝晒坏了几座还在修，就打算说今年在阴凉的地方试着做……"

"那凭什么就我分配到这种房子？"小许说。

"您是由正式被邀请的人带来的，又不做与他相同的工作，照理来说本来都应该直接把您送回去的……"

见小许又要发作，刘子翼连忙上前大声喊他的名字，叫他别在这里为难人家小姑娘，为了照顾小许的情绪，刘子翼咳嗽一声，又说人家有人家的规矩，我们到了人家的地盘就按人家的规矩办事。这话说得有意思，连严老爹都忍不住摸了摸自己的胡茬。见有效，刘子翼又连忙问小姑娘自己住在什么地方，要是符合小许的心思他们可以交换。"交换就算了。"严老爹站出来打断了他，"这都是一开始安排好的，不是你说的嘛，到了人家的地盘就按人家的规矩办事。"

小许被多方围堵，什么话都说不出来了。他回身给人小姑娘郑重道歉，抓上给他的门牌扭头冲出了房间。

于是刘子翼就在桃花源留了下来，以写小说为生。严老爹既是类似书馆的编辑，同时又是搞排版印刷的人。据他本人说自己早年也写过小说，后来没那个精力，就改行专门找人来写了。至于刘子翼问到选中他的原因，严老爹抓抓脖子，说他去外面的时候认识了一个在书塾教书的先生，那位先生把学生们写的文章拿给严老爹看，严老爹一眼就相中了刘子翼的那篇。

见老爹拿出那张叠起来的纸，刘子翼想起来了。那阵子他正无心读书，想象小许那样去学一门别的什么手艺。先生叫大家写文章，他就信手写了篇胡说八道的故事故意让先生打低分，他好趁机跟父亲提出来。结果大家的都发下来了，就他的没发，先生好像故意把他忘记了。他没敢去问，这件事就这样搁置下来。他试探着问严老爹为什么相中那篇文章，严老爹捻着下巴唔了几声，说："不为什么，故事就是故事嘛，好看就行了。"

然而刘子翼对这个回答并不满意。

在桃花源过了几个月，刘子翼也写了两篇像样的故事出来。第二篇文章发出去的第二天，许久不见的郑大和郑二竟然主动登门造访了。他们俩的打扮看上去比刚一起来到桃花源时好多了，都穿上了没有补丁的新衣服，也都洗得干干净净的。只是面色蜡黄，眼底还兜着一层厚厚的晕影。

刘子翼问他们来做什么。俩兄弟没立即回答，而是相视一眼，各自从各自的包袱里拿出一沓纸，蚂蚁似的爬着密密麻麻的黑字。"谁先交？"郑大看了后退的郑二一眼，"没出息。"他先走上去，把自己那沓稿纸放在刘子翼的书桌上。

刘子翼用疑惑的目光看看稿纸又看看他，郑大瞬间红透了脸，说："其实咱兄弟两个一直有个梦想，就是成为刘先生这样的作家。"他边说边瞥捏着自己的稿纸缩在门口的郑二，咬牙的样子像要吃了他一样。"这是我们这阵子写出来的故事，请您评判评判。"

刘子翼没立即拿过来，他问郑大现在他们在做什么工作。郑大猛地后退一步，脸上的血色又涨了几分："不就……还是挑粪呗，还能做什么？"他谄笑两声，向桌上的稿纸抬抬下巴："您还看不看了。"

刘子翼只得去拿桌上的稿纸，对面两个都是干体力活的，他打不过。在他看郑大的小说的时候郑二在郑大的揎掇下才终于愿意把稿纸交过来，他把那沓纸重重一摔，然后就说这屋里闷得慌，忙不迭地跑出去了。

刘子翼不知道该怎么评判他们俩的小说。先说那郑二的，他写了一篇故事，讲一个以挑粪为生的乡下小伙子受尽欺负，某天在粪坑里无意中找到了许多黄金，于是他摇身一变成了有钱人，便乔装打扮，到城里去报复那些曾经欺负过他、现在都在城里立了家业的人们。刘子翼说不上来自己应该在哪看见过类似的故事，而且远比郑二这篇写得要好。他偷偷抬眼看了眼背着双手在屋里晃悠的郑大，把稿纸放在腿上摆摆齐放下，又去拿郑大这篇。

谁知郑大这篇更离谱，他写了一座被粪坑包围的村子，村子里最受敬仰的人就是挑粪的，因为如果没有这些人，那些包围村子的大粪就会把整个村子都淹掉。他写一个最会挑粪的人成为村里的英雄，姑娘们都争着向他献殷勤，抢着上他的床，其中甚至还穿插了几段龙阳之兴。恰好郑大就在这里，刘子翼揉揉发痛的太阳穴，问他这篇小说到底想讲什么，郑大面露喜色，郑重其事地跟刘子翼解释说想展现一个封闭的空间里的那些人腐朽堕落的生活。当然，最后主人公要逃离这种生活。刘子翼听得一愣一愣的，又忍着头痛回去看了一遍，硬是没看出郑大说的那层意思来。他定定神，把郑大的稿纸轻轻放下，对郑大说一时间还说不出什么，让他们先回去，自己要好好拜读一下。

打发走郑氏兄弟以后，刘子翼揣上两篇稿子去找严老爹。刚出门就正好碰见小许来找他，两人便一起出门。小许问他来前看见那两兄弟刚走，他们来找刘子翼做什么。刘子翼摇摇头，反问小许来找他又是吹的什么风。

"唉，我还能找你来做什么。"小许从身上背的挎袋里掏出一个长得跟人有点类似的东西，"我这次用桃木做的，想让你看看结实不结实。"

可据刘子翼所知道的，小许在职业考核时做得最好的东西是椅子，没想到这家伙还没死了那条心。他收下小许的新作品，把郑氏兄弟的东西拿出来给小许读，小许只看了两行就说不懂，把稿纸原模原样还回去了。

他们到的时候严老爹正准备开饭，见他们来了，又拿出一瓶酒。刚坐下他就给刘子翼倒上，说是这次的作品反响很好，这才没一天就都发出去了，有不少人没看到，还有人想要一份纪念版的。刘子翼摆摆手，喝酒前先把郑氏兄弟的作品拿出来，放在桌上请严老爹看看。

"你说谁写的，那俩挑粪的娃？"严老爹瞪大眼睛看看桌上的稿纸，"我就听说那俩娃不好好做事，原来是在干这个。"

刘子翼这才知道原来自从他们来了桃花源后，郑氏兄弟俩一开始以为来了桃花源会被安排到别的工作，至少在他们看来会是比挑粪更体面的工作，然而事与愿违，他们还是被安排干了老本行。起初的几天他们还算老实，后来就开始消极怠工，有一位住得有点偏的老奶奶家，整整一周都没有人去过她那边，气得她在每个月例行的居民聚会上破口大骂，说什么现在的年轻人都道德败坏，连个粪都不会挑；还有孟姑，这么大年纪了连婚都不结，孩子也不生，整天涂脂抹粉在外勾引男人；后来她连桃花源也一起骂，说给她安排的地方太远太荒，每次去市场都要爬半小时的山路；最后她竟然提到了刘子翼，脸上笑得所有皱纹都挤在了一起问他的下一本小说什么时候出，垫桌子脚的纸又不够了——好在刘子翼没有听到这些，可即便没听到这些他也察觉到了桃花源的真实，所以他是个聪明人，只有留在这里的我们才是真正的傻瓜。

他俩正嘀咕的时候严老爹说看完了，顺手就把稿纸撂在了身后的地上。刘子翼问他怎么样，严老爹喝了口酒，仰起脖子一抬手，在刘子翼的额头上弹了一下，喝道："臭小子，吃饭的时候你给我看这个，诚心恶心我是不是？"刘子翼捂着脑袋，问那要是他俩问起来怎么办。"怎么办？"严老爹端起酒杯，"这稿子你就放我这儿，那俩小子要是来问就说给严老爹我了，别的一律不知道，叫他们好好干本职工作，听到了没有！"

刘子翼连连点头，接下来的时间就只知道喝酒吃菜，对郑氏兄弟的大作只字不提了。

那天之后刘子翼还是照常写小说，郑氏兄弟也时不时来访，他就照严老爹的盼咐拐着弯地让他们好好做工作，也就是挑粪，还动之以情晓之以理，说什么人可以一天不看小说，但不能一天不如厕，要从这个层面上来说，郑氏兄弟的工作比他的要有意义得多。可他们也不怎么听得进去，久而久之就再也不来刘子翼这里了。

有一次刘子翼忽然想起那个自己差点与他拥有同一个名字的刘子骥，就带了一点读者送给他的腊肉和酒去找严老爹，找他打听刘子骥的故事。严老爹喝过酒后话也跟没喝酒一样多，说起这事，他告诉刘子翼，桃花源早在《桃花源记》这篇文章流行之前就写信给过刘子骥，可都没有消息。后来有个拿着信的年轻人出现在桃花源里，自称是刘子骥。桃花源里德高望重的老人们围着他问了半个时辰，这年轻人终于露出了马脚，坦白说自己是给刘子骥家那片送信的邮差。逼问之下这小子才终于交代，说自己擅自拿走了桃花源寄给刘子骥的邀请函，除此之外还扣押了刘子骥的亲人给他寄去的钱庄凭证，于是他就拿着刘子骥的钱和邀请函来到了桃花源，想在这里开始新的生活。结果不用说，严老爹拍下酒杯"嘶"了两声，桃花源派人押着那小子去找刘子骥，却发现刘子骥本人已经病死在家中，连个收尸的人都没有。

"……是那时候的人给他办了后事。我们本来不打算再跟外面的人接触了，结果你也知道，陶潜的《桃花源记》又出来了。"严老爹说着语气逐渐沉下去，连桌上那盏油灯的光也像要熄了一样巍巍地颤抖着。

刘子翼用这个素材写了一篇刘子骥的故事，像往常一样收到了许多赞誉。

刘子翼睁开眼，看见一辆骡车停在他面前，车夫正在往骡车上搬他的行李。"我睡了多久？"他愣愣地看着车夫问，那戴着草帽肤色黝黑的男子也愣了一下，笑着说来的时候看他坐在石头上睡得正香，就想先搬着东西，看看他什么时候会醒。还说他这东西挺多，幸好桌椅能拆，不然是过不了那个狭窄的山洞的。车夫又问他还没有落下什么东西，他回身看了一眼自己住了一年多的房子，又看向阴影处，小许的房子还是静悄悄的。

他想起自己至少做了一件好事，那天从严老爹家出来后，他趁着酒劲拿出小许的新作品，在小许面前把那玩意儿摔了个稀巴烂，指着小许的鼻子破口大骂说他的木偶根本一文不值，他打的桌子腿都比这强。至于之后小许有没有打他，又打了几下，他记不清了，只记得周围到处都是乱七八糟的叫声，脚步声，还有煌煌的火光和粼粼的流水。那水真烫，贴在他脸上上让他忍不住骂起来，旁边有人在哭，就当他是小许好了。反正那之后小许再也不研究人偶，而是一心一意地做桌椅，现在他已经是桃花源最有名的木匠师傅。可不管是小许还是桃花源看过他作品的人们都不能让他留下，他已经决定要走了。

有关刘子翼离开桃花源之前的细节，后来我采访小许的时候他对我说，有次他们一起去桃花源围出来的鱼塘玩，他在捞鱼的时候忽然听见刘子翼大叫一声，坐在地上死死抓着自己的喉咙，一看见他跑过来就跟他要水喝，喝完了一碗不够，还挣扎着要去喝鱼塘里的水，后来拉了三天肚子，大病一场。病好后就说要离开桃花源——小许特地强调说是"逃离"而不是"离开"——我问他知不知道是为什么，这小子却什么都说不出来。他叫我不要再想刘子翼，又问我下一部书要写什么，我说我还没有决定，也许还是要写他。小许听了后把杯子里的酒一口喝干，二话不说把我赶出去了。待我走出将近一半的路程后，我听见小许又气喘吁吁地从后面追上来拉住我。"给你个忠告。"他涨红了脸，喘气的样子好像已经有许久没有像这样着急地跑动。"你要想你的小说还有人看，就别再写那家伙做主角的小说。"

我明白他的意思，这世界上活着的每个人都多多少少有着自己的不幸，他们无法接受自己不过是一个人的故事里的配角。身为作者我当然清楚，刘子翼只是个不折不扣的富家子弟，在来到桃花源之前没有受过一点委屈，来到这里之后失去了过去的权威，连小许这种下贱的奴才居然都跟他平起平坐，要是换了我，我也要逃离这个地方。但是——我摇摇头，等着他怒气攻心扇我一耳光，他有资格，没有人比他更有资格。可是他没有，他好像早知道我会这样回答，只是扬起巴掌停在空中，然后像个真正喝醉了的人那样对着我傻笑了两下，转身离开了。我一直望着他的背影，目送他走进那座半新不旧的房子，灯很快就熄了，我忽然觉得有点冷。

也许我应该告诉小许，我应该问问严老爹，为什么不念旧情挽留刘子翼，为什么要选刘子翼来桃花源写小说。我还想问我自己，为什么一直在写刘子翼，好像我们的生活除了他之外无事可写。

所以我想写写刘子翼之外的人：郑家兄弟现在也还在桃花源以挑粪为生，他们好像找回了自己在老家时的干劲，也可能是桃花源的气氛感染了他们，让他们终于愿意静下心来去做自己真正擅长的事，不再想着要来抢我的饭碗；严老爹已经退休，我现在既要为桃花源的人们写小说，又要负责把自己的小说印出来发给他们；我拜托孟姑出去的时候帮我物色一个能做排版的学徒，她爽快地答应了，每年却只给我捎回来一些写着做雕版和颜料的新技术的纸张，并告诉我以后桃花源可能不会再收外面来的人。

至于刘子翼，听说他回到家乡以后很快就考取了功名，娶了一位门当户对又温柔贤淑的姑娘为妻，我想他应该很幸福，他一定已经忘记了桃花源，开始了新的生活。

西西弗再见

宋英宁

　　他隐约听见隔壁的响动，像躲在他脑袋里将死未死的夏蝉，眼皮还没来得及翻动，瞳孔就隔着那层薄薄的黏膜，提早吸饱了冰凉的湿气。他是醒了，还是没有？距离睁开眼睛还要好一会儿呢，于是他就不能确定。就像他想说的话没有变成声音，从嗓子眼儿里冒出来，他就不敢说那些话一定存在一样。

　　外面的世界被冰封住了，但如果不睁开眼睛，其他的部位就可以避免那种颇有伤害性的袒露，只是他又陡然听见父亲的叫喊，声音比之前更加真切。

　　"要死，窗户又没关严，你奶一早起来就在那抹鼻涕。"被子一下子掀开，他全身只着一条灰色内裤，婴儿一般蜷缩在床单勾住的那一点体温里。他极讨厌这种姿态。对面的人已经穿戴整齐，随时可以冲到门外去，而他偏偏因为裸睡的习惯落了下风。

　　好不容易摸到被父亲扔到老远的被角，他一把扯回来包住自己，眯着眼睛嚷着："昨晚我回来你们都睡觉了，明明应该是你去我奶那屋关的窗户，怎么赖到我头上了？"他这才发现，许是昨晚窗户开了的缘故，狭小的二居室里浸满了雾气，他连父亲的脸都看不太真切。即便是在这个雾霾高发的地方，他仍觉得那只是雾气。

　　他还依稀记得昨晚刚帮西西弗酒吧修好电路，也算不上什么故障，就是一次串联了太多设备，把保险丝给烧了，他帮着换了个新的，虎哥就给了他五百块钱，比他连着两天在人民广场"站街"赚得还多。所以，若他要把今天奉为休息日也合情合理，那他就不用去人民广场的马路边上蹲着，吧唧吧唧抽着劣质香烟取暖；他不用和那些牙齿焦黄、永远穿着一套肮脏军大衣的人讲话，不用减少呼吸的频率以忍受他们嘴里的浊气。

可他还是准备出工，因为父亲把里外窗户都关得严严实实，屋里很快又干燥了起来，那种可以致幻的朦胧也消失了。奶奶坐在床上抽鼻子的声音响了起来，听得让他厌烦，如果他选择继续睡觉，也势必会梦见自己在工地里抽水，那他醒来时必定又浑身酸痛，且梦里这无谓的劳动还拿不到一分钱。

他在父亲冷幽幽的目光里起身，裹上衣服，走到水池前奋力搓洗自己。他发现自己的鼻头上长了一个红肿的脓包，处于初发期，怎么挤都没有反应，只是隐隐地疼了起来。

他也坐在餐桌旁吃起早点来，酱茄子、粥和馒头，父亲已经差不多要吃完，往手指上吐了口唾沫，翻起一沓子皱巴巴的空调安装单。父亲的唾沫星子好像溅到他碗里，他皱起眉头，拿筷子的一头重重敲打着桌上的几块橘子皮，隔了许久才不无讽刺地开口："这是你吃的吧？"

"橘子皮是空气清新剂，懂吗？"父亲撇着嘴说。

"什么狗屁空气清新剂，我看屋里的虫子都是这玩意招来的。"他随手把那几块已经干燥的橘子皮扔到吃完的饭碗里，赶在前面走出门去，留着父亲在后面骂骂咧咧。

手机屏幕亮了，是虎哥在群里发的：今晚西西弗要办 live，几个哥们比画比画，想凑热闹的过来。

他照例蹲在人民广场，试图把整个身体都藏在长长的工作服里，这雾真大，沿途的汽车都开着双闪灯，一瘸一拐地行驶着，刺耳的鸣笛声迟迟不歇。他蹲在路边，用手摩挲着自己的牌子，上面写着"修电路、通下水"，"通"字还涂改了很多次。今天的生意不好，因为有几个不懂规矩的小子提前站到右转弯的路口，直接把客户都揽走了，这里年龄最大的电工带着几个男人过去，照他们脸上打了几拳，一个个挂了彩，嘟嘟囔囔地走了，他这才揽到一个通下水的生意，去附近小区一个女人家里，挖出了足足小半个塑料袋的头发。长长的发丝混着说不清的污垢，散发着难闻的气味，他突然意识到，就算是再明艳的女人，她们的浴室或许与他的职业才最相配，这么想来他心情舒畅，于是自然而然地想到晚上西西弗的 live，虎哥是不是还弹贝斯，那他的女朋友又会不会到场？

下工的时候正好晚上八点多，他沿着旧巷骑车，西西弗就在这条巷子的尽头，是个车库改造的小酒吧，挂着金黄色 LED 做的招牌，一直亮到天明。隔壁的街上有所高中，那些贪玩的毛头小子偶尔逃课约女生过去，喝酒看电影，但女孩子们很少待到半夜，或许是家里还保有宵禁的时间。他无论如何都不希望这些学生接到和他同样的邀请，也不要他们去凑什么热闹，那西西弗的客人就会少一点、再少一点，他们还会像以前一样称兄道弟、喝酒聊天。

他刚推开西西弗的门，便听到撕拉的底噪和虎哥招呼熟客的声音，门口的通道十分狭窄，宽度只够容下一人，那几十米的距离就如同穿梭在喀斯特地貌的溶洞里。暖气热烘烘地扑到脸上，他情不自禁地打了个哆嗦，抖落了一身雾气，感到自己好像赤条条的。店里只坐了二十几个人，大部分他看着有点眼熟。去吧台拿了酒，他坐进一个没有灯光直射的角落里，在举杯的间隔中，悄悄用目光扫过每一个人，却怎么也叫不出名字来。虎哥的女朋友不在，她应该有一个月没来店里了。

他独饮了好一会儿，虎哥才远远瞥见他来了，赶忙把他拽到后台，趴在他耳边说："你可来了，我们正好缺一个敲声箱的哥们儿，你帮帮忙！"他慌忙摇头拒绝，虎哥紧接着压低了声音："不用担心，伴奏我们都提前录好的，现场就是比画比画，要不万一出岔子多丢人，咱这设备也跟不上。你就在台上听着点儿，随便敲敲，他们看不清你动作的。"

他迷迷糊糊答应下来，方才急着下肚的几杯酒在胃里翻滚着。半个小时之后，他和乐队成员走到台上，炫光灯以特有的编排方式全部亮过一遍，搞得他几近失明，惨白的光柱中他看到了一个熟悉的身影，正端着花生从后厨走出来，而他在那一瞬间忘掉了自己要假装是乐队的一分子，面带微笑和大家挥手致意。他突然紧张得浑身发冷，他想起自己鼻头上那颗红肿的脓包，一定在灯光的照耀下出奇明显，那他此时此刻就一定看起来像个小丑，即便那颗脓包的大小还不足以覆盖他整个鼻尖。

虎哥按出一个闷重的音，其他两个人也跟着弹起来。他故作镇定地坐下，跟着鼓点声敲起声箱来，渐渐地，一波一波的声浪好像要把他掀翻个个儿去。即便说是提前录好的，虎哥依旧声嘶力竭地吼着有些不在调儿上的歌词，他在破碎的旋律和不合时宜的噪声中奋力追寻他的鼓点，却觉得反反复复的音节正拍在他脑门儿中央，而他只要稍一松松牙关，刚才那两杯酒就要从胃里直呕出来。

敲打音箱的动作渐渐变成僵硬的重复，台下的人窸窸窣窣地交谈起来，虎哥的女朋友就坐在第一排的旧沙发里，用翘着的那条腿徐徐打着八拍。他的眼睛已经适应了舞台上发出频闪的光，所以每一次灯亮起的时候，他都能熟练地把目光锁定在那女人脸上，她嘴角勾着笑，轻轻吐歌词，眉头舒展，用有点迷离的目光盯着虎哥。她看上去不是一个浓重的人，就像隔壁高中的清纯妹一样，但他又可以断定，她的眼神能够就这样，一点一点把人浸满，让任何一个男人都无所遁形。

他不知道就那么敲了多久，他只知道那个女人的脚尖都来没停下来，好像她比谁都熟悉这几首曲子。为什么他们不干脆把她请到台上来，那他也就不用在这里丢人现眼。

台下闹哄哄的，有位观众失手打碎了瓶子，酒从桌沿淌到地上，很快积聚成一小摊，暗红色的，像血。那劣质液体的气味渐渐窜到台上，他不住地换气，听见旋律里混着自己"咚咚"的心跳声，而在他无力抵抗，几近吐出来的时候，歌曲化成一个干净的和弦，表演结束了。

他僵硬地坐在声箱上，虎哥路过拍了拍他的脑门，但这一拍显然已超出他的负荷，他便彻底缴械投降，起身一歪头就吐在了舞台后面。

"靠！快快快，这是怎么了？快拿桶来！"

虎哥的女朋友拿着一个废弃油漆桶跑出来，自然地用手帮他顺着脊背，他和那女人的脸离得很近，但他不想抬头看她，而是把脸深深地埋在桶里干呕着。他在桶底偷偷回忆起这女人的样貌来，才发觉自己好像没怎么看清过她的长相。他什么都呕不出来，其实他只想吐那一下，就是刚刚在台上的时候，现在胃里已经什么都没有了。

台上换了 DJ 在打碟，他被搀扶着坐到那张旧沙发上，连连摆手说："没事，就是刚空腹喝了酒，胃有点难受，吐出来就好了。"虎哥笑嘻嘻地给他递了瓶水，又当着大家的面讲起他的陈年往事来："你们看看刚他敲那两下子，根本看不出来是外行，这小子干啥都看起来像那么一回事似的。"虎哥抬起下巴指着他，好像是想让他自己招供些什么，他讪讪地笑着，避开了虎哥的眼神，虎哥只能继续自个儿讲下去："上次，他给一剧组修电路，和几个人抽了两根烟，就捞了个群演当，是不是导演说你上镜，还破天荒地让你念了句台词？"

他不好意思地低下头，因为他发觉那女人正直勾勾地望着他。

"让我演了个外卖小哥，我就用地方话念了一句'给个好评！祝您用餐愉快，再见！'"的确，那天他不知道为什么自己那么幸运，本来还抱怨着那影视城太远，来回坐公交车搭上太多时间，没想到导演叫他演了不到半个小时，就让旁边的人塞给他两百块钱。

虎哥女朋友开了口："据说王宝强就是每天在剧组拍戏的地方守着，现在成了腕儿呢！"她的声音很尖锐，音量不大但十分具有穿透力，惹得周围的人哈哈大笑。他不明白这有什么好笑的，他已经离自己避光的角落太远了，但现在却感觉这种焦黄的灯光照在身上暖洋洋的，他好像正泡在热乎乎的泥潭里。

他看到 DJ 吃力地扭动身体，西西弗的舞台其实最多只能容得下三个人演出，但往常也不需要那么多人同时站上去，那里只长久地停着冰冷的效果器。虎哥一般就招呼他们喝酒，喝得有点上头的时候，才教他们搞点噪音艺术，用螺丝刀锯琴弦，他总躲在人群的后面，听着虎哥搞出来的那些"音乐"，他一点也不觉得那种东西好听，但他还是颇有耐心地听着，他常常是西西弗喝酒最多的那个。

外面的雾气更重了，可能是因为夜晚气压低的缘故吧，他想着，外面一定很冷，而西西弗现在很温暖，虽然这里各处装修都好像迎合了这个硬邦邦的工业城市的味道。可这里终归是不同的，他不再眷恋雾气，而是狠狠地把它关在门外面。这里再怎么喁唧都没什么关系。

可他终究是要回家去，该死，因为西西弗永远让人亢奋，而他的工作仍未能摆脱睡眠。他小心翼翼地旋开家里的门锁，继而听见了奶奶有些不畅通的呼吸和父亲一声沉闷的低叹，他一反常态地和衣就睡，用最少的动作让自己静静湮没在被子里。

其实从那次拍戏以后，他每周都要给自己放几天假，常选择在阳光明媚的日子，不去人民广场，也以身体不舒服为由推掉平台派的所有活计，一个人去影视城转悠。他会娴熟地掏出红旗渠，给影视城门口卖票的大爷递上一根，那里通常没有游客，即便是在阳光明媚的日子里。他打听起最近有没有剧组过来，大爷总是摇摇头，用专业人士的调调同他讲："人家说现在是影视寒冬，知道吗？况且这地方预计年底翻新，你看看这里面的环境，和人家横店什么的，根本比不了，谁来啊？"他每次来，听到的都是这几句话，好像就算是他每次都递根红旗渠，这大爷也记不住他，唯一不同的就是，大爷这次眯着眼睛把他从上到下打量了一遍，末了吐出一口烟："看你这小伙子，长得蛮精神的，演员啊？"

他不会买票进去，因为他知道里面就和外面一样，光秃秃的，是北方深秋的颓景。

问完话他转道去医院，取奶奶前几天拍的头部 CT 结果，没想到医生指着片子和他讲了半天，说这病叫阿尔兹海默综合征，俗称老年痴呆，平时要锁好家里的门，要是让她自己一个人出去，可能就找不回来了。

他不知道什么是阿尔兹海默，但他知道老年痴呆，如果一个人说另一个人是老年痴呆，那就像是在骂人，但奶奶今后再也无法反驳别人的判断，因为医生已经动用他的独有的权威，如此确诊了。

他拿着检查结果去了东湖豪胜，父亲正在六号楼挂空调外机。他远远看见父亲穿着灰蓝的工作服，费力地把硕大的空调外机从窗子里拉出来，再想办法安装在固定架上。若不是父亲头上那顶扎眼的橘色安全帽，他可能会忽略掉那里正吊着一个人。他大声喊着父亲的名字，但那声音很快消逝在周遭的雾气里，任他怎么使劲儿对方都听不见。于是他只好坐在旁边的石阶上，盯着父亲因为借力而异常扭曲的姿势，静静等他从楼上下来。

"怎么回事？"他父亲一开口就充满了怨气，好像刚才的劳动让他受了天大的委屈。于是他也不耐烦地回应："我奶得老年痴呆了，医生啰啰嗦嗦说了一大堆，结论就是这个，以后得看好她。"

他父亲盯着那黑黢黢的 CT 片子，好像能看出什么名堂一样，许久后叹了口气，有些咬牙切齿地对他说："我看你喝酒那架势，不到你奶这岁数就得完蛋。"

父亲掏出一根烟来，示意他点上，急切地吸了一口，又沉沉吐出一大片白雾。他只当父亲诅咒似的叮嘱是家常便饭，就好像小时候人们要把不吉利的话随时挂在嘴边，以防止那些事情真的发生一样。那他自然也无须在意，下了工照旧泡在西西弗里，和虎哥那帮人扯到半夜。

推开家门，他又听到奶奶沉重的呼吸，心头涌起一阵前所未有的烦躁。没等到他像往常一样钻进被窝里，突然听见隔壁有人"砰"地一声翻下床。黑暗中他看见父亲拿着里屋的扫把冲了出来，对着他一阵乱打，每一下都在半空中划出蜂鸣，出手极其狠戾，他的手指被其中一下击中，片刻后发出钻心的疼痛来。

"你他妈半夜三更的有病吧！"他忍不住压低声音吼他。

他爸倒丝毫不掩饰自己的情绪，口沫横飞地冲着他的脸骂："你这狗东西，我看你再敢喝到半夜，立马从我的房子滚出去！"

他和父亲扭打在一起，鞋架上的拖鞋很快散落下来，砸在身上却软绵绵的。四处爆发着闷响，狭小的房间里挤满了愤怒的鼻息。奶奶从隔壁房间摸过来，一把按下了管灯的开关，口齿不清地叫着："出什么事儿了啊！"

他被突如其来的亮光刺得精神恍惚，没顾得上还手，结结实实挨了几下，正打在他胫骨上。他渐渐恢复视力，在白炽灯下看见奶奶眼眶乌青，手吓得哆嗦着，在空中无助地乱挥，他心里很不舒服，起身关上了灯，把他奶拽回床上，屋里又恢复了一片漆黑。

片刻后他听见父亲徐徐起身，把拖鞋摆回鞋架，然后拖着脚步走回床边，用不了几分钟就鼾声如雷。半夜他几次憋醒，听见隔壁老人细细地呜咽。他又眉头紧促地睡过去，梦一个接着一个的，好似溺水。

接下来的一周他只在西西弗呆了个把小时，那晚的互殴似乎也算不上什么大事，父亲照常每天喝过粥就出门去。

小的时候父亲每次打他，他都把自己关在屋里，那会儿是奶奶照看他，他不开门，她就趴在他门口喊，"父子没有隔夜仇"，那时他深信不疑。

这周虎哥的女朋友几乎都在，每次从吧台望过去，他都能看见她和虎哥在看外国人演的电影。他们看电影的姿势很奇怪，一般的情侣都是女生靠在男生怀里看，顺便作出撒娇的姿态，但那个女人从没这样过，反倒伸开手臂环住虎哥的肩膀，那架势仿佛她才是男人，动作就像她跷着脚打节拍一样从容。

他还偶然听见隔壁几个逃晚自习出来喝酒的学生聊天，说的是他们班里一个同学的事，那家伙说自己被北影录取了，表演系，结果和他一起考试的人说，又在这附近那个名不见经传的艺校考场上碰见了他。

他没忍住凑过去，冲那个正在说话的男孩子问了一句："北影怎么考啊？"对方马上就闭了嘴，仿佛一下子感受到了秘密被窥探的危机。许久一个梳着刺头的男孩才开口："还能怎么考？去艺考，文化课再过线呗！"他仿佛听懂了一样点了点头，在那几个男孩戒备的目光里移回他的酒桌。

其实他本可以试试的，小学时候的联欢会，他总是被拉出来演即兴小品，逗得全班哈哈大笑。他好像只要做一个动作就很逗乐，那时候班里的人都愿意没事招惹招惹他。

初中的时候他几乎是班里学习最差的学生，倒也没多么贪玩，只是感觉书本上的那些东西怎么都进不到脑子里。初中那三年过去，他就上了父亲为他打点好的职业技术学院，学修电路。他回想起往事来，感觉自己似乎还没来得及看到选项，就已经走上了等在他面前的路。他对那时候的生活也说不上厌恶，只是从技校出来之后，感觉自己已经经历了人类可以承受的最高浓度的枯燥，而他却只有二十岁，那剩下的几十年又该怎么度过呢？

他离开西西弗的时间尚早，就没急着回家，在巷子里穿梭着，不知不觉就溜达到了那所高中对面，看见公共广告栏里贴满了补课班的海报。在那一堆看起来颇有竞争关系的海报里，有一大面像是刚粘上去的，还没被人撕破，异常完整，那上面用硕大的白字漆着："北影艺考，不过退款！"于是他又鬼使神差地把电话拨过去，接线的人普通话讲得不太利索，但大体意思他能明白，三个月五万块，具体的得把孩子带过来看看。

父亲下班之后提了几盒羊肉片回来，翻箱倒柜地找出一口积了灰的不锈钢涮锅，说中介把他上一季拖欠的工资结了，立冬了，还得吃点羊肉。奶奶从里屋踱出来，嘿嘿笑着，开心得像是过年。火锅又蒸腾出一种雾气，弥散到整个房间，这雾气是滋润的，泛着白肉的香味，让这间小小的房子突然旖旎了起来，即便少了些电影中的浪漫。果然父子没有隔夜仇啊，他想着，学父亲一样把吃过的橘子皮随手扔在桌边。

父亲买得菜显然不够，他从阳台上翻出之前冻的白菜和南瓜来。准备冬储菜的那几天，父亲请假少出半天工，他们爷俩一大早上就把运蔬菜的卡车拦下来，求着司机往巷子里多开几米。然后他负责把蔬菜一波一波搬下来，又运到楼上，奶奶在一旁挑拣掉烂了的，父亲再用菜刀把它们处理好，扔到阳台上冻起来。

他手上拿的这包是之前切好了的，就等不及解冻，一股脑地下进锅里，冰碴子爆发出噼里啪啦的响声，听上去像新年的爆竹。他们默默地吃着，每个人脸上都洋溢着一种陌生的惬意。

他夹着一片羊肉在锅里涮熟，沾了沾麻酱，放在父亲碗里，轻轻说了一句：

"爸，你说我能不能也考考北影？"

他爸没抬眼皮，咧嘴笑了："真能想一出是一出啊，你要是这么厉害，为啥初中成绩那么差？"

他不好意思地挠挠头，吧啦了几口挂面，"之前啊，我是没遇到想干的事。"

"那我还想当皇上呢？你说我能想当就当吗？咱就是个普通人。"

他沉默了一会儿，把嘴里的食物吞咽干净，用有些正经的语气又开了口："那不一样。爸，你工资结了，能不能资助我报个班，我问了，五万块钱保过，不过就退款，我自己攒了一万多了。"

"这种骗子你还信啊？"他爸没有一点犹豫，言语中有些烦躁，又看他直勾勾地盯着自己，就摆了摆手："你自己愿意干啥就干啥，我管不了，但我这点血汗钱可不是让你浪费的。"

他感觉鼻子痒痒的，就抽了两下，但那看起来就像是不屑。其实他想过自己攒钱，但可能需要三年的时间，那他这种枯燥的生活又将如此重复三年，他甚至不确定自己能不能熬过下一个满是雾气的冬天。

他许久都未曾对第二天的黎明有过什么期待，因为他知道日子就像是四季或者生命的浓缩，是无数个循环的相接。他曾把这个道理当作自己的警世名言，在公共发言中若有若无地提及着，却从未引发过谁的注意，这跟他想象得不一样。而他现在想着，嘴里却不自觉地溜出些可怕的话来："你从来都是这么自私，怪不得我妈要走。"

紧接着他的鼻子就重重地挨了一下，他下意识地骂了一句脏话，酸涩的感觉一下子升腾了起来，他摸了摸鼻子，没有流鼻血，但那颗硕大的脓包被父亲的指甲刮破了，不断涌出带血丝的脓液。随便哪一种雾气里，都可以轻易隐匿一切处于溃烂边际的矛盾，所有人都仿佛在充满恐惧，又在十分耐心地等待，等待一个小小的碰撞，就将这一块早已蓄势待发的巨大脓包击碎，它定会脓血四溅，淋到每个人身上，并散发出难闻的味道来。

父亲死命地拍着桌子，一个瓷碗被震到了地上，碎成几片，他又指着他的鼻子，眼睛通红恶狠狠地骂着"白眼狼！"他的牙齿咬得咯吱咯吱响，那口不锈钢涮锅此时却发出叮叮当当的声音，听上去尤为不合时宜。他眼底结了一层雾气，依稀看见奶奶端着麻酱碗的手不住地打战，麻酱汁溅到了她那件老式马甲上，渗出一片褐色的污迹，可奶奶一直都穿着这件马甲，如今她是不是将挂着这片污迹生活，甚至把它带进梦里。

猛然间，他听见奶奶爆发出一声孩童般的号哭，却比之更悲恸，那声音一瞬间盖住了所有，她嚷着、喊着："我死了才消停啊！"

他不明白为什么这个家这么不让人痛快，从来如此。第二天一大早父亲就不见了人影，奶奶用昨晚剩的羊肉煮了汤，却忘记打血沫，汤里有一股难以忍受的腥膻味。他想他应该一晚上都没有睡，因为他一直在盘算着如何摆脱这一切，夜里的时间没有他想象得漫长，他只得出了一个结论，离这里越远越好，所以他开始满屋子翻东西。他半夜在微信上和虎哥聊过，对方答应让他在西西弗借住几天，但他还是要赶紧找房子，那种旧小区的单间就可以，哪怕是用窗帘当隔断拉出来的。

奶奶直勾勾地盯着他忙乱的身影，等他差不多快收拾完了，就招手叫他过去。他凑近，奶奶轻轻点着他的鼻子说："我跟你说过，三角区长东西不能碰，要不容易得败血症。"即使还穿着那件弄脏了的马甲，她也似乎已经忘掉昨晚的那场暴力，那时候她比谁都激动。他突然觉得老年痴呆也并非一无是处。他看她手里好像还操着什么活计，是一根银针和一条棉线，就故作责备地凶她："岁数这么大了，不要做针线活！"然后背上包出门了。

他直接骑车到了西西弗门口，往常他只晚上过来，在这个朦朦胧胧的早晨，那几个熄了灯的小字好像失去了力气，疲惫地挂在车库门前，他推门进去，虎哥正仰头睡在那张旧沙发上，屋里还另外烧了一个小电炉，几只窗子上都镀了一层薄薄的哈气。

虎哥听见他来了，哼哼唧唧地翻了个身，让他把东西放下再随便找点吃的，在他收拾的间隙，顺便告诉他一个消息：西西弗昨天收到了消防的整改令，作为人群聚集的场合，他们必须打一条防火通道，安装灭火装置，在弄完之前不能营业。

虎哥打着哈欠对他说："正好，你可以消停住几天，晚上没那么闹挺。"他一下子坐在沙发旁边的椅子上，那把椅子的扶手很高，和椅背构成了一块紧密的空间，他整个人窝进去，好像要融化在那里面。

"有什么需要帮忙的跟我说，我算懂一点。"

"没事，我都找好人了，他说用不了多久就能整完。"

他没过多久就出工去了，背包就放在西西弗吧台的角落里，看上去非常妥当。人民广场上等活儿的人少了一半，或许是他们一早上都叫人招走了。他坐在马路牙子上，以一种舒展的姿势。他想着，这样蛮好，无论世道怎么变，修电路和通下水的人都少不了。即便还干这行，他的生活也未必一成不变。要是有合适的物业公司招聘，他愿意去做个固定员工，那他就每天只需要在一个小区里晃悠，没准儿还有自己的办公室。

就算他的生活看起来还是那副样子，他如今也可以光明正大地说，那种生活是他自己的。他才二十多岁，抛掉了父亲沾染给他的那种乏味的老年气息，他似乎正处于电视中所说的"青春"里，他的一生还充满着幸福的不确定。

果然，他以令自己满意地速度适应了新生活，只是每天晚上，他都在偷偷期待那个女人会来，这种期待让人有些疲惫。他鼻子上的脓包结痂了，但他很快就悄悄把它撕下来，所以那里长久挂着一块淡粉色的印子。他期待看到那个女人和虎哥一起看电影，这一次他会凑过去和他们一起，但那个女人始终没有来，倒是和虎哥一起搞乐队的兄弟来了几次，他们一直在喝酒，喝醉了又搞起噪音艺术，没有人再找他敲声箱，因为他们被时断时续的电路搞得心神不宁，光顾着叫他在舞台上修这修那。

这段时间，父亲没有和他联系过，奶奶也没有，但奶奶的情况特殊，几天不见，她可能已经忘了他。他感觉自己通体上下周游着一种清新的气息，他工作十分积极，有几天甚至头一个到了人民广场，不到八点就干完了第一份活。晚上等到所有人撤了，他就和虎哥并排坐在旧沙发上聊天，他和虎哥讲到自己为什么突然决定独立出来，又讲到他准备怎么攒钱。

虎哥听了他的述说，用食指蹭了蹭鼻子："你说，以后你当了演员，是不是也只能演演外卖小哥啊、工人啥的角色？毕竟那种总裁、大侠，咱也没体验过，演不了啊！"

"光演那些小角色有啥意思？要是我真当了演员，那肯定是要挑好角色演啊，再说了，真到那时候，我都是专业演员了，啥演不了？"他的手随意地搭在虎哥肩上，仿佛感到虎哥坚实胳膊下的搏动，那是他纤薄的手臂上从未有过的。

虎哥咂咂嘴，转而拍了拍他的肩膀："有志气，不管到啥时候，哥支持你！人啊，最可贵的就是那点儿不甘心！"

睡前，他照例去镜子前查看鼻子上的疤痕，他发现镜子里的人浓眉大眼，就算鼻尖有那点粉色的瑕疵也无伤大雅。镜子里的人留着简单的平头，看起来就像外卖小哥、通下水道的、修电路的，也像总裁、像仙人、像大侠。

那天他照例早早出工，只不过赶上大雾黄色预警，人民广场临时限号，车足足少了一半。他等了一早上都不见人来问，彼时他已和那些人一样，穿上了军大衣，可湿重的雾气还是一点一点钻进去，他感到胸口发寒。

大约上午十点多，一个陌生号码打进他手机，他为了测试是不是晃人的骗子，故意迟疑了一会儿才接起来。对方声音颤抖，话不成句，说他爸今天安装的时候从七楼掉下来，现在在医院抢救，让他马上过去。他听得有点恍惚，这种骗术并不少见，但他头一次听到对方感情如此真挚。他感觉有点不妙，马上给父亲拨了电话，那个快两周没联系过的号码，对方手机关机。他愣了几秒钟，然后一把抓起牌子，大脑空白地跳上了一辆出租车。

在出租车后座上，他紧紧捏着手机，期盼着陌生号码打来第二个电话，叫他不用过去了，抢救十分顺利，就是医药费还没结，银行卡转账就好。那他或许会大笑着骂他一通，然后破例给他爸发个微信，让他赶紧把手机电给充上。但没等到那个号码再打来电话，他就到了医院门口，即便有大雾黄色预警，那里仍然挤满了车子，他机械地付钱、下车，从停得歪歪扭扭的车旁侧身挤过，拿着那块仿佛可以走进ICU维修的招牌，径直走到抢救室门口。

"抢救中"的灯牌没亮，父亲的两个工友坐在门口的铁凳子上，其中一个拿手捂着脸。他很想故作镇定地发问，吐出字来却发现自己声音极其嘶哑，他好像用了很大力气才说出话来：

"现在怎么样了？"

没等两人开口，有一位护士从抢救室里走出来："你是家属吗？"他点点头。护士没等他再做一个呼吸，就紧接着说下去："他施工时从高空坠落，送来的时候已经意识不清醒了，我们有尽力抢救，但非常遗憾。请您在这签个字吧。"

他望着纸上那块冰冷的空白，听到白炽灯因久亮而发出的滋啦声，用僵硬的手指一笔一画地写上了自己的名字，然后在护士的引领下，才有机会去看一眼父亲的遗容。

其实他非常害怕，他怕父亲从七楼坠下，遗容会比那颗溅开的脓包还不堪入目，他怕父亲因为惊慌和恐惧面容狰狞，会像极了那一晚他们吵架时的表情。所以他几乎是在静默的催促下掀开那块白布的，他看到父亲的脑袋凹进去了一块，胡子上粘着血，他听见自己的牙齿咯吱咯吱响着，他奋力地驱赶那些可怕的联想，却发现他的记忆突然变得悠长。

他在长久的静默里想起妈妈走了之后，奶奶搬来他们家。他和奶奶整天在里屋看电视，电视里一遍一遍演着《西游记》，即便重播过很多次，他依然看得投入。有一次，在放广告的间隙，他偷偷跑到外屋去，看到他爸正背对着站在窗台边，就轻轻拽了拽他的衣角，小声问他，妈妈怎么不回来了，仿佛这是一个需要守护的秘密。他却看到转过身的父亲咧着嘴哭了。那是他唯一一次看见他爸掉眼泪，他记得他那时候的表情很扭曲，肌肉因为用力绷着而微微颤抖，嘴巴也朝一个方向歪。他不知道为什么只能想起那一个表情来，他觉得没有其他任何时候的表情，比那张扭曲的脸更像此时此刻的父亲。他突然恨起自己来，在很长的时间里，他以为他们三个人陷入了被动的漩涡，绑在一起持久地互相伤害着，那种伤害是一种无力又让人恶心的重复，所以他决定铭记下来。但现在，他突然失忆了，他只能想起父亲的一种表情，那些愤怒的、仇恨的东西都无法找到对应，好像死亡是一种轻而易举地和解，让那些伤害一瞬间就不再存在。

这不公平。

他先回了趟家，到外屋的茶几下面翻出奶奶的电话簿。听见奶奶在隔壁开心地唤他过去，他没吭声，从本子里找出大伯和老叔的电话，到走廊里给他们打了过去，刚在车上，他已经同殡仪馆通过电话，差不多都打点好了，就只和他们简单说到父亲意外去世，要计划料理后事的问题。大伯和老叔表现得很镇定，都说要马上赶过来，他轻声"嗯"着，默默挂了电话。走廊的灯不亮了，父亲早就让他修上，可他一直拖着，墙壁渗出古旧的气味，他感觉自己很久都没闻过了。这灯坏了是真的不方便，他半天找不到门上插钥匙的孔洞，折腾了一会儿，才又打开防盗门，走到里屋看看奶奶刚才叫他干什么。

进到里屋，他看见奶奶侧坐在床上，一只腿蜷着，另一只腿垂下来，一直晃着，面前放着一小筐针线。他开口问她怎么了，奶奶就往旁边一指。他顺着指的方向望去，看见墙上挂了一大串橘子皮，有的已经干了，有点发黑，有一些像是刚吃剩的。奶奶笑着说："给你看，我做的清新剂！"

大伯和老叔他们挺快就到了，他到里屋把奶奶看电视的声音调得很大。老叔是带着老婶一起过来的，两个人这会儿止不住地哭。大伯因为有送走老丈人的经验，就和他又合计了一遍这几天要忙的事，老叔在旁边翻着皇历选日子。

他突然说了一句："你们谁能把我奶接走？她现在需要有人照顾着，虽然记不清什么，但最好别再住这了。"

大伯眼圈一下子红了，低着头狠狠抽了几下鼻子说："只是丈母娘还住在我家呢。"老叔稍清了下嗓子，低声开了口："我也想照顾你奶，但你婶婶没工作，我一个月就那么点儿。"

里屋电视的声音大到直溢出来，对话听不太真切，可节目配的笑声此起彼伏的，他听着，却感觉周遭如死水一样，他发现自己将长久地失去愤怒的情绪，他的声音里只有疲惫："老叔，我每个月给你打钱，肯定算数，就想让你带我奶离开这个地方行吗？"大伯也急忙接着说，"钱不是问题，我包药费。"

奶奶当晚就走了，大伯和老叔哄着她下楼，他帮着提点了衣物，她还非要带着自己做的那串"清新剂"，老叔在旁一直嚷着，让她把没用的破烂减一减。很快就只剩他一个人坐在那，听着电视里不知疲倦的笑。他突然起身打开了所有窗子，感觉浓雾正贪婪地挤进来，很快就占领了整个屋子，他方才察觉，这里不能久留。

他抓起外套就冲了出去。他在等待一场北方的冷雨，这里常常落雪，但雪花是一种温和的结晶，会顺从地从外套上滑下去。他渴盼下雨，那他下了工就不能马上骑车回去，而是光明正大地躲在西西弗里，哪怕没来暖气，也可以怂恿虎哥生起小炉子。

快到半夜一点钟他才走进西西弗的门，没等虎哥开口，他就自作主张地说："我爸没了，从七楼掉下来的。"

虎哥一时失语，低着头用力搓着自己的头发，片刻后他从仓库多拿了两条毛毯出来，放到他手边，用力抱了一下他的肩膀。

三天后父亲出殡，大伯说要赶当天的第一炉，否则容易掺了别人的渣子，于是他们凌晨就到殡仪馆办了火化。那是他又一次看到父亲的遗容，胡子上的血迹已经被擦洗干净，整个脸上还薄薄地铺了一层白粉，让他失去血色的面部看起来有些发青。他盯着父亲的遗体被送进炼炉，随后在等候室呆坐了一个多小时，直到有人隔了许久又唤起父亲的名字，他才起身去取回骨灰。

按照大伯的意思，他把骨灰寄存在殡仪馆，等安排好了墓地再下葬。那天他应着习俗穿了一身黑衣，袖口戴着印"寿"字的黑色袖章，在回市区的公交上惹得旁人不敢观望，然而他只是靠着窗户沉沉睡去。中途他听到了报站声，虽然意识清醒，却怎么也动不了，使了好大的劲儿，才抬起一只手臂，把自己逐渐拉了回来。那时车子已经从他的目的地飞驰而过，他焦急地和司机嚷着要下车，司机只让他别吵了，不耐烦地在下一站把他放了下来，他在寒风中往回走了整整一站地。

当晚虎哥出去取货，西西弗店里只坐着他女朋友，他本很期待再见到她，但此刻却觉得力不从心，只想在幽暗的灯光里静静闭会儿眼睛。她看见他进来，一下注意到他手臂上的黑色袖章，过了一会儿才小心翼翼地开口："出什么事儿了？"

他感觉解释让人变得十分疲倦，又害怕一言不发后的沉默，只低低回了一句："我爸。"他感觉那女人正盯着他的侧脸，就不自在地动了动，却听见她说："我也是，我爸三年前出车祸没的。"她紧接着用一种自言自语的语气讲着："刚开始的时候我们谁都在想，这到底是不是真的，我妈还是一回家就急忙忙地做饭，总觉着他马上要下班回来，可后来他真的再也没出现过，我们才渐渐相信他死了。"

他听着，突然感觉自己的周遭的空气也变得不真实起来。他小时候曾想过，如果有一天自己不幸成了孤儿……总是要刚一开始就拼命把这个想法甩掉，骂自己是傻瓜，而现在他孑然一身，似乎马上可以归入孤儿的行列，他却从未质疑过这一切，就这么沉默又平常的接受了。

他俩并排坐在吧台的椅子上，头顶的灯光因外界逐渐昏暗而变得越来越刺眼。喝完最后一口气泡水她就站了起来："快十点了，明天还得上班，先回去了，你要节哀。"她从吧台后面翻出一件兔绒外套，一边套着一边往门口走。他想下一次见她会是什么时候，可能就在明天，也可能是一个月之后，那时他不知道自己会有什么天翻地覆的变化，就像这暂别的几日里他凭空生出的疲惫和哀怨，他头一次想撒腿跑到她身边去，重重地抱住她。

他想不起来西西弗的地板会不会打滑。只记得妈妈走的那一天，他穿着小小的棉拖鞋从餐桌跑到家门口，假皮革地板踩得久了，粘贴面会悄悄与地面分离，表层又覆着黏糊糊的油烟，拖鞋踩上去嘎吱嘎吱响。妈妈在鞋架旁看着他奔过去，等他张着手臂触碰到肉粉色的兔绒毛衣时，才放下包用同样的姿态迎接他，他把脸贴在她的衣服上，记得兔绒的材质异常柔软。

他轻声问着："你要走了吗？"

"妈妈要走了。"

等回过神来，他已经追出门去。这一次他只远远拖住了她一条手臂，可指尖仍感受到了那种纤柔的触感。

虎哥的女朋友愣在那里，神色有点慌张，轻轻挣脱开他的手，问："怎么了？"他低着头，一句话也说不出来，过了一会儿，才开口说："你要走了吗？"

她笑了，逆着昏黄的路灯，她的脸藏于幽暗，却生出一种遥远的亲切。

"今天太晚了，我们西西弗再见吧。"

后事的处理渐进，几天后，他又接到父亲工地打来的电话，让他去保险公司交理赔材料。那家保险公司刚搬到城郊的新写字楼里，算得上周边最高的建筑，楼里有些区域还没装修完，就被提早投入使用了，空气中还能闻到淡淡的油漆味。

父亲公司给员工集体办了工伤保险，他按照要求向公安机关要了意外身亡证明，加上父亲行业特殊，坠楼也从未被猜测有过什么动机，一切流程都进行得异常顺利。保险公司的员工熟练地帮他复印好若干份合同，在对方的讲解下他一一略读过去，有些木然地看到受益人栏中印着自己的名字。他突然有些厌倦，用这两个字再去填补合同最后的空白，这将是他一周来第二次郑重其事地签下名字，上一次签字宣告着他一场意外的失去，而这一次，他却被告知可以获得四十二万的理赔。

他把水笔插回桌面上立着的笔台中，动作看起来干净利落，却远没有什么尘埃落定的感觉。没有争执、没有愤怒，而他无端生出一种戏剧般的荒诞感，他在办事处走廊里闲逛着，不知不觉就走得远了点，周围又现出一点未装修完的痕迹来。他有些好奇地走近，看见窗外还留着墙体外吊架，吊着的两根绳子似乎直连到房顶上。他慢慢跨出窗子，生平第一次踏上那个熟悉的地方。

吊架很稳，令人察觉不到丝毫的恐惧，他就如同站在平地，或是一座山峰、一座灯塔上。他隐隐听见隔壁窗子里有些骚动，却怎么扭动身体也望不到里面的场景。可他不知道为何变得非常急切，他大力晃动着绳子，吊架就像秋千一样在空中摇摆起来，一下比一下猛烈，他依稀看清了窗子里的景象，像是一家人在为理赔的事争吵，一个女人扶在地上，对面的男人狠狠把她拽起来，扔到后面去，有人在哭，声音很凄厉，还有人在叫，不断和旁人起着肢体冲突。他好像突然听见在遥远的深处，有人大声喊了"卡"，那声音又像响在他耳畔。

他有些飘飘然，好像演员在大荧幕上看自己演电影时的那种不真实感。他不禁想起，父亲常站在这向窗里凝望着，当他靠手臂发力，筋脉凸起，以不寻常的姿势停留在那里时，又是怎样的表情呢？是像他记忆里那样哀恸和扭曲吗？

他发觉架子越来越轻、越来越柔软，周遭响起了金属质感的流水声，比虎哥的噪音艺术更美。他感觉脚下有黑洞般强大的吸引力，神秘又危险。他悄悄低下头，朝那个方向望去，突然看见右脚的鞋带开了，金属头在空中晃出亮色的弧度，他听见在窗里那个世界中，正有人大骂着冲过来，他感觉那声音是虎哥，又像是父亲。他想起，他或许应当同父亲一起去西西弗一次，虎哥一定会偷笑着拿出贵价的洋酒，他们会一起在那里遇见那个女人，心照不宣地忆起往事来，父亲会明白，那里为什么像温暖的泥潭，让他一进去就如同赤身裸体，他想他也定会久久沉迷，隔三岔五就喊他过来，他们忘了打架，连吵架都变得罕见，因为他们谁也找不出更妥当的方式过这一生。他们发现，无论被如何定义，他们都能一次次穿过西西弗狭窄的走廊，挤到这一方幽暗的角落里，他们的周遭没有雾气，一切都如北方的干燥爽朗。在这里，许久等待着一次属于他们的日出，到了那时，他们又将推着巨石攀到山顶上，然后嘻嘻笑着，伴着日落和它一起滑下来。下一个更加明媚的清晨，他们又再次整装出发。没有人再去想自己拥有多少选项，因为他们已经得到了最恰当的指派，让生活沁满了快乐这一种简单的情绪。

　　此时他身轻如燕，好像跌进了自己的梦里，眼皮还没来得及翻动，瞳孔就隔着那层薄薄的黏膜，沐浴过了灿烂的骄阳，他在清醒中做梦，或在梦中醒了。下次凛冬的雨夜，他会轻轻对每个人说，今天太晚了，我们西西弗再见吧。

西　斜

钱贝儿

李秀娥

谢振芳死了，闫海川戴着顶灰格子老头帽慢悠悠地坐了下来，他刚从村里的老人棋牌室回来，身上和着一股烟臭和霉味。李秀娥在记账的手停了下来，水红色的老花镜从她鼻梁的褶皱处滑下，露出一双眼皮有些耷拉的大眼睛，我们厂里的哪个阿芳？闫海川咕咚灌了口冷掉的大麦茶，跟你一个车间的，她男人喝酒喝死的那个。

李秀娥记账的手又缓缓地动了起来，利峰明天接嘉嘉回乡下来，你不要光顾着捣糨糊，趁着还有太阳去镇上买点小菜。闫海川把帽子摘了下来，等吃完这杯茶，嘉嘉点名要老白头的白切羊肉，我去买个两斤。李秀娥含糊地应了一声，纸上密密麻麻的数字就像一排排蚂蚁无规律地扭动着，既有横，又有竖，就是看不清到底是加是减。

镇上离闫家村也就十分钟的路，闫海川骑着辆电瓶车往返就更快了，李秀娥放上方桌的两大碗粥还在徐徐向上蒸腾着热气的时候，他就已经拎着个环保袋走了进来。李秀娥用百洁布擦了擦还在滴水的砧板，把长条形的羊肉铺在上面，按照肥瘦相间的纹理一块一块地切了起来。

闫海川拿手绢擦着额上的汗水，我把最后两块都买了，两斤多一点，一百八十块钱，好家伙。李秀娥用刀背护着切好的羊肉，整整齐齐地摆在盘子里，就像中花白的大理石，白霜一样的脂肪嵌在藕灰色的皮肉里。她把一纸包的羊肉一齐切完了，蒙上保鲜膜放进了冰箱的第一层，和上半天刚烧好的酱牛肉挤在一起。

吃完饭洗好碗才五点半，外边的天还有一点熹微的光，李秀娥在门口放了一条小板凳，半借着门厅的夜灯，半借着自然光，继续择早上那半筐子毛豆。闫海川已经上楼了，他急急地要去开电视，李秀娥不和他争。

谢振芳。

这个名字又从心底冒了出来。李秀娥突然想到她已经六十三岁了。阿芳，她念着这个名字，比我小六岁，活了五十七。

李秀娥在电梯厂上班的时候和谢振芳关系最好，厂里的女工都谢振芳、谢振芳地喊，只有她喊阿芳。她们俩刚认识的时候，谢振芳是扫厕所的临时工，李秀娥一天碰面最多的就是她，李秀娥在里面蹲，谢振芳就在外面洗拖把头。见的面多了便开始下意识打招呼，这常由谢振芳起头，鼓着嘴喊李秀娥的名字，连身体也要跟着摆动。有一次，李秀娥在里面蹲得天昏地暗，只听得天边远远传来谢振芳的声音，这声音就像小时候在睡梦里夜夜入耳的打更声，一声比一声长，一声比一声低，在脑子里嗡嗡钻孔似的令人心烦。等到她拖着麻了的腿伛偻地挪出厕所的时候，谢振芳一把擎住了她。两个人朝南坐在拐角处的楼梯上，李秀娥白着脸捶腿，谢振芳便从布包里掏出塑料袋，秀娥，我会点土方子，从小姆妈就用这个干荷叶给我泡水吃，管用的！李秀娥白着脸盯住她，谢振芳咯咯地笑，秀娥，你的眼睛瞪得比铜铃还大呢。

李秀娥从谢振芳那里接过不少东西，很多安息在闫海川的肚子里，还有很多把李秀娥和谢振芳的关系越拉越近，到后面，谢振芳就叫她阿姊，家里的事好坏不分都向她讲。李秀娥便知道了谢振芳很会游泳，有一年酷夏她在老塘口游泳的时候认识了吴家兄弟和闫德兴，闫德兴游得真叫一个好，像条细鲤鱼在清水里若隐若现，谢振芳勉强跟得上他，两人便远远甩开了温吞吞的吴建华，往远方的天边那里游去。李秀娥问过谢振芳，她后来怎么就嫁给了吴建华呢？谢振芳大大方方地告诉李秀娥，为着一个城镇户口。她因为家里棒打鸳鸯这事不吃不喝了三天，等到父亲拖着她去吴家，她才发现自己的心上人也立在客堂间里，闫德兴和吴建华的两道目光直直地向她刺过来，都火热地好像要剔了她的肉、刮了她的骨。李秀娥听不懂了，她追着阿芳问，闫德兴怎么跑去当了吴家的儿子？谢振芳仍旧咯咯笑，这你就不懂啦，上一辈寡妇鳏夫搭伙过日子天经地义嘛。

谢振芳当这个临时工也不容易，因为那时生产队里不放人，吴建华便跑去和生产队长达成口头协议，每个月给生产队交十多块钱买劳动工分。再后来，电梯厂顺着上面的意思要定岗定编，谢振芳便连扫厕所这工作都保不住，吴建华去求各路朋友，最后还是把关系托在了闫德兴这里，他知道闫德兴会去求闫海川。闫海川那时候在电梯厂已经是个小头子，但把临时工变成合同工毕竟也要迎着别人虎视眈眈的目光，所以他直截了当地拒绝了闫德兴。谢振芳要离开厂子的那天去见了李秀娥，她的麻袋里鼓鼓囊囊地塞了几塑料包的干荷叶，李秀娥的鼻子像是被焦山楂酸到了，她告诉谢振芳，你再等等，我想法子。哪有什么法子可言呢？不过是脸面的事情，闫海川只好一个个和车间主任、书记、厂长打招呼、赔笑脸，他擅长应付任何人，高的矮的瘦的胖的，会笑的不会笑的，当官的读书的，谁也不舍得记恨他。于是谢振芳就代替了某个家属工，在一场不为人知的内部运动中成为这一轮的胜者。一切都看似水到渠成，谢振芳变成了李秀娥的徒弟。

和作为师傅的李秀娥相比，谢振芳并不是个合格的工人，冲业绩、评先进她都不太在乎，她老对李秀娥说，我没什么文化，熬出个十五年工龄，也就盼着换城镇户口，账上常有退休工资，不管怎么样，都不会叫人看不起。谢振芳在进厂之前只有干农活挣工分这一条出路，可是没了男人的帮忙，不管她怎么起早贪黑地干，年底结算的时候也只有她的工分不抵反扣，村里的女人都笑她本事好，嫁了个识字先生，倒忘记农活怎么干。谢振芳最受不了这个，有好几次她都想喝了药一走了之。

谢振芳刚进厂的时候还算中等身材，等一波三折地去到铣床车间后，她肉眼可见地瘦了下去，锁骨拱得高高的，擎着一张圆脸。她常对李秀娥讲，做铣床比扫马桶累多啦。李秀娥想，最累的事哪比得上家里的事。谢振芳做上正式工人以后，吴建华便托着家属工的这层关系去当了个看仓库的，既有时间又有闲心以后便把老酒当成了公事，打完麻将牌就约着一帮麻友去他家喝酒，谢振芳就负责烧菜添酒供香烟，守着臭烘烘闹哄哄的客堂间一直到天亮。可谢振芳白天里还是风风火火的样子，她踩脚踏车的时候最带劲，等中午放班的铃声一打，她就刮风一样地冲出去，拱起后背吭哧吭哧地伏在一辆大得吓人的男士自行车上。她唯一的儿子吴斌被寄放在镇上阿婆家，骑一个来回就得四十分钟。可是能怎么办呢？斌斌不肯吃饭，柳阿婆就不敢收，于是谢振芳每天风雨无阻地跑去柳阿婆家看斌斌，喂奶糕、鸡蛋，喂完又马上骑着脚踏车赶回厂里接下午的班。为了应付车间主任查班，她得跑去厕所吃馒头，她笑着告诉李秀娥，再也不想闻到馒头的味啦，都要和屎尿的味道混了。

李秀娥记得清清楚楚，谢振芳眉飞色舞地跟她讲攒够十年工龄的事情，转眼就在一个初夏的早上，她唯一的儿子溺死在了常去游泳的那片河塘里。吴建华的酒一年比一年喝得凶，谢振芳一个人守在空荡荡的房里，常常一夜无法入睡。谢振芳在离十五年工龄还差四个月的时候从厂里办了退休手续，李秀娥自此再没见过她。

狗吠声就像一道电焊光突然刺入眼球，李秀娥一下子从记忆中脱身。筐子里还剩下一些干瘪的豆荚，李秀娥一齐倒进了垃圾桶，她直了直酸痛的后腰。这时候天已经完全暗下来了，黑夜中有更黑的东西在院子上空低低盘旋，那是捕食的蝙蝠和归巢的麻雀。

李秀娥走进房间的时候闫海川挂着老花镜半靠着床头已经打起了瞌睡，他的头歪向一侧，咳呼咳呼的鼾声一浪高过一浪，电视机里新闻台的主持人像模像样地往外吐着字。她觉得疲乏极了，拉上浴室的门准备洗澡。

闫海川在厂里的时候做零件熬坏了眼睛，李秀娥比闫海川好一些，清晰地，自己的脸从镜子里映了出来。是一张老人的脸，她知道这是一张老人的脸，很奇怪，她不觉得这张脸属于自己。李秀娥年轻的时候是个美人，瓜子脸，颧骨微微凸起，双眼皮深极了，葡萄一样的眼睛，嘴唇细薄。时间就像一台绞肉机，它拉扯着李秀娥的脸不规则地运动，她用手摸自己的眼角，又用手提自己的嘴角，就像一张覆在骨头上的人皮一样，她似乎能通过手指的拨动将这张没了水分的膜轻轻拎起。

李秀娥坐到床上的时候，电视机正在播广告，骷髅一样的老人拿着一双健力鞋以奇高的语调做着宣传，她记得这个牌子，嘉嘉说以后要给奶奶和爷爷各买一双。她关了电视，吃了半颗睡觉的药，躺在床上，闭上眼睛。

阿芳，阿芳。李秀娥喊着面前的女人，她还是当年的样子，毛刺刺的短头发，大眼睛，塌鼻子，微厚的嘴唇总是闭不拢。

秀娥，秀娥。德兴在……可我不应该让斌斌一个人去玩水……

秀娥，秀娥。厂里的人都说我爱搞花头，我哪敢……

秀娥，秀娥。建华死了呀，喝醉了酒掉在阴沟里爬不起来……

秀娥，秀娥。我一个人在这里好怕，你怎么不来呢？

李秀娥知道这是梦，但她醒不过来，有个什么东西擒住了她。

外面成群的哭丧声一浪接过一浪盘旋在头顶上方，李秀娥筋疲力尽地坐在痰盂罐上怎么都拉不出屎，肚子里就像有一个足月的小毛头往外膨胀，可她不管怎么用力都崩不出来。她听到谢振芳哭得就像猫叫，斌斌啊，斌斌啊，是姆妈害了你！一下一下地挠着自己的心。

下一秒，李秀娥站在谢振芳病房的走廊上，一群没有脸的女人叽叽喳喳，那关系户真会来事……勾三搭四看了就恶心……小孩死掉不就是她造的孽……老公哪里是喝酒喝死，分明是被气死……进了门，一张被烤干了水分的人皮上嵌着一双铜铃一样的眼睛，像阴沟里的死水，能嗅出腐烂的味道。谢振芳拿下帽子，青皮脑袋上生着一块一块的癞疮疤，粉色的，紫色的，黑色的。

李秀娥开始哭。她知道梦里梦外都有她的哭声。

闫海川

闫海川的食指和中指蜷缩在一起，用粗硬的骨节邦邦邦地叩击着一扇锈得斑斑驳驳的铁门，那是夹在两幢新楼之间的旧房子。他见许久都无人回应，便用了力气喊出声，德兴！德兴！闫海川粗粝的嗓音激起了一阵激烈的狗吠，他摇了摇头，从外衣袋子里掏出手机。借着天光，他在擎得两尺之远的液晶屏幕上吃力地揿下闫德兴的名字，在一阵模糊不清的忙音之后，闫海川的右耳朵里猛然撞进了咔啦咔啦的麻将牌声，闫德兴扯着嗓子在电话那一头叫着，海川呀，来生产队的棋牌室！然后嘟的一声手机陷入寂静。

闫海川叹了一口气，还个菜籽都这么多事。他拍了拍藏在夹克胸袋里还剩下小半包的菠菜种，沿着那条不见天日的狭窄小路往村子东面走。闫家村生产队的老年棋牌室和办公室几乎可以算作一间，平时在两面窗子的栏杆系上一方旧床单，再把斜靠在墙上的一把破方桌立起来，基本就是棋牌室的规模了。一副浪花麻将牌，四个老搭子，再加上泡着热茶一旁围观的村里人，香烟屁股的臭味袅袅腾腾地塞住这个小房间，隔绝了日头和想头，这样的生活倒蛮不错的。闫海川顶着防盗门的把手往里一推，谁也没留意到有人挤了进来。闫德兴的嘴角叼着一根快烧到海绵头的烟，手上功夫停不下来。闫海川很识趣地等待他这一盘搓完，默默观察着今天的老搭子。李阿大、闫二老师都是熟人，还有一个的脸倒是很有印象，却不记得姓甚名谁。德兴这一手搓得极舒服，他接过被人递上来的纸钱和香烟，又准备点上一根。闫海川在这个空当间拍了拍德兴的肩膀。香烟仍旧被点着了，一星半点的火光在闫海川的眼前晃了又晃，闫德兴猛吸了两口后用指头捻了下来。灰雾从德兴缺了好几颗牙的黑嘴里喷出来，他手指头向对面一戳，海川啊，这个吴林根还认得？我姆妈那时候和吴阿伯搭伙嘛，我以前和他们兄弟俩玩得真叫一个好！对过的那个穿着棉背心的黄脸老汉嘻嘻嘻地笑了起来。

哦哦。闫海川不想自己显得脑袋很不灵光的样子，先没头没脑地应了两声。德兴又深深地吸了口烟，不舍地把它从肺里挤了出来，他把新开的烟往桌上撤了撤，然后压在一沓半新不旧的钞票上。他黝黑而光滑的脸转向闫海川，面无表情地说，林根这次大老远赶来奔丧的，谢振芳死在看护院里了。闫海川心里一个咯噔，好像很多人脸在眼前晃过，他急急地问，电梯厂那个谢振芳啊？叫吴林根的老头子光点头，我大嫂，终于是死掉了。德兴飞快接嘴道，她不是被关在西头吗，小萍那帮小姊妹去看过，就跟个死人一样的，这次林根回来要把宅基地的户主变一变，还有建华阿哥迁坟的事情。闫海川用力地回想着，就好像是上辈子的遗产，这些人的名字——谢振芳、吴建华，短暂地出现在了他的生活里，长久地离开了。

喏，闫海川把装着菠菜籽的塑料袋递给闫德兴。德兴叼着烟摆摆手，袋子便被塞进了挂在椅子上的工装口袋里。老闫师傅噢，搓一盘？闫海川也摆摆手，转身坐在了外围的一把矮脚凳上，没人注意到他，他默默地吸了一圈香烟的味道，极缓慢地噘尖了嘴吐出去，像是孙猴子施法时吐出的那一缕仙气，它消散在了没有任何颜色的空气中，换得闫海川满足地叹气。

闫海川在棋牌室消磨了很是一段时光，他慢悠悠地踱回家，又被急吼吼地送出门，此时太阳已经挂在天的尽头，把周围袅袅萦绕的细云映得鲜亮极了。闫海川骑着电瓶车沿着村子通往镇上的方向去，他心里默默算计，羊肉要买得多一点，明天吃不掉，今晚可以喝个老酒。闫海川在两旁樟树干瘦的倒影下驶进了嵩冈村。嵩冈村从前也属于老塘口生产队，它和闫家村中间隔了一条宽敞的河塘——现在地图上印了个"玉溪塘"的名字，不过他们这一代人还是老塘口、老塘口地这么叫。老塘口其实只能算是这条河塘的中间一段，从前河上架了座没有栏杆的石板桥，两边的土坡斜斜地浸到水里，小时候男的女的都来这里游泳，摸鱼摸虾的要被赶到更远一些的地方。老塘口这样的重要，于是就把它本来的名字盖了个精光。闫海川现在就沿着嵩冈村最边缘的一条小马路开，老塘口从他的右侧和缓地路过，带来一阵阵秋风的呜咽和塘水的腥味。老塘口这样的瘦，他心里默默地想，要讲人老了就得干瘪，原来连河水也是一个道理。他看着前头的钓鱼竿从河岸的另一面伸过来，几乎要打到身上。这里的鱼哪敢吃！闫海川在心里哧哧地笑出来，他想起了以前的好日子，和德兴、阿大一起摸过螺蛳，钓过一条八九斤的鲤鱼，田埂里还能插黄鳝，清蒸不放盐那叫一个鲜！然后他想起了秀娥，他和秀娥也游过泳，就在这条老塘口，人把头埋进去，水清得可以看到皮肤莹莹的血管，他们游啊游，从李腰泾游过老塘口，把细细长长的闫家村远远扔在后面，直到小腿肌肉酸得发胀，脖颈红得胜过天光。

　　老白头的羊肉店嵌在弄堂的尽头，没有什么招牌，只贴着缺了边角的红字。这家店现在传给了小白头，不仅卖白切羊肉，还卖熟食、冷菜。老塘口生产队的老江湖们早上都欢喜来这里点上碗羊汤面，赶集一样满满当当地挤在十几平方米的砖房里，夏天还好，在弄堂里摆上塑料桌椅，等晨露消下去，老爷叔们也就和着一身热汗和羊肉膻气慢悠悠遣回家，冬天的时候没人愿意在外吃冷风，鼓鼓囊囊地挤了一窝子，把羊肉店过成了大澡堂，热蒸汽烘得人人面红耳赤。闫海川也好这一口，前几年的时候老白头还坐在店里，闫海川起个大早就是为了去喝早酒，天冷的时候日头还没有影子，他们开着灯温黄酒，吃一口能一路烫到肚子里。那时候闫海川精气神还好得不得了，两碗酒，一碗面，小跑回闫家村，脸膛又红又热，浑身上下舒坦得不像话。

日子确实冷了，闫海川停下电瓶车，感觉自己的脸冷得发烫，他把呢帽子向下紧了紧，钻进了挂着塑料门帘的羊肉店。日头将尽的时光，店里人并不多，小白头在隔间里切羊肉，手起刀落砧板发出咯噔咯噔的声响，羊肉碎成一片奇形怪状的模样。闫海川问，整块的羊肉还有哇？小白头闻声向他微微咧嘴，爷叔，来得正好，最后两块了，自家回去切？闫海川点点头，自家切，新鲜点。闫海川将钞票放到砧板旁边的盒子里，小白头赤着的右手揭起一张褐色的纸钞递给了他。涨价了，闫海川的问句变成了陈述。小白头赔笑，物价天天涨的。闫海川摆了摆手，用环保袋装起塑料膜包好的羊肉钻出了黑幽幽的小店。他没头没脑地念，以前肉塌鱼都是给猪吃的，现在买都买不起喽。

闫海川喔？

背后传来一声呼喊，闫海川别过头去，女人烫着钢丝球一样的卷发，穿着红绿相间的长毛衣，眼珠子瘪进去，笑起来把细长的眉毛飞到两鬓。闫海川立马就反应出了这是谁。好久不见，也来买老白头噢？她边说着边向里走，丝毫没有要停下来的痕迹。闫海川看着塑料门帘擦过她耸起的头发，高声回了一句，是啊！闫海川心想，怎么就闫海川、闫海川地叫，论辈分我也能算是被你撵了的师兄。他把羊肉放进车兜里，倪虹珍这名字就像个连环套，一下子激起了闫海川脑袋里的浪花。闫师傅这个名头不仅仅代表着他后半辈子在电梯厂的声望，他的前半辈子也是被人这么叫过来的。他擎住电瓶车的龙头，闫师傅前面得加个小字，小闫师傅嘛，小闫师傅的手艺可了得。闫海川觉着奇怪得很，昨天电视里放了什么新闻他现在一点都记不得，年轻时候的印象却像这口袋里的羊肉，喷喷香地往外生长。他记得自己的第一架蝴蝶牌缝纫机什么模样，记得镇上服装社里拷花边、做发带的流程，记得收工回来在渔船上和德兴一起吃老白酒和渍毛豆。闫海川觉得他年轻时候的光景就是现在的人看起来也都是要羡慕的。

日头已经西斜得厉害了，闫海川把电瓶车停进走廊，老坦克发出和关节扭曲一样咔啦咔啦的声响。进到客堂间，台桌上已经放上白粥。李秀娥从闫海川的手里抽走整包羊肉，自顾自地开始切。闫海川默默地把粥碗旁边紧靠着的酱瓜瓶拧开，夹出几条酱瓜放在微微弓起的粥面上，呼噜呼噜地吃了起来。明天再吃羊肉吧。

李秀娥

是月色并不清明的夜，李秀娥此时已彻底适应了昏暗。她坐在马桶上用手掌心推压着肚子，她感到皮肉在左右上下扭动，肚子里的那团重心却没有丝毫游移。支棱着身体的右腿已经麻了，她用手指甲重重地戳向小腿，没有任何感觉，仿佛自己身体的一部分消失了。李秀娥呆呆地保持着弯腰俯伏的姿态，反手打向洗手台，触到了方硬的纸盒。这是闫海川前天刚从生产队卫生院配回来的，在莹白的月光下幽幽泛着黄。指甲在封口处来回滑动，胶带却丝毫不见撕裂，李秀娥急了，她右手扯住纸盒的尾端，用左手将整个盒盖连根拔起，于是在碎裂的尸首中，一袋袋开塞露圆滚滚地向下跌落，发出淅淅沥沥的细雨一样的碰擦声。

李秀娥拖着自己的右腿摸着床沿坐上去，麻木开始消退，取而代之的是万千蚂蚁啃噬，她感到自己的腿慢慢长出来了，她不能动，她也不敢动。闫海川咕哝一句，翻了个身。他带着浓痰的声音陡然响起，我做了个梦，梦到自己在做西装。李秀娥淡淡地回，你一辈子都不会做西装。闫海川叹了口气，你猜猜看我今天碰到了谁？李秀娥捶打着自己的右腿，不响。闫海川将自己的身体艰难地从床上支起来，一把靠住床背，我碰到倪虹珍了。

倪虹珍？李秀娥下意识地念出声。闫海川沉浸在自己的梦里，人家以前都叫我闫师傅啊，就因为衣服做得好……

李秀娥知道，闫海川曾经是个裁缝，但那是在他们相遇之前，等李秀娥和闫海川办了喜事，来吃喜酒的便都是电梯厂里的同事们。李秀娥和闫海川之间差了四个年头，她在地上挣工分的时候闫海川已经是个电梯厂的"闫师傅"，小妹阿宝珠这么告诉李秀娥。李秀娥此前已经见过十二个男青年的面了，没有一个谈得拢，她知道这大概不是自己的错，尽管她不敢穿的确良的衬衣，也不敢梳时兴女青年的头发式样。

李秀娥记得，第一面是在一个天热得出奇的夏天傍晚，阿宝珠陪她去了媒人的家里。她安静地坐在条凳上，直听着好姊妹和媒人之间一来一往，说这个男青年家里成分好，又是电梯厂的工人，卖相还算可以，在小姑娘那里不要太吃香。阿宝珠听得汗珠子都滚了下来，捏着李秀娥的臂膀在她耳边吹气。李秀娥的脸埋得更低了，简直要沉到地里去。闫海川进到媒人家里的时候正是日头将落未落，李秀娥的半张脸揪进了黑暗里，另一半则被摇曳的烛火映得跟火烧云似的。闫海川一屁股坐上她对面的条凳，椅子发出咯吱的一声，将李秀娥半低的脸拎起来，于是两人的目光不出意外地相遇了。李秀娥话少极了，满屋子都是闫海川亮堂的声音，阿宝珠和媒人帮她附和着，屋子在整片大地的黑暗里拢进了声音的光亮，直照得李秀娥心里鼓鼓囊囊地发紧。回李腰泾的路上，阿宝珠快活地告诉她这事准能成，李秀娥盯着白色绸带子一样的老塘口默默摇头。

在很多个夜里，李秀娥梦到过闫海川。每次闫海川都穿着不一样的衣服，有一次他站在人群的中间把李秀娥从地上拖起来，李秀娥眼前全是红红绿绿的光影，她一把揪住闫海川的领口，疯了一样地想把他的衣服扒下来。还有几次，闫海川穿着西装打着领带在黑板上写写画画，整个房间里回荡着男男女女的嗤笑声，然后闫海川把粉笔头像射机关枪一样抛过来，天上便开始下雨，细细长长的雨条盖住李秀娥的脸，她拿起来一看，竟然是撕碎的书页，紧接着这雨开始烧起来，李秀娥疼得哇哇大哭……她抱住阿宝珠的胳膊，在梦外泪流满面。

李秀娥和闫海川办喜事那天，她穿着闫海川做的丝棉袄子，盯着酒席间闫海川在地上投下的影子不停游移。怕是在做梦吧？阿宝珠立在李秀娥的边上，泪珠子挂在脸颊上掉不下去，她仍旧在李秀娥耳边吹气，阿姐跟着他好好过，以前的事不要再想。李秀娥点头，她只能点头。闫海川是李秀娥惴惴不安的人生中唯一可以握住的什么东西，这安全感换其他的都不能给。她决定这世上什么东西都不再重要，从今天开始，她终于可以睡得着觉，没有人再能把她从白夜中拖向高耸的舞台。

闫海川

闫海川知道自己在做梦。梦里他在做西装。

闫海川曾经是个裁缝。他十五岁刚过就去倪袖套那学手艺。倪袖套本名叫倪丙全，喊他袖套一是人长得和袖套似的，从上到下一般粗细，二是就数袖套做得最挺括。说来也奇怪，倪袖套这人抠抠搜搜，做袖套却从不用边角料，每一副都是整张土布，针脚又细又密。那时候做衣服是要背着缝纫机各家跑的，于是闫海川拜师的前两年就是个挑小工，九十多斤的缝纫机压在背上比天还重。"学三年帮三年"的时期，学徒跟着师傅做出门工是不算工钱的，不仅不算，还要做一整套功夫。闫海川只记得，倪袖套的那双手就跟个鸡爪似的，指头白而长，他快快地吃完东家的饭便去打水，倪袖套用肥皂打出泡沫，紧紧慢慢地搓，然后拿起闫海川捧着的擦脸手巾吸干水分，那抖抖豁豁的模样简直跟切个嫩豆腐似的。学徒要做的不仅是这一套准备工作，还得打下手，在所有这些耗费功夫却看不出成果的琐事里，闫海川最欢喜熨衣服，比做衣服还要欢喜。料子熨斗平平扁扁，烧热的柴板放进去，再用嘴呼哧呼哧吹均匀，火星时不时微弱地爆出来吓他一跳。在他手上没有熨坏过一件衣服，他好像和火是亲家，拿捏起温度来和看手相的老瞎子没什么差别，单单用脸去贴得近一些便能确信熨斗集合了怎样的热气。做裁缝是一件好差事，把闫海川早早地拉扯大，他学撬钮粒，打葡萄钮，上袜底，做平角短裤。工夫花得多，东家自然也就满意，闫海川做的斜襟褂子、套头领一件件都服服帖帖、板板正正；他不只是手巧，眼力也是极好的，只消来来回回绕一圈，东家是什么身材，大概穿什么尺码，心里就有数了。老师傅自然是不信的，但是拿来卷尺一量却也都八九不离十，倪袖套终于还是得承认他学得上道了。

十七岁的闫海川常被东家称作小闫师傅，他挑起缝纫机的时候是趾高气扬的，肩上担子虽重，心里却轻快，总能留出心思不紧不慢地控制着和师傅间的距离。倪袖套有关节炎，天一阴冷起来就跛着脚走路，闫海川扭捏地跟在后面，因为脚步过于缓慢而身形不稳，摔倒在田埂里是常事，拍拍屁股上的土便又起身跟上脚步不停的倪袖套。有一次他从石板桥上跌进老塘口，那是深秋时节雾蒙蒙湿幽幽的清早，天和地像是饺子的两瓣面皮把人馅挤在中间，一切都是含糊的，连同视线和脑袋都不清不楚，等他感觉到浸入骨头的寒意时整个人已经扑进了塘里。倪袖套在上面喊，他吞吐着黑色的塘水，连滚带爬地从斜坡上了岸。踩线机和缝纫板从箱子里蹦出来，闫海川透过眼睫毛上滚落的水珠看到雾气中激起鱼鳞般的浮光。他想，自己也配拥有一台蝴蝶牌的缝纫机。

倪袖套又收了个徒弟，闫海川满心欢喜地以为这是要催他出道了。对这个姓倪的新徒弟，倪袖套开起小灶来丝毫不含糊，他催着闫海川出门上工，自己却在家里教她划样子、走针线。闫海川一开始想不明白，倪虹珍书念得这样好，在两个村里名气这样大，怎么就想要当裁缝师傅？闫海川不好意思问，他便换了个法子问她学校的事情，倪虹珍就只是沉默地踩踏板。他们俩熟起来是自然而然的事，撇去不愿谈论读书，倪虹珍倒算得上是个牙尖嘴利的女小囡，哪里不懂她对着倪袖套全不承认，偏偏盯着闫海川不放，闫海川口生手熟，便带着倪虹珍上手一遍遍地划样子，自己摸索出的熨衣料的门道也不加遮掩和盘托出。常常是这样的，待倪袖套一个人去做大件，他们俩便围在那台踏板咯吱响的老缝纫机旁，倪虹珍坐在凳子上踩脚踏板，闫海川立在旁边，头低低地悬在倪虹珍后脑勺的上方。他的注意力老是集中不起来，倪虹珍的头发是那样黑呀，在昏黄的灯下发出太阳光的颜色，她微微侧过脸颊，给闫海川看到又长又翘的眼睫毛，上下扑打着微微鼓起的眼球，就像颤动着即将破开蚕蛹的飞蛾。倪虹珍注意到了闫海川的目光，她歪着脑袋直直地迎上去，于是闫海川便在起舞着细小灰尘的煤油灯光下看到她时兴的的确良衬衣下映出乳房的轮廓，他别过头，脸颊上的肉神经质似的抽动着。

后来，倪虹珍开始和他一起上工，他拣土布，她便拣的确良，他做裤子，她便做中山装，似乎在竞争着什么，却又是不以为意、落落大方的。闫海川回想起来觉得那时候他人生的那条路早已有了拦腰斩断的迹象，只是和倪虹珍在一起的日子太轻快，轻快得简直把他变作了什么浮游生物，飘着飘着便不知落到了天地的哪个角落里去了，因而当突然有一天从云间坠下大地便惨烈到无以复加。闫海川永远记得，那天他见着倪虹珍昂着头把缝纫机驮在背上的样子，缝纫机那样的巨大，像长着一张血盆大口把倪虹珍吸进了小人国，而倪袖套在后面赤着脸托住铁架，走起路来像陷进了棉花堆，一点骨头都没有，软趴趴地随着倪虹珍左右晃动。就从那一刻起，闫海川知道，这里容不下自己了。

闫海川从没学会做西装，没从倪袖套那里学过，也没从服装社那里学过。没人再需要西装，也没人再需要裁缝师傅。小闫师傅终于变成了老闫师傅，电梯厂里人人这么喊他。

李秀娥

第二天，李秀娥起得很早，她从两片窗帘的缝隙中往外看，外面的天红得像是蘸了血，一条条发亮的光带潜在赤云里，向下散着橘红色的微光。她扶着楼梯下楼点灯，客堂间灯光亮起的一刹那，她想：我得救了。

今天和以前所有的日子并没有多大不同，李秀娥烧开水、烧早饭，在等待中打井水洗衣服、拖地。太阳终于醒了过来，麻雀在四周叽叽地啼叫。早上的时间很难熬，但却过得很快。闫海川七点的时候下了楼吃早饭，他们今天要拆掉扁豆藤。

扁豆藤看上去好像还是正当壮年的时候，在茂密的藤叶间时有一两株甘紫色的小花和瘪着嘴的果实，这似乎在抗议着夫妻俩的举动。但是，是时候了。死亡的时间并不总掌控在自然的手里，也许仅仅是一场人为的干预。闫海川的动作并不麻利，但是还算坚实，他用柴刀将扁豆藤从根部凿开，再用手将主藤扯下扁豆架，李秀娥在一旁做辅助工作，把那些顽强缠绕的茎叶撕扯下来。日头清亮，微微发热的太阳光打在身上逼出了一身热汗，闫海川用袖管揩干额头上的汗水，从扁豆架下立起身子，光秃秃的扁豆架罩在上头，残破的蜘蛛网丝仍旧坚强地上下晃动。闫海川一边往家里走，一边脱下手套和外套，他对着李秀娥喊，我上去洗个澡，下午开会不好带着这一身臭汗。李秀娥向他摆摆手，仍旧低头去捆那失了生气的扁豆藤。中午潦草地用白粥剩菜对付过去以后，闫海川骑上了电瓶车去生产队开小会，李秀娥则带上闫海川不知道向谁讨来的半包菠菜籽去地上播种浇水。上一年留下的菠菜籽在前段时间的连绵阴雨中受了潮，她看着保鲜袋装套着别人家的菠菜种子，只觉得可惜。

李秀娥做的农活总让闫海川看不上眼，她自己心里明白。李秀娥用锄头把地敲松，再用耙扒成条状，在一行行凹坑里撒上干巴巴的菜籽，然后她架起扁担去老井那里挑水浇地。浇水是门学问，浇太多，泥便被冻住了，种子扛不住大地的压迫，浇太少，种子就没力气顶，一颗颗干瘪地死在地的深处。李秀娥边拿安全帽做成的长杆勺子洒水，一边想着这些曲曲绕绕的村里的小会即将笔直到达的终点，也许最快到年底，这田就会被收走。

李秀娥用毛巾简单地擦了擦被太阳晒红的脸和脖子，看了看墙上挂的钟，五点一刻，该烧饭了，嘉嘉应该快到了。她催着正在停电瓶车的闫海川把铁门打开，一边从冰箱里拿出提前准备好的熟菜。金黄色的太阳光倾斜地照在水泥场上，一半光亮，一半晦暗，铁门划在地上发出滋啦滋啦的煎油声。

台桌上的热菜不懈地向上蒸腾着雾气，闫海川戴着老花镜读着手机上的头条新闻，李秀娥默默地盛饭、端饭，让瓷碗在磕上台桌时发出清脆的声音。全是拿手的菜，她将围裙和袖套取下来挂到一边，心里腾起一股暖流。嘟嘟两声，李秀娥急急地向客堂间大门走去，没等拉下把手，嘉嘉已从夜色里跳进灯光，顺着冷风向内逃窜的方向抱住了李秀娥。

奶奶，我饿死了！我吃了六块羊肉、三个油泡！李秀娥笑得声音都变了调，把盛着清炒豆苗的盘子推向孙女，素菜也要多吃的，否则又要便秘了。闫海川父子坐在一条长凳上，一个自顾自地倒啤酒，一个不紧不慢地咪白酒，话不太多，但脸面都很沉静。

洗碗的间隙，嘉嘉去了楼上写作业，闫海川跟着上去给她补校服，客堂间里便只剩下了李秀娥和闫利峰。李秀娥把水龙头拧向左边，向下压低，温吞吞的细流冲刷着她红通通的指节，秋琴下礼拜回来吗？闫利峰抿一口热茶，不知道，这礼拜轮休，那下礼拜得上早班。李秀娥用抹布密密地揩干水渍，所以这两天就在搓麻将？

闫利峰不响，随后补充了一句，搓麻将就算了，还老输，昨天晚上问我要了一千块。李秀娥脸上还是淡淡的，那你为什么要给？换来的是长久的静默。楼上传来嘉嘉和闫海川的笑声，李秀娥和闫利峰都把头仰向楼梯的方向。家不管，小孩总要管的吧，李秀娥垂着头默默地吐出一口气。对面还是不响，在长久的沉默中，闫利峰的声音似是从地底涌起，妈，我想把城里的房卖了。

李秀娥扒着扶手缓缓地走上楼梯，从阁楼那里发散的白光稳稳地罩住了她，她看到嘉嘉侧着身子紧紧挨着闫海川，认真地盯着蝴蝶牌缝纫机啪嗒啪嗒啄线的动作，闫海川轻盈地踩着脚踏板，校服在手下自由地打着旋。李秀娥就站在那里静默地看，一直等到嘉嘉将新补的校服从身上扒下来才拉开了阁楼的玻璃门。嘉嘉重新戴上眼镜，遮住了葡萄一样的眼珠子，她飞快地抱了一下闫海川，嘟囔着说，爷爷不愧是老裁缝师傅。李秀娥的嘴角忍不住上提，她柔柔地开口，嘉嘉啊，作业做完了哇？收拾一下要走了。她的小孙女撒娇一样地两手环住了左边胳膊，边摇晃边高声地喊，奶奶搬到城里住嘛，想天天吃你烧的好小菜。李秀娥似是无奈，又似是不忍，她用右手拥住嘉嘉的大半个身体，在耳边低低地念，所以嘉嘉要常常来看爷爷奶奶啊。

小轿车的前车灯在灰暗的水泥地上打出两圈拉长的光晕，院子的铁门切开了半辆车身，只留下后座的大门敞开，座位一侧已经摆满了大大小小的塑料袋，露出油油绿绿、青青紫紫的颜色。嘉嘉轻快地跳上小轿车的后座，然后从窗口探出脑袋，爷爷奶奶再见！你们注意身体！李秀娥满怀爱意地看着汽车尾灯消失在转角，融化在浓重的夜色里。秋夜带着湿气的冷风窜进头颈里，李秀娥抖动了一下身体。闫海川在旁边乐呵呵地笑着，还在不间断地舞动着手，他的喉咙发出气音，粗粝地磨着李秀娥的耳朵，嘉嘉长得越来越像你，尤其像你的眼睛，幸好没长闫家的。李秀娥不响，立在门口，让门厅的灯光兀自打下她的半截身影。

李秀娥立在二楼的楼梯口，从左到右一下一下地按灭客堂间里的灯，随着最后一盏吊灯在啪嗒的脆响下熄灭，她身体以下的地方被黑暗吞没。闫海川洗澡的声音陡然响起，李秀娥抬眼看向整幢楼里唯一亮着的原点。每日都是一样的步骤，她洗澡，洗衣，上床，在闫海川瞌睡的片刻调到连续剧的频道，最后她灭灯，将自己融进与黑暗不相称的温暖里。

如果这是一场梦的话，李秀娥想，他们的梦很快就要到尾声了。她睡在光与影里，窗帘的缝隙间透出清明的月色，在乌漆墨黑的房间里投下一整条暗淡的光带，李秀娥在高高耸起的樟树林梢上望见了一颗极明亮的星。明天应该是个好天气，她从容地翻了个身，从月色转向闫海川的呼噜声，沉沉地睡去，潜入一个不需要夜梦的世界。

信与花记

黄晓莹

一

小萩，这儿的凤凰花过些天就开了。

我跟你说，昨儿老庄又派给我个采访任务，还满脸堆笑让我放心写。要刚来那会，不被骂个狗血淋头便谢天谢地了。还有对桌那陈姐，以前老拉一张脸，现竟也叫我一起聚餐活络活络。咱镇小，事不多，东边衣店挪了窝，西边王家小孩金榜题名，挂横幅满世界欢喜。那条老街你记得吗，铺好沥青，以后下雨免溅一身泥点子。现在社里开了公众号，我在跟进，毕竟也得跟上时代，单靠报纸也许得尝尝西北风。离花开还有日子，今就到这吧。

小心收好信后，贾实出门，街上灯火通明，晃得人有些晕乎。他避开人，左拐一道，右走一圈，最后进了间看着有点年代的书店。门口挂块牌匾，歪歪扭扭写了"阿火"俩字。

"小贾，来了啊。"门口老人打招呼。她缓缓搬着东西，弓着身子，鬓间斑白。

"来了。还是一样的，老规矩。"贾实说。老人返回收银台，包好杂志递给贾实："给。"

"您这些天……"贾实欲言又止。

"下个月这里就要拆了，我这几天收拾收拾，也要搬走了。"老人眼神稍显黯淡。

"这么突然？"

"出了这样的事情，还怎么在这里待下去呢。而且，我现在一个老家伙彻底也没牵没挂了，找个地方待几年就该去和他们团聚了。"

"您请不要这么想，一切都会慢慢变好的。"

贾实走出后，找了树下僻静处坐下。路边零星几人经过，还在讨论些什么。小镇一有啥风吹草动，消息总病毒蔓延般快速传播着。贾实手指关节微缩，渐渐用力捏紧袋子，那几人的话飘入他的耳朵：

"你们听说那件事了吗，虐童事件的那个人死了。"

"你是说那个状元老师？怎么死的？"

"听说是自杀的，到处都传开了。"

"这活该啊，老师怎么能打学生呢，而且好像听说她还是这家书店老板的女儿啊。"

"哎，赶紧走赶紧走，这晦气的地方不要多待了。"

几个人离开后，贾实从阴处走出，凝眸望向书店里动作迟缓的身影，皱了皱眉头。

前些天一明姓老师投河自杀了，本不是特别惊天动地的大事，但因死者是不久前网上出名的状元老师虐童事件主角，牵扯较广，尤其在这小小的镇子，更引一阵哗然。书店老板是死者明老师的母亲。为了消息，贾实近日常来露脸。

最近常有这样的声音：网上报道那么多又不知你是真是假，随便抄篇东西改个标题就成了，别那么较真。可唯独新闻的真实性，是贾实一直坚信的。尽管这臭脾气一直被同事嫌弃，贾实仍想坚持这个自进新闻系以来，作为新闻人的自觉。笨便笨点吧。

城区即将拆掉了，若不能早点问出有价值的内容，本月任务没法完成，而且这事也会无疾而终，之前的努力就白费了。想到临走时老庄那句"亲切"的耳提面命，让他务必取到这大热新闻的第一手材料，贾实的头皮神经微微抽搐了一下。他无目的游荡，沿路看到釉质饱满的碎小叶片旁，花苞已开始崭露头角，隐隐透着些许黎明咬破夜唇般的鲜红。原来自己不自觉逛到镇上南光小学附近了。学校附近一条栽种着凤凰花树的路。而南光小学，恰是那位明老师的工作单位。

"丁零零——"随即，道路成了花绿书包的海洋。小豆丁们陆续涌出，贾实注意到不远一个短发小女孩，黑色蓬蓬裙，孤身一人，抱了洋娃娃书包挂件。周围同学三三两两成群经过，小女孩一人伫立树下，静默，看上去与周围格格不入。她抓着洋娃娃，面色嫌恶，费力甩动，似乎想尽快抛到树上丢掉它。在空中画了弧，洋娃娃掉到贾实脚边。他捡起娃娃，瞥见上面裙子有被撕扯的痕迹，原应两个眼球的部位，其中一处空心凹陷。贾实拍去娃娃的灰尘，递给女孩。小女孩见贾实，突然笑了，与刚才安静状判若两人。

"谢谢大哥哥。"

"你一个人现在不回家吗？"

"妈妈还没来。"

"大哥哥问你一个问题好不好？"

"嗯。"

"你有听说过你们学校的明老师吗？"

"知道的，她是我们班老师。"

"居然这么巧，那你喜欢你们老师吗？"

"她对我们……"小女孩微笑着正要回答。

"冬雨，你在干什么，不是说了不要和陌生人说话吗。赶紧过来。"这时有个围着丝巾的女人突然出现打断了谈话，神色一丝慌乱，一把拉过小女孩转身就走了。女孩走时回头瞥了眼贾实，笑容仍在脸上。

二

听人说，明老师是在河边被发现的，风微凉，凤凰花绽放两旁。那天，河水流淌很快，花瓣掉了下来。

　　小荻，老庄让我跟进这件事，拿到第一手材料便好，但我更贪心一点，想探知背后的故事。不被了解的独自死亡是冰冷的。

　　采访校长时，他说，之前发生一起老师打学生的事件，当时家长闹到学校，要给个说法，这事情还在网上引起不小热度，网民纷纷评论谴责这个老师，甚至有人寄了辱骂信，言辞激烈。这位风暴中心的老师便是此次的死者。明老师曾是某届高考状元，这被媒体抓住不放，大肆炒作，在网上引发了社会各界对育智还是育德的探讨。学校对此事很重视。这节骨眼，明老师自杀了。承受不住社会的谴责，内疚而死，校方认为是这个说法无疑。我跟校长承诺不随意报道，掌握事情真相后一定告知他。临走前他给了我一个地址，说可能有用。

　　在年级里进一步了解事情经过时，感觉有不少老师对明老师的事情避之不及，仿佛没有这个人存在过一样。去班上，偶然看到校门口碰面的那个孩子，坐在最角落，没有人主动向她搭话。让我比较在意的是，明老师带的班，后边空位上堆满手工做的祈福花。学生们似乎对她颇为挂念，有个小朋友在我问询的时候，噙泪问我明老师是不是以后都不会回来了。

你说，若是媒体口中打小孩的老师，会有如此多小朋友在乎她吗？事情真相诚如校长所说的那样吗？

我也知道我在做一件不会得到回报的事情，很多人觉得没有意义，可是我只是觉得，真相自然有万钧之力。如果能够发现这个人为何自杀，揭露疮疤，报道这些真相，那么是不是下一个试图自杀的人，能得到旁人哪怕多一点的关注，兴许就能阻止一些悲剧的发生。

三

于是几日后，贾实又踏入阿火书店。匾额上灰尘日益堆积。架上已空大半，剩零星空花瓶。老人背对门口坐着，手上放本书，书页被风翻动而不自知，头上几根白发露在额头外。停下了前几日忙碌匆匆的劲头，愈发显出颓态。

"您这边已经收拾好了？打扰了，我这次来是有些问题想向您了解一下。"贾实试探问了一句。老人，应该说是明母，转身定定看向贾实，嘴唇似乎动了一下，却又无声地停住。贾实感到微微有些歉意，可一想到自己的任务，又只能继续追问了下去："想请您聊聊关于您女儿的事情，关于她的自杀。抱歉，有点残酷让您想起这件事，但镇里人都看着，还烦请您讲一下可以吗？"

明母合上书，脸上皱纹抖了抖，终于开口：

"我记得那天下着雨，我们约了那对母女到河滨的一个公园见面，想私下聊聊那件事情，这件事情闹大的话影响实在不好，我一个人拉扯着明儿长大不容易啊。她爸走后，我一个女人支撑着店不容易啊，没想她能有大出息，只要平平安安长大我就心满意足了。之前她考上状元要去上外地大学那会，我是既开心又揪心，担心这孩子太冒尖迟早要吃亏的。普普通通的多好，找个本地的大学念着，找份普通工作安安稳稳生活就挺满足了。如果工作的话待在那些个大城市，我们这种小户人家，是要被吃得连骨头渣都不剩的。这孩子从小就听话，让我省心的。

明儿跟我主动忏悔也跟我保证了，她要跟那小孩道歉，不应该对她动手，我寻思着为人师表，就是要知错就改，跟小孩和她家长道个歉，兴许这事就过去了呢。没承想，道歉根本没用，对方家长一来就甩脸让我们赔偿，还说要把事情闹到上面，跟我们没完。我是好说歹说都没用，心下一气，没多想就和她拌嘴吵了起来。明儿站那没说话，突然跑出去，我没多想，只顾和那女人掰扯，结果，结果——"明母潸然泪下，肩膀不住颤抖，扯住贾实袖子越讲越激动，"我没拦住她啊。当时要是注意到，也不会是现在这样！你说，我是不是做错了？"

贾实听完，面色有些凝滞，知道此时自己应该讲点什么安慰她的，可喉咙又似乎被一股气流堵住，千言万语说不出，最终只汇了句："请您节哀。"

四

循校长给的地址，贾实抵达闹区的一幢居民楼，街上行人穿行交错，摩托车、自行车歪歪扭扭立在路旁，有的甚至越过楚河汉界，大型车被压缩空间后变得不耐烦，喇叭声此起彼伏，小店音乐悠悠滑过，循环播放着"老鼠爱大米"的歌曲。楼朝主道那面墙，干净整洁。而顺小巷慢慢进入背面，七八十年代老式居民楼模样，楼间距窄，阴影和地面严丝合缝地叠合在一起，地上盘踞一沓垃圾，在道路中央耀武扬威。

门开时，贾实有些哭笑不得。是前几天校门口的"不高兴"家长。门撕开一丝缝隙，女人透过缝隙，上下打量傍晚的不速之客。知道了对方身份，做好被严词拒绝的准备，贾实扯出工作证，讲明来意，希望对方接受采访。意外地，对方听明来意，让贾实进来了。

室内空间不大，桌面几个竹筐随意堆叠着，墙上灰尘大刺刺晕染开，阴阴柔柔透了灰调。上次的小女孩，一人坐在角落板凳，这次则摆弄一张红纸，像在叠花。她抬了抬眸，懒懒没什么兴趣，又继续干自己的事情了。"冬雨，进屋去，别随便看人。"那女人对女孩说道。正常情况下不是会让小孩跟客人打招呼吗，贾实想。空气中一股压抑氛围弥漫着。女孩听了母亲的话，低头机械地走进房间。

倒了杯茶坐下，女人问道："贾记者是吧，你会报道那天的事情吗？"

"是的，为了让大众知道真相。如果您方便详细告诉我那天的事情，我将不胜感激。"贾实诚恳回答。

"我家跟明老师之间的事你也知道了，要不是我正好发现，冬雨课间被老师打，孩子得受多大委屈。学校找了人说这事是假的，可我当时亲眼看见，这事搁哪个家长能受得了呢。但我一个女人能有啥办法，老师还是个高才生，学校重点保护的苗子。索性我就把消息抖给媒体，让大家看看她是什么人，还我家冬雨一个公道，不让欺负了去。"她顿了顿，继续讲述，"之后那老师的妈妈约我们母女去公园谈判。我觉着多一事不如少一事，能解决的话就算了，冬雨以后还要继续上学，就听听那边怎么说吧，也就带着孩子去了。

印象中，去的时候下着雨，我打伞带孩子，公园没什么人，但听到一阵争执的声音。老远见那母女俩把伞丢一边，淋着雨好像吵了很久。凑近刚好听到几句，明老师指责她妈不该让她当老师，还说没打我家小孩。她妈也甩脸。等我们到时，俩人都脸红脖子粗的。我估摸着，那母女俩之前问题就挺大的，听说她本来在大城市能找个体面工作，她妈妈硬逼她回镇上当老师。这老师看着不禁事，心理脆。在学校里和人处不来，被排挤，然后就成这样了。

都到了这程度，我想想，就这么算了吧，也闹得挺大的，继续追究也没意思，跟对方聊的时候，她们本就是求化解的，过程谈得挺好，明老师谈完后一个人走开了。本以为这事就这么过去了，结果第二天却听说她自杀。事情太突然，我一下也慌了，活生生一条人命啊，说没就没了。怎么就这么想不开呢。

这几天可不敢让孩子出去一个人乱晃，怕冬雨受这事影响。上次看你和孩子聊天，也是担心孩子，您别介意多担待啊。"女人噼里啪啦一顿讲完，最后倒是挺亲切。

"谢谢你，我了解情况了，报道我会认真写的。"

走的时候，冬雨的房间，仍紧闭着，只有一条光从门缝淌出。

五

　　小萩，那件事我还有点疑虑，需要再确认一下。再等等我。

在后来某个课间，贾实找到了冬雨。麻秆一样瘦小，脸色有些淡，和娃娃形影不离，见到贾实没有太大波澜。

冷静得可怕，贾实想。

"你为什么都不和其他人一起玩呢？"

"妈妈从小就告诉我，周围的人都是坏人，只有一个人才最安全。其他同学都有爸爸，我就问妈妈我的爸爸在哪儿，妈妈只是紧紧抱住我，哭着说要我一个人好好的，不付出情感就不会被伤害。我虽然不懂这是什么意思，但一个人待着这句话我是明白的。我有我的洋娃娃，她是不会和其他人一起玩的，她只属于我。"说完，抓着洋娃娃的手捏得更紧了。

"明老师真的有做那件事吗？"

冬雨笑了。

"其实老师没有打我的。"

"当时去做操，楼梯人很多，我被推到角落。老师想拉我一把，但人多被推了一下，不小心压到我头了。正好我妈来给我办转学手续，到楼梯间看到这一幕，误会了就闹到校长那边。"

"那你为什么不早点说出真相！"贾实很想大声吼她，但还是控制自己没大喊出声。

"我害怕啊，事情等我回过神来的时候，就已经失控了，妈妈不让我跟别人一起玩，我不敢讲出来。何况这事都传到网上了，网友都站在我这边，不是很美好吗？同学们说我是巫婆，不喜欢我。这下他们能看到，我也能有很多关心我的人了吧。"

难以置信，此时贾实脑子里嗡嗡直响，一时哑然。

"所以，明老师自杀，是你干的吗？"

冬雨笑道："当然不是我，她是自杀呀。虽然之前没有承认，但我后来已经把打人事情的真相说出来了，在公园里，清清楚楚地说了。但是，大人们啊，一点都不相信小孩的话呢，该怎么样还是怎么样。明老师，我对她还是有点抱歉的。和她妈妈吵完，她就跳河了。

不过你放心，其实她也是在自救。她在学校里虽然跟小孩玩得来，可旁边大人和她不是一个世界，她想插入话题就是没有办法融合进去，就像我和班上其他人一样。

她和我是一类人，我们都只和自己玩。周围的人都不是好人。"

"她和你不是一类人，你并没有完全说真话。"

贾实凝神注视着她的眼睛：

"而且，她不是自杀，其实所有人，都是凶手。"

冬雨一时语滞，贾实放下这句话，剩她独自发愣，转身径自离开，慢慢步向公园的河边。

六

小荻，这里的公园，凤凰花已经开了。火红的花瓣，火海一般的绚烂，想来是你特别喜欢的吧。说了这么多，其实我一直很想告诉你，关于我的故事。

那会我还是个新人，入职兵荒马乱，没能高效按量完成工作。周边的同事们、上级们，你有你的治军妙计，我有我的处世之道。我一开始偏是学不会那些个矫揉造作的。

可日子啊，渐渐难过了起来，我的一腔直撞，碰到了厚厚的围墙，写的实况无人问津，而且写稿量比不上别人的五分之一。有热心人看不下去，暗示我编几个凑凑数。有天，上边下了最后通牒，让我务必写出东西，主任顺嘴提了句现在人力资源过于饱和，言外之意我自然懂得。打工仔能有啥办法，还得为五斗米折腰，咬咬牙最后选了折中的办法，收了一份对南光小学教师的投诉信。待处理的文件堆积了案头，我没时间去慢慢求证这件事的真相，便曝光了出来，字里行间或多或少夹杂了自己的一点情绪。

人算不如天算，本以为排不上号的新闻稿，没想到引起这么大关注，上升到全民讨伐的地步。事件一步步发酵，我因热度新闻而被同事另眼相看，而新闻当事人却水深火热，遭到网络的狂轰滥炸。你知道吗，经过传播的谣言，仿佛待发酵的面团，成长速度远远超过人的想象，一条接一条，空白的评论区上渐渐萌生黑意。那些文字，隔着屏幕都能感受到藤蔓抓住咽喉，河水漫过鼻腔的窒息感。

心里的愧疚一点一点滋长，我不敢去见那个人，怕若是碰上冤假错案，自己就铸成大错了。有次，我实在忍不了了，下着雨冲出家门，跑着跑着不知不觉就去了公园。背靠大树的长椅坐下，我只想一个人冷静冷静。

不料，树的另一边来了两个不速之客，其中一个是看上去二十多岁的姑娘，另一个似乎是她母亲，母亲讲着讲着声音就抬了起来，姑娘一开始也回了几句，似乎没说服母亲，被严厉呵斥后，便低头不再说话了。母亲教训了她很久，模糊中我隐约听到了南光小学、道歉的字眼，有些在意便继续听了下去。不久，有个女人带了小女孩过来，那女人趾高气扬的样子，女孩则毫无表情。那小孩全程没有开口，沉默注视女人和那对母女，其实只有母亲们在说话，在争执。不知道她们究竟在吵什么，我只记得，那个少女捂着耳朵，好像受不了周遭声音，跑进了凤凰树丛里边，就不知踪迹了。

直到隔天，看到新闻我才发现，那个女孩，衣服口袋夹了片凤凰花瓣，在河里被发现，岸边一地湿嫩的鲜红。

你一定很喜欢凤凰花吧，花开两季的时候，我现在来了。秋天的河水似乎有些冰凉。

对了，我还欠你一句道歉呢。

对不起了，

明莸。

星际水母

宋为龙

一

星历 2937 年 6 月。

巨大的飞船缓缓航行于星河之上，这艘以科研考察为目的的星舰如它的名字一般，被设计为海豚的形状。绚烂的星河从四处流淌而来，如丝绸般汇入一处，在下方形成瑰丽的漩涡。星舰已在此停留三个地球日，似乎在等待什么。

飞船左腹，休息舱内，沙发呈环状摆放，金发的青年负手而立，实验室用的白袍在星光的映衬下泛出蓝莹莹的光，浅色的眼眸被镜片遮住，镜链蜿蜒而下垂在胸口，链旁一块金属铭牌：詹姆森。

隔着巨大的观察窗向外望去，在这团小小的星云之外，亘古的黑暗中，漂浮着无法计数的星辰。

他伸出手，虚虚按向远方的一点："这次，你会来吗？"

腕上的通讯器突然亮起红光，青年按下通讯键，一道光屏自下而上扫出，上面是另一个身着白袍的研究员。

"詹姆森博士，前方 5460 阿尔寻^① 外，有星际水母群活动迹象，单体最大直径为 48 阿尔寻，据图像反馈，似乎是尚未观测到的水母种类。"

后面是一段探测设备传回的视频：巨大的紫色水母在星河上方漂浮，半透明的淡紫色伞盖，造型接近箱形水母，远远看去，像一朵飞翔的花。

星际水母是一种神秘的生物，在 2500 年的一次天琴座考察中由于舰长伯格特的失误，跃迁中断，飞船迫降到一个星球，重新起飞时，船员在太空中偶然发现了一只神奇的水母，这种形状酷似地球上水母的生物，可以在太空中自由穿行，真空环境和强烈的宇宙辐射似乎都无法对它造成任何影响。在付出巨大代价的初步研究后，人们发现不同颜色的星际水母具有不同的能力，这种生物具有极大的研究价值，航空总局甚至为它成立了水母研究所。

詹姆森关闭视频，在光屏上点了几下。

"研究人员詹姆森，编号 21000，请求执行观测任务。"

"准许执行观测任务，任务权限：A 级。"

詹姆森离开休息舱，前往右下侧观测飞船停留的地方，一边吩咐自己的助手："带上音波盒，还有 a27、a65 号试验对象。"

五分钟后，一艘小型观测飞船从星舰出发，载着詹姆森和另外三位研究员，前往水母出现的坐标。

"海豚号"星舰，指挥舱。

"舰长，有一份新的报告。"

白袍的研究人员出现，递来一块记录屏，强森接过，插入读取槽，里面的信息

---

① 阿尔寻：一种测量单位。

被扫入电脑，经过计算转化为数据，传向地球上的接收平台。

强森抬头，发现身后的人站着不动。

"如果没有别的事，你可以离开了。"

研究人员忽然从白袍内掏出一支注射器，刺入舰长后颈，强森骤然倒地，两眼上翻。

"音波盒在哪？"

强森口中涌出白沫，右手试图去按桌下的报警器，白袍人一脚踩住那只手，慢慢碾过每一根手指，再踢踢强森因为痛苦而抽搐的小腿，掐着他的脖子继续问："音波盒在哪？"

舱门打开，几个同样穿着研究服的人进来，白袍人抬头看了眼，露出放心的神色。

"老大，音波盒在观测船上，被詹姆森带走了。"

"其他几个舱的船员？"

"都解决了。"

"在出发舱集合，给我追。"

距星舰 5400 阿尔寻外，浩瀚星河之上，巨大的紫色水母缓缓游动，伞盖伸缩，触须招展，有一瞬间，詹姆森觉得自己置身于海洋之中。

"保持安全距离，释放音波盒。"

彼尔博士打开一旁的密码箱，输入 24 位随机密码，取出里面的东西。所谓的音波盒，就是一个魔方大小的立方体，詹姆森接过音波盒，指纹认证通过，立方体发出咔咔的声音，银白的外壁像八音盒一样打开，里面是一只蓝色光点组成的迷你水母，水母轻轻晃动，无形的波纹以飞船为中心，向四周扩散，远处的水母群似乎有所察觉，开始向这边飞来。

"准备实施捕捉。"

船身突然剧烈震动，电子屏幕发出尖锐的警报声。

"有人在攻击我们！！"彼尔博士往舱外看去，注意到上面海豚的标志，掩不住的惊讶，"……似乎是，我们的飞船！"

"我们这是观测船，没有配备任何远距离武器，"詹姆森摘下眼镜，捏了捏鼻梁，声音冷静，似乎发生的一切都在他预料之中，"调整方向，冲入水母群。"

"詹姆森，这种水母的能力我们尚未知晓，贸然接近可能有危险！"

来不及解释，詹姆森将控制模式改为手动，操作观测船以最快的速度，冲向往这边飞来的水母群。

地球，水母研究所，柏特办公室。

年迈的教授放下话筒，面容似乎又苍老了几分，他从抽屉里拿出一个药瓶，倒了两粒药入口中，这才吩咐一旁的助手："去找一个人……资料在我的个人文件柜里，编号是2573。"

助手拿出文件，看见封面上的照片，有些惊讶。

这是一张经过放大处理的图片，金发碧眼的年轻人开怀大笑，一只手搂着一个表情严肃的青年，并趁对方没有发现，冲镜头比出一个"耶"的手势，背景是弗莱尔航空大学那栋金红色的教学大楼。撇开二人一模一样的金发和蓝色的眼睛不看，这两个人的五官，都和刚刚宣布失踪的詹姆森博士一模一样。

二

星历2937年8月，哈德森镇。

清晨的第一缕阳光透过窗帘，照入这个米白色基调的房间，今年三十五岁的朱迪正在厨房间忙碌，作为一个六岁孩子的母亲，星期一的早晨总是闲不下来。陪孩子吃完早餐，给她收拾好书包，牵着她出门，美好的庭院，美好的清晨。

"珊迪，妈妈去后面开车，你在这等我一会。"

小姑娘点点头，站在草地边，靠着白色栅栏，两只手玩着辫子上的蝴蝶结。

清晨的风柔柔吹过，院外的小道上，一个老爷爷牵着狗走过。

大金毛抽抽鼻子，闻到了熟悉的气味，它汪汪叫了两声，转入道旁的小院，亲热地扑向孩子，珊迪抱住狗，狗狗伸出舌头舔她的脸。

一辆红色的小汽车从屋后转来，朱迪打开车窗，和老人打招呼。

"嗨，史蒂芬！"视线转向珊迪怀中的大狗，"嗨，布鲁托。"

狗叫了两声，朱迪拍拍手："珊迪，我们该去上学了，和布鲁托说再见。"

珊迪抱着布鲁托，一声不吭，妈妈又喊了一声，珊迪放开狗，嘟着嘴，满脸不情愿。

"上车吧，珊迪。"

珊迪站在原地不动，伸出手："妈妈抱。"

"自己上来，珊迪。"

孩子依然站着不动，眼睛看向远去的老人和狗："布鲁托不需要上学。"

朱迪无奈地打开车门，绕过车，走到她旁边，亲了她一口，把她抱上车，放在副驾驶上："珊迪，你已经长大啦，这是妈妈最后一次抱你上车，明天就要自己上车了。"珊迪窝在座椅上，乖巧地点点头。

朱迪正准备开车，突然听到狗叫声，一声比一声激烈。

原本乖乖坐在座椅上的珊迪大喊起来："布鲁托，是布鲁托！"

阴影降临，街道上响起女人的尖叫声，朱迪抬头，看见一个奇怪的淡紫色盖子飘过头顶，大概有一个小型足球场那么大，它飘过头顶，晃晃悠悠往前面去，朱迪揉了揉眼睛，再次抬头，紫色的水母在前方缓缓降落，半透明的身体逐渐覆盖街道，建筑物在水母体内缓慢消失，迅速变矮，像一堆遭到侵蚀的流沙，不到一分钟，镇子那边的街道已经全部没有了。

一个金色的影子跑过来，拖着一条细长的绳子，珊迪盯着那道影子，拍着车窗又喊："布鲁托！"

紫色的半透明物以一种肉眼可见的速度追来，狗的后半截身体消失在空中，前半截还保持着跃起的姿势，再一秒钟过去，狗不见了。

透明物仍在蠕动。

朱迪此刻才反应过来，强忍震惊迅速打火，启动车辆，一个大转弯，车尾刮在路边垃圾桶上，垃圾桶翻倒。穿着大花睡衣的女人听见响声，从屋子里跑出来："嘿，你怎么开车——"，女人的话还没说完，整个人就被淡紫色裹住，而后凭空消失了。

珊迪转过头，透过追到近处那层半透明的物体，看见远方的地平线，一轮红日刚刚升起。

五个小时后，哈德森镇外——

一辆侧翻的红色汽车，一棵拦腰折断的松树。

救护车刚刚离去，几个警察留下在附近取证，脸上除了焦急，更多的是困惑。

今天早上，他们接到几个学校的报警电话，大约有十几个孩子没有按时出现在学校，也联系不到家长，档案显示那些孩子全部居住在哈德森镇上，这让事件一下子从逃学升级为大型人口失踪。他们跟着导航赶往哈德森镇，却发现导航显示的地址上完全没有任何居民区，而是一片看起来从未有过人迹的原始森林。本以为导航出错，却在附近一棵树下发现了一辆撞毁的红色汽车，车里的女人已经死去，一个小孩被护在怀里，目前陷入昏迷状态，但应该没有生命危险。

"这实在是太奇怪了……我发誓我没有喝酒，我们一共五个人，对，这边就是一片森林，完全没有路，车开不进去，我们绕了两个小时，一片很大的原始森林……导航出错？我们两辆车的导航指示都是这里……"

挂断通讯，中年男子靠在警车上，脱下头上的警帽，眯着眼望向远处，车祸发生在森林内二十米左右的地方，警车开不进，只能带着设备步行过去。他突然想起一件事忘记汇报，树林里根本没有路，那辆撞毁在树下的红色汽车，究竟是怎样开进去的？

森林上方，几只鸟在树梢上盘旋，似乎不敢飞下去。

周围十分安静，安静到能听见自己怦怦的心跳声，他突然产生了一种错觉，那个叫哈德森的镇子，也许从来没有存在过。

三

星历 2937 年 9 月。

河边，刷成蓝色的两层木屋外，摆满了颜色各异的花朵，有地球上常见的品种，也有来自其他星球的异种花卉，火红的玫瑰，浅蓝的勿忘我，雪白的沃斯银莲，淡金色的罗陵花……有种在盆里的，也有采下来做成花束的，有的制成了永生花，有的花瓣上还带着新鲜的露水。

微风拂过，屋檐下挂着的花篮轻轻摇晃。

一个年轻人从店里走出，白色的鸭舌帽压住一头乱糟糟的金发，脖子上挂着头戴式耳机，穿一身画有奇怪涂鸦的短袖和沙滩裤，蓝色的眼睛和旁边的矢车菊一个颜色。他吹着口哨，把一盆即将开放的罗陵花从角落挪开，放在晒台上。

风速突然加大，花篮剧烈晃动，空中传来轻微的轰鸣声，黑色的小型飞船在花店门口降落，掀起的气浪直接刮倒了一盆花，两个全身黑衣的男人一前一后从船上下来，走在后面的人手里拿着一样东西。

他们走到年轻人面前，掏出一个圆形的扫描仪，对着他按下按钮。

"面部对照完毕，骨骼分析完毕，身高无误，年龄无误，确认完毕，温斯特·凯文，现年 27 岁，父母为前航空局成员，均于四年前埃尔多安星球计划中身亡，其余亲属身份涉及机密，本人于四年前从弗莱尔大学退学，现为无业游民。"

冰冷的电子合成音，清楚点出年轻人的身份。

凯文把倒了的花重新扶起来，而后抬头看着门口的不速之客，皱眉："什么叫无业游民？我这么大一间花店你俩看不见吗？"

"这家店并没有登记注册。"

凯文面色一变，瞬间换成灿烂的笑容："你们是税务局的？"

"我们只是来送一样东西。"

站在后面的人把手上的东西递过来，一个银色的巴掌大小的盒子，上面贴着航空总局的标志，一只展翅翱翔的雄鹰。

凯文扫了眼那个标志，后退一步："我想你们搞错了，我的包裹向来只有花，很显然没人会把花这样送过来。"

后面的人保持着递过来的动作，拿扫描仪的那个打开腕上的通讯录，调出任务指令："物品以温斯特·詹姆森博士的名义寄出，签收人为温斯特·凯文，信息确认完毕。"

凯文在听到那个名字的时候就已经恢复了皱眉的状态："我和他已经没有任何联系，这东西哪送来的你们拿回哪去。"

拿扫描仪的人和递东西的人对视一眼，不再说话。

飞船的门再次打开，一个拄着拐杖的老头顺着舷梯走下来，他穿着黑色的西装，银白短发整齐地梳向脑后，胸前别着一朵白色的花。

他走到凯文面前，抽出那支花递给他："你好，凯文，我是詹姆森的老师，维尼恩·柏特，詹姆森托我给你带来他的问候。"

凯文盯着那朵花，似乎明白了什么，一瞬间瞳孔放大。

老人点点头，从黑衣人手中接过盒子："这里面是他留给你的遗物。"

似乎过去整整一分钟，凯文才找回自己的声音："我们……进去说吧。"

屋内，柏特和凯文面对面坐下，二人中间的桌面上，摆着两杯咖啡，还有那只小巧的密码盒。

"詹姆森的事……我们都很难过……他是我最优秀的学生……"

凯文没有任何反应，似乎对詹姆森的事没有丝毫兴趣。

老人低声叹了口气，把盒子推向凯文："打开看看？我也想知道里面有什么。"

凯文沉默半天，没有任何动作。

"詹姆森说你知道密码。"

当然知道，这只密码盒，就是之前他送给詹姆森的大学礼物，庆祝俩人一同考入国内最优秀的航空大学。

现在，那家伙把它装上东西，说是什么遗物，寄给了他……该死的……凯文眼底涌上雾气，一拳砸在桌上，以后，他的家人，一个也不剩了。

桌上的咖啡被这一拳震翻，液体四溅，老人掏出一张白色手帕。

"对不起。"凯文把盒子拿起来，放在花架上打开了它。

里面只有一块深蓝色的石头，和一张看起来随便写成的纸条："凯文，很抱歉我不能对你说太多，在你面前的是我的老师，柏特教授，你可以相信他告诉你的所有事，也请你务必按照他的要求去做。你亲爱的弟弟。附：这是我第一次摘到的星星，送给你。"

这是什么莫名其妙的遗物？凯文还没开口，柏特教授已经发问："这块石头，有什么含义吗？"

凯文没有说话，思绪却短暂地回到那个夏天，深邃的星空下，两个坐在屋顶上的小孩。

"哥哥，你长大后想做什么？"

"我想象爸妈一样，做一个可以摘到星星的人……"

"你父母的死亡，其实不是詹姆森的错……"柏特突然开口，打断了他的回忆。

"闭嘴！对不起，我没有不尊重您的意思，我只是……"凯文深吸一口气，"抱歉，我不想再提这件事。"

柏特看出他脸色很差，没有再继续这个话题，转身接过助手拿来的文件袋。

"詹姆森希望由你来继续他的研究，虽然你没有正式毕业，但我了解到你大学期间的成绩，几乎每一科都是满分，"老人把文件袋递过来："里面是申请进入航空局的全部文件，手续我已经帮你办好了，你签完字就能加入我们。"

"詹姆森，他怎么……"凯文顿了一下，似乎在考虑措辞，最后还是假装不在意地开口，"他怎么死的？"

"你还没签署保密协议，按理说我本不该告诉你这些，但詹姆森告诉我，知道一些真相可以帮助你判断……他们的考察队，遇上了星际水母群，根据星舰最后传回来的影像看，那是一种从未被观测到的星际水母……你大学期间选修的课程和詹姆森一样，虽然没有正式毕业，但已具备进行水母研究的资格，我们需要你的加入。"

"我连毕业都没有做到，你们找别人吧。"

"上个月，贝利州的哈德森镇，发生了一起大型人口失踪案，卫星上观测到的影像显示，一只巨大的紫色水母，吞噬了整个小镇，而后消失，原地只留下一片原始森林……未知的危机正在逼近，留给我们的时间不多。"

"这，这不可能……星际水母无法穿越大气层。"

老人调出光屏，上面播放的影像清楚地记载了这一幕的发生。

"这世上不可思议的事情太多了……当然，当时附近侦查到星际犯罪组织的飞船，这起案件，极有可能是人为造成，考察队的失踪，也可能与此有关……说句心里话，我觉得詹姆森没有死，你可以找到他。"

"你好好想想吧，"老人转身离去，"花架上这种蓝色的花我很喜欢，叫什么名字？"

"产自罗陵星的玫瑰变种，它的名字是星光碎片。"

"这名字真美，它的花语是什么？"

凯文愣了一下，眼中突然浮现出迷茫的色彩："等待，必将到来的重逢。"

四

星历 2938 年 9 月，水母研究所。

柏特带着凯文，在水母样本间走动，他手中拿着一个操作屏，每讲到一种水母，便按一次屏幕，让培养箱外的保护设施打开，露出里面在真空环境中游动的星际水母。为了避免光照对水母产生影响，样本室内关闭了全部灯光，水母自带的荧光照亮了这个房间，以蓝色为主的光芒投射在墙上，随着水母的游动，荧光颤动，折射出梦幻般的色彩，站在室内，如坠深海。凯文忍不住伸手贴上培养箱，墙上出现一个漆黑的手状投影，隔着生化玻璃，他清晰地看见一只伞状的蓝色水母，比他的巴掌还小，伞盖上有繁复的立体花纹，呈螺旋状向四周分散，水母似乎意识到它的存在，触须一推，伞盖摊到玻璃上，滚了一圈，似乎隔着玻璃蹭了蹭他的手，还没等他反应过来，它触须一甩，游向反方向。

"蓝色星际水母，高攻击性，可在短时间内释放出高强度的能量，这种能量与地球上已知的任何一种能量都不同，暂时无法使用任何物质储存它，未来有望为军事武器方面的研究作出贡献。你手边这只，能力相当于半枚导弹。"

凯文默默收回手，顺便收回自己看宠物的眼神。

"粉色水母，分泌的未知元素，对促进生物繁殖有强烈的效果，可用于加速克隆生物的成长，副作用未知。金色水母，数量最为稀少，目前已知的能力是对物质内部的元素进行重构，使之转换为贵金属，但性能不稳定，曾将一只马克杯变为纯金，也将纯金变为过白银……紫色水母，第一次在半人马座附近观测到，尚未捕捉到样本，"这一次打开的培养箱，里面是空的，"能力未知，与哈德森镇失踪案密切相关，可能有……"

"紧急通讯请求！柏特教授！"助手的声音打断了柏特的讲述，随后是一支转接过来的通信讯号，航空局指挥官的脸出现在光屏上。

"柏特教授，在马文州市区，出现了三只巨大的紫色水母，现场需要研究所支援。"

老人轻轻叹了口气，似乎小声说了句什么，凯文还没听清，就见他关闭样本箱保护设施，室内陷入一片黑暗，随后，银白的灯光亮起。

"凯文，你去通知吉斯教授，然后带上715号密码柜里的东西，去出发室等我。"

"好的，老师。"

马文州上方，三只巨大的紫色水母悬浮在空中，阳光穿透伞盖，在地面上投射出复杂的花纹，远远望去，它们似乎处在一种极力挣扎的境况，最大的那只尤为明显，它摊开伞盖想保持一个漂浮的状态，却不受控制地向下飘落，而下方，是高楼遍布的马文州市区，正值上下班高峰期，交通堵塞，人群疏散还未进行到一半。

　　正常情况下，星际水母无法穿透大气层进入一个星球，像地球上这样复杂的空气成分会破坏它体内的平衡，而飓风和压强变化都有可能撕裂它相对脆弱的伞盖。

　　这是它们第一次以真面目出现在普通人面前，尽管下方的疏散人员反复强调事件的危险程度，依然有许多人在附近围观。可以想象从此刻开始，所有媒体的头条都会是巨型星际水母。

　　研究所飞船停在附近一块等待开发的荒地上，即使相隔甚远，依然能看见远处城市上方巨大的水母躯体。柏特教授打开密码箱，从中拿出一个巴掌大小的立方体，验证指纹后立方体打开，露出里面光点组成的迷你水母。

　　水母轻轻晃动，远处的星际水母似乎有所感应，挣扎着向这边慢慢飞来。

　　水母越来越近，飞行高度也越来越低，接近市区边缘时，最大的那只水母突然失去平衡，像一个被戳破的气球，飘向了下方的城市。

　　随后发生的一切，成为很多人一生中的阴影。

　　半透明的水母体落向城市，先是碰到了史密斯大厦的尖顶，然后被缓慢撕裂，大厦在接触到水母的瞬间，就像一块逐渐融化的巧克力，从顶部开始坍塌，闪光的外壳消失，钢筋骨架裸露在外，不到五分钟，一栋大厦就从建筑艺术变为了一盘散沙，随风消逝，什么也没有留下。破碎的水母体落到城市四方，人们亲眼看着一个老人从白发苍苍倒退为青年，再变成少年，最后是婴儿，再后来是一摊血水，流入路边的排水沟。

另外两只水母也没能逃出市区，一前一后坠向大地。

接下来人们就像在观看一部倒放的风景片：城市被吞没，原地出现一片平原，平原变为丘陵，丘陵隆起重组为山峰，山峰再沉陷，化为山谷，山谷凹积，四散的水流奔腾，重新汇为一片深蓝的海洋，潮汐涌动，而后静止，夕阳西下，浪花轻轻拍岸，画面无比美好，无比平静。

仿佛从一开始，这里就是这个样子。

马文市南部，史密斯公司的另一栋高楼顶层，两个男人手持红酒，从头到尾旁观了这一幕。

"如你所见，紫色星际水母具有回溯时间的能力，可以让局部地区的时空发生扭曲……哈德森镇那一次，是我们一个小小的实验。"

"需要多少水母才能让地球回复到十八世纪？"

"十八世纪？"穿着黑色风衣的男人摇摇头，"虽然不能保证人类能在这种时空倒流中存活，但十八世纪地球上大概有九亿人口，对于这个星球来说，还是多了点……"

"你的意思是？"

"我们会在审判开始前进行一次人口转移，让地球尽可能回到一个足够原始的状态……人类需要的，是一个伊甸园。"

白发的指挥官望向窗外，带有航空局标志的飞船正在组织救援，烈日下，城市中央碧蓝的水面像某种荒诞的风景，显得极为诱人。他沉思片刻，似乎终于下了什么决定，向旁边的人伸出手："最后一个音波盒应该也在研究所内，我们会组织第二次水母考察，预计在一年后出发，前往半人马座星系。"

黑衣人伸出手，没有握上去，而是拂过对方肩上航空总局的徽章："合作愉快。亲爱的指挥官。"

五

星历 2939 年，十一月。

巨鲸号，舰长室内。

飞船已经在半人马星系停留数日，一直在海豚号最后上传的坐标附近航行，但什么也没发现。

这种生物向来行踪不定，同一地点再次出现的可能性极低，但这次考察还有一个目的，就是在附近搜索海豚号消失的踪迹。

凯文坐在操作椅上，皱眉注视着手中的立方体，心里总觉得哪里不对。

这个名叫音波盒的工具是研究所目前最重要的实验品，制作方法和原材料都已被销毁，全研究所只剩下两个，另外一个已经在上次考察中失踪。它可以释放出一种独特的光波，对水母进行催眠，吸引水母前来，方便捕捉。

去年马文州行动失败后，柏特教授给他讲解了使用方法，在保护壳上录入了他的指纹，嘱咐他登船后找机会把立方体从密码箱中拿出，放在自己身边。

他想起出发前和老师的对话，心中疑惑重重。

"你在担心自己无法承担舰长的职责吗？"一向严肃的老人脸上突然露出一点调皮的神色，"凯文，我想你应该没忘记，现在的飞船都是由 AI 驾驶。"

"我不明白，我刚进入研究所不久，为什么选我作为这次考察的领导者？"

老人沉默，看向桌面上那个硅胶制成的水母模型，这是詹姆森进入研究所时送给他的礼物。

"我想，是为了给你足够的权限，让你在必要的时候，做出正确的选择。"

飞船尾部，冷藏舱附近。

身着白色研究服的人站在冷冻舱一侧，似乎在和人通话。

"这次研究所那边坚持要一个新人来担任舰长，那个人是詹姆森的双胞胎哥哥。"

……

"航空局方面不信任研究所，给了我高于舰长的任务权限。"

……

"我知道……这次任务携带的音波盒，在他身上……您放心，一定完成任务。"

通讯挂断，白衣人扫视周围一眼，急匆匆走回船员舱。

距巨鲸号大约四万阿尔寻的一艘星舰上，身着黑衣的男人坐在沙发上把玩着手中的通讯器，室内暧昧的光线照在他阴晴不定的脸上，正是之前和指挥长谈论合作的人。他随手摁了几下，似乎突然觉得乏味，抬手把它抛入酒杯，红色的酒液瞬间渗入光屏，发出轻微的电流声。

地球，柏特教授住处。

柏特躺在床上，床头是一张合影，上面是年轻时的柏特教授，以及一对青年男女，下面一行小字：2906 年 6 月，柏特和他的第一届学生。

三十三年过去，如今的他，已然是一个白发苍苍的老头，旁边那对微笑的青年，也早已在执行任务中牺牲，消失在茫茫宇宙，连尸体也未能发现，他们的两个孩子，先后进入研究所，一个宣布失踪，一个驾驶星舰飞向太空。

都离他而去。

老人闭着眼，似乎沉浸在一个噩梦中，醒不过来，他发出断断续续的呻吟。常年在实验室的工作让他的身体患上许多无法医治的疾病，虽然才六十多岁，身体却衰老得随时可能死亡。

床头的智能监测仪发出警报，医疗中心接到通知，派出急救队前往柏特教授的住所。

尖锐的警报声中，老人有一瞬间的清醒，他伸出手去抓床头的药瓶，药瓶滚落地面，指节抽搐几下，无力滑落。

片刻后，急救队冲入房间，将他放入急救舱，送上外面的飞船。

医疗队刚刚离去，遗落在床头的通讯器突然自动弹出一条信息。

光屏铺展，詹姆森博士的身影缓缓出现，这是一条定时发送的全息留影信息。

"信息编号 0110：亲爱的老师，请您务必提醒凯文，注意身边的人，飞船上混入了其他势力。"

消息停顿，片刻后，面容严肃的博士微微一笑：

"这是我最后一次给您留言。接下来的时间，我不能再陪伴您，您一直困惑的事，我现在可以告诉您了。我并非来自未来，而是一个应死而未死的人，在我随海豚号出发的那次考察中，飞船上混入了未知势力，我们遭到背叛，驾驶观测舱试图逃往附近的太空站求助，在逃离过程中，我遭遇了科学无法解释的事件，当我醒来时，发现自己回到了 2036 年，考察队出发的前一天。那之后会发生的事，请原谅我没能提前告知，因为任何变动都会引起时间变化。我经历了太多平行时空里的死亡，同伴消失，家园沦陷，每一次我都会再次回到原点——出发前的那一天。有时我忍不住怀疑，这是否是一种惩罚。经过数次失败，我计算出，只有在事情发生前很短的时间内告知真相，才能尽可能少地改变时空又起到警示作用。请您原谅我对未来的缄默，对于那些因我保持沉默而死去的同伴，我感到内疚，但为了更多人的生还，我不得不放弃他们的生命，和我的。请相信我的哥哥，在无数个时空里，他会是唯一的解……最后，作为您的学生，我感到非常骄傲。"

消息播送完毕，光屏撤回，博士的身影缓缓消失。

与此同时，飞船上。

结束通话的白衣人在休息室的角落取出一个小密码盒，从中挑出一支注射器，背着手走入驾驶舱。

凯文依然在研究手上的音波盒，对身后的危险浑然不觉。

白衣人走向凯文，一直背对他的年轻人突然回头："嘿，纳西，你有什么事吗？"

白衣人正欲伸出的手往后缩了下，他身后的舱门打开，又走进来一个人，手里拿着一个记录仪，对方看到白衣人手上的注射器，露出困惑的眼神，凯文捕捉到那一丝困惑，迅速抽出腰侧的磁轨枪瞄准白衣人。

"你手上有什么？"

白衣人背着手往后退，他身后的人意识到不对，试图从后面制住他，还没上前，却被一枪穿透后脑，重重倒下。

躲藏在货舱的数个黑衣人涌出，他们手持高杀伤武器，迅速控制了整个飞船。

凯文挟持着白衣人，往出发舱退去，通道内随处可见倒下的船员。

"博士，我们做个交易吧，"白衣人开口，"你把音波盒给我，加入我们，到时候重建地球，你可以自由选择想要的地方……"

顶在他脑门上的枪重重敲了下他的头："闭嘴！"

一道血痕顺着太阳穴留下，白衣人露出一丝微笑："你的哥哥已经加入了我们，他……"

凯文夺过他手中的注射器，一把扎入对方脖子，推入一半药剂。

"我说了闭嘴。"

智能系统受到更高权限的控制陷入休眠，一切可能通往外部的通道都被封死，他手动输入身份编码，打开出发舱的门，里面停着三艘小型飞船，这是发生临时事故时的紧急逃离设备。

凯文扔下白衣人，爬入旁边的一艘飞船。

原本陷入昏迷的白衣人突然醒来，拔掉脖子上的注射器，在通讯器上输入一组密码。

黑色的星舰出现在巨鲸号附近，二十四艘小型战斗舰分散在外部，全方位包围了巨鲸号。

白衣人挣扎起身，掏出枪指向他："放弃吧，你逃不了。"

凯文突然下了决心，打开音波盒，露出里面的迷你水母，蓝色的荧光流淌，无形的光波向四周散开。他伸出手，一把抓向那只水母，试图将它摧毁，光点散开，而后重组，巨大的能量穿透凯文的身体，他的皮肤变成蓝色，而后越来越浅，逐渐趋向透明。

他突然听到一首歌，那首歌没有歌词，他却听懂了，歌里流淌着生命，宇宙，亿万年的时间，无数的光河，一切的一切。

真空无法传声，音波盒以光的形式，演唱着一首歌。

飞船下静静流淌的光河突然发生异动，那些无序的光点上升，逐渐幻化为无数只颜色各异的水母，向上方的两艘飞船游去。远远望去，如同一只巨鲸张口，扑向两条小小的金鱼。

失去意识前，凯文似乎看见一只水母向他飞来，所有的颜色都在它体内，闪烁，变幻，如同一个小型的宇宙。

六

凯文看到一片海，一片充斥在视线范围内所有角落的海，或者说，他正在那片海中。

他可以呼吸，极其自由，如同在陆地上吸入氧气，海水顺着鼻腔流入他的身体，再从他的每个毛孔中涌出。

他看见了父母，还有詹姆森，他们在远处，面容因为隔着海水而显得模糊，凯文划动双臂，向他们游去。

海消失了。

他站在一条河中央，流淌的蓝色的河。

河水从身后涌来，流向前方，越来越宽广，逐渐脱离河床，流入天空，他低头观察，发现河里流动的不是水，而是无数蓝色的细小光点，凑近能看见那些小光点圆圆的伞盖，细细的触须。这是一条水母组成的河流。

他再一次看见自己的亲人，他们被河水托着，逐渐升入天空。

凯文向前追去，却穿过水幕跑入了干涸的河床，水母河流入天空，而他依然脚踏大地。

他突然希望自己也是一只水母，这样一想，他的身体瞬间消散，化为破碎的光点，融入那道河流，甚至变成了那条河。

他看见一个极为先进的文明，飞艇穿行，霓虹闪烁，而后高楼倒塌，飞船消失，小汽车顺着盘山公路奔驰，公路断裂，车辆坠毁，马蹄踏过水坑，戴着高帽的男人手持缰绳，坐在马车前方，帝王脱下黄袍，跃上马背，穿着铠甲的勇士在草原上厮杀，河水流过战场，金乌融坠，一头栽入河中，河水倒流，两岸逐渐出现树木，一只猩猩抬头仰望天空，天上风云变幻，雨滴落入海洋，海水摇晃，两颗水滴撞在一起，微弱的蓝光闪现，一只水母诞生……他看见时间往回飞溯，又往前穿行，飞机出现了，高楼大厦建起来了，婴儿出生，母亲的笑容，孩子走入学校……他看见另一个自己，一个叫凯文的青年，从航空大学毕业，和弟弟一起工作，他娶了一个美丽的金发女人，弟弟也遇到了爱的女孩，圣诞节到来，他和弟弟带着心爱的人一起开车去某个地方，那里有一个美丽的房子和小小的院落，一只狗在草地上奔跑，房门打开，他看见了自己变得白发苍苍的父亲和母亲。

他走上前，和他们一同说笑，谈论着最近发生的趣事，和弟弟约定下一次打高尔夫的时间。踏入家门的那一瞬，他的身体忽然破碎，化为蓝色的光点，再次汇入河流。

他看见一个黑衣人把玩着音波盒，牵引着无数的紫色水母，向地球驶去，他看见绝望的自己站在花店门口，看着周围的一切被那温柔的紫色吞噬，他破碎成无数光点，汇入一条巨大的河流，陷入漫长沉睡，有一天他醒了，化为一只轻飘飘的水母，世间的一切颜色都在他体内，他熬过了漫长的岁月，拥有了许多不可思议的力量，他去找一个叫作詹姆森的人。

他穿越无数的时空，终于与詹姆森相逢，却看见对方的飞船被炮火击中，在绚丽的爆炸中化为尘埃。

星河倒流，万物陨落，他放弃自己的生命，去换回詹姆森的时间。

凯文再一次破碎，却没有完全消散，有一根线将他扯住，拽入河水中央，河流倒流，无数四散的他重新聚起，他在河底醒来，往上看是流动的淡蓝色光河，他忽然被水呛住，无法呼吸，只能拼命往上游，脑袋冲破水面，大口呼吸，他在床上醒来。

银白的顶部，弧形的墙壁，深褐色的窗帘，一个还在工作的星空投影，在屋内制造出数个旋转的蓝色星云，这是一个陌生的房间。

他看了眼时间，2500 年 10 月，那艘第一次发现星际水母的考察船出发的前一天。他起身穿上外套，上面有一个金属的身份铭牌：琼斯·伯格特。

接下来发生的事记载在航空局的绝密档案中，并在此后的很长一段时间里影响着航空局的人员选拔。

日后有幸看到这份报告的人，始终无法明白，在永恒号出发的前一天，那个信誉等级一直是最高级的伯格特舰长，究竟是如何穿过层层安保，提前出现在飞船上，甚至违背计划私自操作飞船起飞。基地的人试图阻止这艘星舰的行动，却发现飞船的智能系统已被强制下线，改为手动操作，那艘巨大的飞船跌跌撞撞冲出航空基地，撞毁了前方的信号塔，又冲向远处的研究基地，最终在撞上那栋白色小楼之前，一个漂亮的抬升，从地面离开，往前一跃，飞向了茫茫太空。

在他住过的房间里没有找到任何私通他国的证据，唯一看起来像线索的，是一朵风干的罗陵星玫瑰。

寻找革舜

成昊勍

张铁英一生给他打过很多个电话，频率呈不对称分布，在他刚上高中那会儿最密集，随后数量和时长都大缩水，最后一个电话就讲了一句话，听筒里嘟嘟了两声就把一生了结了。倒数第二个电话在 2018 年，那时候他正在梦里大汗淋漓，追着一个女人大步行走，背影很像个旧友，路灯的影子跳动着够她的脚踝，他的手指距离她不足一厘米时，铃声及时将他们拆散，她拍拍屁股，第无数次消失在路的尽头，姿势大摇大摆像个男人。

对面开口前例行要咂两次嘴，张铁英问，你吃晚饭没。他说，现在半夜一点了。她嘴很干，咂嘴声拖泥带水，哦，那你吃过了，静雷和你爸睡了没。赵静雷是他妈，张铁英的女儿，工作后他就搬进了他们不住的旧房子，张铁英老不记得，他说，早不住一起了，他俩现在肯定做梦呢。她又说，我也做梦了，梦到张顺云，你记得吗，你小时候也带过你的。哪有这人，他说。张铁英说，顺利的顺，天上的云，名字尤其的好。他说，真不认得。她说，住崂山上的，梦里叫我去看看她嘞，你陪我去一趟。他眼睛睁开一点，窗外的云正向他聚拢低垂，他说，我就后天一天休息，前两天翻夜班，有点感冒。电话那头沉默了几秒钟，开始自言自语，以前也想过住到那里去，到底没去成，你说那边下雨吗，山上应该不会太冷的。

以前他问过他妈，张铁英怎么不太给你打电话，他妈回答，她不敢。他印象里仅有两次。一次在他五岁，他爬到摆电视机的橱柜下，拉开抽屉挑战杠杆原理，那时候张铁英正站在阳台里看火烧云，橘红色的正下方两架轻轨擦肩而过，在高架护栏的透明挡板后模糊失真，等她听到巨响赶来的时候他已经被橱柜轧断右脚的小拇指，鲜红翻开他半个指甲盖。长大之后他妈仍翻旧账，让他闭眼走路发现他总往右拐，他说，妈，这自然现象，为了证明这一点，很多个夜晚他都在房间里闭眼练习行走，摇摇晃晃宛如漫步山巅，风吹过的时候隐隐有女孩子的笑声，可能是笑他如此机械地想要回归正轨。还有一次在2012年，她的老伴赵富锦因心脏病逝世，葬礼后他妈头也没回，对张铁英说，终于遂了你的愿，从此再没与她见过面。

去崂山的那天张铁英穿得极其多，六点三刻就在检票口的椅子上坐着等他。她上身穿一件白色外套，料子比雪纺糙很多，远看挺正式。多数老人会像一个气球一样缓慢干瘪，张铁英一反常态，近几年横向发展，油盐糖从不节制，饭后就下楼朝麻将桌边一坐，臀部越坐越扁，泄气一样向下垂，他妈说像摊大饼。通常快胡的时候张铁英就会有预感，提前一步站起来说，不打了，坎地沙坦没吃呢，自说自话就往楼上走，楼梯间悬下一个旧灯泡，她抬头看天花板密密麻麻的黑点，尽是焦黑的残躯。

他朝她走近几步的时候，候车厅上空突然有人喊了句，去哪儿呢，你选好没。儿字拖了半拍，像上扬的麻雀尾巴，这习惯像他一个老朋友，她说话时喜欢轻轻踮脚，声音趁势生翅颤动。他回头张望，眼镜微微下滑，人来人往里像有个轻灵的黑影，挺像她以前爱穿的裙子，但他再探头就看不见了，他有点说不上的恼，转头的时候被一个陌生小孩踩了脚。大约是遗传的面相，他眼睛长两颊瘦，加上拜常年熬夜所赐黑眼圈，他眼睛一对上那小孩就哇哇大哭起来。张铁英站起来，从椅子边朝他招手，他想起小学的时候由张铁英接他放学，她举起一只手，左肩衣领下滑，露出锁骨上的一颗红痣，招手的角度和幅度时隔二十年都没变。

他上个月拿了奖金，手头宽裕一点，张铁英过了今年十二月生日就要满八十岁，总不能再跟着他在绿皮火车上颠一夜，他就请了一天假，买了两张高铁的二等座，买的是靠窗的单独两人座，但不料扶手坏了，椅背没法朝后靠。张铁英坐得有点屁股僵，使劲拍他，弄好没。他感冒不轻，鼻子还堵着，通了通气说，弄不好，里边卡壳了。张铁英说，书读了那么多年，椅子也不会修。他刚想说，你倒好，先埋怨起来，耳朵后边又有个女人的声音，不轻不响，刚好给他听见，说了句，脾气还挺大，也不知道在笑他还是笑张铁英。他站起来，低头朝后排瞪眼，盯着三个头顶心，两白一黑，都相当陌生。等他坐下来的时候，张铁英已经靠着窗口睡着了，呼噜声尖锐怪异，像在铜水壶里烧开水，搁小时候他肯定做噩梦。窗外开过无垠的农田，云却静止原地，从不跟着任何人奔走，他的太阳穴微微发胀，闭着眼像看到有一种鲜活的黑原地弹跳，后边的女人又说，选好了没，陈渡。他想起来，那声音是他小时候的朋友，挺多年没见过面了，叫陈革。找半天也没影，怨了一会就习惯了，她小时候也喜欢东躲西藏，碗柜衣橱女厕所，满世界都是她无形的"到此一游"。他心算了一下，这一躲也有二十来年了。

下了火车之后又在公交车上折腾了两个小时，他拖着两个行李体力已接近透支，张铁英走路步子小，跟不上他的时候就把手搭在他的背上，她的身高缩水到一米五左右，搭了一会说胳膊酸，枯槁的手就只能牵他衣服。他穿着一件波罗衫，汗出了好几身，双肩包里两瓶水已被他全部喝完，他还没去厕所的念头。张铁英看了他一眼，说，你嘴唇挺干，他说，感冒是这样，总归不好受。她嘴唇颤动了好几下，他们头顶有两只鸟互相追逐着掠过，她说，还是要多喝水，喝白开水好。他们在巴士中心附近找了间旅馆，登记处网络坏了，入住办了二十分钟。张铁英问，睡一晚上得百来块吧，他点头，差不多，陈革的声音像泉水般在他耳朵里咕噜噜冒泡，说，哪止呢，得要好几百了。他嘀咕一句，就你知道，话真多。张铁英以为他小声骂她，细长的眼睛睁大了点，手在他胳膊上狠狠拧了一记，他说，不痛不痒，早没有小时候那会儿的力道了。

晚上他几乎倒头就睡。这两年他刚加入工作，做软件那一行，和大学专业也对口，他父母挺高兴。除了经常需要半夜抢修，还算差强人意，月亮升到天空正中央的时候拿起笔想写点什么，都以失败告终，但也符合常理。切实属于他的只有胆道感染和脂肪肝。他身体阵阵酸麻，侧着睡的时候像有一半浸在海里，耳鸣堵住了一边耳朵，风声和尘埃都落不进来，梦里陈革正坐在他的床头，蹑手蹑脚给张铁英盖被子，他伸手去捉她，她向后一跳，抱臂而立，问，你选好没。他有点生气，就骂她，去哪儿了你，过来。陈革又躲远了一点，说，苹果和香蕉，你不能都选的。他说，他还生梨呢，他的东西你还没还他。陈革说，什么东西。他复述一遍，问自己，是什么东西。意识里零嘴橡皮学生证日记，像垃圾桶倾倒一样什么都有，有一种雾一般的迷茫缓缓升起，他的意识像拆卸零件般狼藉满地，没有一片属于他。他像回到人群围绕的懵懂时期，孩子一样开始哽咽。

他的被角被扯动了三下，他估摸着是张铁英。半梦半醒间，他继续逆水漂流回六七岁。小学那会儿是张铁英带他，赵富锦被留在老家，一月见不上一次面。他妈第一次问她，他回家晚，你帮帮忙。张铁英说，他不帮。他妈说，你外孙。张铁英说，就这么理所应当？他妈双唇颤抖，说，你一辈子有没有过理所应当。张铁英默不作声。但这些当时他都不记得，他只记得后来很多个晚上，他在梦中无由挣扎，双腿直蹬，都感觉踹在柔软的东西上，他伸手抚摸，连绵不绝的起伏后，像摸到菩萨的耳朵。

张铁英坐在旅馆的床上，费了挺大劲把他弄醒。她说，梦里说什么呢。他说，好像梦到个朋友。张铁英问，男的女的。他说，女的，认识很多年了。张铁英说，好啊，谈了这么多年朋友，这小姑娘老实。他说，不是女朋友，他二十多年没见她了。张铁英嘴巴微张，像挺稀奇，那你还记得住，长什么样啊。他摸了摸脑袋，夜风从窗口的缝隙里漏进来，关于陈革的一切，甚至存在，他竟无一能回想起来。他鼻子有点酸，像是愧疚，陈革的声音朦胧却单薄，像他小时候吹过的叶片，她说，你早把他忘了。他一急就忍不住挠耳朵，抓出几条暗暗发烫的印子，怪谁呢，他说，你自己跑到什么地方去了。陈革倒是真的没再责怪他，语气温柔，不怪你，怪不了任何人的。他把脸往枕头里蹭了蹭，伸手确认了自己的五官，鼻子眉毛全皱在一起，指肚在上面翻越山川沟壑。这表情哭笑不得，他却像得到莫大的宽恕。

张铁英在他右边的床上，把自己的五指在极黯淡的光路里从右晃到左，从左晃到右，他反问她，只知道说别人，张顺云你还能记得清？张铁英说，记得的，他今年几岁了，他说，过了十二月满八十，大寿他给你好好办一办。张铁英说，快八十年了，没忘记过她的。他说，不容易，穿开裆裤就认识了，你记得人家人家不见得记得你。楼下的马路上有辆打着远光灯的车开过去，张铁英的影子忽然像火焰挣扎摇曳，她像被烫着脚，抬手拧了他一下，说，胡说八道，他梦到她，肯定是她想起他了。没什么科学道理，他又问，那老太太住山上还是山脚啊，具体地址你有不。张铁英说，不记得了，好像是山上。他嘴又有点干，想这难办了，总不能挨家挨户找。他又问，有子女吗，丈夫和儿女叫啥，张铁英也说不知道。他问，那照片有没有，总得有张照片吧，黑白的也行。张铁英摇头，只说长相挺好的，身材也出众，喜欢穿绣梅花的上衣，颠来倒去都是年轻时的事情。他笑，你看看，不止他，你自己也不记得，人就一颗心，哪能样样都放下。她有点动怒，骂他，他七老八十，你能比？别过头去的时候床板颠了颠，他一看时间，已经两点半了。

后半夜他没再梦见陈革，他相信是他梦到了但忘了，醒来的时候掀开被子像有蒸汽升起，咽喉的不适感减轻很多，但吞咽仍有点困难。第二天清晨天空疏朗，张铁英和他下了公交车，步行三百米就能到仰口景区的门口，将老人卡和门票交还她手中的时候，她的指尖与他的轻轻相触，像摩挲过一块砂石，指缝间望见她的脚，六十多岁的时候脚踝开始浮肿，从驼色的丝袜里长出一个小山峦。他想起十几岁的时候问他妈，他家住的那块在地图上比芝麻还小的地方，张铁英一辈子出过这个地方没。他妈说，她倒是想，没去成，一步也没踏出去过。张铁英转身走在他前面，斜背着一个黑色小包，发间闪闪发亮，想必早上拿水打理过。她的手指插入发间，海风从斑驳枯败的芦苇丛里探头，拨开灰色的苔衣，芒草雪白。

景区门口卖崂山可乐和白花蛇草水，张铁英自作主张要喝可乐，张嘴的时候漏出齿间的缺口，像个微型黑洞。他说，你转头看看，哪个老人喝碳酸饮料，况且山下一瓶两块六，买你现在四瓶半，老板肯定偷着乐，傻老太婆的钱真好赚。张铁英又像没听见，嘬了两口，缓缓打出一个嗝，自言自语，以前好像喝过，像不像在东大街那边买的？还是挺像的。上索道前路过一个饰品摊，顶是拿藏青色塑胶雨篷扎的，假玻璃做的项链，贝壳手串儿和铜制的刻有生肖的坠子都挂在一起，风一吹发出叮叮咚咚的声响，张铁英硬要买一串送给他。他说，他一个男人戴什么手串儿，她骂，给你那女朋友，他说，真不是女朋友。店主操着口标准青岛话，说话舌头离不开天花板，您孙子呢。张铁英没纠正，店主又说，现在旅游这种搭配少见，隔一代就隔座山，一般都是子女带着来。他赶紧付了钱推搡她走，张铁英过了三分钟，忽然说了句，没白养大你啊。他说，说什么呢，张铁英说，还能争上两句，挺好的。她朝天边看了眼，说，就这一点，张顺云估计要羡慕他了。

十一月不算旺季，上山的人不多，到他们的时候后边的人还隔了很远，没爬上楼梯，他们就两个人享有了一辆缆车。这对他们都是好事。多数时候张铁英不太愿意和人群在一起，身边人来人往的时候她常常驻足，两眼发直，半天酝酿不出一个合理的表情，像大雾里迷路的人不知归所，同她相比他已经好得太多，拥有两三饭友，换过几任对象，在斑马线前被路人推着走也不会觉得手足无措。陈革像挤在他和张铁英身边，声音近到可以吹动耳膜。陈革问，陈渡，你选好了？他问，什么是选，陈革说，走着走着你总会选的。他说，别扯有的没的，你偷了他挺多东西，还没还呢。陈革问，什么东西。他想了想，好像有本日记，初中那会儿找不到了，他就给你看过，肯定你拿了。陈革说，你什么时候想起他，他就还给你啊。

　　回过神来的时候，张铁英正认真端详窗外。上缆车前看到的零碎的山石，随着他们逐渐升高而缓慢缩小，退化成一粒沙，匍匐在同样速度缩小的树干下。前两年缆车换成了没玻璃的，上升变成了一场悬浮。张铁英悬空的脚趾局促地颤抖，双手互相揉搓，手掌推过手背的皮肤像海风吹起涟漪，轻松挤出细密的褶皱。他不知道她是否恐高，但她看到他在低头看，突然像不紧张了，平静地开玩笑说，这手老不，挺像张豆腐皮。他有点不是滋味，双手交叉摆在膝盖上，俩大拇指不停画圈。他们背对着大海，隔壁索道的缆车缓缓和他们擦肩而过，有一辆上有个小孩手里兜着一个塑料袋灌着海风，晶莹鼓胀，空虚被另一种虚空填满，他竟十分羡慕。远处层山绵延，两侧高中间矮，像远古巨鲸庞然的尸首，腐朽后只留下钙化的白色长齿，黑色的缆绳从中穿出，陈革说，你看，他说，看什么，她说，看他们的去路，他们正逐渐向上滑翔，乘坐着一对铁铸的翅膀，自下而上的海风穿过他和张铁英的双腿，他们的薄裤在猎猎风声中拍打节奏，像风的脉搏。陈革说，他们像不像个寄居的人，正逐渐往鲸鱼的大嘴里飘。她像回到很多年前的午后，依偎在他的背后，声音和声音也依偎在一起，牵手走向时间的消弭，那个时刻就像被雨水点化的一瞬间，不论她在或不在，他都决定要永远寻找她。他对张铁英说，去找张顺云吧，他们非去不可。

　　索道只能到整座山四分之三的地方，他们下了缆车，张铁英说，你觉得没，这路又窄了不少。他说，山不就是三角形，越顶上越尖，没那么多空间，路自然就窄了。往上的阶梯是古代就拿石头开凿的，极不平整，有的地方会陡然塌陷一块，看着像脚印，但不该这么大，像很多人的脚印层层叠叠，彼此都面目全非。山上气温低，他和张铁英一人买了根热玉米，张铁英边吃边掉渣，引得旁人指指点点，自己浑然不觉，他只好在一连串小摊边停着，看她的门牙在玉米上缓慢蠕动。隔壁一家是旅游照相，门口聚了很多人，身上套了各种各样的戏服，衣袂飘飘走到十米外的照相区，背后正好是两座山的缺口，倚在漆红的栏杆上搔首弄姿。戏服全挂在雨篷前的一根绳子上，龙袍和凤袍紧紧相拥，旁边还有阿哥和格格的衣服，老板挺赶时髦，韩服和服和西装也一样不少，他说，老板您这生意是要做到海外去呢，他说，都是图个乐子，想当什么有什么，前两年还有人给他推荐，说再搞几套披风，搞不好谁想学什么佐罗。他说，再搞套袈裟，还能圆圆人家当和尚的梦，他一拍手，这主意好。风一吹，衣服下摆就开始晃荡，像在风里行走，远看挺像一群没有躯体的人，老板扒开衣服，从后边伸出头，说，有什么喜欢的没，你选选。陈革也躲进衣服里面，重复，陈渡，你选好没。他转头看张铁英，已经站得离他八步远，恰好站在篷子的影子外，太阳晒得她睁不开眼。她摇头，不断小声嘀咕，表情像受了很大的为难，极其痛苦。他说，还是不选了。

他走回张铁英身边的时候，她又拧了一记他的手臂，他低头看，她像白他一眼，有点责怪的意思。他想起2012年以前，他们还住在一起的时候，也有过好几回这样的场景。最离奇的一次，在他初一的夏天，赵静雷和他爸单位正计划裁员，生怕第二天就被宣布得卷铺盖走人，俩人都赶着学新技能，干活到八点半才能回家。张铁英给他做完饭，听见楼下天井里开始放电影，立马放下碗筷，踩着人字拖噔噔噔下楼去。电影的名字他早已不记得，情节据张铁英说，是讲一个战时离乡的男人，在寻找故乡的路上听见一个女人的声音喊他的名字，女人给他讲了在故乡见到的故事，男人深受感动，竟然爱上了这个只有声音的女人，后来走到渡口，渡口水面如镜，没有一艘船，男人不识水性，又发现已偏离回故乡的路很远，正要回头走，女人对他说，你一定要往前走，别找他啦，男人像忽然被什么击中，号啕大哭跳进江水殉情了。

当时他追着张铁英来到楼下，别人坐着小板凳，只有她盘腿坐在地上，腿上沾了别人弹落的瓜子壳。他刚要走过去，被身后一个大个子一拽，他抬头一看，是学校隔壁文具店老板的儿子。他说，昨天你在他家店里偷东西了吧，他说，他偷啥了，他说，两块橡皮，他说，你看见了？他说，有人看见了，他说，他没偷，他说，亏你爹妈还有模有样的，怎么有你这种小偷儿子。然后他们在一盏路灯下扭打起来，他使劲薅他头发，把他揍出鼻血，他拿头磕掉他半颗门牙，等他捂着鼻子走回天井的时候，人群早已散场，只剩张铁英还坐在原地，他叫她，没应他，低头一看，她像已经在一场横跨多年的长梦中，独自行走了很远，醒来的时候周遭已经开始刮起秋风，树叶零落凋敝。回家后赵静雷痛骂张铁英失职，那时候张铁英瞪他一眼，眼睛布满血丝，像极不舍又埋怨。但他只是浑浑噩噩地想，他到底偷没偷呢，那个女人和那个男人最后合为一体，这究竟算一个人还是两个人，他竟然感动地含泪大笑起来。

他和张铁英沿着石阶不断向上，回头看看已经离山脚很远，上山的路隐没在层峦中，像被青翠拦腰截断，风卷起碎石投身崖底，他有点心慌便不再回头看。上山有多条路，最热门的一条是觅天洞，虽是淡季但也有数十人排在洞口，排在最前面的猫着腰才能进去，他仰头一看，还有几处拴了绳子拉了架梯子，全程非常陡峭。张铁英看到有人密不透风围着，就想换条路走。他说，再前面就是个道观，没有人家住了，张顺云总不见得是个尼姑。张铁英说，说不准，他以前也想过当尼姑。他说，那怎么没当成，张铁英说，当什么他都不尽心，要是没熬两年就还俗了，挺对不起佛祖。不尽心这词赵静雷也说过。他想起以前难得几次问她小时候的事，她都避而不谈。他说，有什么不能说的，她被他问得烦了，说，他真不愿想起来，有什么可说的，以前他被寄养在你姨婆家里，就是张铁英她姐，吃一块西瓜，分到的份看不到籽儿，你外公去淮南支内，很多个晚上他都梦到他来接他，跑出去一看路灯下都是冬天里的苍蝇在盘旋，后来脚冻开了，留了两道豁口，他就不等了。他问，张铁英呢，怎么没在。赵静雷说，张铁英给安排去羊肉馆里洗盘子，羊肉馆离火车站近，生意好，盘子多的时候让他去替她一起洗，那会儿他才六岁，洗着洗着没人了，领班进来叫，张铁英，张铁英，低头只看见一个不到一米二的小孩。张铁英就站在窗边看火车隆隆而过，盘子正好挡在太阳的位置，镶了一圈金边，像一个人造的白色太阳。

张铁英穿过道观的窄门，垂下的凌霄花摇曳着敲打她的头发。走进去一看，很小一个道观，很大一个厕所，男男女女都挤在门口，也不排队，门口有小孩等待母亲，蹲在洗手池上把水龙头开得很大。张铁英问他，这就是太清宫，他说，哪能呢，太清宫在另一条线，他们没上去。她说，怪不得，没看见观里有菩萨。他说，太清宫里是老子，本来也没菩萨。张铁英说，张顺云很喜欢菩萨。他说，你不也去求过。张铁英说，没灵验的，天下人那么多，哪有空管他。你高考那年他给你求过，赵富锦刚生病那年他也去过，都落空了。其实他见她拜过几次，双手合十，那时候眼睛已经白内障初期，近看像颗蒙了灰的玻璃球，她的眼神在无限远处聚焦，弯腰拜了三拜，没磕头。他说，其实你本来就不信。张铁英说，也无所谓信不信。她走到洗手台前，小孩正好从上面跳下来，甩了她一身水点子，山上的水总是刺骨，边洗眉头也跟着皱起来。张铁英抬头，拿湿润的掌心拂过自己的脸，对着墙上的镜子端详，眉毛里有两根生得很长，末梢较白，眼角和唇角都已经耷拉得不成样子，她用力拍打了两次，已全然没有皮肤的声音，只有水沫迸溅的清脆声。陈革的声音从镜子里传来，你是谁啊，他说，问了也白问，张铁英又听不见你。张铁英嘴唇干涩，声音开始枯萎，张顺云肯定认不出他了，她说。陈革淡淡地安慰她，人都是要消失的啊。

穿过道观，左侧群山交错的缝隙里，可以看到大海的一角，蓝色包裹着比指头还小的船只。张铁英驻足很久，直到天边变了颜色，云层把太阳捂住，后边又来了一波游客，举着丝巾在这个角落拍照，张铁英才转身向前走去。走到前边有一个小山洞，穿过去就是上山，不进去就是下山路，绕上两公里可以看到碧绿的水库。陈革有时候像悬在空中，有时候又像趴在他肩头，这时候声音又很远，像远远坐在一颗桃树上，活泼地荡着腿，她问，陈渡，你要怎么选。他问张铁英，张顺云呢，从这上去能找到她不。张铁英小声嘀咕，张顺云当年肯定是走过这条路的。他问，她哪一年来的这，张铁英脱口而出，78 年。他心算了一下，那时候赵静雷六岁，他说，那会儿他妈在帮忙洗盘子，张铁英说，对，现在想来，挺对不起她的。他没接话。当时赵静雷还告诉他一件事，有一回她洗盘子的时候，羊肉馆有人送了一筐桃子，一人发了一个，别人看她年纪小，给了她俩，她剥开桃子皮，觉得是这辈子最甜的一口，忽然涌起一阵几欲落泪的感恩，正午的太阳照在碗台上，所有的荫翳在那时无处遁形，别人喊，张铁英呢，桃子不要，女儿也不要了？赵静雷说，她那时候想，命运好像提前给自己铺好了路，如果张铁英恰好从东边的阳光里走进来，她就选择在这种照耀下跟着她一起回家去。但后来晚上张铁英从西边回来，满头大汗失魂落魄，听到火车的声音从耳边呼啸而过，她终于把头埋入臂膀，无声大哭。赵静雷说，他知道她想走，想走的人走到哪里都会惶惶终日，也活该她一直没走成。

张铁英先他一步走进山洞，他看了看构造，觉得有点像缩小版的觅天洞，路程约是它的三分之一。陈革问，你去不去，声音温柔暧昧，他问，去了能找到你？陈革说，不一定，他也是要消失的。他探进洞里，视线很暗，天花板压得很低，他只能盯着自己的运动鞋向前走，大约走了不到五十米，洞顶和四周开始塌缩，直立行走已经不可能，他只能佝偻着背，像被什么重物压住肩膀，没走几步已经沁出一身汗，倒吸一口浊气后开始喉咙发痒，时不时呛咳。张铁英在他前边小声呼唤，顺云，顺云。山洞里只有他们两人，但却像在茫茫人海中一样拥挤无措，无数男女老少的声音都在逼仄的空间里盘旋，声音叠在一起在胸口沉闷地共振。张铁英说，你知道他最羡慕她哪点。他问，哪点。张铁英说，1978 年的时候，他说，她来崂山这年，她说，对，那时候她不爱丈夫，不爱孩子，谁都不爱，正巧遇到一个开火车的男人，戴白手套，喜欢穿中山装，处了两个月，手也没牵过，只是每天下班跑到火车站去看他开火车，后来有天就突然想明白了，什么都没带就跟他走。他问，他俩最后真走了？张铁英说，真走了，火车的蒸汽喷得老高，像大海上不下雨时候的积云。他在黑暗中点点头，那倒是个好结局。张铁英说，他不如她。

山洞已走过大半，他却不知道外边白天黑夜，洞穴仍在持续收缩，张铁英身材略肥胖，负担不小，脚下的坡度正在缓慢升高，平地上长出浅浅的极低的阶梯，跨两步累得慌，跨一步走得慢，张铁英尴尬地一步踩一格，脚步和脉搏如烧水，从底下开始逐步加快，张铁英开始喘气，他伸手去探她的背，一颗心脏跳动得沉重焦虑而悲哀。张铁英吸气的时候，嗓子里挤出火车鸣笛般尖锐的声音，他拽住她，你慢点，张铁英不听劝，嘴里一声高一声低地喊，顺云，你在哪儿啊。他说，别喊了，出去能找到，她双手剧烈颤抖，却已无力把他推开，洞口开始缓慢地展开，他走到她的身边，右手紧紧拖住她的胳膊，她像一片无根的叶子，随时要回到土里去。山风从前方透着光的洞口灌进来，此起彼伏的呼喊声像野兽互相撕咬，落地摇身成为彩色的人形，像有很多手同时捉在他身上，陈革的声音被抛出去很远，蜷缩着游荡在上空，缥缈地说，他要走了啊。他不敢松手，生怕一松手她就像他小时候的气球一样，从他手中迷失在这个世界里，再也无迹可寻。他和张铁英手臂贴着手臂，脑袋冲着一个方向紧紧相依，她的手臂松弛而柔软，像他童年抚摸过的菩萨耳朵，他的咳嗽逐渐停止，身体从笨重的疼痛中得以脱身，像真正得到苍天眷顾。回过神来张铁英的双手正和他的手掌相握，她攥得他很疼，有点像在发脾气，她转过头在手臂上蹭了两下自己的双眼，声音颤抖。张铁英说，怎么这么长啊，一辈子怎么这么长啊。

走出山洞的时候，张铁英抬起头，和预想不太一样，没有很刺眼的阳光，反而是一片稀疏的树林，淡金的太阳挂在遥远的树梢，光线在叶间折射，地上没有阶梯，出现了很像掌纹的路，但仔细看发现全纠缠在一起，不像有很多人走过。他的手一松开，陈革的声音就像一缕烟一样直奔上空而去，一片戳漏天空的绿色中，像有一个黑色的影子一闪而过，他和张铁英几乎是同时，深吸一口气迈开腿向前追去。但很快他被她甩在身后，距离长达二十米，他只能奋力追赶张铁英，像在做一道小学奥数题，他飞速计算的时候想，好像不太公平，张铁英一定抢跑了。那黑影逐渐缩小，像一团即将熄灭的火，陈革远远地说，他真走了，你别追他了，陈渡。

他回想起来，以前有那么一回，换作是张铁英追赶他。2011 年，他读初三，因没能考上赵静雷期望的高中被迫复读一年。他从小不服规训，又很早开始为无法成长为父母规定的样子而备受煎熬，第二个初三开始的第一天，他一本课本都没带，兜里揣着三百块钱和一块张铁英买的手表，过早地渴望出门远行。那时候张铁英照常遵从赵静雷的命令，跟随他到公交车站，目睹他坐上开往学校的公交车。他没有坐下，站在后门的时候一只手插在裤袋里，把那块手表攥得满是手汗，汽车开动前的二十秒，他听见麻雀敲打车顶，像在啄收信天线，他一刻也不敢抬头。汽车缓缓发动的时候，他挣扎着把双眼睁开一点，张铁英穿一件绣梅花的上衣，踏着碎步正追赶汽车，松弛的胸部随着脚步一同沉重摇晃，那眼神很难忘却，在不言而喻的默契中，像受了极大的背叛。

车上有人喊，师傅，等一等，有个老太呢。司机看了看后视镜，还真有，小碎步不自量力地追得挺快。他下了车，那时候是初秋，空气里还有夏天未褪尽的苦味，两双眼睛在秋风中颤抖，说不清是谁欠谁，也说不清谁羡慕谁，长达三分钟的沉默后她转过身，背对他伸出一只手，他握住，向前走的时候路过一个小教堂，那时候还未拆除，叫惠恩堂，门口一男一女在讲摩西的故事，讲到他在异邦生下一个儿子，起了个怪名字，意思也不吉利，他至今想不起来，当时很快就路过了，再抬起头，候鸟已经飞到很远的地方去了。

张铁英追着那团黑影，一边喊，张顺云，你等等我，身形正在逐渐缥缈，一百六十五斤的身体竟像雾一般轻盈。陈革的影子从他的身后挣脱而出，像燕子盘旋三圈，随后加速去追赶那团黑影。两人踩碎很多枯黄的桃树叶，空中尽是女人的絮语，他不知该先喊张铁英还是先喊陈革，只能喊，等等他，你别走了，喉咙里已因为突然的剧烈运动而泛起血味。陈革回答，你得叫她。他喊，张铁英，张铁英，张铁英已向着树林更深处快步，太阳已经追不上她。他又喊，老太婆，别跑了，七老八十，跌一跤说没就没了。张铁英仍不回头。

树林里回荡起其他叫喊声，像同时有很多人寻找父母，孩子寻找亲人，丈夫寻找妻子，将死之人寻找女儿，男人女人喊妈的声音如海浪般汹涌起伏，有个小孩喊外婆喊了三声，声音稚嫩，挺像洗手台前那个小孩，还有个声音，很像小学那时候看的那部电影里的女人。所有声音如灵活的绳索，波动在张铁英的脚下，从她的脚下一一错过。那些声音无一找到归处，换了名字继续呼喊，所有名字都散作满天星，张铁英仍面不改色，她的听力前两年就飞速退化，这样的喧嚣中，她可能已经听不见了。陈革说，她的魂跑得比腿快，你得叫叫她，再听不见，前面就是悬崖了。他说，怎么叫。陈革说，以前有个故事，他说，说重点，她说，她有个名字。他说，张铁英，陈革说，不对，他说，张顺云，她说，还是不对，是人的一生有个名字。他说，不是父母起的？她说，对，不是任何人起的。他说，你举个例子，你的一生叫什么名字。陈革答非所问地说，你已经不再偷东西，真正是个大人了。

他向前跑，追到张铁英只有短短几米，大声喊，你不是张铁英了。黑影逐渐清晰，落地成一只黑色的公鸡，毛色沉静，鸡冠辉煌。张铁英回过头，树林的尽头没有悬崖，从树叶的缝隙中可以窥见对面的山峰，离得很近，怪石长在一起，经年雨水凿出一双细眼和圆脸，依稀有点像菩萨面孔，他仔细端详，回想陈革的模样，说，这眉毛还得高点，眼睛得再小点，左看右看，总觉得还是完全不像。大海的声音从山脚下奔腾而上，一个回音盘旋在他头顶，面对着群山万籁飘散而去。

寻找小洁

吴 胥

一

　　到达电影院是中午十一点半。我从包里把手机翻出来，解锁屏幕，来回翻了好几遍菜单，把 App 上的小红点一个一个仔细点掉，才打开购票软件的二维码放在取票机里扫描。想起来小洁之前说，强迫症和完美主义是相辅相成的，之所以人会有强迫症，是因为潜意识里对世界有一个工整的想象，而所有想象都要有限度，想象过了头就是病，得治，因为现实生活是乱七八糟的。我告诉她，强迫症有时候也是一种创造力，你看韦斯安德森，要不是他的强迫症，他怎么能捣鼓出一整套对称美学呢，《布达佩斯大饭店》看起来多舒服啊，治愈了全世界的强迫症。小洁说那片子颜色漂亮也有功劳吧，人家导演本身就拍广告片出身的，用色大胆又有想象力。再说颜色本来就是能成就导演的，不然哪里来的"红白蓝"？只有你这种处女座才会满眼只看到对称的房子。小洁总说这种没头没脑又看起来很有道理的话，让人反驳不起来。我们都是夜猫子，她管这叫晚睡强迫症，是把有限的睡眠时间里切分出一块来放置那些只能压在心底的胡思乱想。仔细想想，我就是在这些终日持续的胡思乱想里一点一点迷上小洁的。

六月份，上海电影节开票的那天，我试探着邀请她一起去。小洁当时可能正好在摸鱼，几乎是秒回了消息。她说，不要，网友见面最奇怪了，网友之所以在网络上要好，是因为他们只能在网络上要好。我盯着屏幕看她的对话框，脑补她拿着手机回消息的俏皮样子，心里痒痒的，忍不住展开了一场猛烈的软磨硬泡。到最后小洁终于投降了，她说 OK，也不是不可以，那你买两张《小偷家族》吧，是枝裕和交流会的那场，我到时候请假过来。于是，抢票的当天我动员了身边所有的朋友和同事，一个个发链接，手把手购票教学，准备到了点大伙儿一起抢，人多力量大，不就两张票嘛，总该有人能刷到吧？然而随着一片哀嚎，所有人眨眼间全军覆没。隔壁桌的阿昊是个影迷，为了抢票甚至放弃了清早走廊一支烟的闲情雅致，一本正经脖子前倾地坐在电脑前一遍遍刷新，在确认整个放映厅都没有剩余的座位了之后，向来温润的他气得直接把鼠标摔在了桌子上，差点撞碎显示屏旁边的玻璃杯。玻璃杯下面还压着公司这个季度的 KPI 表，阿昊已经垫底了两个季度，上一次四月一度的总结会结束后，部门主管拿着报表在他面前劈头盖脸骂了十分钟，临走还把表格摔在了地上，阿昊战战兢兢捡起来，铺在桌子上，抬头冲我挤出一个歉意的笑。我回过神关掉了抢票界面，刚点开小洁的头像，主管阴郁苦愁满脸褶子的脸就猝不及防地出现在屏幕旁边，饶有兴趣地打量我没来得及关掉的聊天，夸张地大喊，天哪，这是 0202 年了吗，怎么还有人用 QQ 聊天啊。然后一脸正色地把音量降下来，把嘴凑在我耳边说，你这天天打扮成这样也就算了，怎么连网络上性别都填男，女人嘛，还是要有点女人味，你说呢。他的声音化成一丝一缕的蒸汽，一瞬间我觉得耳朵像被塞进了蒸笼，蒸得我心里长毛。乌烟瘴气，我在心里一边骂一边求助地看向隔壁，阿昊蹬了下腿，拿起水杯从办公格子间里慢悠悠站了起来，主管直起身咳嗽了一声往电梯走过去，我回以前者一个感激的笑。我和阿昊凭借这种意味深长的笑来进行交流。

　　那天因为没抢到票，我们俩都很丧，下班之后都留在了座位上没动。公司在十八层，站在落地窗边，能很清晰地看着太阳一点一点掉下去，被乌压压的楼群淹没掉。我给小洁发了精修过的日落图片，写了长长的一段话，那段话里具体写了什么已经记不清楚，大概是在描述童年时期在回家路上经历的一场美丽异常的日落，好像是自从那次之后，我才这么痴迷每天的日落。只是后来那段话也没敢发出去，一个字一个字地删掉之后，竟然觉得仿佛童年的很多记忆都离我远去了，一瞬的事，一点道理都不讲。我趴在桌子上，听着桌子上的小闹钟滴答滴答响，看见阿昊的咖啡色人字拖进入了视野，接着听到他说，主管太过分了，幸好我在旁边。顿了一会儿他又问，要不要一起吃个饭？我含糊不清地拒绝了一声，没有要抬头的意思。阿昊的脚在人字拖里显得肥硕又厚重，上面布满了黑色的体毛。我闭上眼睛，脑子里想象出一双雪白细嫩的脚丫。虽然没见过小洁，但我想她的脚一定是那样的。

二

取完票，找了靠边的小沙发坐下来。虽然是周末，但十二点的场次时间尴尬又耽误吃饭，所以买票的人并不多。我抬头看售票台旁边挂在天花板上的显示屏，正在放《大侦探皮卡丘》的预告片，有点混血样子的黑人主角在办公室的一片废墟里发现了皮卡丘。皮卡丘对着他大叫，嘿，怎么回事，为什么你能听得懂我说话？小哥哥一个激灵，带着皮卡丘找路人问了一圈，发现所有人听到的都是"皮卡皮卡"，只有自己知道黄色的小精灵在说什么。旁边坐着的小情侣看完之后，女生发出尖叫"啊啊好萌！老公我要看这个。"旁边的男孩子一脸痴笑，"好好，上映了去哦"。我脑子里出现了电影上映之后的同人圈场面，这得多好嗑啊，茫茫人海中，遇到命中注定的——那只皮卡丘，只有它能听见自己在说什么，啊，美好。

我在人群里找小洁，看每个人都像小洁，又都不像。

来看《风中是朵雨做的云》是我的主意，因为我们都喜欢娄烨，认识也是因为娄烨。那还是腊月，公司接了一个很大的项目，我们一个组焦头烂额了整整两个礼拜，策划案改了无数版才终于搞定了投资人。庆功宴那天是周五，大家喝得神志不清，组长伸手过来给我倒的酒统统被阿昊拦住，他很快就烂醉，时不时偏头往我肩上靠，眼睛在灯光下面亮晶晶的，笑意弥漫得到处都是。一圈的同事借着酒劲一股脑瞎起哄，我抬起头撞上阿昊涨得通红的脸，还有躲在厚厚树脂镜片后面红得吓人的眼睛，心里咯噔一下，匆匆找了个借口溜回了家。

到家之后，发现门门在客厅的沙发上睡着了，放了一半的电影投屏忘了关，是娄烨的《颐和园》。我坐下来接着她的进度心不在焉地往下看。看了一会儿鬼使神差打开了一个电影论坛。论坛的首页居然就被顶上去一条颐和园的帖子，楼主从各个方面把郝蕾分析得头头是道。我饶有兴味地点开她的主页，仔仔细细看完了她几年来发的每一条帖子，大多数都提到娄烨。我犹豫了一下不抱希望地给她发了条私信，没想到她秒回了一串 QQ 号码。加完好友打完招呼之后我起身把暖气开到最大，煮了碗面，把卧室里的笔记本搬出来和小洁聊天。小洁其实不叫小洁，她的昵称是个大写的"J"，奇怪的是在第一次通宵聊天的漫长时间里，我们都没有问过彼此的名字，在之后便更缺了问起的契机。网上冲浪不需要姓名，就像电子竞技不需要视力。小洁说，标签化的人生没多少意思，人总要有些剥离了这些标签而存在的记忆点吧。姓名，性别，年龄，收入，甚至是喜好，怪癖，口味，把这些都抛开都忽略不计之后，所剩无几的那点点东西，可能才是每个人生命的意义。我说，这种玄乎的话看起来就起鸡皮疙瘩，你一边说人生没有意义，一边又费劲心思想挖掘出那么点儿意义，你自己的逻辑就不自洽啊。她说，咦你怎么不看前提呢，我可没说什么样的人生都没有意义哦，你看不到我的限制条件说明你自我意识里就对人生不满嘛。我没回她，心里想着可不是呢，当代社会为资本家消耗剩余价值，住在鸽子笼里像螺丝钉一样的年轻人，有几个真能对人生心满意足吗？螺丝钉都算是过奖了，人家螺丝钉都是缺一不可的，我们这群社畜呢，请假十天半个月就会知道你对公司啥用没有，领导都宁愿你多请点假，好多扣你点儿钱，反正公司一样运转，没有任何分别。我点开小洁的个人空间，里面的动态很少，只有几年前发过一张照片，不知道是不是本人。照片上的女孩齐肩长发，穿一条黑色的带有几何图案的连衣裙，蹲在地上正在撸猫。看照片的时候门门突然醒了，她揉了揉眼睛看了看表，凑过来品头论足。"看着还不错啊，人畜无害的样子，你这是一把年纪搞网恋？"我白了她一眼，抱着电脑回到自己房间。忘记过了多久，小洁的头像终于灰了下去，而天却也开始亮起来。

有段时间，我沉迷于推测那些昼伏夜出的人类们的职业，或许是保安，711的夜班营业员，夜车司机……但代入纤瘦的小洁，又不免有些违和。后来很久之后，接了一个纪录片的项目，题目是《守夜人》，专门捕捉城市里深夜才慢慢浮现出来的影子。我们组分到的拍摄对象是个在殡仪馆值夜班的小姑娘，每天和遗体平静地待在一起。组里一米八的汉子都被吓得毛骨悚然，弱弱地问姑娘，你不怕吗。姑娘笑笑，不怕呀。汉子问，那你觉得这份工作对你来说最大的挑战是什么。姑娘歪头想了想有点害羞地说，唉，就是不好租房，每次和房东说从事殡葬业，房东就不租了。可是对我来说，这只是我的工作呀，我爱我的每一份工作，我觉得所有的劳动都是一样的。我一边调整录音杆，一边看着那姑娘，想到小洁，突然意识到我的想象力根本不足以去想象小洁。

三

检票员看起来年轻得有点过分，长相很像高中时坐在老师眼皮底下第一排，上课积极却成绩一般的矮个子男生，戴一副厚厚的金属框眼镜，脸上零星散布着几颗被挤过的红色痘痘，数学老师大声朗诵"奇变偶不变"的时候会在台下嘶吼"符号看象限"，和班里其他男生八字不合，扎在女生堆里玩儿。如果有一张记录全班同学坐在座位上时间长度的统计表格的话，他名字的数据条一定最高。

有一年夏天，我们班和隔壁班争全校篮球赛冠军，连班主任都去操场加油助威，教室里就剩下我和他两个人。电风扇呼哧呼哧的噪音里他拿着水杯去后门口接水，路过我的时候停下来问，你怎么不去操场看球赛啊。我说，没兴趣。他一脸诡笑，脸上的肌肉拧了起来，仿佛要把青春痘里的白色脓疱挤破，他说怎么会呢，你们女孩子不是最喜欢看帅哥的吗。我没吭声，盯着他的鼻尖，大概是想数清楚他鼻子上黑头的数量，时间像过去了一个世纪。"神经病"，他撂下一句来路不明的咒骂，再没有和我搭过话。

这样尴尬暴戾的时刻在中学阶段反复发生，尽管非常不愿意让所有人在提到徐未达的时候都浮现出"那个古怪的、突然在课堂上哭起来的女同学"的形象，然而事情总不会按照我想要的样子发展。高中的最后一年我花很多时间赖在校医生心理医生的办公室里，睡觉或者哭，在清醒的时候听穿着白大褂的医生轻轻说，哭吧，如果不想说的话就不要说。于是后来又过了很久之后我才边哭边断断续续给她描述那些梦，那些赤裸的身体，我说，我在梦里亲她们的乳房，用舌尖去舔她们的乳头。医生皱了下眉说，也不需要这么详细。这是多维人生里唯一不能与小洁分享的那个侧面。

很多个畅所欲言的深夜，我关了电脑站在卫生间的全身镜前面，盯着镜子里自己细长的眉毛和眼睛里迷宫似的红血丝，再把头埋进盛满自来水的面盆里。卫生间里那股清清淡淡的檀木香味，是门门留下的。搬来之前，房东说，看你也不是爱热闹的人，这个小姑娘哟，做平面设计的，老灵光啦，平时都屋里头画画，不带朋友来这里的，你跟她住清静哦。门门说，你名字真好听啊。未达，将至未至，有美感。

我说，哪能啊，这明摆着是完成不了的意思，一辈子干不成事儿，不知道我妈起名的时候咋想的。门门扑哧笑了，她说你怎么这么帅的人心态那么悲观嘛，不过我和你挺像的，尤其是被甲方骂的时候。我听了简直想冲上去和她抱头痛哭，果然同一个世界同一个甲方，谈论甲方是拉近人际关系的不二选择。

门门后来变成了我狂热爱恋的见证人，她坐在沙发上看着我和小洁聊天，她说小洁太有意思了，让她想起了前男友。门门说，网络把人的语气神情和文字割裂，有些明明可以意会的模糊的东西，也不得不被更清晰地表现出来。可现实中说的太多总归就会没意思的，像前男友那样，一个晚上从加缪聊到姜文，活生生把人逼成性冷淡。我说，那万一你也喜欢呢，灵魂共鸣精神高潮什么的，总是可能发生的。门门低头想了一会说，也对。可是好奇怪啊，你说，是不是因为我们在互联网里长大，在这种虚拟沟通里浸泡太久，就觉得面对面的时候说话变得乏味了呢。以前没有网络的时候，明明不会这么觉得呀。说完她就站起来去晒刚洗好的衣服，好像并不在意回应。我看着她在狭窄逼仄的空间里来来回回移动，粉色的塑料拖鞋因为沾了水在地板上发出"唧唧"的声音，闭上眼睛，甩掉拖鞋，把脚放在沙发下面的白色羊毛地毯上，想象和小洁每天一同回家的场面，想着为她系上好看的围裙，在厨房里帮她切菜，在她洗碗的时候从背后抱紧，把下巴抵在她的肩膀上，把她揉碎，塞进身体里。

尽管那段时间我整夜整夜困在骇人的梦里，躺在惨白色的手术床之上凝视坠在简陋天花板中心发出枯黄光亮的灯泡，双目无神，瞳孔涣散，我仍然觉得那是我生命中最好的日子。

接过检票员撕好的票根，我踏进昏暗的空无一人的影厅，找到自己最后排靠近角落的位置坐下来。离开始放映还有十分钟，我在黑暗里把帽檐压低，悄悄注视着一个个走进来的观众。我不动声色地开始在脑子里进行数据分析，研究对象便是放映厅里的全部观众，工作量不大，难度并不高，就好像考试前一天被划了重点一样，比起在全国十四亿人口中把一个人找出来，这简直就是开卷考试。我感到头脑发胀，血管里流动着滚烫的血液，完全没有意识到一个巨大的影子慢吞吞移动过来把视线完全挡住。我抬头撞上阿昊那张难得刚刮了胡子的脸，愣住了。他不仅刮了胡子，修了眉毛，还戴了隐形眼镜，刘海轻轻搭在额头上，居然还挺帅。

阿昊小心翼翼地在我旁边坐下来，别过头对着我说，刚去了你家，你室友说你去看电影了，我问她什么电影，她也不知道，就说在新世纪广场，我看了下排片，盲猜了一部，没想到你还真在。他把包里的矿泉水递过来一瓶接着说，本来想约你看电影，结果你下班跑太快，今早遛弯儿正巧到了你家小区，就上去看看你在不在。我把水接过来拧开喝了一口，低头在荧幕的亮光里依稀辨认出他仍然穿着那双咖啡色的人字拖。电影在这时候开始放映了。

四

娄烨的手持镜头晃得人眼晕，前面的小情侣开始头靠头调暗了屏幕玩手机。阿昊身上的烟味很重，像是把办公室里的焦躁心情都悉数带了来。放映之前我把小洁可能落座的区域锁定在影厅右边那块座椅的前几排，那儿分开坐着两个妙龄少女，一个短发，穿牛仔裤，戴着复古风格的发带，另一个长发，穿黑色连衣裙，背了豆瓣豆品的手工帆布包。我坐在她们斜对角的位置上，打量一圈，猜测小洁是后者的概率比较高，毕竟从这个角度看，那个侧影很像我之前在她个人空间里看到的那张照片。自从抢票失败以来，我本以为和小洁不会再有机会见面。尽管她逐渐在我的生活里生根发芽，在我的手机里，电脑上，平板中，把每一块尚未发酵出的寂寞都蚕食得干干净净。

我九点起床，用床头那个青苹果形状的计时器定时，转过身体在床上做平板支撑，心里读秒，每半分钟休息一次，直到计时器"叮"一声轻响。早餐是前一天晚上在小奶锅里炖上的牛奶燕麦，倒出来刚好温热。十点是公司的打卡时间，睡眼蒙眬的同事互相问好，三三两两站在前台，一边排队签到一边点开新浪微博的热搜条目一条一条快速翻过去。然后，所有的行走路线几乎就被限制在了办公区域的方寸之间。找同事谈项目，找领导交方案，去倒茶，去厕所，去拿外卖，去接电话。从窗帘上的阴影感受太阳升起和落下，在华灯初上的时候关掉台灯，融化进城市疲惫的人群里，在公车窗户上的反光里看自己的倒影。一天，一周，一年。直到有一天，小洁突然主动提起见面。她说，我想看看你，正好你也想看我。可是普普通通的见面缺乏创意，不如我们玩点不一样的吧。我问，怎么玩。她说，就是不挑明的见面，我们都在同一个城市，完全可以去看同一场电影啊。反正我们都不知道对方是人群中的哪一个，你凭感觉找我嘛。我们不相认，不搭话，就像电影里那个啥，开放式结局，谁也不知道会发生什么。怎么样，刺激吗。我秒回，好。因为太过激动而划到了前几天的聊天记录，是我向她分享《卡罗尔》，我扫了眼海报，觉得脸变得很烫，快要烧起来。

　　阿昊时不时偏过头来看我，显得有些局促不安。有好几次，在他的指尖差点碰过来的时候我赶紧把塑料瓶拿起来喝口水。如果知道会这样，可能打死他也不会给我买这瓶该死的农夫山泉。黑暗的电影院里到底包容过多少假借着看电影的名义实则各怀鬼胎的男男女女呢，我的意识开始迷离起来。大四毕业前的那个暑假，被同专业的学长约去看恐怖片。惊悚镜头出现的时候他熟练地握住我的手，力度巨大，无从挣脱，还以为他要把我的手掌折断。看完电影后他要送我回宿舍，我谎称约了室友，跑了几条马路把他远远甩在后面，"咚咚咚咚"，心跳像鼓点一样杂乱无章。回到空空荡荡的宿舍后，我来来回回走了一趟，提着暖水瓶下楼打水。打完水提着水瓶上了六楼又走下来。走到食堂随便找了个窗口排队，打饭的阿姨问我吃什么，我说玉米，她说你去隔壁，这里没有玉米，我说那随便，有什么吃什么。打完饭我提着饭盒在操场上漫无目的地走，跑步的人一个一个从我身边擦过去。过了很久才感到有一点点饿，就打开饭，捧着它边走边吃。直到累到走不动，在很偏的校车终点站里坐下来。早就过了末班车的时间，站台空无一人，周围一片死寂。我就这么吃完了饭，然后端着饭盒又这么坐了很久很久。第二天出了学校就近找了个理发店。从那以后再没有留过长发。

片尾曲开始响了起来，阿昊站起来，从兜里掏出烟盒，拿出一根夹在手上，见我坐着没动，又在旁边坐下来。我盯着斜对角的方向，长发女生站起来，环顾四周，左顾右盼，我想那是小洁吧，那一定就是小洁。面朝我这个方向的时候，她的目光停留在阿昊身上迟迟没有移动。我说，阿昊，其实我今天是来找人的。阿昊很惊异地回我，啊？我说，可惜了，没找到。

我们如此热爱飞跃
——里奥斯眼中的后疫情时代文学

余 凯

2096 年，莱萨大学文学院院长维奇邀请里奥斯做了一场文学讲座，主要讨论后疫情时代（2030—2081 年）持续半个世纪之久的写作现象，里奥斯敏锐地捕捉到了"飞跃"一词，这个潜藏于人类基因并越来越凸显的艺术理念。

里奥斯说，它是一切上升动作聚合的最高形式，也是某种情绪的象征，更重要的是，它是克服文学变成僵硬的尸体最有效的途径。我们不能再任由文学被简单地分化为现实与浪漫、纪录与虚构，在各种主义与形式之间，需要完成一次"飞跃"。

里奥斯的这次讲座主题来源于一次坐飞机的经历，他曾对诗人梅塔谈起——"我关心飞机升空的那一瞬间，因为它包含无数难以预料的未来和许多片云。写作如同起飞，但目的不是为了飞翔，而是为了触摸云。"

这篇讲稿曾被收录于《后疫情时代的彷徨诗人》（老虎出版社，2099年），在里奥斯的理论集中，《我们如此热爱飞跃》是被后人讨论最多也最具有影响力的一篇。

我想跟你们谈谈飞跃。

尽管我们早已忘记祖先们如何在天空飞翔了。19 世纪以来，我们发明了新的交通工具，借助飞机、火箭、热气球、滑翔伞，包括最近出现的任意门……从一个地方到另一个地方，时间在距离中的分量被减轻，几乎可以忽略——正因消耗的时间变得更少，我们认为空间也被拉近了。可是，让曲折变为通畅并不是飞跃的本意，我想请你们思考一下祖先的第一次飞跃，人们又为什么失去了翅膀——我们现在不断尝试接近天空，仅仅是向往逝去时代的生活方式吗？

在我有限的阅读和写作生涯里，我从没有像现在这样强烈地感受到飞跃的重要性。"作家应当立足他们的时代，表现那个时代的特质。"——这是我最初接受写作训练时，文学老师们一贯的教导。作家的确应当书写、表现某个时代，它的反智或庸常，它的黑暗与溃败，它的繁荣、理性、自由……这类被现实主义小说奉为圭臬的创作准则，在某种程度上，带来的益处不比坏处多。也正如此，大多数写实小说常常戴着枷锁在琐事里寻找偶尔闪光的碎片，作家难以飞跃，虽然他们脚踏实地——却毫不在意这块土地有多贫瘠。

想想第一个飞跃的人，《莱萨古纪》为我们保留了丰富的神话资料与民间传说，如果我们想清晰地理解现在的世界，最好的方法是认识它从前的模样。铁器时代的匠人将神话故事铸刻于斧头侧面，莱萨博物馆珍藏的九百二十一件斧头详尽地描绘出祖先们的世界观，它们坚硬而顽固地与时间抗争，如今我们才能读到那些飞跃的传奇瞬间。

以马斯是第一个以飞跃的姿态进入文学的英雄。最初，他是一条鲤鱼，因为捡到始神丢失于河中的牙齿，始神便答应满足他一个愿望。以马斯想要（I-f）离开水域，去别处生活。始神说，"外面的世界有陆地和天空，你只能选择一种。"以马斯选择了天空，并谨记始神的指示：永远也不要站在地上，只要碰到土地，翅膀就会消失，再也无法返回。还记得《莱萨古纪》是如何书写以马斯的飞翔吗？"他坚硬的鳞片突然变得柔软，比河水还要温柔，逐渐从尾部汇集至两腮，那些细小的绒毛带着巨大的力量将他托举到水面，以马斯看见了白云、树叶、水仙花，他觉得自己和空气一样透明，飞翔——像一块石头落入水中，而它正落入天空。"对于神话，任何解读都不会比它本身更过分，更脱离实际。我试图去理解以马斯的飞翔与文学之间的关系，是欲望催生了他对天空、对外部世界的幻想，"以马斯想要离开水域，去别处生活"，"想要"（I-f）这个词跟"欲望"（I-F）共属同一词根，欲望引导以马斯上升，也是欲望催促我们去探索更遥远的空间、理解更陌生的人——通过文学的形式。以马斯在天空俯视万物，透过水面的倒影，他第一次看见自己的模样——必须借助一次飞跃来认识自己，脱离生活设置的牢笼。河水如镜，以马斯之前的生活处于镜中，鲤鱼只是假象，以马斯属于天空。

直到他的后代不冬出现，"天空的生活"也成为禁锢的监狱——他们穿过缥缈的烟尘，在云上睡眠，羽毛有时被雨水打湿，他们在光里生长，也在光里死去。一切都太轻柔，没有重量没有痕迹。终于有一天，不冬放弃了飞翔，他停止摆动羽毛，身体落到地面。正如始神所说，他的羽毛一片片掉落。顿时世界变得阴暗，乌云密集逼迫大地，果实从树上坠落，狂风吹卷，那些飞在天空的游民也折断翅膀，一切都在下降：雨、树枝、云上的房子、光线、钻石、声音都被重力吸附。不冬的脚踩在地上，但他并不适应站立的方式，只能四肢匍匐——不冬成了第一个落在地面上的人，从此，我们再也无法飞向天空。

银色时代的诗人月白对不冬的降落有更深刻的理解，《大地之歌》这部史诗不厌其烦地描绘祖先升空与降落的过程。在月白看来，降落比飞跃更重要，那不仅是一次对神的背叛与冒险，也是人类主宰自然万物的开端。以马斯完成的飞跃意在认识自我，不冬的降落则是在认识世界，由此，人才真正脱离神的禁锢变得完善起来。我认同月白的看法，也对她的"发现自然"论深表赞同，不冬下降的每一刻，都在有意识地构建世界的细部：

> 他要脱离柔软编织的虚无牢笼
>
> 他的每一个动作都必须坚实稳固
>
> 不像雨水失去颜色
>
> 不像时间没有痕迹
>
> 也不像云变幻莫测
>
> 他要去触摸一块石头
>
> 紧握斧头的手柄
>
> 感受血液被利剑割裂的瞬间
>
> 于是他的身体变得沉重
>
> 他正在下降
>
> 他闻到了蔷薇花的芬芳
>
> 他听见了狮子的咆哮
>
> 他看见了蜘蛛细密的网
>
> ……

直到不冬落在地上，所有景象都发生了翻天覆地的变化，阳光被乌云隐去，树木枯萎，季节更替无常，一切飞翔的事物都将落下。这是始神的咒语里隐匿的惩罚。因为不冬落地，所以始神与祖先的契约失效了，人们将不再受到神的约束。遵循月白的《大地之歌》，理论家乔西认为，"不冬的降落"其实是一场文学事件，是纪实文学对虚构发起的第一次挑战，不冬的冒险意在认识自然与现实，抛弃漂浮的想象与虚幻的天空。以马斯代表了虚构的传统，不冬则开掘了写实的源流。

之所以提到这则神话故事和银色时代的理论，对我们理解后疫情时代的文学有重要意义。我们的文学始终处于"飞跃"与"降落"之间，有的更接近地面，有的更接近天空。就像莱吉的诗："我是中间也是部分，没有绝对的形体，没有绝对的人爱我。"不过，他的另一部小说《古兽》更丰富地表现出人与物作为中间状态的变体——变化是永恒的形式，谁此刻上升，未来就必将下落。

我不得不提醒各位，下降（包括坠落、下落、坠亡、滚落等）这个词语带有危险的欺骗性，就像被魔术师的袖子所掩藏起来的道具。每当我想要说服自己接受"下降、坠落是写实的开端"时，我都会想起不冬那双翅膀——直到落地之前，它都没有消失。也就是说，尚未到达地面的坠落其实仍是一种飞跃，无限接近写实之前，仍然由虚构与想象托举作家进行写作。

我们都爱飞跃——我要说的确如此。虽然我们的祖先放弃了翅膀，但我们对天空和未知世界的探索仍不会止步。天文学让我们看见了地球之外的宇宙奇景，未来学引导我们跨越时间的界线，物理学使我们改变空间结构发明了任意门……人类的想象力正处于上升的阶段，但是，文学中的飞跃并不简单等同于虚构与幻想。飞跃既作为一种实在的内容也作为一种特殊结构出现。

后疫情时代的作家们，几乎将飞跃扩张到各种风格的小说里。作为后疫情时代文学的开山之作，古来包的《秘密》已是大家耳熟能详的经典小说。在第五十八章，莉莉去往教堂的路上被一块小型陨石砸中，她的脑子成了泥浆，身体完好无损。药剂师取了部分陨石磨成粉末，再混合莉莉的血液与牛奶制成了一个新的脑袋。不过莉莉的记忆已全部消失，过了几天，从她的后背长出了一双翅膀，尽管如此，她并不会飞，在她新脑袋的意识中，遗失了飞的概念与具体动作。药剂师说，"她失去了飞跃的想象力，有了一双精巧却无用的翅膀。"

我们很容易理解《秘密》中想象与翅膀的关系。飞跃须要欲望与幻想助推，莉莉的大脑被置换后，情感、记忆、想象的粒子无法在新的大脑里衍生，它们以另一种形式在她的身上长出来，也就是翅膀。缺失的想象力变成了真实的羽毛，但是正因为它可被观测，所以变得无用。陨石大脑的唯一作用也仅是让她活着，不会为她提供情感与记忆，她成了没有欲望的人。

这篇小说还有一个部分令我感到好奇：为什么陨石可以制成脑袋？它落到地面的过程难道不像不冬降落的过程吗？它在宇宙中漫长地飞跃，没有重力，轻盈——好似被神囚禁于虚空，于是它有意冲破固定的轨道，撞击地球，一层层燃烧，最终露出核心，抵达地面成为泥土的一部分。因此，陨石必然带有曾经飞跃的特性，它有提供想象力的可能，它与大脑属于同一介质。

从文学角度解释陨石的作用，一定会想到李末的《来客》，这部小说描绘了一百三十八种使用陨石的方法：

1. 将陨石切割成栗子大小的颗粒，放入葡萄酒里发酵，半年后加入香杉叶和牛粪，可以用来祛除肿痛。

2. 选取陨石的核心部分，混合玻璃碎片，熔炼，制成灰色的镜片，可以透视衣服、木门以及五厘米厚的水泥墙。

3. 用火焰烤陨石，加上辣椒，放入热水中，熬制"黑暗药水"，涂抹在敌人的眼睛上，可使其失明数日。

4. 将陨石制成环形，每天戴在大脑上一个小时，一年后，便能召唤前世的记忆。

……

《秘密》中药剂师对陨石的处理与《来客》第九十二条十分相似："将陨石磨碎，混合乌鸦血与牛奶、柑橘汁，可制成乌鸦脑。"我不知道古来包是否读过《来客》

（《来客》发表于 2027 年，《秘密》发表于 2030 年），但是两位作家对陨石的想象都与飞跃产生了关联：飞跃提供想象，想象指引飞跃。

为了使文章具有飞跃感，一些作家常常选取特定的意象进行书写，赫斯伍斯的文中就经常出现"彩虹"。"德里姐姐收拾好厨房，窗外升起了一道彩虹。"《归家》；"她撕掉了他写的信，扔在火堆里，阳光正好，照着镜片上，她看见一道细弱的彩虹在秘密进入房间。"《婚姻》；"他们想去看彩虹，但是山上什么也没有，在末日到来前，生活仍然无聊，甚至没有人唱歌。"《末日移民》……除此之外，"月亮""太阳""燕子""飘起的窗帘""奔马"也是许多作家反复书写的对象。

后疫情时代的诗人尤其爱表现飞跃，谁能忽视博卡在诗坛的影响力呢？在他的诗歌里，每一个种细小的事物和情绪都像漂浮半空，自由运动。"我的苹果在果园里秘密生长 / 没有人能猜到 / 它们藏于哪片树叶背后 / 它们是微微晃动的秋天的露水 / 于一场风后落在空中 / 落在我 / 触碰秋风的手中"——《季节》；"要说再见吗 / 你尚未离开 / 夜晚的雷声提前到来 / 有只燕子从屋檐落下 / 我仍未学会飞翔 / 我曾悲哀地这样想"——《告别时刻》；"你们点燃了火把 / 你们在山中呼喊彼此的名字 / 你们忘了追寻那只萤火虫 / 我的指尖触摸到 / 空中的回响 / 你的姓氏和月光——半的热量"——《郊游》；"最好提前关上窗户 / 人们密集地欢笑与哭泣 / 夏日孤独的蝉鸣 / 将要被雨打湿 / 我手中的香烟还在燃烧 / 我的身体也在燃烧"——《香烟》……还需要更多吗？博卡的《日画像》几乎将飞跃运用到了极致：

　　我的眼睛在空中为你

　　画了一幅透明的肖像

　　光线折射的时刻

　　灰尘落在

蝴蝶的翅膀上

没有风擦去

多余的痕迹

你唇边的痣却逐渐消失

如果我失去想象

在白昼将要结束之前

成为一块石头

一块鲤鱼尾部的化石

被你拿起

又放下

    在诗人笔下,"一块鲤鱼尾部的化石"似乎正是以马斯在水中死亡的形态,这块石头完成了两次飞跃,一次是诗人"失去想象成为石头",另一次则是"被你拿起又放下"的过程,阅读《日画像》,我们能够感受到博卡的想象力不断飞跃变动,一块石头也失去了重量,如同空气,忧郁而轻盈。

    但飞跃与轻盈不是同义词,飞跃仍然能使人感到负重。同一时期,另一位诗人白鲁斯激烈地批判了博卡的诗歌,认为他只在乎个人矫揉造作的情绪,没有关照社会现实,对他人的生活不闻不问,失去了作为诗人应该有的崇高与良知。

    在白鲁斯的作品里,诗人常常以飞跃的姿态俯察万物,书写疫情时代人们艰辛的生活,苦难与疾病是他永恒的主题。阅读《椰泉》这本诗集,我们也能看出白鲁斯一步步接近地面,放弃飞跃的过程。从"我看见你们的眼睛就像看见风铃落在大地 / 我看见你们的尸体 / 废铁交错的城市里 / 锈损的螺丝钉"诗人正在空中最高处俯瞰沉重的土地，一直到"酒瓶／在日落时刻打碎／你们身体渗出的血液／侵蚀我的双手／像开不完的／春天的野玫瑰"，此刻诗人已经平等地站在他书写对象的面前，值得注意的是，他已从一个诗人变成了医生。《椰泉》出版后，白鲁斯再也没有写过诗，他认为文学只能培养博卡这类脱离现实整日做梦的庸民，学文无法对抗瘟疫、灾难，为了拯救莱萨，他选择投身于与疾病抗争的医学事业中。

我列举这些作家，是想说明（也足够充分地证明），当飞跃作为内容出现于后疫情时代的文本中，它有着三个显著的特征：其一，飞跃与想象力紧密相连，没有想象力就没有飞跃，反之亦然。其二，飞跃既是上升也是下降，想想博卡笔下那块"被你拿起又放下"的化石。其三，飞跃既包含轻盈也包含沉重，当白鲁斯舍弃了飞跃之重后，面对生活与现实的繁重，他已经不再是诗人了。我们不得不承认，有时候地心沉重的引力正在将飞跃的诗人向下拉动，于是有人向上奋力展翅，有人跌落地面——谁被现实打败，谁自愿放弃，谁就不再是诗人，这的确很苛刻。

现在我要讲讲作为结构出现的飞跃，或许它比"内容的飞跃"更能反映后疫情时代文学的独特之处。

结构的飞跃在于不同的故事瞬间被紧密连接起来，但它与插叙、故事圈套不同，被结构的飞跃相连的故事没有逻辑层面的关系。以吉岛岛奈子的《放夜》为例，小说一共出现了四次飞跃，第一部分，讲的是三个小孩在莫比花园放风筝，风筝在天上失踪了，男孩加藤想要沿着风筝线爬到天上去寻找丢失的风筝，另一个男孩则将花园里的紫丁香摘了一朵，扔在空中；第二部分，小说开始讲述一只狗在河里游泳的故事，它游到岸边，被小偷带走，小偷问，"你叫什么名字?"狗说，"我叫橘子"；然后作者跳跃到第三部分，一个修表的工人修了一天表，回家吃了碗炒面就睡觉了；第四部分又回到白天，装修房子的工人按照主人的要求把房间刷黑，由于他忘记房间的界线，把颜料涂到了天上，于是，窗前的天空都变黑了；第五部分，失恋的女孩准备跳楼，跳到一半时故事就结束了。

吉岛岛奈子的这篇小说，听起来有点无聊，似乎就是简单地罗列出五个无关紧要的故事，但这的确是飞跃的形式特征，人们在飞跃时，目光可以随处转移，变动方向，从一个故事到另一个故事，没有开始也没有必然的结局。《文艺吧，文艺报！》的主编由易在一次与吉岛岛奈子的对谈中问到，为什么要给小说取名《放夜》，它的含义是什么？吉岛岛奈子说，我不知道，正是因为我不知道它的意义，才用它取名的，而且我也不知道这篇小说有什么意义。

由易说，"我觉得你可能想表达出众生无聊的生活状态，人们在无聊中去寻求某些价值，就像工人刷黑天空，小男孩爬上风筝线的时刻——这些片段正是生活意义的体现。"吉岛岛奈子回应道，这篇小说大家可以随意解读，因为我真的不知道为什么要写它。

吉岛岛奈子的独特之处就在于，她的小说是自由飞跃的，甚至连她自己都不知道视线会转移到哪里。我们可以认为，不是吉岛岛奈子在写小说，而是"飞跃"带领吉岛岛奈子将她所观察到的世界写出来。

作者对于自身作品"无意义""不求甚解"的写作方式，在吉岛岛奈子之前，就已经有人尝试过了，2019 年，后疫情时代尚未到来的年份，一个叫我蜂的翻译家翻译了古伊国作者废啊泥东的小说《收集者》，在这部小说中，拉班·扫马游历于卡尔维诺笔下的《看不见的城市》，并于各个城市收集不同的文学形态与小说理念，其中《形式之三》提到安德里亚城的天空文学节，特比蔡芬先生的《碘伏》获得了最佳长篇小说奖，拉班·扫马询问为何这篇小说的题目与内容毫无关联，特比蔡芬的回答很有意思："因为当我写作时，桌上正好放着一瓶碘伏，于是便用它作为小说名。"可以看得出，特比蔡芬也经历了一次飞跃，从现实到作品，将视线中无关的两者连接了起来。更有趣的事，安德里亚城以"天空"为文学奖命名，本身也在倡导飞跃与想象，这项巧合实在奇妙。

不得不提，《收集者》中，有一条理论与"飞跃"的结构非常相似。《形式之五》中，拉班·扫马于左拉城找到了亚里士多德《诗学》第三卷残本，其中一条理论叫作"跳跃"：事件非线性发展，空间按照无标准的形式切割成万亿碎片，链接不同叙事空间的故事，或者同一叙事空间中不同时间段的故事，必须完成跳跃这一最为简便的过程。——或许，这可以看成飞跃结构的雏形，但还不够完善，因为以视线为转移只是飞跃结构的一个侧面，我们还必须注意听觉、嗅觉……各种感觉汇集的结果。后瘟疫时代"音色派"代表曼草写过一篇《公交车纪行》，在这部非虚构作品里，他记录了从第一班车到最后一班车所有人的谈话内容，读者必须时刻注意，同一时间出现的对话，被打断、突然转移的短语，插入、断断续续的词汇，临时结束又开始新的话题，随意转变的诉说对象与听众，没有意义的感叹，清晰地分辨自言自语与外界多重音部……所有语言都在飞跃，这类最普通的生活场景，到了小说中形成了复杂精巧又极易崩塌的结构，写完它并非易事，要去条分缕析地读完也不简单。似乎没有读者认真读完这部作品，就连作者曼草也表示：写完《公交车纪行》后，他自己都没有兴趣读下去。但我们不可否认，《公交车纪行》对于声音的飞跃状态比其他小说有了更准确更真实的把握。

最终，我们能够总结出两项关于飞跃结构的认识，其一，结构飞跃不受时空限制，不受意义束缚，文本可随意开始、结束、转移、连接、变动，就像从混乱的故事机器里抽取了几块毫无关联的拼图碎片。其二，人类所有的感官都可用飞跃连接，使用这种方式，我们能够更接近——真相，更有生活感。

说到生活，一些细碎而有趣的线索也能证明后疫情时代的作家对飞跃的热爱。我们不能否认生活有时也是一场文学事件。后瘟疫时代的作家们，尤其是男性作家，他们热烈追求上升的运动。科耶斯喜爱爬树已是众人皆知的事，每到一座城市，他都要爬上当地最高的树，眺望远方。他说，有一股魔力将他牵引至天空，接近天空，才有写作灵感。为此，科耶斯专门写了一部自传性小说《爬树的柯西》，与现实相异的是，柯西最后一次爬树时，想要从树上飞下来，由于重力加速度，柯西的身体砸进泥土里，变成了一颗榆树种子。科耶斯只敢于想象，他才不会从树上跳下来。作家绘笔墨常常与德珍夜跑，德珍形容绘笔墨跑步时"两只脚离开地面，像苹果滚了一地。"阿贡喜欢乘坐热气球在天上写作，目前出版的五部作品，《特拉的水晶》《空气》《疾步狗》《酒》《圣伊芙的战争》都是在热气球上写完的，"一回到地面，我就失去了想象，也失去了语言。"阿贡说。还有一位散文家李妮妮，癖好吃云朵，在她故居的地下室，存放了九万多个云朵罐头。"我们如此热爱天空，我们如此热爱飞跃。"21世纪中叶的作家们无时无刻不在向我们倾露他们对天空的痴迷，甚至近乎疯狂地追寻飞跃的状态，也正是因为他们自由、无限地放大个人欲望，浪漫地表达，革新语言与写作形式，才产生了如此丰硕的成果。

　　我似乎说得太多了，希望我的表达足够准确。在结尾的时候，我想再分享一篇短篇小说，作者是谁先已无法考证，但它的确写于后瘟疫时代，这篇小说尝试将飞跃的内容与结构进行双重运用——《所有人支持所有人》：

　　"他们吃完面包，他们在坐过山车，等会儿看烟火表演，他们的笑声刺透黑夜，明天要去河边捡石头，游泳到对岸。他们丢掉手里的气球，红色气球飞过教堂尖顶。现在，夏天即将结束。"有人死在去海边的路上。"他们听见行人的对话，"距离海岸线两百公里。"

　　我们夜里到拉塞尔火车站，安检员打开我的手提包，拿出我的药水问道，这是用来干什么的。我用生硬的拉塞尔语回复，消除(eteler)手上的湿疹。一个政治意义上的词汇：消除，即灭绝，屠杀。我实在不记得一般事物、疾病的消除应该用什么词表示。也许是 aimak，但它好像是稳固的意思，我不太确定。我伸出手对他指了指，手上的湿疹已经好了许多，看不出痘印，安检员反而更疑惑。这是一瓶毒药吧，他说。我说我们有句老话，叫是药三分毒。于是他立刻铐住了我伸出的双手。新型毒品，他说，你是个新型毒品犯。我正要解释，我的拉塞尔朋友立即掏出了他的手枪，"所有人支持所有人"，他在火车站里大喊道，人们望向了我们，"所有人支持所有人"一个男人也说道，然后我看见我的朋友把枪对准了我。我突然想到，明天是市长大选的日子，而我，无法再为布丽奇投上一票。我的朋友会投给谁？阿列冬或者文斯，我们谁也不知道。

他们谁也不知道，音乐响起来，有人决定跳舞。

十分遗憾我们不知道是谁创作了《所有人支持所有人》，但它的飞跃性足以表现那个时代的特质，那些变动的语言——事件与对话完全处于分离状态，小说的情感却被内核包裹——秘密被人悄悄打卡，却又关上了门。我们在人称上连续跳跃，究竟是一群人还是孤独的几个人，谁也说不清，唯一肯定的是，21世纪中叶，人们的确这样生活过。还记得最初我的文学老师所说的话吗？作家应当立足他的时代。是的，从地面飞跃起来，才会更清楚地认识脚下的土地，我一直笃信着。

如果我能够——真正地在现实中飞跃进后疫情时代——如果我有这种运气捡到始神的牙齿，我会抵达拉塞尔火车站，举起手枪，对每一个人询问：你来自地面还是天空。

紫 白

陈斯婕

1

阵雨过去，乌云以肉眼可见的速度重新散开，露出青锁色，摊贩竹筐里的带叶
蔬菜已经售空，余下橘黄色的南瓜孤零零悬在架子上。沾着暗红肉糜的木质案板、
开膛破肚的水果和腐烂鱼虾的混合味道，在晚风中解散，融化成蔓延的液体印在鞋
底，被路过的男人一并携带回家。

从菜场回来一路冷清，只有廊道角落那盆枝叶怏怏的万年青在静静等候他。他
缓缓地掏钥匙，手抚过凹凸钥痕，插入，向右扭动一圈。他把自己摔进沙发里，沙
发闷叫了一声，再没发出声响。沙发是麻料，被磨得脏兮兮，主人无暇给予它保护
套，遑论换洗。边缘露出一点破败的灰絮，败絮像他的头发在空气扬尘中静止，头
发像败絮翘在他尖窄的脑门上飞扬。宋木上半身陷进沙发里，一条腿屈膝，脚刚好
踩在那灰絮上边，他有点痒。于是他接着愤愤翘起另一只脚，摆出了一个寻常男人
柔韧度难以做到的姿势。

到饭点，老式居民楼的各种气味就升腾开来。宋木鼻子打小厉害，和别人打架
也没被打坏。一闻，轻易分辨出这其中最明显的是排骨香，不过，排骨香也分很多

种，他擅长分辨这些——"氢气球缓慢在你的颅腔内上升，然后轻柔地，'砰'，微不可查地碰撞到颅顶从而引起回环波荡，这是汤。红烧的香气是一记闷棍，从天灵盖打下去，一记不行多来几棍，打晕为止。"这是宋木写的，记录在他第一篇合集《厨房的哲学》里。合集没有出版社，自然也没有出版。某天下午他一个人去了距离家258米中学旁边的打印店，掏钱把稿子全部打印出来又一张张烧掉。当时是2002年，全国非典正四处肆虐。"全国上下一心众志成城，都在为社会做着贡献，每个人都是有价值的……"以至于后来的那十年，宋木都觉得那是他斜靠在沙发上，在电视里略带哭腔的背景音中做的一个又一个梦。

晚饭得自己解决。宋木从沙发上双脚落地，摇头晃脑走向厨房。番茄炒蛋，一碗剩饭，一小碟盐水花生，和往常一样照例开了罐啤酒。米粒硬邦邦，碗里盛着黄红的碎渣，好像两者刚在锅里打了一架落了个两败俱伤。忘记放葱花了。宋木快速往嘴里扒饭，心里嗫嗫。他夹颗花生，再仰头大口吞啤酒，泡沫积在唇褶周围，泛出颜色不好的白。宋木吃饭很快，就是讨厌洗碗。碗，以前是小昭洗。小昭是宋木以前谈的对象，高个儿，四肢瘦长，脸蛋也尖，像四月潭边抽条儿的细笋。小昭是个生活很有仪式感的女人，虽然她也不爱洗碗，但她动作利索，葱白色的手指在青瓷色的碗中上下翻动，偶尔溅起几朵透明的水花，宋木站在她背后，看她挑选了半个小时的那条红白格子围裙，勾勒出苗条的腰身，脖颈一抬一低，发梢随之微微颤动，好像不是在洗碗，而是贵族小姐在插花。小昭的番茄炒蛋也做得好。番茄去皮，热锅冷油，鸡蛋心甘情愿的嵌入酸甜的茄汁里，松松软软，缀以葱花。小昭弯腰将菜放在桌上，那红白格围裙也俯身唱一出《西厢记》。宋木很喜欢那条围裙，只可惜最后她愤愤收拾东西离去的那个下午，那条红白格围裙也一并被她收走，她目光平静，看向宋木的眼睛：算了。宋木只记得这两个字，别的他好像怎么也想不起来。

下次……下次放葱花。宋木嘀咕。起身，收碗。啤酒罐丢进垃圾桶。

红萝卜是小昭离开后不久出现的。这以后，就一直住在这里。

2

红萝卜是一个普通名字，听起来只是水果或者蔬菜，类似甜菜根那样的，念起来有种咀嚼的清脆感，但红萝卜还是很喜欢她的名字。说到名字，家里的名字是按辈分顺序排的，轮到她刚好是"红"字辈。在红萝卜妈妈生的 48 个兄弟姐妹中，从红开始依次赐予名字：红心、红糖、红手绢、红黄蓝……红萝卜妈妈没有读过书，但她是个善于观察生活、了不起的女人，不然也不能知道"红黄蓝"。红萝卜这个名字淹没在一片红里并不打眼，好在尚有几分可爱。红萝卜妈妈很忙，她通常不打理自己的孩子，来到这个世界上就要独立，这是大家学到的第一个人生课题。何况，她自己也经常吃不饱，红萝卜爸爸从他们一出生就不见了——毕竟，他很可能不只是红萝卜的爸爸，也许是"白云、白颜料、白开水"的爸爸，他又不止一个老婆。于是红萝卜从小就得自己打理自己：她细心梳理自己腿上的毛，那根根分明的倒刺一样的毛会帮助她在墙壁上稳健行走；她将两只长长触须在抹布上认真弄湿晾干，最后抖落干净背上在管道爬行时候蹭到的尘土。红萝卜的背甲同她的名字一样，是微微泛着红色的——日出一样，红萝卜哥哥这样评价。哥哥叫红袖，他试图拒绝这个名字，但是抗拒失败了。失败以后他也就欣然接受了，毕竟名字而已。有时候，红袖会捎点红萝卜喜欢的盐水花生回来，再和她一起躲在角落分食。红袖比红萝卜只年长一些，然而性别不同导致红袖的体型看上去颇有分量，仿佛一艘迷你的黑亮小坦克。总之，红袖很疼爱红萝卜，他是这个庞大而卑微家族里最疼爱红萝卜的存在，他总对别人大声嚷嚷：嘿！看！我们家族出了个爱干净的清秀小姑娘！说到日出，其实兄妹俩都没有看过日出。因为生理原因，他们实在没有办法在强光源下待太久，他们的手脚会控制不住的颤抖，眼睛也会疼痛。日出时候，他们一起在黑暗中不安蜷缩。

红萝卜背甲上的米色条纹从一条变成两条的时候，红袖同意她和他一起外出。

"小心点，红萝卜。"从窝里迈出第一步前，哥哥总这样说。红萝卜挥挥触角不以为然。庞大世界的某一个墙角下，她怯怯探出两根触须，打量屋子里的各式用品。红袖再三强调：一切未知的已知的都很危险……"何况，你现在还没有翅膀。""翅膀吗？那，什么时候能长出来呢？"红萝卜想象了一下自己日出颜色的背甲。那会是日出颜色的翅膀吗？后来，红萝卜再次回忆当时的对话，她恍然想起红袖对她说的是什么：在我们家族里，曾经有一个古老的传说。你会长出最美丽的翅膀，那令你为之献身，一生忠诚的东西，即是，在你找到自己信念的那天。

3

宋木做了个梦，梦里两具酮体翻滚在一起，一具树皮一样苍老，一具花朵一样雪白，花朵边上是一条红白格围裙。他醒来走向浴室，镜中他脸似鞋拔，眉末杂乱，一双眼睛倒是炯炯，脸颊凹陷，颧骨却高高凸起，女人若这副模样，要被指指点点说克夫。他刷牙端详自己，牙膏沫流淌下来浑然不觉，脸上还带着奇异的笑，笑着笑着突然心生恼怒，注定今天过得不太妙。他走在路上，控制自己不去踢飞石子，看见路边凌霄花零星开了几朵，不知是开早了还是谢迟了。

宋木第一次注意到这花是 2003 年，那之前它们从未进他眼里过。有天傍晚他在家和父亲干完架，野兽一样冲出家门，楼下这花开的正茂盛，烧红了男孩的眼，那天宋木就此认定：这花真是橙得令人厌恶。就像树苗被注射了抑制剂，过后几年宋木再也没有长过个。直到 22 岁站在面试老师中间，颤抖着将旧稿递上前时，他仍然像株瘦弱的水杉，看谁都要仰头张望。宋木紧张等待着评价，不敢目光相接。窗外有几株梧桐，风吹时候叶子细微作响，而四面八方的视线扫射而来，他恍然觉得自己是一个乐器，那沙沙响只是源于自己躯干内部弹奏发出的声音。现在想起来，宋木真希望自己当时长高一点，最好和窗外梧桐树一样高，是从外面往里看的，不要从下面往上看。

没人在意宋木今年几岁，但若从现在的年龄往回看，宋木确实收到过无数评价——小学，那些墨绿色的弹珠和边缘卷曲的纸牌对他来说都太过幼稚，他最喜欢办公室里语文老师的那张米色办公桌。桌前正对着一扇窗，窗外也可以看见一棵树，一棵高高的玉兰，花瓣饱满，紫白相间。大自然的色彩艺术将花朵一分为二，白像冬日凌晨街边的雾，那瓣尾的紫却浓墨重彩，看久了要将他吸进去。他于是写：玉兰开着无用／即使反复书写紫白，在梦中／年轻离地面遥远／却总第一个收到春的消息。

他在那张桌前，写过无数贴着红花的"范文"，也是在那里，被那位清瘦的短发女老师摸着头。那个年纪的男生头发刺刺的，又不算硬，老师好像在摸着出生不久的小刺猬，她身上香香的，对他说，好好写，是块材料；初中，第一篇诗歌刊登在杂志《春秋》上，他兴高采烈地带回家，被翻书包的父亲劈手夺过，卷成一团再扔回脸上，父亲说，什么时候刊登在《优秀作文选》上，再写这些有的没的也来得及；高中，宋木测验单的数字像麻雀被击落般飞速下降，包括他从小引以为傲的作文。

傍晚，门被打开，玄关弃着一个被撬烂的抽屉。宋木抬脚越过这个可怜的木箱，看见里面的日记本被父亲战利品一样拿在手上。父亲眉毛上挑到奇怪的高度，宛如一个挂在藤上被暴晒到畸形的葫芦。他说，你就天天写这种东西是吗。宋木看着他，不动，不说话，然而大概父亲表情难得生动，这种自制失控的快感令他竟然控制不住微笑了一瞬。就是这一瞬彻底点燃了彼此。小时候，宋木喜欢吃刀削面，他也看过下刀削面——师傅干净利落的把白面团反复揉搓，再以精准力道一刀一刀将其切成大小类似的碎片。此刻如是，伴随着"撕拉"的利落声音，无数雪白的刀削面抛洒在宋木头顶，再徐徐飘落，煞是好看，宋木睁大眼睛，微微抬头。父亲没得到意料中的反应，将矛头瞄准书桌。打击武器自有一套瞄准系统，父亲也是。他准确地掠过教材和参考书，再精准地瞄准了所有垃圾文学。当撕到那本深蓝色《变形记》的时候，封面略硬的卡纸包装令打击机器有了一瞬停顿。就在这时，宋木低吼一声，身体蜷缩，后退了两步，像一头矫健的豹子，扑了上去。

4

房子很大，红萝卜最喜欢的就是书房。哥哥带着她在书和书的缝隙里穿来穿去，好像冒险。她也看书，她看《海鸥》，看《红楼梦》，也看《安娜·卡列尼娜》，但她不太喜欢那本深蓝色封面的《变形记》。她趴在书皮上，嗅着印墨的味道。红袖最近不怎么陪她，但有一件可喜的事情——红袖长出翅膀了。红萝卜觉得他的翅膀很好看，缠着他满心欢喜地摸了好几回，这是不是就是日出色？微微透明的羽翼，平时收敛在黑亮的背甲下。红袖可以飞了，他可以去更多地方了。但他不变的习惯是仍会在出门前对红萝卜叮嘱，"小心点，红萝卜。"

这些都不重要，重要的是，他遇见了一位姑娘。

姑娘的名字好听极了：红宝石。虫如其名，她的眼睛像宝石一样亮晶晶，腹部坚硬，在红袖眼里好似也闪动着独特光芒，她的触须更长更柔软，有次经过她身边的时候，红宝石的触须轻轻扫过了红袖，红袖就蓦然战栗了一下。红宝石还有一颗包容的心，她没有像其他蟑螂一样嘲笑红袖的大名，红袖最满意的就是这一点。

红萝卜长大了。

她背甲上的两条横纹变成了三条，她也不再相信哥哥小时候哄骗她的话——书里说，昆虫有着自己的发育形式和合乎自然规律的发育期。从幼虫到若虫，有"完全变态"，有"不完全变态"。红萝卜知道自己总会长出翅膀，只是时间问题。平常时候，她在书房里来回晃荡。书房相对安全一些，鲜有人类踏足的痕迹，她不太敢去厨房。也不知道从什么时候起，她再也没有见过妈妈。但是蟑螂家族是有这个传统的：某一天你认识的人会不再出现。所以大家也没有特别惊慌。

红萝卜慢慢地爬行着，像以往的每一天一样。她晃悠着头上的触须，安静地嗅着世界的各种味道。突然，她停住了。某种味道——好像是她喜欢的味道——带点油脂气和隐约的咸味，啊！她无法控制的，飞快的向那处移动着——厨房。她却步了，找了个墙壁的灰色小角落，细腿微蜷，将自己隐藏起来，再犹豫着探出脑袋，张望着。

某个男人，个子很矮，背影很瘦，背脊上方凸起好似里面躲藏了一对蝶翼，大概是长期低头所致。他白衣的后背晕着一块汗迹，正打开一个锅盖，将盐水花生一点点盛进碗里。盐水溅到他的手腕，他无所谓的低头吮了吮，又在上衣上擦了擦。盐水花生逐渐在碗里冒出一个钝尖，花生皮被炖的酥烂，世界充盈着红萝卜最爱的味道，那种丰富的咸味令她有着本能的悸动，同时内心深处开始瘙痒。

红萝卜从未直视过太阳，但她可以痴痴望向那处瘙痒的源头：夕阳西下，群山镀金，微风轻吟，草木簌簌，灰玫瑰色的天空好像长在男人的手臂上，他只消一动，风起云涌。某一刻，她的后背突然战栗了一下。红萝卜长出了翅膀。红萝卜陷入了衷情。这两者可能并无关系，但是红萝卜还是因此对红袖深信不疑。但红袖双眼红红，红宝石不见两天了，他不能不想到家族的那个消失的传统。是吗，你确定那是你一生的信念吗。你感受到指引了吗。红袖问。我毕竟只是蟑螂，而他会做盐水花生。如果一只蟑螂为了避免空虚，而其信念要坚持一生都不被放弃，那我大概找到了。红萝卜回答。

哥哥最近不太好。红萝卜能感受到，但她确实不知道该怎么做。她没有再见过哥哥的翅膀，他总是将它们收敛在背甲下。他不再在屋里起飞。水槽、废弃的草莓花盆、客厅吊灯，都不去了。他有时候静静地发着呆，偶尔不放弃地去红宝石喜欢的卧室荡一荡，再四处嗅一嗅。红袖的反应早就不复曾经的灵敏，他慢慢对红萝卜说：

你不明白，红萝卜。我们出现在世界那一刻，很多东西就不由我们选择，我们遵循最基础的生物规律。在我年轻的时候，我也曾想做一只可以飞天遁地的蟑螂，还得有坚不可摧的铠甲。还有红毛丹，你记得他吗？他甚至想做一名画家，但他最后只用自己的排泄物堆积出一幅谁也看不懂的画……红萝卜，我们能吗？我们不能，我们只是最普通的蟑螂，随便哪里都能瞧见。然后吃东西，睡觉，每天四处搜寻，在屋子里爬来爬去。

可是你明明对我说过，为了长出翅膀，蟑螂也可以有一生都认真对待的东西的。这句话红萝卜没有对红袖说。红萝卜试图明白，大家明明都只是蟑螂，为什么仍然有一些奇怪的不同，比如有的蟑螂想当画家，有的蟑螂叫红袖，有的蟑螂美得像宝石，而有的蟑螂选择了人类的盐水花生。红萝卜每天都会试着接近一下宋木。是的，她已经知道他叫宋木，是从他外套里的身份证上看到的，他的证件照拍的真不怎么样。

有时候宋木会带一叠纸回家，他翻看他们，然后签名。那大概是他的工作。他会喃喃自语，偶尔突然暴躁，甚至把一些书往墙上丢，任由他们散落在地面，装订线都几近脱落。红萝卜无法搬动那些书本，也不知道为什么他突然这样，于是红萝卜开始有些坏心眼的希望他把那本深蓝色封皮的书也丢出去，但宋木从没有；有时候宋木也会低声咒骂着做一些很简单的家务，比如洗碗，但是洗着洗着，他会突然沉默，好似周围的空气都凝成下雨前低压的水汽。红萝卜会在他离开后，小心翼翼地拨弄那些被他遗留在地上的水珠。绝大多数时间里，宋木都很孤独。红萝卜听见他的手机传出一些震耳欲聋，富有节奏感的歌曲，又或者是一些网络节目里，夏日蝉鸣般不停歇的笑声。但是红萝卜看得懂他的神情，就好像也知道哥哥很伤心。

宋木会煮盐水花生，还有番茄炒蛋，盐水花生配啤酒，番茄炒蛋配饭，但红萝卜最喜欢他煮盐水花生的时候，这是她最爱的食物，于是她努力让那种丰沛的咸味沾染在自己的触须上。宋木也笑，但是大多时候他的笑不是两边嘴角一起扯动的，而是左边先动起来，然后左边的眼睛眯起来，带动右边的嘴角，右边的眼睛不动，睁着看着某处。

为什么人要这样笑呢？红萝卜不知道。没劲。我的人生没劲透了。宋木喜欢这样说。为什么人要这样说呢？红萝卜也不知道。红萝卜还没有想明白这两个问题，红袖就不见了。红萝卜知道，那是红袖从小就和她说过的蟑螂家族的传统。天黑了很久，红萝卜也等待了很久，她知道红袖再也不会回来了。她趴着没动，饿了一会。她知道得自己单独出去，去找一些吃的，如果有盐水花生就更好了。没关系的，红萝卜鼓励着自己，现在我有翅膀了。于是她轻轻迈动着两排小细腿，一步一步，往窝外挪动，将要踏出的那一刻——"小心点，红萝卜。"好像还能听见哥哥在旁边对她说。

见鬼了，最近。其实宋木的生活已经见鬼了很久。上班时候，公司楼下停了一辆五彩冰淇淋车。里面的姑娘扎着高马尾，头上戴着兔子耳朵，笑容明媚的朝小朋友招手。一个小女孩挣脱妈妈的手，跑过去的姿势好像一只春天应该被高高放飞的风筝，她站在车前，眼巴巴看着冰淇淋车上的模型，宋木敢说，他大概再也不会见到这样明亮单纯的一双眼睛。

高马尾姑娘咯咯发笑，宝贝，你妈妈还在后面呢，你要买冰淇淋吗？小女孩说，兔子姐姐，你真好看。又转头对匆匆赶来的母亲说，妈妈！我要这个！那母亲也是温柔的样子，只稍稍犹豫了一瞬，问她：那你今天做了什么呀，可以让妈妈买冰淇淋？女孩很认真的低下头想了很久，她一字一顿地说，我今天起得比昨天早一些……出门前，把桌上的积木收到柜子里，还有，昨天我帮老师一起擦幼儿园的小木马了，老师也夸我很乖。好孩子应该得到奖励对吗。

一直到两个人走远，宋木都没有回过神。他不知道自己在愣什么，只觉得这一切应该发生，可是它很久都没有发生。他走到冰淇淋车前，说，我要一个巧克力冰淇淋。顿了顿，说，我。马尾姑娘在打冰淇淋，回头诧异的问，什么？宋木摇摇头，说，没什么，我没什么值得说的。高马尾姑娘尴尬地笑了，说，这是您的冰淇淋，您拿好。宋木又笑了，左边先动起来，然后左边的眼睛眯起来，带动右边的嘴角，右边的眼睛不动，睁着看着某处。不动的右眼，令他看见公司一楼的花坛。花坛里有一株长势很好的玉兰。那么高的玉兰树，他很久没见过了。可惜还没开花，开花的时候应当很漂亮。紫白相间的，风吹过时落英簌簌，余下几朵依然会高高缀在枝头，好似不可触碰的月光。这花真是嚣张，又带着一些他很久未能拥有的浪漫。他想象着，白在颅顶高悬，而紫摔落在脚下。

什么时候见过这种紫白的花？宋木有点想不起来。宋木会想不起来很多东西，但是也会突然一瞬间想起来很多东西。他想起之前他对上司侃侃而谈的时候，上司就看着他没有说话。过了会儿，叹了口气，拍拍他的肩：宋木，我们都只是普通人。普通人？谁？我们？不，你自己去当吧。宋木这样回道。他说出口了吗，他忘记了。但这句话好熟悉，好像某一个下午，小昭把那条红白格围裙收进行李箱，也对他这样说过：宋木，你是普通人，你不懂什么是生活吗？你可以不屈膝，也可以屈膝，但你不要屈一半，直一半。只有雕塑才能做到那种姿势，你会受不了的。我也会。小昭指了指红白格围裙，问：你知道为什么这条围裙我可以挑半个小时吗？又摇了摇头。她最后说的是，算了。

夕阳缓慢移动着，好像一摊浑浊的液体。当宋木回到家的时候，暗黄的脚正好爬升到平角三楼廊道的万年青上。万年青叶子枯黄，枝秧下坠，不晓得主人多久没有浇过水。宋木重复着身体记忆的机械动作：掏钥匙，手抚过凹凸钥痕，插入，向右扭动一圈，他把自己摔进沙发里，沙发闷叫了一声，再没发出什么声响，周围只沉寂。他不在意这些，反正他从来都是孤身一人。突然，宋木的耳朵动了动，也不是完全的沉寂，好像哪里传来窸窸窣窣的动静，像某种爬虫物品在缓慢接近。

真是见鬼了。宋木坐起身来。

5

如今的红萝卜已经能够隔着厚厚的门板，隐约判断出他的脚步声。他今天的脚步有点沉重。他开门了，她躲起来。今天的宋木不太一样。红萝卜感觉今天的宋木就好像一株被连根拔起的水杉，顶端的叶还是鲜嫩的，但是能感觉到在由根到叶，逐渐枯萎。红萝卜着急了，她慢慢从藏身之处往外爬，想看得清楚一些。宋木坐起来了，他不耐烦地揉着眼睛，看见了一只陡然出现在地上的蟑螂。

四目相对。

红萝卜战栗了一下，她的翅膀颤动，想迅速起飞，她应该能做到。但是她稳了稳翅膀，站在原地没有动。她静静看着宋木，想看看他会做何反应。红萝卜知道人类厌恶蟑螂，出门前哥哥总是告诫过她要小心，同时还给她做了科普，如果把"蟑螂"两个字打进搜索系统，得到的排名前几的问题分别是："如何有效的杀灭家中的蟑螂""蟑螂咬人吗？""如何防止蟑螂爬到床上""适合女生杀蟑螂的方法"，等等，品种齐全，无一想让他们活命。为什么还要有适合女生杀蟑螂的方法？我们蟑螂也有女生啊。红萝卜不解地问红袖。当时，哥哥只是笑着对她说：是，你就是女生。你是我们家里最清秀的，最爱干净的小姑娘。

红萝卜想起了哥哥，紧张的对峙场面里，她只感到伤心。

纵然红袖不再陪伴她，但她依然每天努力的梳洗自己，她很干净的。宋木开始没有动，后来缓缓地站起了身，朝红萝卜走过去。他走进一步，红萝卜退一步。他走进一步，红萝卜退一步。这是第一次，你靠近我，不是我靠近你。红萝卜后退着，心里这样想。

见鬼的日子，家里居然那么多蟑螂，现在居然大白天还敢出来，之前明明打死过那么多只。宋木低咒，轻手轻脚向蟑螂靠近：不过，这只还挺有意思。还在慢慢后退，居然也不跑，也不飞。如果我停，它也会停吗？宋木起了恶作剧的心思。他于是停住了。蟑螂也停住了。诶，这有点意思！宋木微微直起身，搓搓手掌，开始起了兴味。继续往前走呢？宋木进一步。蟑螂继续退一步。空旷的屋子里只有轻微的风声，闹钟秒针划过，好像进行一个默契的游戏。宋木也不是非打它不可，一个男人怎么会怕蟑螂。于是他又坐下，看那蟑螂要到何处去。蟑螂没有动。

没劲。宋木想，拿出手机，陷入沙发。然而等他目光移开手机的时候，他惊讶地发现：

那微红的蟑螂还在地上，但竟然往他的方向逐渐靠近。他看不见它在动，所以其实是肉眼难以判断的速度，但是从参照物来判断，它确实在移动。你到底想干吗？宋木坐在沙发上，问它。噢，我是疯了吧，和蟑螂说话。宋木低头捶了一下自己。虽然这其实比想象中有意思很多。反正比和人交流有意思一点，宋木想。

红萝卜在等着宋木向她走过来，宣判她的结局。但是宋木只走了几步，又不动了，他晃了晃头，回到沙发重新坐下。他好像没有要对我做什么，他果然是很善良的人。红萝卜想。她停了一会儿，思考接下来的行动。但她并没有想很久，因为她能感受到宋木的持续性枯萎。她能做什么呢？于是她想起哥哥，红袖在她不开心的时候，都会轻轻地拥抱她。每次哥哥抱着她对她说她日出色的背甲和翅膀有多漂亮的时候，她都会很开心。

　　红萝卜于是下定了决心，她想拥抱宋木。她还是很胆怯，但她也很坚定，于是她一点一点，一小步一小步的挪动着，这样也许就不会引起他的厌恶了吧。这条路红萝卜走过很多次，但是从来没有一次像这样漫长，红萝卜隐约觉得这是她的生命中很重要的一件事。红萝卜的生命其实特别简单——她看不了日出，但是哥哥说她有日出色的翅膀；她喜欢盐水花生，但是吃不到这个也可以吃别的；她不是家族里最好看的，但是依然每天把自己梳洗的干净；虽然红袖从某一天起再也没有出现过，但是哥哥让她知道她生命的意义。

　　那只蟑螂慢慢的，一点一点向宋木爬过来。

　　宋木放下了手机，饶有兴味地看着，看着它移动到沙发下，用它两排细腿勾住沙发，继续慢慢接近他，直到碰到他的衣角。但它没有就此停住，它好像对宋木的衣角不感兴趣，它换了个方向，方向是宋木搭在沙发上的手臂，它慢慢的，一步一步……

　　"靠！"宋木迅速站起身，把手上的蟑螂向墙上狠狠的甩过去，蟑螂坚硬的背甲撞击到对面白色的墙壁，发出"啪"的清脆声响，像小时候玩的摔炮一样，而后再缓缓滑落下来，落在角落里深蓝色封皮的书上。奇怪，蟑螂明明可以飞吧？宋木想。

但它落在地上，棕红色的羽甲散落，再没有动弹。

宋木给很久以前曾经带过自己一段时间的编辑打了电话。电话响了好久，编辑接起来就说，好久不见，不过……你很久没写东西了，我们以为你不写了，最近版面都排好了，不太方便呢。宋木说，我不是来求你们发我的稿子的，我有个故事想说给你听，有只蟑螂，她叫红萝卜，她还有一个哥哥……编辑说，这样说起来我们还有个新开的社会专栏，打算刊登一下放飞精神的奇闻轶事，领导说要叫"盗梦空间"，你这个梦倒是挺合适的。

你是不是以为我在和你说笑呢。宋木回答，顿了顿，又说，在你们眼里，古往今来，所有作家都喜欢在作品里幻想出一个对自己忠贞不渝的伴侣，你以为，我为自己设置的是一只蟑螂？编辑说，是这样的，首先，你搞清楚你根本不是作家。其次，这个专栏你到底要不要接稿？宋木说，我不写。我不写了。编辑吸了几口气，干净利落说了再见。宋木没有在意，也没有马上挂电话。

忙音在耳朵嘟嘟嘟。他转头愣愣看向窗外，窗沿灰痕斑驳，细小的微尘在清晨的光辉中上下浮升，在这个喧嚣的世界里，所有鸟都在飞，所有虫子都在叫，所有车都疾驰而过。但宋木没有眨眼，他一动不动，专心致志地站着，数十年的风从他的身体里沙沙漏过。

图书在版编目(CIP)数据

信与花记:华东师大创意写作作品选. 2021/华东
师范大学中国创意写作研究院编. —上海:上海人民出
版社,2021
ISBN 978 - 7 - 208 - 17204 - 3

Ⅰ. ①信⋯ Ⅱ. ①华⋯ Ⅲ. ①小说集-中国-当代
Ⅳ. ①I247

中国版本图书馆 CIP 数据核字(2021)第 130986 号

责任编辑 王 蓓
装帧设计 雷 昊

信与花记
——华东师大创意写作作品选(2021)
华东师范大学中国创意写作研究院 编

出 版 上海人民出版社
    (200001 上海福建中路 193 号)
发 行 上海人民出版社发行中心
印 刷 上海商务联西印刷有限公司
开 本 720×1000 1/16
印 张 22.25
插 页 2
字 数 360,000
版 次 2021 年 7 月第 1 版
印 次 2021 年 7 月第 1 次印刷
ISBN 978 - 7 - 208 - 17204 - 3/I · 1976
定 价 88.00 元